HEYNE <

Das Buch

Henri, seines Zeichens Mopsmischling und Anführer eines cleveren Ermittlertrios, langweilt sich. Seit seinem letzten heißen Fall ist das Leben mit Frauchen Josi ganz schön ruhig geworden. Noch dazu ist sie unerträglich verliebt. Doch als Josis Mutter Christa Henri, Viktor und Wilma mit in die Kleingartenkolonie »Alte Ziegenwiese« nimmt, wendet sich das Blatt. Denn dort treiben sich jede Menge dubiose Gestalten herum, und eines Tages liegt Franz, der Quälgeist der Nachbarschaft, plötzlich mit einer Mistgabel im Rücken auf dem Komposthaufen. Wenn das kein gefundenes Fressen für die Mops-Mafia ist ...

Zum Autor

Fritzi Sommers erste große Liebe hieß Tommy. Er war 30 Zentimeter groß, hatte schwarzes Fell und war ein Mischling. Ihren Wunsch, später einmal Tiermedizin zu studieren, begrub sie, als sie mit sieben Jahren sah, was ein Tierarzt alles machen muss. Nach weiteren Berufswünschen, die zwischen Pilotin und Heilpädagogin pendelten, entschied sie sich, zum Fernsehen zu gehen. Mit ihrem Mann, ihrem Sohn, ihrem Hund und einem Schwarm Goldfische lebt sie in Norddeutschland.

Lieferbare Titel

Zum wilden Eck

Fritzi Sommer
Alte Ziegenwiese

Ein Mops-Krimi

WILHELM HEYNE VERLAG
MÜNCHEN

Der Verlag weist ausdrücklich darauf hin, dass im Text enthaltene externe Links vom Verlag nur bis zum Zeitpunkt der Buchveröffentlichung eingesehen werden konnten. Auf spätere Veränderungen hat der Verlag keinerlei Einfluss. Eine Haftung des Verlags ist daher ausgeschlossen.

Dieses Buch ist auch als E-Book erhältlich.

MIX
Papier aus verantwortungsvollen Quellen
FSC® C014496
FSC www.fsc.org

Verlagsgruppe Random House FSC® N001967

Originalausgabe 07/2016

Redaktion: Steffi Korda, Hamburg
Printed in Germany
Umschlaggestaltung: Zero Werbeagentur, München
Umschlagabbildung: ©FinePic®, München
Satz: Buch-Werkstatt GmbH, Bad Aibling
Druck und Bindung: GGP Media GmbH, Pößneck
ISBN: 978-3-453-43852-1

www.heyne.de

Für dich

»Lieber suche ich einen Mörder,
als dass er mich sucht!«

Wilma

Prolog

Es stank. Bestialisch.

Während sich um uns rum alle die Nasen zuhielten, blieb uns Möpsen nichts anderes übrig, als die Luft anzuhalten. Dabei waren *wir* es, die nachweislich die viel empfindlicheren Nasen hatten! Es war also doppelt doof. Aber nicht nur für uns. Für Franz auch. Der war es schließlich, der komisch roch, und das hatte zwei Gründe. Erstens: Er lag auf dem Komposthaufen der Kleingartenkolonie »Alte Ziegenwiese«, hinten am Ende des Weges. Und zweitens: Er war tot. Zumindest ging ich aktuell davon aus. Mit so einer Forke im Rücken lässt es sich einfach nicht gut leben. Außerdem lag er mit dem Gesicht nach unten auf dem Haufen von vergammeltem Grünzeug, und wie sollte er da Luft holen? So wie es hier stank.

Wilma war zu meinem eigenen Erstaunen die Erste, die etwas sagte. »Wer macht denn so was?!«

»Gute Frage. Wenn du die Antwort weißt, bist du den Polizisten, die hier vermutlich gleich eintrudeln werden, um eine Nasenlänge voraus«, meinte Viktor links neben mir. »Oder auch nicht«, schob er hinterher.

»Wie jetzt?«, wollte Wilma, die den Blick nicht von Franz ließ, rechts neben mir wissen.

»Na ja, von Nasenlänge kann man bei dir ja kaum sprechen.«

»Sehr witzig«, sagte Wilma. »Falls es dir noch nicht aufgefallen ist: Du siehst nicht anders aus. Und außerdem meinte ich gar nicht, *wer* ihn umgebracht hat.«

»Was dann?«, wollte Viktor wissen, den Blick ebenfalls fest auf Franz geheftet, so als würden wir darauf warten, dass er sich vielleicht doch noch mal bewegte. Tat er aber nicht.

»Das ist doch der Haufen für Gartenabfälle. Nicht für Arschlöcher.«

Jetzt sah Viktor Wilma an. An meiner Nasenlänge vorbei. Ich war nämlich nur ein halber Mops und hatte im Vergleich zu den beiden neben mir fast schon einen Elefantenrüssel. Oder sagen wir einfach: eine Nase. Nicht nur Nasenlöcher.

»Manchmal kommt das auf dasselbe raus«, sagte Viktor.

»Verstehe ich nicht«, murmelte Wilma. Wen wundert's.

Auf alle Fälle hatte Wilma recht. Keiner der hier Anwesenden, die sich die Nase zuhielten, hatte Franz gemocht. Wirklich keiner.

Weder Anton und Jonna samt Sohn, der zwar einen Namen hatte, von uns aber nur Hanswurst genannt wurde. Er war nicht viel größer als drei Mopslängen und rannte mit einem Plastiksack am Po rum, der nonstop stank. Grässlich. Wir waren zwar grundsätzlich an Gerüchen interessiert, auch an dem, was andere Hunde so hinterlassen, aber *das* übertraf wirklich alles bisher Gerochene … Seine Eltern hatten anscheinend eine angeborene Anosmie, also keinen Geruchssinn, wie Viktor, unser Fremdwörterlexikon auf vier Pfoten, diagnostizierte.

Irma hasste Franz eh, das war allen klar. Nur nicht warum. Er war blöd, so viel stand fest, aber Irmas Abneigung ging etwas weiter als die der anderen. Aber das hatte sich ja jetzt auch erledigt.

Dann waren da jedenfalls noch Bärbel und Frank. Und Harry, der alte Seebär. Ausnahmenweise mal ohne seinen komischen Vogel. Der hielt sich übrigens nicht die Nase zu. Ich meine, Harry. Er verzog aber mächtig das Gesicht.

Und natürlich Christa, Josis Mutter. Die hatte sogar beide Hände vorm Gesicht. Das wiederum lag nicht am Geruch, sondern am Anblick, schätzte ich.

Um es kurz zu machen: Die Einzige, die ihn echt gemocht hatte, war Irmas Mutter gewesen. Aber die war ja nicht hier. Sie saß vermutlich gerade in ihrem Rollstuhl im »Feierabend«, dem Altenheim. Und so wie es aussah, würde sie da auch noch ziemlich lange sitzen bleiben. Denn der Einzige, der sie regelmäßig da rausrollte und mit ihr Ausflüge machte, war Franz gewesen. Aber der hatte ja nun eine Forke im Rücken.

Jetzt fragen Sie sich vermutlich zu Recht, was wir in einer Kleingartenkolonie jenseits der schicken Hamburger HafenCity, in der wir leben, trieben, und warum wir alle dort so gut kannten.

Das ist ganz einfach.

Eigentlich fing alles mit Christa an. Die hatte plötzlich Sehnsucht bekommen. Nach ihrer Tochter. Nach Großstadtluft. Und nach Abwechslung. Sie wollte raus aus der »Komfortzone«, wo immer die lag.

Und ihre Tochter Josi hätte fast einen Herztod erlitten.

1

Es war an einem tierisch warmen Freitagnachmittag Mitte Juni. Wir kamen gerade aus der Kanzlei zurück und watschelten träge und lustlos durch die Fahrstuhltür in unser Loft. So wie fast jeden Tag. Denn seit unserer ersten Mordermittlung auf einem Campingplatz in Prerow passierte nichts. Rein gar nichts. Davon abgesehen, dass Florian inzwischen festes Mitglied unseres Rudels war. Er war kurz nach dem ganzen Abenteuer bei uns eingezogen.

»In unserem Alter weiß man ja schließlich, was man will«, hatte Josi noch gesagt, und er hatte »allerdings« geantwortet, gelächelt und sie geküsst. Ziemlich lange. Und ziemlich doll. Dann war er hier eingezogen, in unser Loft mit Elbblick. Und auch wenn er einiges an Zeug mitgebracht hat, was einem in den ersten Wochen so den Weg versperrt hat, dass man dazu gezwungen war, einen täglichen Hindernislauf zu absolvieren, muss ich zugeben: Er war überdurchschnittlich okay. Er konnte wunderbar kraulen, war ein prima Ballwerfer und tat sowieso alles dafür, dass wir ihn mochten. Er wollte uns gefallen, so viel stand fest. Das durchschaute natürlich nicht jeder – beziehungsweise jede. Wilma, meine Mitbewohnerin, hoch wie breit, etwas schwer von Begriff, dabei aber grundgut, nahm es persönlich. Sie dachte, er wäre ihretwegen zu uns gezogen. Sie war davon überzeugt, dass es an ihrer Ausstrahlung lag, dass er hier war und nicht mehr ging. Sollte sie doch. Grundgut eben. Hilft leider nicht immer im Leben. Aber dafür hat Wilma ja uns. Viktor und mich.

Jedenfalls waren – von Wilma abgesehen – Josi und Florian seit Monaten so verliebt, dass man es kaum aushielt. Nichts gegen Harmonie – ich bin wirklich ein großer Anhänger guter Stimmung –, aber langsam ging es mir wirklich auf den Keks.

Aber das Leben mit Florian hatte noch eine ganz andere Seite. Für ihn gehörte Sport zum Leben wie für uns Leberwurst. Ich wiederum bin eindeutig der Kategorie Sportmops zuzuordnen und nachweislich kein Fressmops wie Wilma. Nach der zweiten Runde an der Elbe hatte Florian das dann auch verstanden: Wilma und Viktor tragen und dabei auch noch joggen war ihm wohl irgendwie zu viel. Also nahm er nur noch mich mit. Bingo. Aber: Abgesehen von meiner morgendlichen Checker-Runde am Elbstrand, auf der ich mehr Hundefrauchen mit ihren süßen Hündinnen traf als sonst in einer ganzen Woche in der HafenCity, war nix los. Null Komma nix.

Es muss einfach mal etwas passieren, hatte ich gerade mal wieder gedacht, während ich gelangweilt Richtung Wassernapf trottete. Da passierte tatsächlich etwas. Josi schrie! Nicht irgendwie, sondern überdurchschnittlich laut. Zwei Sekunden später war das, was sie schrie, dann auch verständlich. Sie schrie: »MAMA!« Offenbar nicht vor Freude, sondern vor Schreck.

Denn Christa saß auf dem Sofa. Das war an sich nicht

weiter schlimm, wäre da nicht die Tatsache, dass Christa eigentlich in Italien lebt. Irgendwo in der Toskana. Dort, wo es ganz unfassbar viele von diesen kleinen grünen Dingern gibt, die so grässlich schmecken und die Josis Eltern ununterbrochen essen.

Wunderbar, schoss es mir jedenfalls sofort durch den Kopf. Nicht das Schreien an sich, das war grässlich – wir Hunde haben, von den Nasen abgesehen, auch sehr empfindliche Ohren. Das fand wohl auch Wilma, die fast synchron mit Josis Schrei angefangen hatte zu bellen. »Hilfe! Hilfe!«, bellte sie, dabei saß da ja nur die arme Christa, die sich ihre Begrüßung sicher anders vorgestellt hatte.

Josis Schrei deutete eindeutig auf das Ende der Langeweile hin. Eventuell aber auch auf das Ende der Harmonie. Das würde sich noch zeigen. Schließlich war es Christa, die da auf dem Sofa hockte, und bei den Menschen ist es ja so, dass Mütter, nachdem sie ihre Jungen geworfen haben, ein jahrelanges, wenn nicht lebenslanges Verhältnis zu ihnen haben. Und genau dieses von Josi und Christa war nicht unbedingt einfach. Eher speziell. Vor allem, seit sich während unserer Ermittlung auf dem Campingplatz rausgestellt hatte, dass Josis Erzeuger gar nicht ihr Papa war. Sondern Fritz. Onkel Fritz, ebenfalls tot. Das hatte diesem speziellen Verhältnis nicht unbedingt gutgetan. Na ja. Fakt war: Es kam endlich wieder Schwung in die Bude.

»Was … Was machst du denn hier, Mama?!«, fragte Josi schwer atmend, die freie Hand ohne Aktenkoffer auf der Brust, und sah dabei aus, als hätte sie ein Gespenst gesehen. Dabei war es nur Christa. Christa und – ich schnüffelte kurz – ein merkwürdiger Duft, der in der Luft lag.

»Dich besuchen, Schätzchen«, sagte Christa, stand vom Sofa auf und breitete ihre Arme aus. »Warum schreist du denn so? Ich bin es doch nur. Deine Mutter. Und kein Einbrecher!«

»Ja, darum ja. Also ich meine ... Du sitzt ja für gewöhnlich nicht auf meinem Sofa, sondern in Italien auf deinem.«

»Da hast du recht. Du lädst mich ja nie ein.«

Pause.

Josi holte tief Luft.

»Ich wollte dich mal überraschen«, sagte Christa etwas kleinlaut und strich sich verlegen ihre blonden kurzen Haare hinters Ohr.

Spannend! Wir schauten von links, wo eine überdurchschnittlich gut gebräunte Christa in einem geblümten Sommerkleid vor dem Sofa stand und ihre Arme inzwischen wieder gesenkt hatte, nach rechts zu einer überdurchschnittlich blassen Josi. Sie stellte ihre schwarze Aktentasche ab, holte noch einmal tief Luft und ließ dann die gerade erst eingeatmete Luft sofort und sehr hörbar wieder raus. Dann ging sie zu Christa, nahm sie in den Arm und gab ihr ein Küsschen auf die Wange. Das machen Menschen so: Sie reichen sich die Hände, sie geben sich Küsschen auf die Wangen oder den Mund, Letzteres aber seltener und meistens immer nur derselben Person. Viel häufiger ist die Form des sich kurz in den Arm Nehmens, um sich dann gleich wieder loszulassen. Eine Wissenschaft für sich. Bin ich froh, dass es bei uns nur eine einzige Form des sich Begrüßens gibt. Schnüffeln. Basta.

»Wie ... Wie bist du denn hier reingekommen?«, wollte Josi wissen.

»Frau Niemeyer«, Christa machte eine Bewegung Richtung Küchenwand, hinter der sich das wesentlich kleinere Loft unserer Nachbarin befand, »war zufällig zu Hause und hat mir deinen Ersatzschlüssel gegeben. Sonst hätte ich mich unten ins Café gesetzt. Aber das war dann ja nicht nötig.«

»Ist etwas passiert? Irgendetwas mit ... Papa?«, fragte Josi besorgt, obwohl es ja nachweislich nicht ihr Papa war.

»Warum sollte etwas passiert sein, nur weil ich dich mal besuche«, entgegnete Christa mit leicht beleidigtem Unterton.

»Weil du das noch nie ohne Ankündigung getan hast«, sagte Josi und wedelte sich mit der Hand vor der Nase rum. Jetzt hatte sie den komischen Geruch anscheinend auch wahrgenommen.

»Soll ich vielleicht nächstes Mal lieber bei Frau Wäldchen in der Kanzlei anrufen und mir einen Termin holen?«

Frau Wäldchen ist Josis Sekretärin, die Viktor, Wilma und ich sehr schätzen, was in erster Linie daran liegt, dass sie uns immer heimlich unterm Tisch die schönsten Leckereien zusteckt. Eine Seele von einem Menschen. Was das Fressverhalten betrifft, hat sie Ähnlichkeit mit Wilma.

»Du hättest dich auch erschrocken, wenn ich plötzlich an deinem Küchentisch gesessen hätte«, protestierte Josi. »Was riecht hier eigentlich so ... so stark?«

»Nein. Ich hätte mich gefreut!« Christa verschränkte die Arme. »Ich habe ein Duftstäbchen angemacht. Als ich hier reinkam, hatte ich das Gefühl, es würde der Wohnung mal ganz guttun. Schön, oder?«

Josi machte nur »Mmh«, dann zog sie ihr Jackett aus und

legte es über die Sofalehne. »Wann bist du denn gelandet? Oder bist du mit der Bahn …«

»Nein, um Gottes willen. Einmal und nie wieder. Erinnere mich bloß nicht an die letzte Bahnfahrt hierher – das war ja ein einziger Alptraum. Ich bin …«, sie warf einen Blick auf ihre zierliche goldene Armbanduhr, »… um 15 Uhr gelandet und dann mit dem Taxi hergekommen.« Sie sah sich im Loft um. »Schön hast du es. Wirklich schön! Das fällt mir immer wieder auf. Na ja, sagen wir mal, die beiden Male, die ich hier war.«

In dem Moment ging hinter uns die Fahrstuhltür auf. Wir drehten uns um. Alle. Wilma, Viktor, Josi, Christa und ich.

Es war Florian. Im dunkelgrauen Anzug, auch mit Aktenkoffer in der Hand. Und Blumen in der anderen. Wilma rannte kringelschwanzwedelnd auf ihn zu und sprang vor Freude an ihm hoch. Vermutlich dachte sie, die Blumen seien für sie.

»Huch. Na, das ist ja eine … Überraschung. Wir haben Besuch«, sagte er, streichelte Wilma und kam dann ein paar Schritte auf Josi und Christa zu.

»Das kann man wohl sagen«, murmelte Josi kaum hörbar. »Darf ich vorstellen? Meine Mutter«, sagte sie und zeigte mit der Hand in Christas Richtung. »Florian, mein Freund.« Sie deutete auf Florian.

»Erkannt habe ich Sie ja sofort«, erklärte Florian, der sichtlich überrascht war. »Die Ähnlichkeit ist wirklich verblüffend. Ich … Ich wusste gar nicht, dass Sie heute kommen«, sagte er entschuldigend und sah dabei Josi fragend an, die parallel Augenbrauen und Schultern hob.

»Das freut mich aber!«, sagte Christa, ging auf Florian zu und streckte ihm die Hand entgegen. »Sagen Sie einfach Christa zu mir.«

»Ja, gern. Ich bin Florian«, sagte Florian und lächelte Christa an.

»Ach, und was für schöne Blumen! Das nenne ich mal Geschmack! Wundervoll!« Christa beugte sich leicht vor, steckte die Nase in den Strauß, schloss ihre Augen und sog den Duft ein. Dann öffnete sie die Augen wieder und sah Florian an. »Ich freue mich wirklich von Herzen, dass ich Sie nun endlich einmal kennenlerne. Live und in Farbe sozusagen.« Sie machte einen kleinen Schritt zurück und betrachtete ihn von oben bis unten wie ein leckeres Stück Leberwurst. »Und natürlich freue ich mich vor allem für dich, Schätzchen«, meinte sie dann und sah zu Josi, »nach all dem, was du mit Bernd durchgemacht hast! Dass du jetzt doch noch jemanden kennengelernt hast, ist ja in deinem Alter auch keine Selbstverständlichkeit mehr. Die meisten Männer sind dann bereits vergeben oder secondhand. Und das nicht ohne Grund! Da muss man wirklich aufpassen. Und von diesen ganzen Online-Portalen halte ich persönlich gar nichts.« Dann wandte sie sich wieder Florian zu. »Warst du denn schon mal verheiratet …?«

»Mama, bitte«, flehte Josi und sah Christa mit großen Augen an.

»Ja, Du hast ja recht. Entschuldige bitte. Ich bin einfach von Natur aus so neugierig. Lasst uns doch zusammen anstoßen. Ich habe schon eine gute Flasche in den Kühlschrank gestellt. Den, den du so gerne magst, Schätzchen«, sagte sie und zwinkerte Josi zu, deren Freitagnachderkanzleimüdigkeit verflogen war. Komplett.

Eine Minute später stand Josi in ihrer eigenen Küche hilflos rum und sah aus, als wäre *sie* hier zu Besuch. Florian schnippelte an den Blumenstielen rum, steckte die Blumen in eine Vase und platzierte diese auf dem großen Esstisch. Christa nahm derweil Gläser aus dem Schrank, stellte sie auf den Tresen und durchwühlte die Schubladen, vermutlich auf der Suche nach einem Flaschenöffner – ein Geräusch, von dem ich mich morgens gern wecken ließ, denn es hieß Frühstück! In diesem Fall hieß es das leider nicht, aber egal. Immerhin passierte mal etwas. Und bis zum Abendessen war es auch nicht mehr lang.

»Ich habe sie fast nicht wiedererkannt«, murmelte Wilma neben mir und sah dabei mit kleinen, müden Augen zu den dreien am Tresen. »Sie hat sich irgendwie verändert, seit wir sie da unten in, in … in diesem heißen Ort …«

»In der Toskana«, half Viktor.

»Genau, in der Toskana. Als wir sie da jedenfalls das letzte Mal besucht haben.«

»Das tun wir nun alle im Alter. Die eine mehr, der andere weniger«, meinte Viktor, marschierte an uns vorbei und legte sich in unser XXL-Hundebett links an der Wand.

»Was soll das denn heißen?«, motzte Wilma und trottete ihm hinterher. Wir piesacken uns zwar gerne mal, aber was das Schlafen betrifft, sind wir uns immer einig. Wir sind schließlich ein Rudel. Und das schläft zusammen, kleine Zickereien hin oder her. »Ich meinte nur ihre ganzen neuen Sommersprossen. Mehr nicht!«

»Altersflecken«, konterte Viktor.

»Bitte?«, hakte Wilma nach.

»Das ist bei den Menschen ungefähr so wie bei dir mit den weißen Haaren im Gesicht.«

»Danke. Die hast du auch!«

»Ich habe ja auch nicht behauptet, dass ich sie nicht habe!«

Bevor ich auch noch etwas dazu sagen konnte, übernahm Josi das für mich. »Viktor, Wilma! Jetzt ist es aber gut. Ihr bekommt ja gleich was.«

»Altersflecken?«, fragte Viktor und legte sich hin.

»Blödmann«, maulte Wilma und watschelte nun in Richtung geöffneter Balkontür.

Ich sah zur anderen Seite. An der Schlafzimmertür stapelten sich mehrere Koffer. Zwei große schwarze und ein kleiner brauner. Und ein paar Taschen. Das würde Josi nicht gefallen. Sie hasste es, wenn irgendwo etwas rumstand, was da nicht hingehörte. Und das gehörte da definitiv nicht hin. Endlich waren alle Kartons von Florian weg, da standen plötzlich Koffer von Christa rum.

Aber sie würde ja eh nur ein paar Tage hier sein. Dachte ich.

Falsch gedacht. Christa war gekommen, um zu bleiben. Damit rückte sie natürlich nicht sofort raus. Sie war ja nicht blöd. Christa ging das Thema ganz geschickt an. »Auf der emotionalen Ebene«, erläuterte Viktor, unser Senior, während wir alle drei artig nebeneinander in unserem Hundebett lagen und dem Gespräch der Zweibeiner lauschten, die am Esstisch saßen und inzwischen eine weitere »gute« Flasche aufgemacht hatten. Ich fragte mich, warum Christa so betonte, dass die Flasche gut war. Ich konnte mir nämlich gar nicht vorstellen, dass sie zwischendurch auch eine schlechte Flasche trank. Egal.

»Na ja, und als Hilde mich dann anrief und mich bat, nach dem Garten zu sehen … Ich meine, was sollte ich denn tun? Die Arme liegt im Ausland, irgendwo auf Teneriffa, hat einen Bandscheibenvorfall, ist nicht transportfähig, mit den Nerven komplett am Ende und hat keinen, der sich kümmern kann. Und du weißt ja, was ihr die Rosen bedeuten. Ihr ganzes Herzblut hat sie da reingesteckt!«

Christa nickte mit dem Kopf, als wollte sie sich selbst recht geben, und sah dabei zu dem Strauß, der jetzt auf dem Couchtisch stand. Hellrosa Irgendwasblüten mit langem Grünzeug. Josi hatte die Vase umgestellt, weil sie Christa sonst nicht hätte sehen können, so groß war der Strauß.

»Ich versteh gar nicht, dass sie hier in Hamburg wirklich niemanden hat, der ihre Blumen gießen kann. Sie muss doch Freunde haben. Außer in der Toskana«, wunderte sich Josi und nahm einen Schluck von dem guten Wein.

»Die sind alle tot«, erklärte Christa mit sehr betrübtem Gesichtsausdruck.

»Wurden die alle ermordet?«, wollte Wilma entsetzt wissen, die meinen Nacken als Ablagefläche für ihren runden Kopf benutzte.

»Wie kommst du denn darauf?«, fragte ich und hob meinen Kopf ein gutes Stück, sodass sie runterrutschte. Also wirklich. Ich war ihr Mitbewohner, nicht ihr Kissen. Auch wenn wir ein Bett teilten.

»Na ja, wenn die alle tot sind!«

»Es gibt noch andere Möglichkeiten als Mord«, sagte ich und legte meinen Kopf wieder ab. Ohne Wilma.

»Welche denn?«, wollte sie wissen.

»Denk mal nach«, forderte Viktor sie von der anderen Seite auf.

»Tu ich ja.«

»Dann machst du dabei irgendetwas falsch.«

»Alle?«, wollte jetzt auch Josi wissen und sah dabei Florian mit weit aufgerissenen Augen an.

»Ein oder zwei sind da sicher noch, aber die sind vermutlich gerade selbst im Urlaub und genießen ihr Leben oder was weiß ich. In unserem Alter muss man sich eben über jeden Tag freuen, den man noch hat«, meinte Christa und sah betrübt in ihr Glas.

»Mama, du bist 65! Nicht 85!«

»Na und? Man kann nie wissen. Schau dir Hilde an! Macht eine Kreuzfahrt und kommt nicht wieder …«, sagte Christa und strich mit der Hand über ihr geblümtes Kleid.

»Sie hat einen Bandscheibenvorfall, weil sie den armen Kerl vom Zimmerservice in der Hängematte des Balkons ihrer Außenkabine vernascht hat, wenn ich dich vorletzte Woche am Telefon richtig verstanden habe. Sie wird *sicher* wiederkommen!«, protestierte Josi.

»Ricardo ist doch nicht vom Zimmerservice. Er ist Masseur. Südafrikanischer Masseur mit sehr guten Referenzen«, korrigierte Christa.

Florian sah abwechselnd von Josi zu Christa und zurück. »Ricardo? Du kennst ihn?«

»Ich … Nein, also … Nur vom Hörensagen und …

Also … letztes Jahr auf der kleinen Kreuzfahrt durchs Mittelmeer …«

»Mama!«

»Die ich mit Papa zusammen gemacht habe!«

»Das heißt ja nichts«, murmelte Josi und nahm noch einen Schluck.

»Und, habe ich das richtig verstanden«, begann Florian, der offensichtlich versuchte, das Thema zu wechseln. »Ihre Freundin, also ich meine, deine Freundin hat einen Rosengarten? Züchtet sie?«

»Ja! Seit ich sie kenne. Ganz wunderschöne alte englische Sorten. Du musst unbedingt mal mitkommen. So eine Pracht! Das kann man sich gar nicht vorstellen! Und wie die duften! Wie Zitronen, Pampelmusen, wie … Ach, das muss man selbst erlebt haben. Ein Traum!«, schwärmte Christa, schloss die Augen und atmete tief ein, obwohl sich vor ihrer Nase gar keine Blumen befanden. Der Strauß von Florian stand mindestens 20 Mopslängen von ihr entfernt. Von Hildes Rosengarten mal ganz abgesehen.

»Sie hat einen Schrebergarten, keinen Landsitz«, warf Josi ein.

»Kleingarten«, korrigierte Christa.

»Das ist doch das Gleiche«, meinte ihre Tochter.

»Es klingt aber schöner.«

»Du kümmerst dich also um die Rosenzucht. Und wer kümmert sich um ihre Wohnung?«, wollte Josi jetzt wissen.

»Die anderen aus der WG«, sagte Christa und sah zu uns. Ich machte meinen Hals lang. War das eine Aufforderung? Gegen eine Runde Massage hätte ich nichts einzuwerfen. Egal, ob südafrikanisch oder norddeutsch.

»Na, komm mal, Süßer! Komm!«, lockte Christa mich und hielt ihre Hand runter, als hätte sie etwas darin. Sofort sprang Wilma auf und rannte zu der leeren Hand. Die dumme Nuss.

»Seit wann bist du ein Kleiner? Ich dachte, du bist immer noch eine Kleine«, sagte ich, ging an Wilma vorbei und ließ mich von Christa hochheben. Auf ihren geblümten Schoß. Herrlich. Von hier aus konnte ich einfach besser mithören.

»Pfff«, machte Wilma, drehte auf der Stelle um und watschelte zurück in unser Hundebett.

»Sie lebt in einer WG?« Florian sah erst mich an, als würde ich die Antwort kennen, dann Christa.

»Ja. Das ist totaler Trend. Habt ihr das noch gar nicht mitbekommen? Als Best Ager lebt man heutzutage nicht mehr allein. Hilde wohnt in einem Mehrgenerationenhaus. Sie sind zu dritt im Untergeschoss. Oben ist eine Familie mit Kindern. Und den Garten teilen sie sich.« Sie machte eine kurze Pause und erklärte dann: »Ich habe mir so etwas ja auch immer gewünscht. Mit den Kindern und Enkeln.« Dann sah sie mit verträumtem Blick zu mir runter, als würde sie sich vorstellen, ich hätte nur zwei Beine und einen Schnuller im Mund. »Na ja, man kann nicht alles haben.«

Das ist jetzt aber auch nicht nett, dachte ich etwas beleidigt.

Josi verdrehte die Augen. Florian sagte nichts.

»Aber dann hat sie doch genug Leute, die sich um ihre Rosen kümmern können.«

»Nein, nein, nein. Also, zum einen ist es so, dass die beiden, mit denen sie in der WG lebt, nicht mehr ganz fit sind. Ich glaube, der eine hat allergisches Asthma und die andere auch irgendwas. Und dann haben sie halt auch alle keine Ahnung von Rosen. Von solchen Rasserosen!«

»Aha«, hörte ich Josi sagen, was nicht sehr überzeugt klang.

»Und wie lange … willst du jetzt in diese WG ziehen?«

»Gar nicht«, kam prompt die Antwort.

»Wie? Gar nicht? Wo willst du denn wohnen?« Josi setzte sich kerzengerade hin – ein sicheres Zeichen dafür, dass sie entweder nervös war oder ganz besonders aufmerksam.

»Na, hier. Bei dir, Schätzchen!«

Josi sagte ziemlich lange gar nichts. Dann fragte sie gedehnt: »Hier?«

»Ja, natürlich. Wo denn sonst?«

»Äh … bei Hilde?«

»Nein. Wie kommst du denn darauf?«

»Na ja, ich dachte … Du hast doch gerade eben gesagt, dass du immer davon geträumt hast, so zu leben. In einem Mehrgenerationenhaus. Mit Kindern und so.« Josi versuchte es zu verbergen, aber sie hatte etwas Panisches, Nervöses im Gesicht. Das erkannte man an den roten Flecken auf Hals und Dekolleté.

»Ja, natürlich. Aber *du* bist doch mein Kind. Und *dich* sehe ich ja nur so selten. Da werde ich die Zeit, die ich hier in Hamburg bin, doch nicht bei fremden Menschen wohnen. Was denkst du von mir? So etwas würde ich dir nicht antun, Schätzchen!«

»Mama, versteh mich jetzt bitte nicht falsch, aber …« Josi nahm die Hände hoch und drehte den Oberkörper im Sitzen von links nach rechts. »Schau dich doch mal um. Wir haben zwar etwas mehr als 100 Quadratmeter, aber nur einen einzigen Raum, der eine Tür hat, die man schließen kann. Und das ist das Schlafzimmer. Abgesehen vom Bad. Hier ist alles offen. Wie soll das gehen? Ich habe ja noch nicht einmal ein Gästebett.«

»Ach, das stört mich nicht. Ich nehme das Sofa. Ist doch mehr als groß genug.«

Florian sah Josi an und lächelte. Aber es sah nicht so aus wie sonst. Es war kein fröhliches Lächeln. Eher leicht verzweifelt.

»Wie lange hattest du denn vor … Also, ich meine … Wie lange wolltest du dich denn um die Rosen kümmern?«

»Ach, keine Ahnung.« Christa drehte sich ruckartig nach hinten, sodass ich dachte, ich würde gleich von ihrem Schoß plumpsen. Sie sah Richtung Dachterrasse und drehte sich dann wieder zurück.

»So, wie im Moment die Sonne scheint, kann ich die Rosen unmöglich alleinlassen. Bis Hilde wieder in Hamburg ist, muss ich da sicher täglich gießen. Und wer weiß, ob sie sich dann gleich wieder intensiv kümmern kann? Bei so einem Bandscheibenvorfall wird es sicher im Anschluss noch Therapien geben. Mindestens Krankengymnastik. Oder Reha?« Christa machte ein besorgtes Gesicht. Ich auch, denn sie hatte aufgehört, mich zu kraulen. Dabei könnte ich schwören, dass sie diesen Ricardo doch persönlich kennengelernt hatte – bei diesen Griffen! Ich musste mich zusammenreißen, nicht in einen spontanen Tiefschlaf zu verfallen.

»Du möchtest also den Sommer auf meinem Sofa verbringen?«, fragte Josi ungläubig und sah zu Christas Koffern. Dabei zog sie ihre Augenbrauen so weit hoch, dass mich ihre Falten auf der Stirn an Wilma erinnerten. Ich hob den Kopf und sah zu den anderen beiden runter. Schliefen. Auch ohne Massage. Na denn.

»Na ja, was heißt Sommer … Ich, ich … dachte wir könnten doch ein bisschen Zeit zusammen verbringen, etwas Schönes unternehmen, mal ins Theater oder so.« Christa sah mir in die Augen, während sie sprach, nicht Josi.

»Mama?«

»Ja?«, fragte Christa immer noch mit gesenktem Blick.

»Was ist wirklich los?«

Jetzt hob Christa doch den Kopf. »Wie meinst du das?«

»Mama, ich kenne dich doch. Du kannst mir nichts vormachen. Also: Was ist wirklich los? Das mit Hilde und ihrem Garten … das ist doch nicht alles. Ist irgendetwas passiert? Hattest du Stress mit … Papa?«

»Nein!« Sie holte kurz tief Luft. »Okay, doch. Aber nicht mehr als sonst. Die üblichen Kleinigkeiten. Nichts Schlimmes. Von dem Geschirr, das er grundsätzlich *vor* den Geschirrspüler stellt, bis zu der Tatsache, dass er überall im Haus seine Sachen liegen lässt. Überall! Als würde er mit seinen Socken und Polohemden eine Schnitzeljagd veranstalten. Das nehme ich seiner Mutter, Gott hab sie selig, heute noch übel, dass sie ihm das nie beigebracht hat. Du kennst ihn ja. Ich kann mich da einfach nicht dran gewöhnen. Auch nicht nach all den Jahren. Beziehungsweise Jahrzehnten.« Sie schüttelte den Kopf und sah zu mir runter. »Ältere Männer werden halt manchmal komisch.«

»Hallo?«, bellte ich beleidigt. »Wenn überhaupt auf irgendeinen hier diese Bezeichnung passt, dann wohl auf Viktor, nicht auf mich. Außerdem will er bestimmt nur sein Revier markieren. Was ist daran ungewöhnlich? Also wirklich.«

Bevor ich mich weiter wundern konnte, fuhr sie fort: »Na ja«, druckste sie rum, »dann hatten wir natürlich auch noch eine Auseinandersetzung, weil er der Meinung war, wir hätten dir das mit Fritz doch irgendwann mal sagen sollen. Aber das habe ich dir ja schon alles lang und breit am Telefon erzählt, und jetzt ist auch alles wieder gut. Sofern man das so sagen kann.«

»Was ist es dann?«, bohrte Josi weiter.

Christa sah wieder zu mir runter und massierte weiter. Herrlich! »Ich wollte einfach mal raus. Mehr nicht.«

»Raus?«

»Ja. Aus meiner Komfortzone. Es geht uns einfach zu gut.«

»Wie meinst du das?«

»Es gibt einfach keine Highlights mehr, nichts, worauf man sich noch richtig freuen kann. Nicht falsch verstehen, ich bin ein sehr dankbarer Mensch, Florian, und das ist Jammern auf hohem Niveau, das ist mir schon klar.« Sie machte eine andächtige Pause und strich sich eine Haarsträhne aus dem Gesicht. »Aber was soll denn noch kommen? Wir haben doch alles. Und davon zu viel. Und dann diese Routine! Dieser sich immer und immer wiederholende Ablauf des Tages, der Woche! Immer das Gleiche. Jeden Tag stehen wir zur gleichen Zeit auf, trinken den gleichen Cappuccino, spielen auf dem gleichen Golfplatz oder gehen in das gleiche Restaurant, um die gleiche Pasta zu bestellen. Wir gehen ja sogar nachts zur gleichen Zeit aufs Klo!«

»Mama!« Josi sah erst ihre Mutter entsetzt an, dann Florian.

»Ist doch so. Ich musste da einfach mal raus.«

Einen Augenblick sagte keiner etwas. Bis auf Wilma. »Ich muss auch mal … raus.«

Und als hätten die drei am Tisch sie verstanden, schlug Florian plötzlich vor: »Apropos raus, was haltet ihr denn davon, wenn wir essen gehen? Ich weiß ja nicht, wie es euch geht, aber ich habe ehrlich gesagt fürchterlichen Hunger. Was meint ihr? Asiatisch? Dann können wir doch in Ruhe überlegen, was wir für dich tun können, um dich aus deiner Komfortzone rauszuholen, Christa. Na?«

»Fantastisch! Hauptsache, kein italienisches Restaurant!«, rief Christa begeistert und sprang auf. Mit mir auf dem Schoß!

2

Von dem kleinen Zwischenfall, bei dem ich von ihrem geblümten Schoß gepurzelt bin, abgesehen, entwickelte sich Christa innerhalb weniger Tage zu meiner persönlichen Busenfreundin. So nennen Menschen das immer, wenn sie sich besonders mögen. Zumindest die Frauen. Wie das bei Männern heißt, weiß ich ehrlich gesagt nicht. Ich hatte nur irgendwie das Gefühl, Josi würde ihre Mutter nicht als Busenfreundin ansehen. Zumindest aktuell nicht.

»Es tut mir leid«, sagte sie, als Christa ein paar Abende später nicht da war, weil sie etwas erledigen wollte. Vermutlich besorgte sie wieder etwas für unser Loft. Sie hatte nämlich schon einiges angeschleppt. *Deko* nannte sie das. Damit mal »ein bisschen Leben hier reinkommt«. Bei ihrem ersten Besuch hatte sie festgestellt: »Hier sieht es ja aus wie in einem Einrichtungskatalog!« Offensichtlich wollte sie das jetzt ändern.

»Was tut dir leid?«, wollte Florian wissen, während er am Küchentresen stand und sich ein Glas Wasser einschenkte. Er musste wirklich Durst haben, denn er hatte noch nicht einmal sein blaues Jackett ausgezogen. Das machte er eigentlich immer als Erstes, wenn er nach Hause kam.

»Das mit meiner Mutter. Ich hätte sie dir wirklich gern unter anderen Umständen vorgestellt«, erklärte Josi, während sie in dem schwarzen Ledersessel in der Ecke saß und Christas rosa Nachthemd und die ganzen anderen Sachen betrachtete, die auf dem Sofa verstreut rumlagen. Ihr Gesichtsausdruck sprach Bände. Wilma guckt auch immer so, wenn sie etwas verbockt hat. Zum Beispiel heimlich unter Josis Kissen schlafen, trotz der Nichtimzweibeinerbettschlafen-Regel.

»Ach, komm. So schlimm ist sie doch gar nicht. Ich finde sie sogar richtig amüsant.«

»*Amüsant?!*« Josi schlug ihre langen Beine übereinander und setzte sich noch gerader hin, als sie eh schon saß. Dann griff sie nach dem Reißverschluss an der Seite ihres dunklen, engen Rockes und öffnete ihn ein Stück. Kein Wunder, das Ding war ja auch viel zu eng. Ein Leben ohne Fell stelle ich mir komplett anstrengend vor. Kleider aussuchen, Kleider waschen, Kleider trocknen, zusammenlegen und nicht zu vergessen: das Tragen! Ich hatte mal so ein grässliches enges Regenjäckchen an. Ein Albtraum!

»Sei froh, dass du noch eine Mutter hast«, meinte er, lächelte sie an und nahm einen Schluck. »Möchtest du auch?« Er zeigte auf sein Wasserglas.

»Nein, danke. Ich nehme lieber eine Weißweinschorle. Ach, gib mir bitte einen Weißwein – ohne Wasser.«

Florian drehte sich zum Kühlschrank um und holte eine vermutlich gute Flasche raus.

»Ich hab ja gar kein Problem damit, dass meine Mutter hier ohne Anmeldung auftaucht. Aber ist es nicht normalerweise so, dass Eltern einen besuchen und dann … irgendwann wieder fahren? Oder stelle ich mich an?«

»Nein, das tust du nicht. Aber versuch doch trotzdem,

es als Chance zu sehen. Nichts passiert im Leben ohne Grund«, sagte Florian, der nicht nur Chef einer Immobilienfirma war, sondern auch als Couch arbeitete. Das Einzige, was mich dabei beruhigte, war, dass er Zweibeiner couchte, nicht Vierbeiner. Wobei Viktor meinte, es hätte nichts mit unserem Sofa zu tun.

Florian brachte Josi ein Glas und setzte sich neben sie. Er war ein Optimist. So nannte es zumindest Viktor. Optimisten sind Zweibeiner, die immer in allem versuchen, etwas Gutes zu sehen, hat unser Supermops erklärt. Auch in Müttern, die plötzlich auf dem Sofa sitzen.

»Als Chance wofür?«

»Um vielleicht das ein oder andere zu klären, was noch zwischen euch steht. Um mal Zeit mit ihr zu verbringen. Um ein besseres Verhältnis zu ihr zu bekommen …«

»Mein Verhältnis war gut. Bis das … mit Fritz rauskam.« Josi nahm einen Schluck, stellte das Glas auf den Esstisch und blieb gedankenverloren mit ihrem Blick daran haften. »Es würde ja schon reichen, wenn ich wüsste, wie lange sie uns besuchen will. Ich brauche einfach nur ein … ein Ziel, ein Datum, ein was auch immer. Irgendetwas, auf das ich dann zuarbeiten kann. Aber sie macht keine konkrete Aussage, wie lange sie hierbleiben will. Und genau *das* macht mir Angst. Jedes Mal, wenn ich sie darauf anspreche, weicht sie aus. Angeblich hat Hilde seit Tagen ihr Handy aus und ist nicht erreichbar.« Josi schüttelte ungläubig den Kopf. Dann griff sie erneut nach dem Weinglas.

»Ich glaube, sie sehnt sich einfach nach dir. Sie möchte Zeit mit dir verbringen, und vielleicht brauchte sie wirklich einfach mal ein bisschen Abwechslung.«

»Ich auch. Wenn das hier noch lange so weitergeht«, meinte Josi und sah zum Sofa, das jetzt Christas Bett war.

Im Gegensatz zu Josi konnte ich zwei Wochen nach Christas plötzlichem Auftauchen in unserem kleinen Leben eine durch und durch positive Bilanz ziehen, wie Viktor jetzt sagen würde.

Christa war wie eine Mutter. Ich konnte mich an meine zwar nicht mehr richtig erinnern und würde mir wünschen, sie noch einmal irgendwann zu treffen, aber das ist ein anderes Thema. Christa war jedenfalls aufmerksam, zuvorkommend und besorgt. Und so lieb ich Josi auch hatte – ihre Mutter hatte immer Zeit. Wir drei Hunde waren uns ausnahmsweise alle einig: Christa hatte der Himmel geschickt. Der Hundehimmel.

Es gab nur ein Problem. Wilma, Viktor und ich waren die Einzigen, die das dachten. Natürlich konnte ich keine Gedanken lesen und wusste nicht, wie Florian und Josi das sahen. Aber ich hatte Augen im Kopf. Und eine Spürnase. Und die spürte nichts Gutes. Da braute sich was zusammen.

Dabei war Christa wirklich bemüht. Sie versuchte, Josi so viel wie möglich abzunehmen, wie sie immer wieder sagte. Sie kaufte ein. Mit uns dreien und ihrem Hackenporsche im Schlepptau. So nannte sie den Ziehwagen auf Rollen, den sie sich neu gekauft hatte. Im Grunde sah er aus wie ein Körbchen auf Rädern mit Henkel dran. Lustige Erfindung. Nur die Federung ließ etwas zu wünschen übrig. Auf dem Hinweg durften wir rein, auf dem Rückweg kam der Einkauf rein, und wir mussten laufen. Lauter gesundes Zeug, wie Christa Josi erklärte. Alles vom Biomarkt, von ausschließlich glücklichen Tieren, die Eier, die Milch und der ganze Kram. Ob der Salat auch glücklich war, weiß ich nicht, aber ich vermute es. Auf alle Fälle unfassbar gesund und gut. Auch das Karma. Unter uns: Ich habe im Einkaufswagen und auch jedes Mal, wenn Christa alles auspackte, nichts entdeckt, das wie Karma aussah. Aber sie behauptete immer wieder, es wäre alles gutes Karma. Und wie wichtig das sei. Schlechtes Karma würde man schließlich mitessen. Dann müsse man sich auch nicht wundern, wenn man so gestresst und schlecht drauf wäre. Ich passte von diesem Tag an besonders auf, wenn Josi uns morgens das Futter in den Fressnapf füllte. Aber ich konnte weit und breit kein Karma entdecken. Viktor traute ich mich nicht zu fragen. Der hätte mich sicher ausgelacht. Karma hin oder her – es war jedenfalls wunderbar.

Ein paar Tage nach ihrem Überraschungsbesuch ging es nämlich endlich los: Christa wollte mit uns zur Alten Ziegenwiese. So hieß die Kleingartenkolonie, in der sich Hildes nach Wasser dürstender Rosengarten befand. Natürlich war ich wieder der Einzige, der schon bei der Ankündigung vor Freude ausflippte. Wilma war wenig begeistert. Sie hing noch überm Fressnapf, in dem sich nachweislich seit Minuten nichts mehr befand, und leckte darin rum, als ginge es darum, einen Preis zu gewinnen. Viktor hing vorm Fernseher und sah sich die Tagesschau an. Er hatte vor einer Weile rausbekommen, welcher der vielen Knöpfe auf der langen grauen Plastikleiste der Anschaltknopf war. Josi fand das unglaublich lustig und legte Viktor die Leiste immer vor die Nase, wenn Besuch kam. Dann sollte er zeigen, dass er in der Lage war, allein den Fernseher anzumachen. Dafür bekam er dann einen kleinen Knochen. Mich regte das höllisch auf. Was war das bitte für eine Leistung? Auf einen kleinen roten Punkt zu drücken?! Also echt. Außerdem war ich fest davon überzeugt, dass es nicht am Inhalt der Nachrichten, sondern am Inhalt der Bluse von der Frau lag, die immer davon erzählte, was in der Welt passierte. Viktor steht nämlich auf große Zitzen. Das habe ich schon lange durchschaut.

Irgendwann hat Christa den Fernseher dann aber ausgemacht, Wilma es aufgegeben, den leeren Fressnapf noch leerer zu lecken, und wir sind alle vier mit dem Fahrstuhl runter zur Straße und dann mit dem Bus eine gefühlte Ewigkeit durch die Stadt gegondelt – bis sich die Glastüren des extrem warmen und stickigen Busses endlich nach links und rechts öffneten und wir hinausspringen konnten.

Die Alte Ziegenwiese befand sich fast direkt an der Bushaltestelle. Nur einmal kurz quer über Fahrrad- und Fußgängerweg, und schon standen wir vor einem großen hölzernen Tor, über dem das Schild »Kleingartenkolonie *Alte Ziegenwiese*« von einer leichten Elbböe hin und her wackelte.

Noch bevor ich durch die geöffnete Pforte gelaufen war und meine Pfoten den Sandweg berührt hatte, wusste ich: Das hier war genau das, wonach ich mich gesehnt hatte. Ich konnte Christa ja so gut verstehen! Von dem Mord ahnte ich natürlich noch nichts, aber dass es hier nach Abenteuer roch – das war mir gleich klar. Adios Komfortzone, wo immer du sein magst! Das hier war mehr als nur eine alte Ziegenwiese. Das hier war Abwechslung pur.

Direkt hinter der Pforte, auf der linken Seite, stand ein großes, weißes, flaches Gebäude. Die Stäbe in den vergitterten Fenstern waren nicht einfach gerade und glatt, wenn ich das richtig erkennen konnte, sondern in sich gedreht und geschwungen, als wollte man es ein bisschen hübsch machen. Es wirkte wie ein Gefängnis mit Spitzengardinen. »Vereinshaus« stand in dunklen Buchstaben auf einem alten Schild über der hölzernen Eingangstür. Davor war eine Steinterrasse, auf der lauter Stühle, Bänke und Tische aus weißem Plastik standen. Beziehungsweise waren sie offenbar mal weiß gewesen. Jetzt sahen sie eher graugrün aus, mit weißem Untergrund. Und ein paar Sonnenschirme gab es. Auch grün. Wohl auch immer schon grün gewesen.

Auf alle Fälle sah ich keine Menschen weit und breit. Ich schnüffelte kurz alles ab. Auch von Tieren keine Spur. Zumindest keine frischen Markierungen. Dann sah ich mich um. Links ging die Terrasse in eine Art leicht abschüssige Wiese über, an deren Ende sich ein größerer Teich befand.

Rechts führten mehrere Sandwege irgendwohin.

Christa, Viktor und Wilma waren weitergegangen und standen jetzt unschlüssig vor einer Weggabelung. Der eine Weg führte geradeaus, der nächste leicht nach links und der dritte schräg nach rechts. Christa sah noch einmal auf ihren Zettel, überlegte kurz und entschied sich dann für geradeaus.

Wow. Ich hatte ja schon viel gesehen in meinem kurzen Leben – aber das hier war etwas völlig Neues für mich! *Was für interessante Ecken Hamburg hat,* dachte ich erstaunt und sah mich schnüffelnd weiter um. *Abgesehen vom Elbstrand, der Alster und den ganzen anderen Stellen, die auch alle schön sind.* Aber die Alte Ziegenwiese war etwas völlig anderes. Im Grunde genommen war es auch nicht *eine* alte Ziegenwiese, wenn ich das richtig sah, sondern ganz viele kleine. Zahlreiche kleine Gärten in gleicher Größe und gleicher Form mit gleichen Hecken. Alle nebeneinander. Auf den kleinen Ziegenwiesen standen kleine Hütten. Wie echte Häuser, nur viel, viel kleiner. Aber sonst genauso: mit Fenstern, Gardinen, Türen, einem Dach. Total lustig.

Ich war abgelenkt. Und auf dem Sandweg musste man höllisch aufpassen, sonst verlief man sich glatt. Sah ja von hier unten alles gleich aus. Wäre ich ein Mensch und könnte nicht so gut riechen, ich würde hier vermutlich einmal rein und nie wieder rausfinden.

»Labyrinth«, knurrte Viktor beiläufig, während wir uns mit der Nase nach unten langsam auf dem Weg, der wie alle anderen Wege rechts und links von hohen, grünen Hecken eingeschlossen war, entlang der Gärten vorschnüffelten. Nur dort, wo sich die Pforten zu den Grundstücken befanden, wurde die endlose Hecke kurz unterbrochen.

»Bitte?«, fragte Wilma.

»Labyrinth«, sagte Viktor erneut, was aber nicht den erwünschten Effekt brachte: Wilma schwieg ratlos. »Labyrinth bezeichnet ein System von Linien oder Wegen, das durch zahlreiche Richtungsänderungen ein Verfolgen oder Abschreiten des Musters zu einem Rätsel macht«, ergänzte er.

Er war einfach ein Kauz. Ein liebenswürdiger alter Kauz. Anders konnte man es nicht nennen. Welcher Hund sah sich gerne die »Tagesschau« an? Oder »Wer wird Millionär«? Wobei ihn das in letzter Zeit schon fast langweilte. Vor allem die ersten Fragen sah er immer als persönliche

Beleidigung an. Ich blieb da lieber meinem »Tatort« treu. Ermittlungen waren einfach mein Ding.

»Aber uns verfolgt doch keiner«, meinte nun unsere Mitbewohnerin und sah sich ängstlich um. Die grundgute Wilma … Etwas trottelig und alles andere als hochbegabt, aber immer wieder für eine Überraschung gut.

Wir marschierten also alle drei neugierig und gespannt Christa hinterher, die links und rechts grüßte, wenn es etwas hinter der Hecke zu grüßen gab. An einer der offenbar unzähligen Kreuzungen blieb sie stehen, blickte auf ihren Notizzettel, sah sich kurz um und wollte gerade links weitergehen, als ein Kerl mit braunroten schulterlangen Haaren, einem ebenso roten Vollbart, blauer Latzhose und einem großen Vogel auf der Schulter auf einem alten Fahrrad angeradelt kam und laut quietschend vor uns hielt. Der Typ war eine Mischung aus Wikinger und Hafenarbeiter. Der Vogel vermutlich ein Graupapagei. Ohne Mischung. Erstaunt sahen wir alle drei nach oben.

»Moin! Moin!«, grüßte der Kerl. »Kann ich Ihnen helfen?«

»Moin«, grüßte jetzt auch sein Beifahrer.

Wilma sah mich von der Seite fragend an. Ich ging nicht darauf ein. Schließlich war ich mir selbst gerade nicht sicher, was ich von den beiden halten sollte. Ein Graupapagei, der Fahrrad fährt, ist in Hamburg schließlich nichts, was man an jeder Ecke sieht. Auch wenn die Stadt sonst viel zu bieten hat.

»Ja, danke, das ist sehr freundlich«, sagte Christa und sah noch einmal auf ihren Zettel. »Ich suche die Laube von Hilde Heinrich. Parzellennummer 33, wenn ich mich nicht irre. Müsste eigentlich hier ganz in der Nähe sein.«

»Ja, da sind Sie goldrichtig, junge Frau. Den Weg hier runter und dann am Ende links. Die ist aber im Moment nicht da. Hab sie schon länger nicht gesehen«, erklärte der radelnde Wikinger.

»Moin!«, grüßte der graue Papagei noch einmal.

»Moin«, kam es jetzt von Viktor zurück. Ich drehte mich zu ihm um. Er war zwar keine Katze (auch wenn manch ein Mensch meint, wir Möpse wären eine Kreuzung aus Katze und Frosch, was natürlich kompletter Blödsinn ist), aber er mochte trotzdem keine Vögel. Umso irritierter war ich, dass er zurückgrüßte.

»Sonst gibt er ja nie Ruhe«, erklärte Viktor, der meine Gedanken erahnte, ohne mich anzusehen.

»Hilde ist immer noch auf Teneriffa. Sie hat mich gebeten, ihre Rosen zu gießen und mich etwas um den Garten zu kümmern. Und bei *den* Temperaturen muss ich das jetzt dringend mal machen. Ich bin übrigens Christa. Christa Hartmann, guten Tag«, sagte Christa und streckte dem Wikinger die Hand entgegen.

»Harry. Tach auch.«

»Und wer ist das?«, fragte Christa, legte ihren Kopf schief und sah an Harrys Haaren vorbei zu dem lustigen Vogel.

»Das ist Moses. Nicht wahr? Sag mal schön guten Tag, Moses!«

»Moin, Moin«, wiederholte Moses artig und legte seinen Kopf auch schief.

»Der ist ja putzig. Und er fliegt gar nicht weg?«, wollte Christa wissen.

»Doch, das macht er schon mal, aber nie lange. Meistens dreht er einmal am Tag eine Runde über die Alte Ziegenwiese und landet dann wieder auf meinem Gartenstuhl. Das ist eine ganz treue Seele!«

»Lustig. Na, vielleicht sehen wir uns ja noch mal. Ich gehe dann jetzt mal los. Vielen Dank!«

»Ja, viel Spaß. Und wenn ich Ihnen noch einen Tipp geben darf, für den Fall, dass Sie jetzt öfter hier sind: Nehmen Sie sich vor der Dame vom Nachbargrundstück in Acht. Das ist eine Tratschtante!«

Christa machte einen erstaunten Gesichtsausdruck.

»Oh, danke. Ich werde darauf achten.«

Dann stieg Harry wieder auf sein altes Rad und fuhr quietschend weiter. Wir sahen ihm und dem Vogel, der auf seiner Schulter hin und her wackelte, einen Moment hinterher. Dann liefen wir zu Christa, die sich schon auf den Weg gemacht hatte.

»Hab ich das geträumt oder hatte der 'nen Vogel?«, fragte Wilma gedankenverloren.

»Der hatte 'nen Vogel«, bestätigte ich.

»Hier ist es«, sagte Christa, sah noch einmal auf den Zettel in ihrer Hand und dann zu dem von zartroséfarbenen Rosen bewachsenen Bogen vor sich hoch, der den Eingang zum Garten markierte. Sie beugte sich leicht vor, öffnete die braune Holzpforte, und wir liefen an ihr vorbei in Hildes Garten. Eigentlich hätte man ihn auch mit der Nase finden müssen: Es war eine Explosion der Sinne! Es duftete von allen Seiten nach Zitrone, Orange, Lavendel. Mir wurde fast schwindelig. Bevor es allerdings dazu kommen konnte, riss mich Wilmas Alarmsirene aus meinem Duft-Trance-Zustand. Was war denn nur los? So laut war sie ja schon lange nicht mehr gewesen! Wilma bellte, was das Zeug hielt. Es war fast ein Wolfsheulen, mochte man meinen.

Ich lief über den Rasen an all diesen betörend duftenden Blüten und ihren dornigen Stielen vorbei bis zu der kleinen hellgrauen Holzhütte mit den weißen Fenstern, vor dessen Terrasse Wilma stand und irgendwen oder irgendwas fürchterlich anbellte. Abrupt blieb ich stehen und suchte den Einbrecher. Dann sah ich ihn. Wilmas Gegner war – ich mag es kaum sagen – nur unwesentlich größer als sie, hatte eine rote Zipfelmütze, einen braunen Bart und eine kleine Forke in der Hand. Er lächelte Wilma freundlich an.

»Drehst du jetzt völlig durch?!«, fuhr Viktor sie an. »Oder brauchst du eine Brille?«

»Tu was!«, bellte sie zurück, während ihr vor Hitze und Hektik die Zunge aus dem Maulwinkel hing.

»Was ist denn hier los?«, hörten wir es in dem Moment von der anderen Seite der Begrünung, und schon erschien ein braun gelockter Kopf oberhalb des Heckenrands.

»Hallo«, grüßte Christa betont freundlich und zischte Wilma weniger freundlich zu: »Aus jetzt!« Dann ging sie ein paar Schritte auf die Hecke zu.

»Ich glaube, sie hat sich vor dem Gartenzwerg erschreckt. Ich hoffe, Sie haben nicht gerade …«

»Nein, nein, alles gut. Ich mache gerade ein. Alles bestens. Wollte nur mal sehen, was los ist. Hilde ist schon eine ganze Weile nicht da, und dann schaut man natürlich mal, wenn plötzlich jemand bei der Nachbarin ist.«

»Das ist sehr aufmerksam. Ich bin eine Freundin von Hilde. Christa Hartmann«, sagte Josis Mutter und streckte ihre Hand über die hohe Hecke.

»Irma, hallo«, sagte der dunkelbraune Lockenkopf, vor dem wir uns in Acht nehmen sollten, wenn ich Harry richtig verstanden hatte. Irma, die Tratschtante, wuchs ein Stück und versuchte über die Hecke zu uns runterzuschauen. Gelang ihr aber nicht. Daraufhin schrumpfte sie wieder und verschwand ganz hinter der Hecke. Wir wollten uns gerade wundern, da stand sie plötzlich links von uns unter dem hellrosa Rosenbogen und winkte hektisch. Nicht nur Kopf und Hand, sondern die ganze Irma. Eine recht zierliche Person, wie man jetzt erkennen konnte. Über einem hellen T-Shirt, von dem man nichts weiter sah als das bisschen Stoff, das die schmalen Schultern abdeckte, trug sie einen hellblauen, ärmellosen langen Kittel. Sie erinnerte mich an die Kassiererin in diesem großen Laden, wo sie nur Flaschen haben. Flaschen mit allem Möglichen drin. Gott, wie das da immer auf dem Boden stank.

»Huhu!«, rief sie jetzt mit hoher Stimme, obwohl wir sie ja längst schon gesehen hatten. Christa ging auf sie zu und öffnete die Pforte. »So ist es doch etwas einfacher. Also, hallo noch mal«, sagte Irma und kam aufs Grundstück. »Wie geht es Hilde denn? Ihre Kreuzfahrt sollte doch nur bis letzte Woche gehen, wenn ich das richtig gehört … ähm … wenn ich das richtig verstanden habe. Ist ihr etwas zugestoßen?«

»Das kann man wohl sagen«, meinte Viktor, der es sich auf der Fußmatte des Gartenhäuschens gemütlich gemacht hatte. »Ein Masseur ist zu ihr gestoßen.« Er lachte seine dreckige Lache, woraufhin sich Irma und Christa mit Sorgenfalten im Gesicht zu ihm umdrehten.

»Ach der Arme. Hat er Husten?«, wollte Irma wissen.

»Keine Ahnung. Ich höre das jetzt auch zum ersten Mal«, wunderte sich Christa.

»Süße Möpse haben Sie, wirklich sehr süß!«

»Ich habe keinen Husten!«, protestierte Viktor.

»Das sind gar nicht meine. Sie gehören meiner Tochter«, erklärte Christa und sah immer noch zu Viktor.

»Und Hilde geht es wirklich gut?«, hakte Irma nach und steckte die kleinen Hände in die Taschen ihres Kittels.

»Ja, alles bestens. Sie hat sich nur etwas … verhoben und kommt etwas später zurück. Vielleicht so in … zwei, drei Wochen oder so. Genau weiß sie es selbst nicht. Deshalb hat sie mich gebeten, mal nach dem Rechten zu sehen.«

»Na, wenn wir uns jetzt öfter sehen … Ich bin wie gesagt Irma. Wir duzen uns hier alle«, sagte sie und lächelte Christa breit an.

»Christa«, sagte Christa und gab Irma die Hand.

»Du warst aber noch nie hier, oder? Ich kann mich jedenfalls nicht erinnern. Wobei das nichts heißt …«, gab Irma zu.

»Ein Mal. Aber das ist schon ziemlich lange her. Da hatte sie den Garten gerade übernommen, und das Haus«, sie drehte sich zu Hildes Holzhütte, »war noch braun und nicht so schön hellgrau-weiß gestrichen. Sieht richtig skandinavisch aus. Und die Rosen … die waren auch noch etwas kleiner und höchstens halb so viele.«

»Dann bist du gar nicht aus Hamburg?«, bohrte Irma weiter.

»Ursprünglich schon, aber wir leben seit ein paar Jahren in Italien. In der Toskana.«

»Wow! Daher die schöne Bräune«, staunte Irma und

machte große Augen. »Und dann kommst du zum Rosengießen extra nach Norddeutschland? Na, das nenne ich mal eine gute Freundin!«

»Na ja. Ich wollte eh kommen und … Und da bot es sich halt an«, stotterte Christa und wurde wahrnehmbar etwas verlegen. Warum nur, fragte ich mich.

»Toskana«, schwärmte Irma. »Klasse. Ich war ja noch nie da.« Sie kam ein Stück näher. »Aber da lässt es sich bestimmt gut leben, oder?«

»Ja, auf alle Fälle. Aber Hamburg ist auch wunderschön. Ich muss zugeben, dass ich es gerade richtig genieße, mal wieder hier zu sein«, sagte Christa.

»Dann wünsche ich dir eine schöne Zeit«, sagte Irma. »Wir sehen uns sicher in nächster Zeit öfter. Ich muss mal wieder rüber. Die Arbeit macht sich ja nicht von allein, richtig? Also, herzlich willkommen auf der Alten Ziegenwiese. Und wenn mal was ist: Du weißt ja, wo du mich findest. Und falls du etwas von Hilde hörst, grüß sie bitte unbedingt von mir und richte ihr die besten Genesungswünsche aus! Ach, und bevor ich es vergesse – Musik ab 20 Uhr runterdrehen, dann gibt es auch keinen Ärger. Eigentlich sind hier alle ganz nett … Nur einer …« Irma schüttelte den Kopf und machte eine abwehrende Handbewegung.

»Einer?«, fragte Christa.

»Franz. Aber mach dir keine Gedanken, falls der mal was sagt. Der ist nicht ganz dicht.«

»Um 20 Uhr liege ich eh schon auf dem Sofa. Auf *meinem* Sofa«, erklärte Christa. »Eine Frage hätte ich doch noch. Wo ist denn der Wasserhahn?« Sie sah sich suchend um.

»Der ist gleich hier vorn, aus der Pforte raus und links rum. Neben dem großen Gemeinschafts-Komposthaufen.«

»Na, dann werde ich mich gleich mal auf den Weg machen. Es ist ja doch alles ganz schön trocken, wenn ich mich hier so umschaue.«

»Die Gießkanne steht rechts neben dem Eingang«, erklärte Irma und zeigte in Viktors Richtung.

Christa hielt sich die Hand vor die Stirn. Die Sonne schien direkt in ihr gut gebräuntes Gesicht.

»Ah, ja, ich sehe schon. Danke.«

»Frohes Schaffen. Und falls du am Freitagabend noch da sein solltest, komm doch zum Grillen! Oben am Vereinshaus. Das ist immer ganz schön. Dann lernst du die anderen auch alle kennen«, schlug Irma vor.

»Ach, das ist nett. Da schaue ich gern mal vorbei. Ich werde sicher noch da sein. Vielen Dank.«

»Sehr schön. Dann erst mal viel Spaß beim Gießen!«

»Danke«, sagte Christa, hob ihre Hand und winkte Irma zu. Dann holte sie die grüne Gießkanne und ging durch den Rosenbogen »links rum«, den Wasserhahn suchen. Ich lief ihr unaufgefordert hinterher.

Der Komposthaufen war nicht zu verfehlen. Man hätte ihn auch blind finden können, obwohl er sich wie alles hier hinter einer hohen Hecke befand. Gott, wie der stank!

Als ich alles inspizierte und gleich markierte, wenn ich schon mal hier war, hörte ich synchron zu meinem Pinkeln hinter mir das Wasser laufen. Und während ich mich sehr viel leichter fühlte, hatte Christa auf dem Rückweg mit dem Gewicht der Kanne zu kämpfen. »Das mache ich sicher nicht dreimal am Tag. So ein Quatsch!«, schimpfte sie, während sie in Schräglage die Gießkanne absetzte, wieder hochnahm, ein Stück ging, absetzte, wieder hochnahm und das Ganze so oft wiederholte, bis wir unter Hildes Rosenbogen standen.

Nachdem sie einen Teil der Pflanzen gegossen hatte, kramte sie aus der Seitentasche ihrer beigefarbenen kurzen Stoffhose den Schlüssel für die Hütte, den sie vor ein paar Tagen aus Hildes Wohnung geholt hatte. »Das kann ich mir einfach nicht vorstellen, dass Hilde hier keinen Gartenschlauch hat«, sagte sie über Viktor hinweg und schloss auf. Viktor erhob sich träge und ging ein Stück beiseite.

Uns kam ein Schwall warmer, abgestandener Luft entgegen, die leicht müffelte. »Puh, das ist ja die reinste Sauna hier«, stöhnte Christa, ging durch das Häuschen und öffnete alle Fenster. Alle waren zwei. Eines gleich links neben der Tür und eines auf der rechten Seite. Das Häuschen war ganz hübsch eingerichtet: Links unter dem Fenster gab es eine Mini-Arbeitsfläche samt Mini-Kühlschrank und Mini-Regalen, auf denen ein paar Gläser, Tassen und Kannen standen. Das sollte wohl die Küche sein. In der Ecke stand ein kleiner Tisch mit einer Sitzbank und zwei Stühlen davor, daneben ein Sessel, eine Stehlampe und ein weiteres Tischchen, auf dem sich ein paar Bücher stapelten. Hinter einem halb geöffneten Vorhang erkannte ich ein Bett in der Nische. Daneben eine geschlossene Holztür. Vermutlich das Klo. Wie in unserem Loft: Es ging alles ineinander über. Küche, Wohnzimmer und Essbereich. Nur eben kleiner. Viel kleiner! Wilma würde sich freuen, dachte ich. So musste sie sich weniger bewegen, um von ihrem Liegeplatz zum Fressnapf und zurück zu kommen.

Einen großen Unterschied zu unserem Zuhause gab es allerdings. Wo man hinsah: Rosen. Keine echten. Von denen hatte Hilde draußen mehr als genug. Auf den Gardinen, auf den Kissen, selbst das Handtuch an der Spüle war mit Rosen übersät.

Christa machte keinen zufriedenen Eindruck. Das lag aber nicht an der rosigen Einrichtung. Sie ging wieder raus und links um die Hütte. Während Wilma auf den Sessel hüpfte – was mich erstaunte, da Hüpfen eine körperliche Tätigkeit war und somit nicht zu ihren Vorlieben gehörte –, lief ich Christa hinterher. Viktor schlief schon wieder. Er schnarchte unüberhörbar.

»Hab ich es doch gewusst. Da ist er ja«, freute sich Christa und kam mit einem grünen, langen Gartenschlauch über dem Arm zwischen Hütte und Hecke wieder raus. »Dass ich da aber auch nicht gleich daraufgekommen bin«, ärgerte sie sich, während sie das eine Ende des Schlauchs hinter sich herzog und wieder durch den Rosenbogen verschwand. Ich drehte mich noch einmal zu meinen langweiligen Mitbewohnern um, dann marschierte ich los. Ich musste unbedingt wissen, wo es hier ein paar nette Hundedamen gab. Gerochen hatte ich zwar bisher noch nicht sehr viel, aber das hieß ja nichts. Wäre doch gelacht, wenn ich hier nicht noch etwas mehr Unterhaltung finden würde als das, was mir Wilma und Viktor aktuell boten.

Und siehe da! Ich war keine zehn Meter mit der Nase an einer bisher nicht inspizierten Hecke entlanggelaufen, da hatte ich auch schon eine heiße Spur. Es gab hier definitiv eine Hündin! Und wenn mich nicht alles täuschte, nicht nur eine. Ich war jetzt schon ein großer Fan der Alten Ziegenwiese. Also nichts wie weiter. Noch ein Stück geradeaus, rechts um die Ecke – und da sah ich sie durch das grüne Gartentor: eine kleine weiße Malteserdame. Ich war entzückt.

»Na, wen haben wir denn da?«, hörte ich eine weibliche Stimme eine Etage höher. Eine Frau mit Zopf kam auf mich zu, öffnete die Pforte und bückte sich zu mir runter. Sie hatte rote Haare. Nicht irgendwie rot, sondern rotrot. So wie der Lippenstift, den Josi manchmal benutzte.

»Na, kleiner Mann. Wo gehörst du denn hin?«

»Och, ich bin nur zu Besuch«, erklärte ich und versuchte an ihr vorbeizusehen, was mir aber leider nicht gelang.

»Heeeeenri«, hörte ich in dem Moment Christa irgendwo rufen.

»Na, dann werde ich mal wieder. Wir sehen uns«, grüßte ich noch kurz, markierte die Pforte und verschwand wieder. Ich wollte auf keinen Fall Ärger mit Christa provozieren. Womöglich würde sie uns sonst nicht mehr mit hierher nehmen. Und das, wo es doch gerade spannend wurde. Für mich zumindest. Also lief ich den Sandweg zurück, um die Ecke, noch ein Stück – und, zack, war ich wieder da.

»Ist was?«, fragte ich mit meinem »Ich-habe-gar-nichts-getan«-Blick.

Und siehe da, es funktionierte. »Ach, da bist du ja, Süßer. Na komm. Schau mal. Ich habe euch hier eine Schale mit Wasser hingestellt.«

Wasser statt Weiber. Was sollte man dazu sagen? »Na ja. Immerhin weiß ich jetzt, wo die Puppe wohnt«, sagte ich mehr zu mir selbst, aber Wilma fühlte sich leider angesprochen.

»Wie bitte?«, flötete sie von ihrem Sessel zu mir runter.

»Ach, nichts. Ich habe nur mit mir selbst …«

»Er meint, er weiß jetzt endlich, wo *richtige* Hundedamen zu finden sind«, hörte ich Viktor hinter mir.

»Was heißt denn hier richtige? Gibt es auch falsche?«

»Allerdings«, sagte Viktor und sah Wilma dabei stur in die Augen.

Bevor es zu weiteren Missstimmungen kommen konnte, hörten wir draußen jemanden grüßen. Wilma sprang von ihrem Schlafsessel, Viktor stand von der Matte auf, und alle drei steckten wir unsere Köpfe aus der Tür. Die Neugierde war doch zu groß.

»Hallo? Hilde? Bist du da?«, fragte eine Dame mit buntem Kopftuch, die den Altersdurchschnitt gerade rapide nach unten senkte.

»Wau, wau«, machte es hinter ihr. »Wau, wau!«

»Ja, genau. Da sind Hunde. Aber ich glaube, Hilde ist gar nicht da«, sagte die junge Frau. Mit wem sprach sie denn nur? Dass hier alte Seeleute mit Vögeln rumradelten – okay. Aber Frauen mit Kopftüchern, die mit sich selbst sprachen? Langsam wurde es komisch.

In dem Moment raschelte es neben uns in der Hecke, und Christa kam hinter der Hütte hervor. Was auch immer sie da gesucht hatte, sie hatte es anscheinend nicht gefunden. Ihre Hände waren leer, ihre Arme dafür komplett zerkratzt. »Hallo«, sagte sie, wischte sich die Hände an der kurzen Hose ab, die noch vor einer halben Stunde weniger Flecken gehabt hatte, und ging auf die Frau zu.

»Ach, hallo. Ich dachte Hilde wäre da«, erklärte diese entschuldigend und hob das hoch, was immer noch »Wau,

wau!« machte: ein kleiner Zweibeiner mit Wurstbeinchen, die unter seiner kurzen Hose vorquollen, und mindestens genauso dicken Ärmchen.

»Er meint uns«, erklärte Wilma.

»Ach ne«, knurrte Viktor.

»Hilde ist noch nicht zurück. Ich kümmere mich nur ein bisschen um den Garten, damit hier in der Zwischenzeit nicht alles eingeht.« Christa gab der Frau ihren Ellenbogen. Wirklich! Nicht die Hand. »Ich bin Christa, hallo«, sagte sie, und die andere nahm tatsächlich Christas Ellenbogen zur Begrüßung und wischte sich mit der anderen Hand eine Haarsträhne aus dem Gesicht. Vielleicht machte man das so in Kleingartenkolonien.

»Jonna. Freut mich. Und das hier ist Hans«, sagte sie und sah an sich runter.

»Wau, wau«, sagte das Hanswurstkind, das, sagen wir mal, *interessant* roch, und zeigte auf uns.

»Was hat der bloß gegessen, dass so etwas dabei – rauskommt?«, fragte Viktor, hob seine Nase und schnüffelte in der Luft.

»Genau. Hunde. Möpse sind das«, bestätigte die Mutter.

»Willst du mal reinkommen und sie streicheln?«, bot Christa an.

Wilma sah mich an, ich sah Viktor an. »Wollen wir gestreichelt werden?«, fragte ich entsetzt in die Runde.

»Ja!«, sagte Wilma und ging vor.

»In ihrem Alter muss man nehmen, was man kriegen kann«, lachte Viktor und setzte sich wieder auf seinen Po.

»Was bist du denn heute so biestig?«, wollte ich wissen. »Schlägt dir die Hitze aufs Gemüt?«

Viktor sagte nichts. Dafür Hanswurst umso mehr. Der bekam sich vor Freude gar nicht mehr ein.

»Das ist die Wilma«, erklärte Christa in einem Ton, als wäre der Zwerg begriffsstutzig.

»Willlma! Willlma!«, freute Hanswurst sich und lag halb auf der armen Wilma drauf – die es anscheinend genoss.

»Na, da haben sich ja zwei gefunden! Das sieht aber sehr danach aus, als wenn Sie sich einen Hund zulegen sollten«, sagte Christa sichtlich amüsiert.

»Ach, danke. Ich habe gerade genug um die Ohren. Wir haben den Garten hier ganz neu und sind dabei, alles umzugestalten, die Hütte zu renovieren … Na ja, und der Lütte. Das reicht erst mal.« Jonna steckte die Hände rechts und links in ihre blaue, kurze Latzhose.

»Ja, das verstehe ich. Die Hunde gehören auch gar nicht mir, sondern meiner Tochter. Aber die ist auch schon groß«, erklärte Christa lachend.

»Na, dann geht es ja.«

Sie standen noch eine Weile auf dem Rasen vor uns und unterhielten sich über das Wetter und die Gärten. Irgendwann verabschiedete sich Jonna samt Hanswurst, der nicht wirklich begeistert war von der Idee. Und auch Christa packte ihre Sachen zusammen, legte den Schlauch weg, schloss Fenster und Türen und gab uns ein Zeichen, dass es wieder nach Hause ging. Leider. Nicht, dass ich unser Zuhause nicht mochte, aber das hier, das war einfach eine ganz andere Nummer!

Ich konnte nur inständig hoffen, dass wir bald wieder herkommen würden.

3

Den Rosen sei Dank fuhren Christa und wir fast täglich mit dem Bus in die Kleingartenkolonie. Und das war auch gut so, denn zu Hause war »komische Stimmung«. Josi war nicht so richtig glücklich mit der Tatsache, dass ihr schönes Sofa immer noch zur Schlaflandschaft umfunktioniert wurde. Uns Möpsen schlug derartige Stimmung gehörig auf den kleinen Magen. Zumindest kann ich das für mich sagen. Das mit dem kleinen Magen. Bei Wilma sah es vermutlich etwas anders aus. Da konnte man getrost von einer Magenerweiterung ausgehen.

Heute fuhren wir jedenfalls nicht nur hin, um die Pflanzen zu wässern, sondern auch, um selbst mal einen zu heben, wie Harry lachend erklärte. Was auch immer der heben wollte. Es war Freitag, und das hieß: »Party!«, wie er uns schon vom Fahrrad aus zurief, als wir gerade durch das große Tor am Haupteingang gingen. Die kleinen und großen Kleingartenkolonisten liefen wild durcheinander, brachten bunte Schalen mit allen möglichen extrem gut riechenden Dingen, von denen wir frecherweise nichts abbekamen, und unterhielten sich angeregt. Einer stand am Grill, einer an der Bar – eigentlich nur ein Tisch mit Flaschen und Pappbechern –, eine dekorierte fleißig die Klapptische, und dann war da noch einer, der machte Musik. Die mochte er allerdings selbst nicht so gern hören, denn er trug Kopfhörer. Oder er hörte andere Musik, das konnte natürlich auch sein. Da war jedenfalls was los, mein lieber Mopsverein!

Das hier war eine Kur für meine Magengegend: Die Stimmung war im Vergleich zu der bei uns zu Hause umwerfend gut. Hier hatten anscheinend alle gute Laune, lachten und reden laut durcheinander, nahmen sich zur Begrüßung in den Arm und machten allesamt einen überdurchschnittlich glücklichen Eindruck.

Nachdem Christa alles gegossen und Hildes Häuschen gelüftet hatte, waren wir sofort hierhergeeilt. Nun standen wir ein wenig verlegen rum und wussten nicht recht, wohin mit uns. Ein paar Zweibeiner rudelten zusammen an einem Stehtisch herum und unterhielten sich angeregt, andere saßen auf Holzbänken oder Plastikstühlen und hatten Gläser in der Hand. Ein älterer Herr versuchte einen Sonnenschirm aufzustellen, ein anderer half ihm dabei.

Wir sahen uns das eine Weile an, dann fragte Christa eine Frau, die gerade die Klapptische dekorierte, ob sie helfen könnte. Wilma stand mitten im Weg rum, sodass ein jüngerer Typ fast über sie gestolpert wäre – was sie natürlich nicht raffte. Viktor lag unter einem der Tische, auf denen die bunten Schälchen standen, und sah so aus, als wäre er lieber woanders, zum Beispiel *auf* dem Tisch. Nur ich hatte einen Plan. Und was für einen. Meine Nase verriet mir nämlich, dass es hier noch weitaus Besseres als Würstchen gab. Die Malteserpüppi zum Beispiel. Und sie musste ganz in der Nähe sein! Ich sah noch einmal kurz zu Christa, die nun mit einer ziemlich großen, rotweißkarierten Papiertischdecke kämpfte, dann lief ich am Eingangstor vorbei, geradeaus, links, wieder geradeaus und stand, meiner Supernase sei Dank, bei der Püppi vorm Tor. Natürlich war es zu. Ich hatte nichts anderes erwartet. Aber wo ein Mops ist, ist ein Weg. Und der führte direkt durch die grüne Hecke. Zack, stand ich auf dem kleinen Rasenstück, das von hohen, blühenden Sträuchern umgeben war. Und unter einem dieser duftenden Sträucher, im Schatten, lag *sie*! Mein Herz schlug schneller, mein Atem schloss sich an. Eine blöde Kombi, die ich irgendwie nicht im Griff hatte. Hecheln war einfach extrem uncool.

»Na, wer bist du denn?«, hörte ich schon wieder jemanden fragen. Zwei Zweibeiner standen wie aus dem Nichts plötzlich vor mir. Die Frau mit den roten Haaren, die heute ein kurzes Kleid mit lauter Punkten trug, und ihr Leitwolf, wenn ich das richtig einschätzte. Ein großer Kerl, schwarze Haare, dunkle Sonnenbrille und insgesamt sehr gut gebräunt, was man prima erkennen konnte, weil er ein sehr kurzärmliges, kariertes Hemd trug. Um genau zu sein, es fehlten dem Hemd die Ärmel. Er nahm seine Brille ab und sah zu mir runter. Puh, wonach roch der denn? Männerschweiß kombiniert mit einem penetrant riechenden Irgendwas.

»Ach, da bist du ja schon wieder, kleiner Kerl«, flötete die Rote und bückte sich zu mir runter, um mich hochzuheben. Was soll ich sagen? Ich bin halt einfach ein Frauentyp. »Der war doch schon mal hier. Das ist der Hund von der Bekannten von Hilde, die ihren Garten versorgt«, erklärte sie ihrem Typen, der, wie ich jetzt erkennen konnte, lustige bunte Bildchen auf dem Oberarm hatte.

»Moin. Henri Hartmann mein Name. Guten Tag!«, grüßte ich lässig und sah noch einmal zu der kleinen Lady runter, bevor man mich wieder rausbringen würde. Diesmal durch die Pforte.

»Lass uns doch zum Vereinshaus gehen. So wie es riecht, ist der Grill schon an, und dann können wir den kleinen Kerl auf dem Weg an Hildes Garten abgeben. Die Frau vermisst ihn doch bestimmt schon«, meinte die Rote und sah mich ganz verliebt an. Dagegen hatte ich nichts, ich wäre nur ein klitzekleines bisschen glücklicher gewesen, wenn mich ihre Hündin so angesehen hätte und sie selbst mal kurz verschwinden würde, samt Leitwolf. Natürlich erst, nachdem sie mich wieder auf den Rasen gesetzt hätte.

»Vielleicht ist sie ja auch oben«, schlug der Typ vor, und die Rote ließ mich freundlicherweise runter.

»Warst du eine Runde laufen, oder ist dir nur heiß?«, fragte hinter mir der Grund meines Kommens. Ich war am Ziel. Herrlich.

»Ich? Nö. Mir ist nur gerade spontan etwas warm geworden«, erklärte ich.

»Spontan?« Sie sah mich mit einem Blick an, dem kein Mops widerstehen konnte, und das Thema Temperatur wurde wieder akut.

»Ja. Spontan«, hechelte ich, während sie ein Stück auf mich zukam.

Lilly war ab diesem Moment meine, wie soll ich sagen, kleine Liebe. Für große Liebe reichten ihre 20 Zentimeter einfach nicht.

Nach einem kleinen Umweg an Hildes Hütte vorbei, wo natürlich keiner war, kamen wir da an, wo sich das weiße Flachdachgebäude befunden hatte. Fakt war: Man sah es nicht mehr. Stattdessen Zweibeiner, so weit das Mopsauge reichte. Und das reicht bekanntlich ziemlich weit. Ich sah nur noch Füße und Beine. Allerdings keine, die ich kannte.

»Wo sind denn deine …?«, begann Lilly.

»Mitbewohner«, ergänzte ich. »Weit können sie nicht sein. Vermutlich dort, wo es etwas zu essen gibt. Zumindest bei Wilma dürfte das der Fall sein. Kommst du mit, sie suchen?«

»Na, klar!«, sagte Lilly und folgte mir.

Die Musik war nicht besser geworden, das sah wohl auch der Mann mit den Kopfhörern so. Er hatte sie zumindest immer noch nicht abgenommen. Am Tisch nebenan wurden Plastikbecher gefüllt, und daneben war der lange Tisch mit den bunten Schalen. Wir drängelten uns zwischen weißen Socken in Sandalen und Füßen ohne Socken hindurch, bis ich vor Christas roten Sandalen stoppte. Sie unterhielt sich angeregt mit Irma. Oder sagen wir mal, Irma unterhielt sich angeregt mit ihr.

»Diese Firma würde das komplett übernehmen und dann solche Solar … wie heißt das noch? Ach ja. Solarmodule da draufsetzen. Das ist eine … wie sagte der Typ von dieser Firma? Ach ja. Eine Win-win-Situation. Wir kriegen das Dach erneuert, und sie haben eine Fläche für ihre Solardingsda. Ist doch super, oder?« Irma sah Christa auffordernd an.

»Das klingt auf alle Fälle nicht schlecht, wenn die echt das ganze Dach erneuern und ihr keine Kosten habt.«

»Sach ich ja! Und das olle Dach muss eh repariert werden! Nur Franz will das nicht kapieren. Ich hab mir schon den Mund fusselig geredet!«

Einer ist immer da, der es nicht kapiert. Oder eine …, dachte ich und sah mich unter den Plastikstühlen um. Von Wilma und Viktor keine Spur. Also weiter.

Ein paar Meter hinter Irma und Christa entdeckte ich sie schließlich. Wilma saß – ich mag es gar nicht sagen – vor einem gelben Müllsack, der an der Türklinke des Vereinshauses hing, und starrte ihn an. Viktor hingegen musste nicht hochsehen. Er saß bereits eine Etage höher. Ein Stück weiter links, auf dem Schoß eines älteren Herrn, der ihn liebevoll streichelte und dabei fröhlich vor sich hin lächelte. Ohne Zähne.

Ich entschied mich, erst einmal Viktor Hallo zu sagen und meine neue Errungenschaft vorzustellen. Zumindest so lange, bis Wilma aufhörte, den gelben Plastiksack anzubeten.

»Hey«, grüßte ich und grinste ihn an. Dann sah ich zu Lilly. »Ich, also, Viktor …«, fing ich gerade an, als ich unterbrochen wurde.

»Lillyyyyy!«, rief Lillys Frauchen mit viel zu hoher Stimme. Sie klang ein bisschen wie Josi, kurz bevor sie mich statt Henri Heini nennt. Das ist immer ein sicheres Zeichen dafür, dass sie mich bereits mehrfach gerufen und ich nicht reagiert habe. So schien es auch in diesem Fall zu sein. Lilly blickte mich noch mal kurz an, stupste mich liebevoll mit ihrer kleinen rosa Nase an und lief weg. Na toll. Ich sah mich kurz um – sofern man das bei diesen ganzen Beinen überhaupt so nennen konnte. Dann drehte ich um, zurück zu Christa.

»Na, da bist du ja! Wo treibt ihr euch denn rum?«

»Viktor steht seit Neustem auf alte Männer, und Wilma betet den gelben Sack an«, erklärte ich und ließ mich von ihr auf den Schoß heben.

»Entzückend, deine Möpse. Wirklich ganz prächtige Exemplare. Das ist mir schon beim letzten Mal aufgefallen«, meinte Irma und sah mich mit schiefem Kopf an. Heute ohne Schürze. Stattdessen trug sie einen hellen, knielangen Rock und eine lila Bluse mit lila Strickjacke. »Wo war ich stehen geblieben? Ach ja«, fuhr sie fort, während Christa mir den Rücken streichelte. »Er ist einfach ein …« Sie schüttelte ihren Kopf leicht von links nach rechts und machte eine ernste Miene. »Entschuldige die Ausdrucksweise … Arschloch. Anders kann man das nicht nennen. Leider habe ich es auch nicht gleich gerafft.« Sie sah gedankenverloren auf den Steinboden. »Bis ich das kapiert hatte, war leider viel zu viel Zeit vergangen …«

Wie? Zu viel Zeit vergangen, grübelte ich. *Was meinte sie damit?*

»Was soll's. Manchmal stehe ich eben etwas auf der Leitung«, erklärte Irma. Ich sah unter ihren Stuhl. Davon abgesehen, dass sie saß und nicht stand, gab es weit und breit keine Leitung. »Ich meine es jedenfalls nur gut. Am besten Abstand halten. Wobei, dich wird er in Ruhe lassen. Du gießt ja nur vorübergehend die Blumen bei Hilde. Aber die anderen hier haben ganz schön unter ihm zu leiden. Mann, Mann, Mann.«

»Wieso? Was macht er denn?«, hakte Christa nach und wanderte dabei mit ihren Fingern in Richtung meines Nackens. Herrlich!

»Ach, wo soll ich da anfangen?« Irma holte tief Luft und schlug ihre Beine andersherum übereinander. Mich würde vor allem mal interessieren, von wem die hier sprachen. Einer war ein Arschloch. Na toll. Ich schaute mich um. Wer denn von all denen hier?

»Weitermachen. Bitte!«, flehte ich Christa an, die kurz innegehalten hatte.

»Frag mal Bärbel und Frank, wie ihr Garten aussah, nachdem er da den Maulwurf ausgesetzt hatte. Die reinste Hölle! Dieses kleine Mistvieh hatte über Nacht aus ihrem schönen englischen Rasen eine Buckelpiste gemacht!«

»Bärbel und Frank?«

»Die mit dem kleinen …« Irma sah mich an. »Wie heißen die denn noch? So eine kleine weiße …«

»Malteser«, bellte ich.

»Malteser, genau. So heißen die.«

Ich sah Irma mit großen Augen an. Verstand sie mich?

»Sie wohnen schräg gegenüber von Franz … Ach, lassen wir das. Komm, ich hol uns noch etwas zu trinken, und dann reden wir von schönen Dingen«, beschloss Irma und stand auf. »Was nimmst du denn?«

»Ach, ich hätte gern noch so einen schönen kalten Weißwein. Der ist wirklich gut. Danke.«

Zumindest kannte ich jetzt den Namen. Franz. Gut zu wissen, falls man sich mal begegnen sollte.

Irma drängelte sich zwischen den Leuten durch, die um uns rumstanden und alle wesentlich größer waren als sie. Ich erkannte Harry samt Moses auf der Schulter und dahinter Jonna, die sich mit einer anderen jungen Frau unterhielt.

»Na, hier ist was los, oder Henri? Das sieht doch richtig nett aus.« Christa sah sich um, dann sagte sie etwas leiser: »Die scheinen hier alle wirklich ausgesprochen nett zu sein. Bis auf einen. Aber vor dem wurden wir ja jetzt ausreichend gewarnt.« Sie seufzte. »Ach, das ist genau das, was ich mir gewünscht habe. Eine völlig andere Umgebung, andere Menschen, einfach mal alles anders. Prima!«

»So, da bin ich wieder. Ganz schön voll, meine Herren.« Irma war zurück und reichte Christa ein Glas, das keines war. Es klirrte zumindest nicht, als sie »Prost!« sagten und die Dinger zusammenstießen.

»Kann man so einen Störenfried denn nicht aus dem … keine Ahnung … Verein verbannen?«, nahm Christa das Gespräch wieder auf, nachdem sie einen Schluck genommen hatte.

»Hallo? Aussehen, Größe, Parzellennummer? Wie soll ich mich in Acht nehmen, wenn ich nicht weiß, vor wem?!«, bellte ich. Half aber nichts.

»Schön wär's! Leider Gottes gehört Franz zum Vorstand der Alten Ziegenwiese. Und es müssen *alle* dafür stimmen, sonst wird das Projekt nicht umgesetzt. Keine Chance!«

»Wer ist denn nun bitte schön dieser Franz?!«, fragte ich noch mal eindringlich, und die beiden sahen mich an. »Was bringt das denn, vor jemandem zu warnen, ohne zu sagen, wie er heißt oder wer er ist? Das ist wie ein Phantombild ohne Bild!« So etwas Unprofessionelles. Gott sei Dank war Irma letztes Jahr nicht in meiner Ermittlungsgruppe auf dem Campingplatz. Himmel. Das hätte was werden können. Ich hätte den Fall bis heute nicht geklärt.

»Hier ist einiges im Umbruch, und er stellt sich einfach

ständig quer. Es gibt zum Beispiel lange Wartelisten für die Gärten. So ein Häuschen ist heiß begehrt. Gerade bei jungen Familien. Drüben, an der Süderelbe, guck da mal. Da kostet ein Platz 20.000 Euro! Wer da hin will, der kann schon mal anfangen, Lotto zu spielen. Bei uns ist das alles bei Weitem nicht so teuer, deshalb stehen die Leute Schlange. Die Elbe ist nicht weit entfernt, die Busanbindung mehr als optimal. Was will man mehr? Außerdem ist es einfach schön hier«, sagte Irma und sah sich um. Wobei sie eigentlich nur den umstehenden Leuten auf den Po sah. »Na ja, es gibt halt ein paar Themen, bei denen sich hier nicht alle grün sind ...« Sie nahm noch einen Schluck aus ihrem Glas.

In dem Moment kam Viktor angewackelt.

»Na, wo hast du denn deinen neuen Freund gelassen?«, neckte ich ihn.

»Sag du mir lieber, warum du so komisch guckst. Ist etwas passiert?«

»Kann man wohl sagen! Irma erzählt die ganze Zeit von irgendeinem Verrückten, der hier rumrennt und den alle blöd finden, und zeigt nicht, *wer* es ist. Da kann man schon mal komisch gucken. Immerhin weiß ich jetzt, dass dieser Typ zum Vorstand des Kleingartenvereins gehört und Franz heißt. Aber ich gehe nicht davon aus, dass er ein Schild um den Hals hängen hat, wo sein Name draufsteht.«

»Hm«, machte Viktor. Klang nicht sehr vielsagend. »Wo ist denn Wilma hin?«

»Seit wann vermisst *du* Wilma?«, wunderte ich mich. »Ich vermisse sie nicht.«

»Aha.«

Im Alter wird man komisch.

4

Und dann passierte es.

Es war Samstag, drei Wochen nach Christas Einzug in unser Loft – anders konnte man es nicht mehr nennen: Sie kochte, räumte auf, dekorierte alles hübsch um und bestellte eine neue Liege für die Dachterrasse, weil sie von der alten, die gar nicht alt war, ganz schlimme Rückenschmerzen bekam und nicht wie Hilde enden wollte. Dabei konnte sie sich noch extrem gut bewegen, wie wir regelmäßig beobachten durften. Sobald Josi und Florian morgens im Fahrstuhl verschwunden waren, legte sie ihre CD in den schwarzen Kasten auf dem Glasregal, drehte die Musik voll auf und sprang wie ein junges Reh auf der Dachterrasse rum.

Beim ersten Mal saßen wir noch alle nebeneinander in einer Reihe, beobachteten sie und diskutierten, was sie haben könnte.

»Sieht doch ganz lustig aus«, meinte ich amüsiert. Wilma und Viktor waren nicht ganz meiner Meinung. Sie wirkten eher besorgt. Wilma tippte auf Tollwut, aber das hielt Viktor für ausgeschlossen. In unseren Breitengraden, erklärte er, sei das schon seit Jahren kein Thema mehr.

»Zumba!«, rief Christa plötzlich wem auch immer zu.

»Das ist das Beste, was es gibt!« Dann zumbate sie weiter über die Dachterrasse, bis sie schließlich völlig aus der Puste eine Flasche Wasser in einem Zug leerte und sich auf ihr Schlafsofa fallen ließ. Danach war erst mal Ruhe. Bis zum nächsten Morgen.

Josi packte dieses Zumbafieber Gott sei Dank nicht, obwohl Christa ihr sehr davon vorschwärmte. Zumba und Zen hätten ihr Leben verändert, erklärte sie abends beim Essen. Und ob Josi nicht auch mal zu einem Zen-Meister gehen wollte. So einen gäbe es doch sicher auch hier in Hamburg. Das würde ihr guttun. Überhaupt war Christa sehr besorgt um ihre Tochter. Sie wollte Josi ununterbrochen, genau wie dem Loft, etwas »Gutes tun«. Sie besorgte regelmäßig frische Blumen, mit so endlos langen Stielen und weißen Blüten, die ganz heftig rochen. Sogar ein Bild ließ sie anliefern. Das füllte fast die ganze Wand hinterm Sofa aus. Ein dicker, halb nackter Mann mit einer ziemlichen Wampe und geschlossenen Augen, der grinsend im Schneidersitz saß, war darauf. Das sollte fürs Chi gut sein. Ich hatte ja gedacht, sie hätte es nur für Josi gekauft, aber dann eben auch fürs Chi.

Trotz all dieser herzensguten Taten wurde die Stimmung komischerweise von Tag zu Tag schlechter. Josi war angespannter als nach fünf Wochen Scheidungen am laufenden Meter. Sie war nämlich hauptberuflich Trennerin. Also, nur wenn die Paare das wollten, versteht sich. Und das wollten ziemlich viele. Deswegen musste sie immer so viel arbeiten. Und genau deshalb hätte sie doch echt mal froh sein können, dass wir nun endlich jemanden hatten, der sich den ganzen Tag um uns kümmerte. Nicht nur morgens und abends. Nichts gegen Jonas, unseren professionellen Stöckchenwerfer, aber bei Christa kam es einfach von Herzen. Das ist eben was ganz anderes, als wenn jemand Geld dafür bekommt. Stellen Sie sich mal vor, Sie unterhalten sich ganz nett und erfahren dann, Ihr Gesprächspartner bekommt Kohle dafür, dass er mit Ihnen spricht! Wie fühlen Sie sich damit? Für Christa waren wir jedenfalls wie … wie … Enkelkinder. Oder so.

Jedenfalls lagen wir gerade alle nach unserem morgendlichen Spaziergang an den Landungsbrücken faul im Loft verteilt herum, als Josi vom Frühstückstisch aufstand, ihren Becher nahm, zum Waschbecken ging und den Inhalt wegkippte.

»Nanu? War der Tee nicht mehr warm?«, wollte Christa wissen, die gerade einen Apfel in ihr Müsli schnippelte.

»Doch. Er war heiß.«

»Aber warum tust du ihn denn weg? Das war First Flush«, erklärte Christa empört. »Bio. Fair trade!«

»Das mag ja alles sein, aber das macht ihn leider nicht leckerer. Mein Kaffee ist auch fair trade, und selbst wenn nicht. Ich trinke ihn jetzt.«

»Für deine Nerven wäre es wirklich von Vorteil, wenn du etwas weniger von dem Zeug trinken würdest …«, wollte Christa gerade beginnen.

Doch sie kam nicht weit.

»Für meine Nerven wäre es vor allem gut, wenn … Wenn …«

»Ja?«, fragte Christa, das Messer in der einen, das geschälte Stück Apfel in der anderen Hand.

Florian, der zwischen den beiden am Tisch saß, hatte die

Zeitung runtergenommen, sah Josi an und machte eine Handbewegung, als wollte er »Bleib« sagen. Das ist eine Übung, die er mit uns immer macht. Dreimal dürfen Sie raten, wer von uns dreien es bis heute nicht kapiert hat.

»Wenn wir hier eine andere Lösung finden würden.«

»Was denn für eine Lösung?«, wollte Christa wissen.

»Ich meine für … für dich.«

»Bin ich ein Problem?«

»Nein. Natürlich nicht, aber …«

»Wenn man eine Lösung sucht, heißt das doch, dass es ein Problem gibt. Oder nicht?«

»Das hast du jetzt völlig falsch verstanden. Ich meine doch nur … Du kannst nicht die nächsten Tage und Wochen hier auf dem Sofa schlafen. Das … das ist nicht gut.« Pause. »Für deinen Rücken.«

Wir sahen abwechselnd von Josi zu Christa, von Christa zu Josi und von Josi zu Florian.

Einen Augenblick passierte gar nichts. Dann legte Florian die Zeitung ganz beiseite. »Ich glaube, Josi meint einfach, dass es für dich bestimmt viel schöner wäre, wenn wir vielleicht ein Zimmer hier, in unmittelbarer Nähe, finden würden, wo du dich wohlfühlst, schnell bei uns bist und wir trotzdem alle unsere … Privatsphäre haben. Du möchtest doch sicher auch mal abends einen Film in Ruhe gucken, ohne dass wir danebensitzen. Oder?«

Christa sah in ihre Müslischale, als könnte man darin in die Zukunft schauen. »Ich wollte mal Zeit mit meiner Tochter verbringen. Gemeinsam essen, Spaziergänge an der Elbe, ein Theaterbesuch …«

»Das können wir alles machen. Aber wir müssen doch

nicht nonstop aufeinanderhocken. Ich brauche nach so einem Tag in der Kanzlei einfach mal meine …«

»Schon gut«, unterbrach sie Christa. »Ich habe verstanden.«

Einen Moment sagte keiner etwas.

»Mama, was erwartest du denn von mir? Ich erfahre durch Zufall, dass mein Vater nicht mein Vater ist, dafür aber mein Onkel. Der ist jetzt leider tot und kann mir dazu nichts mehr sagen. Zu spät. Tja. Und dann stehst du hier plötzlich unangekündigt im Loft, ich kriege fast einen Herzinfarkt, und du möchtest mit mir eine ganz neue Beziehung. Jetzt. Warum jetzt? Weil *du* es so willst. Du hattest all die Jahre Zeit, mit mir zu sprechen, es mir irgendwann zu sagen.« Josi sah Christa mit in die Seiten gestemmten Händen an. Der Ausdruck im Gesicht verriet Insidern: Sie war noch lange nicht am Ende mit ihrer Rede.

»Oje. Ich kriege Bauchschmerzen«, jammerte Wilma, und das lag ausnahmsweise nicht daran, dass sie zu viel gefrühstückt hatte.

»Guck, drei sind eben einer zu viel«, meinte Viktor und legte seinen Kopf auf die Pfoten.

»Bitte?«, kam es von links, wo Wilma auf dem Sofa saß und dreinblickte, als hätte sie gerade erfahren, dass sie zum Hundetriathlon soll. »Zu einem Rudel gehören ja wohl immer mehr als zwei«, empörte sie sich.

»Das ist aber kein Rudel. Das ist eine Katastrophe.«

»Die brauchen einen neuen Leitwolf. Da weiß ja keiner mehr, wer der Anführer ist.«

»Die sind alle *drei* Anführer«, sagte Wilma zu meinem Erstaunen.

»Ja«, gab Viktor ihr recht. »Und genau das ist das Problem.«

»Das Problem, für das«, Wilma grübelte angestrengt, »… für das Josi eine Lösung sucht?«

»Fast«, sagten Viktor und ich synchron.

»Vielleicht ist das Sofa das Problem«, überlegte Wilma laut und sah an sich runter auf die hellgraue Decke.

»Nein«, sagten Viktor und ich wieder zeitgleich.

»Plötzlich willst du ganz viel Zeit mit mir verbringen, kommst hier an mit Sack und Pack und … und erwartest, dass ich alles stehen und liegen lasse und mich freue. Sorry, aber das geht so nicht.«

Wir blickten von Josi zu Christa, die jetzt dran war mit dem Reden. Sie sah verlegen auf ihre Hände, als wäre es leichter, es ihnen zu erzählen als ihrer Tochter. »Natürlich haben wir uns Gedanken gemacht, wann wir es dir sagen sollten, welches Alter das richtige sein könnte, wie du es verkraften würdest. Ich hatte schlaflose Nächte, das kannst du mir glauben. Aber es ergab sich einfach nicht. Als du klein warst, habe ich es nicht übers Herz gebracht. Das habe ich dir alles schon am Telefon erzählt.« Sie holte tief Luft. »Du hattest so eine besondere Beziehung zu … zu deinem Vater. Ihr wart unzertrennlich. Immer. Das hörte ja auch später nicht auf. Warum sollten wir das kaputt machen oder in Gefahr bringen, dieses besondere Verhältnis? Ich kenne keine andere Tochter, die so ein, so ein inniges, liebevolles, so ein enges Verhältnis zu ihrem Vater hat. Und das ist er nach wie vor, Josi. Er ist dein Vater, wenn auch nicht biologisch. Und er liebt dich.« Dann stand sie auf.

»Wir haben es dir nicht gesagt, dass Fritz dein … dein Vater ist, oder sagen wir mal besser: dein Erzeuger war. Aber das haben wir aus Liebe zu dir getan.«

»Wie viele Väter kann ein Zweibeiner eigentlich haben?« Wilma sprang vom Sofa und kam zu uns gewackelt. Ihr kleiner runder Bauch bewegte sich bei jedem Schritt von links nach rechts. Sah richtig ulkig aus, stellte ich in dem Moment fest. Das war mir noch nie aufgefallen.

»Aus Liebe ein Leben lang gelogen?« Josi sah ihre Mutter fragend an.

»Wenn du so willst, ja.«

Josi schüttelte kaum sichtbar den Kopf.

»Ich pack dann mal meine … Sachen«, sagte Christa leise und ging zum Sofa.

»Mama. Jetzt sei bitte nicht kindisch. Lass uns in Ruhe reden und dann gemeinsam nach einer …«

»Lösung für mich suchen? Vielen Dank. Ich weiß schon, wo ich hingehe und keinen störe.«

Josi verdrehte die Augen.

Meine Laune sank. Was sollten wir denn jetzt machen? Hallo? Dachte irgendeiner auch mal an uns? Ich hatte mich schon wieder so auf die Alte Ziegenwiese gefreut! So ein Mist.

Fünf Minuten später war Christa weg. Mit Sack und Pack. Zumindest einem Teil davon. Alles konnte sie nicht tragen. Aber das würde sie nachholen, versicherte sie und wollte Josi wohl damit beruhigen, dass es hier nicht länger im Weg rumstehen und stören würde. Dabei störte es eigentlich gar nicht.

Die Stimmung war bei Josi nach Christas Auszug komischerweise nicht besser. Ganz im Gegenteil. Sie war noch schlechter gelaunt als vorher.

»Frauen«, murrte Viktor. »Die soll einer verstehen. Da wollen sie, dass man geht, und dann ist man weg, und sie sind immer noch nicht zufrieden. Also echt!«

»Warum muss sie IMMER so dickköpfig sein? Warum muss IMMER alles so sein, wie SIE es sich vorgestellt hat? Warum?«, fragte Josi Florian, der mit den Schultern zuckte und einen insgesamt sehr hilflosen Eindruck machte.

»Ich kenne sie zu wenig, um dir das sagen zu können, aber ich glaube, es wäre nicht gut, wenn wir sie jetzt einfach gehen ließen.«

»Gehen ließen?«, fragte Josi und sah sich um. »Sie ist schon gegangen!«

»Komm. Beruhige dich. Wir frühstücken in Ruhe zu Ende, und dann lass uns zu dieser … Ziegenweide fahren … Da wird sie doch sein, oder was denkst du?«

»Wiese«, verbesserte Viktor ihn. »Alte Ziegenwiese.«

»Ich denke gar nichts mehr«, murmelte Josi.

»Lass uns noch einmal in Ruhe mit ihr sprechen. Okay? Bis dahin hat sie sich etwas beruhigt – und du dich auch.« Florian ging auf Josi zu, nahm ihren Kopf samt aller daran herunterhängenden langen Haare in die Hand und gab ihr einen Kuss auf die Stirn. Sie starrte wie hypnotisiert auf ihren Becher. Ihren Kaffeebecher.

»Jippieh!«, freute ich mich.

»Was hast du denn?«, wunderte sich Wilma, die aussah, als wäre sie auf einer Beerdigung.

»Wir fahren zur Alten Ziegenwiese!«

»Du willst doch nur aus einem ganz bestimmten Grund da hin«, meinte Viktor, und ich wurde den Eindruck nicht los, dass er sich über mich lustig machte.

»Wieso? Welcher denn?«, stellte ich mich dumm.

»Na ja, nicht wegen der *alten* Ziegen«, sagte er lachend und stand auf. Und nicht nur er. Josi auch. Sie hatte ihren Becher, die Teller und alles andere auf das weiße Tablett gestellt und war dabei, den Tisch abzuräumen. Florian hatte seine Zeitung zusammengefaltet und in den grauen Korb mit den anderen Zeitschriften gelegt.

Und ich? Ich saß vor der Fahrstuhltür. Wo sonst? Es würde doch noch ein guter Tag werden. Ein sehr guter. Das spürte ich.

Wir fuhren tatsächlich zur Kleingartenkolonie. In Josis Cabrio. Wilma, Viktor und ich artig hinten, die Großen vorn. Allerdings wurde die rudelinterne Spannung dadurch nicht besser. Die Frauen waren das Problem. So leid es mir tut, das muss einfach mal gesagt werden. Viktor hatte diesbezüglich einfach recht. Ich gestehe, ich verstand es nicht: Die Sonne schien, wir machten einen Ausflug, es war Wochenende. Alles Dinge, die normalerweise bei Josi zu einer Verbesserung des Allgemeinzustandes führten. Und was ihren Wunsch nach Ruhe anging, kann ich nur sagen: Wir schliefen auch alle drei in einem Bett. Viktor, Wilma und ich.

Der Sandweg war so trocken, dass einem die leichteste Windböe die Sicht nahm. Oder die Schritte der Zweibeiner, die uns entgegenkamen und mit ihren Gummilatschen über den Boden schlurften. Was die für Sandwolken aufwirbelten! Ich marschierte deshalb lieber vorneweg. Da konnte einem das nicht passieren. Und außerdem kannte ich den Weg.

Ich schon. Die anderen nicht. Josi und Florian. Also passierte, was passieren musste. Sie suchten. Sie suchten und fragten und suchten, statt mir einfach zu folgen. Manchmal sind die Menschen aber auch echt kompliziert. Nach mehreren Umwegen kamen wir bei Hilde beziehungsweise bei Christa an. Hilde ging es immer noch nicht besser, wie sich herausstellte, denn Christa telefonierte gerade mit ihr, als wir auf sie zustürmten. Viktor, Wilma und ich. Bei den anderen hielt sich die Wiedersehensfreude in Grenzen, oder sagen wir mal: Sie zeigten sie nicht so wie wir. Zweibeiner halt.

»Ach, du Arme«, sagte Christa gerade und meinte damit nicht Josi, sondern Hilde. »Das tut mir leid. Wirklich! So etwas Ärgerliches.« Sie sah zu Florian und Josi und zeigte mit der freien Hand auf das Telefon an ihrem Ohr. »Ja, meine Liebe, dann wünsche ich dir weiterhin gute Besserung, dass bald wieder alles in Ordnung ist. Und um den Garten mach dir keine Sorgen. Ich kümmere mich Tag und *Nacht*!« Dabei sah sie vorwurfsvoll zu Josi und ergänzte: »Ach was, du musst dich nicht bedanken. Ich bin gerne für dich da. Dafür hat man doch Freunde. Wenn man schon keine Familie mehr hat!« Christa fixierte Josi mit kleinen Augen. Das konnte ich sehr genau beobachten, denn ich war auf die Gartenbank gesprungen, auf der sie saß. Viktor wanderte währenddessen durch Hildes Garten, und Wilma hatte sich, erschöpft von den Umwegen durch die Kleingartenkolonie, in den Schatten vor die geöffnete Tür des Gartenhäuschens gelegt.

Schließlich verabschiedete sich Christa von Hilde und legte das kleine schwarze Telefon neben sich. »Ich komme nicht zurück. Falls ihr deshalb da seid«, erklärte sie lächelnd und schlug ihre Beine übereinander.

Josi sah ihre Mutter an, Florian Hildes Rosenzucht. Einen Moment lang waren nur Wilmas Pupse zu hören.

»Das ist doch alles Quatsch, Mama. Lass uns mal in Ruhe schauen, was wir machen können …«, fing Josi an, wurde aber gleich wieder unterbrochen.

»Ich weiß ja, dass das alles ein Überfall auf euch war. Aber als Hilde anrief, war das für mich wie ein … Befreiungsschlag. Ich war plötzlich so, so voller Energie und wollte auf der Stelle los. Ich musste einfach echt mal raus. Dringend.« Christa sah zu uns.

Man muss die Menschen nicht verstehen, dachte ich, während ich abwechselnd von Josi und Florian zu Christa sah. Lieben, ja, aber verstehen?

»Das kann ich ja auch verstehen«, sagte im gleichen Moment Josi. O Mann. »Darum geht es doch gar nicht. Das hätte man alles von Anfang an planen können, dann wäre es gar nicht erst zu so … zu so einer Situation gekommen. Wir arbeiten beide den ganzen Tag und wenn wir abends nach Hause kommen, brauchen wir einfach mal Zeit für uns.«

»Natürlich habe ich es mir schon gedacht, dass ich euch damit etwas überrumpele. Aber ich wollte doch so gerne mal wieder etwas Zeit mit dir verbringen. Vielleicht … vielleicht etwas nachholen, was ich wohl verpasst habe. Und ehrlich gesagt«, sie schluckte kurz, »hatte ich auch gehofft, du würdest dich ein bisschen mehr freuen.«

Was dann folgte, war eine leider sehr langweilige Unterhaltung, an der ich sehr schnell das Interesse verlor und langsam wegdöste. Erst als Christa irgendwann sagte »Lass sie doch einfach hier«, kam ich wieder zu mir.

»Lass wen hier?«, fragte ich und sah mich um.

»Lass uns hier, meint sie«, erklärte Viktor, der inzwischen auch im Schatten lag. Nicht bei Wilma, sondern bei einem von Christas Koffern, die links neben der geöffneten Tür im Gartenhäuschen standen.

»Wieso sollte sie uns denn hierlassen?«, fragte Wilma jetzt völlig entsetzt und setzte sich aufrecht hin.

»Ich weiß nicht«, hörte ich Josi in dem Moment sagen.

»Ich auch nicht!«, bellte Wilma.

»Also ich bleibe gerne hier!«, erklärte ich und setzte mich jetzt auch hin.

»Das hat doch nur Vorteile. Du musst die Hunde nicht mit in die Kanzlei nehmen, sparst Geld für diesen Hundesitter – wie heißt der noch gleich?« Christa sah Josi fragend an.

»Jonas«, sagte sie und zog ihr eng anliegendes T-Shirt ein Stück von ihrem Bauch ab, so als wollte sie sich etwas Luft verschaffen.

»Ach ja, Jonas. Genau. Hier haben die Möpse alles, was sie brauchen. Auslauf, frische Luft …«

»Frauen«, murmelte Viktor mit geschlossenen Augen.

»Haha. Sehr witzig. Nur weil du nicht mehr kannst, musst du dich noch lange nicht …«

»Henri! Aus jetzt. Was ist denn mit dir los?«, schimpfte Josi.

»Ist doch wahr.«

»Völlig absurd! Warum sollte ich *hier* bitte schön schlafen?«, empörte sich Wilma und sah sich mit einem Gesichtsausdruck um, der keinen Zweifel daran ließ, dass dies hier nicht ihren Ansprüchen genügte. Auf dem Campingplatz hatte sie sich nicht so angestellt, fiel mir in dem Moment ein. Zugegeben, der Campingwagen von Onkel Fritz, Gott hab ihn selig, war nicht ganz so stickig, roch sehr viel besser und hatte eine sehr viel noblere Ausstattung. Aber nichtsdestotrotz war das hier ein wunderschönes Plätzchen! Und der Rosenduft konnte über das leicht muffelige Holzhäuschen hinwegtrösten, wenn man erst einmal eine Nase davon genommen hatte. Alles das war allemal besser als die Kanzlei. Da wartete nur gähnende Langeweile auf uns. Klar war Wilma das weitaus lieber. Da konnte sie sich den ganzen Tag von Frau Wäldchen heimlich unterm Schreibtisch mit Keksen füttern lassen und bräsig vor sich hindösen.

»Ist das denn überhaupt erlaubt?«, fragte Josi.

»Mit Sicherheit nicht! Ich bin strikt dagegen«, meckerte Wilma.

»Wie meinst du das?«, wollte Christa wissen.

»Na, ob man hier schlafen darf. So eine Kleingartenanlage hat doch sicher auch ihre ... Richtlinien und eine Satzung.«

»Du wieder«, meinte Christa und stand auf. »Vergiss doch mal für ein paar Minuten deinen Job und diese ganzen Paragrafen. Wenn du wüsstest, was wir früher alles gemacht haben, als wir jung waren ...« Christa hatte plötzlich einen Gesichtsausdruck, als wenn sie sich sehr gern an diese Zeit zurückerinnerte.

»Nun gut. Dann ...«, Josi sah Florian an, »machen wir es so. Die Hunde finden es bestimmt klasse hier.«

»Allerdings!«, freute ich mich und erntete schon wieder einen mahnenden Blick. Dabei war das gar nicht so laut gewesen. Nur ein klitzekleines bisschen.

»Du kannst es dir jederzeit anders überlegen, und dann

hol ich dich wieder ab, Christa. Denk noch mal in Ruhe darüber nach. Okay?«

»Danke, Florian! Das ist lieb, aber ich glaube, ich bin hier genau richtig«, sagte Christa und ließ ihren Blick durch den Garten schweifen.

»Na gut. Ich bringe dir noch das Hundefutter, die Fressnäpfe und eine Kiste mit ein paar Vorräten. Du hast doch gar nichts hier. Brauchst du nicht auch eine Decke?«, meinte er mit skeptischem Blick auf das Gartenhäuschen.

»Gut, dass du das ansprichst! Unser Bett! Das ist ja wohl das Wenigste! Oder soll ich hier auf der Fußmatte nächtigen?« So sauer hatte ich Wilma aber schon lange nicht mehr erlebt. Ein bisschen Wut ließ sie ja richtig aufleben, meine Mitbewohnerin!

»Am besten mache ich das mal gleich, dann hast du alles«, bot Florian an.

»Na, toll! Uns auch noch in den Rücken fallen.« Wilma drehte sich um und legte sich so hin, dass wir nur noch ihr Kringelschwänzchen sahen. Und den breiten Po.

»Jetzt stell dich doch nicht so an!«, motzte jetzt Viktor. Immer noch mit geschlossenen Augen. »Das hält ja kein Mops aus!«

»Guck, ich glaube, sie freuen sich«, sagte Christa und sah sehr zufrieden aus.

»Tun sie nicht«, murrte Wilma noch einmal.

»Na gut, Mama. Und du bist ganz sicher, dass du hier«, sie sah zum Gartenhäuschen, »schlafen willst? Hast du auch wirklich alles, was du brauchst?«

Christa verkündete: »Ich brauche nichts. Ich bin restlos zufrieden.«

»Gibt es da drin überhaupt einen Kühlschrank?«

»Ja, den gibt es. Und ein kleines WC. Keine Angst, ich werde schon überleben. Das ist hier ja kein Dschungel. Und im Vergleich zu Woodstock ist es ein 5-Sterne-Hotel. Was glaubst du, wie wir damals geschlafen haben? Das kannst du dir gar nicht vorstellen. Es ist ja nicht so, dass ich immer schon in einer Villa in der Toskana gelebt habe. Ganz im Gegenteil.«

Wo auch immer dieses Woodstock lag, das Argument schien Josi nicht wirklich zu überzeugen. Aber sie sagte nichts mehr. Zumindest nichts, was dem widersprach. »Wie du meinst«, hörte ich nur. Dann gab es eine Reihe von Umarmungen. Jeder umarmte jeden, mindestens ein Mal. Josi Christa, was meinem Mopsmagen sehr guttat. Dann umarmte Florian Christa und Christa Florian und Florian Wilma und Josi uns, und irgendwann waren sie weg. Wobei Florian ja erklärt hatte, er würde wiederkommen und ein paar Sachen rumbringen. Dann würde diese ganze Umarmungsarie vermutlich noch einmal von vorn losgehen.

»So, dann wollen wir mal«, sagte Christa, als die beiden weg waren. Sie ging ins Häuschen, nahm sich einen ihrer schwarzen Koffer, öffnete ihn und begann ihre Sachen rauszuholen. Sie wühlte und kramte und machte ein paar der wenigen Schubladen auf, die es gab, packte Kleidung und ein Buch rein und klapperte noch eine ganze Weile rum. Um es auf den Punkt zu bringen: Sie war tipptopp abgelenkt.

»Na, wie sieht es aus? Wollen wir?«, fragte ich die anderen beiden.

Keine Reaktion. Was hatte ich erwartet? »Hallo?! Jemand zu Hause?«

»Nach Hause?«, fragte Wilma mit Hoffnung in der dünnen Stimme.

»Nein. Natürlich nicht. Eine Runde drehen«, sagte ich und sah zu Viktor. »Kommt schon!«

Viktor rekelte sich, gähnte und sah mich unschlüssig an. »Na gut. Ich bin dabei.«

»Super!«, freute ich mich. »Und du, Wilma?«

»Hm«, machte diese nur, sah zu Christa und schüttelte den Kopf. »Nee. Das kann ich ihr nicht antun. Die Arme stirbt ja sonst noch an gebrochenem Herzen, wenn wir alle drei verschwinden. Wo sie schon ihre Tochter verloren hat …«

»Sie hat ihre Tochter nicht verloren«, protestierte ich. Himmel! Dass sie aber auch immer so theatralisch sein musste.

»Ich bleib hier«, wiederholte Wilma, »was nicht heißen soll, dass ich hier sooo gerne bin, dass ich nie wieder weg möchte!«

»Schon verstanden. Wir machen eine kleine Herrenrunde, nicht war, Viktor?«

Viktor stand immerhin schon auf allen vieren. »Jo«, stimmte er mir zu.

Nachdem Viktor »Zeitung gelesen« hatte, was nichts weiter war, als alles zu beschnüffeln, konnten wir endlich einen Schritt zulegen. Der brauchte aber auch immer lange! Ich war zwar auch ein großer Freund des gründlichen Markierens, aber man konnte es auch übertreiben.

Wir waren gerade an Lillys Grundstück vorbei, an dem

ich kurz einen Gruß hinterließ, da sie nicht zu Hause war, als wir plötzlich jemanden fluchen hörten. Oder etwas. Das war nicht ganz klar. Ich drehte mich um und sah am Ende des Weges eine schimpfende Sandwolke auf uns zurollen.

»Ein Tornado«, diagnostizierte Viktor, womit unser wandelndes Lexikon ausnahmsweise völlig falsch lag.

Wir liefen ein Stück zurück und versteckten uns hinter der Ecke. Ich sah sicherheitshalber lieber noch mal zum Himmel. Wer weiß, vielleicht hatte Viktor ja doch recht? Nein. Der Himmel war wolkenfrei, strahlte uns hellblau an und machte keineswegs den Eindruck, als würde ein Tornado wüten. Ich ging wieder einen Schritt vor und sah vorsichtig um die Ecke. Die Sandwolke kam näher.

Und dann erkannte ich es. Die Staubwolke schimpfte gar nicht. Es war eine ältere Dame in heller Bluse und langem dunkelblauem Rock, die in einem Rollstuhl saß und von jemandem geschoben wurde. Und die übrigens rein gar nichts sagte. Dafür redete der, der sie schob, umso mehr. »Und jetzt behauptet sie auch noch, ich hätte heimlich einen Maulwurf bei Bärbel und Frank ausgesetzt und der über Nacht aus deren Garten eine Hügellandschaft gemacht. Stell dir das mal vor! Wo soll ich einen handzahmen Maulwurf herbekommen haben? Oder denkt die, ich hätte eine Maulwurffalle und würde die reihenweise fangen?«, schimpfte derjenige, der die Dame schob. »Ich sage ja nicht, dass ich Bärbel und Frank mag, aber so einen Blödsinn … Da muss man erst mal draufkommen! Da kannst du mal sehen, was für einen Mist die in ihrem kleinen Kopf ausbrütet!«

Die Sandstaubwolke samt schimpfendem Schieber war vorbei. Wir sahen ihr hinterher.

»Was war das denn?«, fragte ich mich, während Viktor sich umdrehte und weiterging, die Nase am Boden. Das mit dem Maulwurf, das hatte ich doch schon einmal gehört. Genau! Auf der Grillparty am Vereinshaus. Bei Bärbel und Frank auf dem Grundstück? Dann musste das da eben der gewesen sein, vor dem Irma gewarnt hatte. Franz! Kombination ist halt alles.

Ich ging auf die andere Seite des Sandweges, wo Irmas Kleingarten war, und sah durch die Holzstäbe der Pforte. Weit und breit kein Maulwurf. Und keine Hügellandschaften. Komisch.

»Hey, warte mal!«, rief ich Viktor hinterher, der für sein Alter plötzlich ein ganz schönes Tempo hinlegte. »Hast du eine Verabredung?« Eine Antwort bekam ich nicht. Egal. »Das da eben, das war der, vor dem Irma so ausdrücklich gewarnt hat!«

Das zog. »Welcher?«, fragte Viktor und drehte sich um.

»Na, der die alte Frau da eben im Rollstuhl geschoben und so geflucht hat. Das ist er! Franz, das Arschloch! Jetzt wissen wir das endlich.«

»Aha«, murmelte Viktor nur, statt mir zu meiner tollen Kombinationsgabe zu gratulieren.

»Du könntest dich ruhig ein bisschen mehr freuen, dass ich dir gesagt habe, wer der Ganove ist.«

Viktor tat wenig beeindruckt und lief weiter.

Da roch ich es. Von links. Dieser eigenartige Geruch. Ich blieb stehen und sah mich um, Nase in die Luft gestreckt versteht sich. »Warte mal!«, rief ich Viktor hinterher, der sich wie eine Rennmaus benahm.

»Was denn?«

»Riechst du das auch?«

»Nö.«

»Nicht da. Hier! Komm doch mal.«

Viktor drehte sich um und kam zurückgelaufen.

»Riech doch mal. Was ist das bloß?«

»Irgendwas Erdiges. Vielleicht Pilz.«

»Bist du sicher?«

»Könnte sein. Ich frage mich eher, warum es so intensiv riecht«, sagte Viktor, duckte sich und kroch unter der Hecke durch.

»Moment!«

Zehn Sekunden später standen wir nebeneinander in dem Kleingarten von … irgendwem. Keine Ahnung, wer hier wohnte, aber es schien kein Freund der Ordnung zu sein. Überall lagen Sachen rum: ein altes, verrostetes Fahrrad, bei dem ein Reifen fehlte, Plastikmöbel, die sich in der Ecke stapelten, eine blaue Tonne, die voller Moos war … Es wirkte fast ein wenig wie auf diesem Recyclinghof, wo wir mal mit Josi hingefahren sind, weil sie alte Sachen aus dem Keller loswerden wollte.

Das Häuschen war schon lange nicht mehr gestrichen worden, und auf den Rasen traf das Wort Ziegenwiese ausnahmsweise mal zu. Von irgendwo kam dieser merkwürdige, völlig fremde Geruch. Ich hielt die Nase erneut in die Luft. Ja! Von da vorn!

Wir gingen dem Geruch entgegen und landeten neben der Tür der Hütte. Dort stand nämlich eine kleine, schlichte Holzbank, und auf der lagen auf Zeitungspapier ausgebreitete Pilze. Getrocknete Pilze, um genau zu sein.

»Guck, hab ich doch gesagt.«

Ich hielt meine Nase zwischen die kleinen, dünnstieligen Dinger. »Nee, da ist noch irgendetwas anderes. Riech doch mal«, forderte ich Viktor auf, der einen langen Zug einatmete, kurz die Luft anhielt und dann wieder ausatmete. Dann drehte er sich nach rechts und lief zwischen Hütte und Hecke entlang. Ich folgte ihm. Und siehe da! Auf der Rückseite befand sich ein kleines, menschhohes Plastikhaus.

»Ein Gewächshaus«, erklärte Viktor mit der Nase am Boden und schnupperte sich langsam vor. Die Tür war nur angelehnt. Wir steckten unsere Köpfe durch den Spalt. Kein Müll, kein Schrott, dafür meterhohe Grünpflanzen, so weit das Mopsauge reichte. Alles dieselben Pflanzen. Wie langweilig.

»Das sieht hier aber um Längen gepflegter aus als das da«, merkte ich an und machte mit dem Kopf eine Bewegung in Richtung Hütte.

»Allerdings«, bestätigte Viktor und schnupperte weiter. »Und interessanter.«

»Findest du? Na ja, dann wissen wir jetzt ja, wo dieser Geruch herkommt«, meinte ich und wollte gerade den Rückwärtsgang einlegen, als wir von der anderen Seite der Hütte ein Quietschen hörten, das zumindest mir sehr bekannt vorkam. Kurz darauf erklang ein gekrächztes: »Moin!«

»Harry«, sagte ich mehr zu mir selbst. »Harry wohnt hier.«

»Na ja, von Wohnen kann wohl kaum die Rede sein«, sagte Viktor. »Ich würde eher auf Hausen tippen. Das, was hier so riecht, ist übrigens nicht irgendein Gewächs, sondern …«

»Na, wen haben wir denn da?«, unterbrach uns in der Sekunde eine Männerstimme knapp zwei Meter über uns.

»Ja, wen haben wir denn da?«, wiederholte ich vor lauter Schreck und sah Viktor an.

»Gestatten, Viktor. Das hier ist mein Mitbewohner und Freund, Heinrich. Aber nennen Sie ihn ruhig Henri.«

Harry sah zu uns runter. Wir zu ihm hoch. »Na, ihr habt euch wohl verlaufen, was?«

Warum dachte hier eigentlich jeder, wir wären orientierungslos? »Nein, nicht wirklich. Es roch so … interessant, und da sind wir mal …«

»Dann kommt mal mit. Ich zeig euch den Weg«, sagte Harry, drehte sich um, ging los und machte so ein schnalzendes Geräusch, das Zweibeiner manchmal machen, wenn sie wollen, dass man ihnen folgt. Grässlich. Ich bin doch kein Pferd!

Viktor trotte ihm dennoch hinterher. Ich blickte noch einmal in das Gewächshaus. Merkwürdig. Weit und breit keine Früchte oder irgendein Gemüse zu entdecken. Von Rosen ganz zu schweigen. Nur diese grünen komisch riechenden Pflanzen.

Als ich zwischen Hecke und Hütte wieder auf die Miniziegenwiese kam, stand Viktor vor dem alten Rad von Harry. Auf dem Sattel saß der graue Papagei, Moses, und sah mit schräg gelegtem Kopf zu unserem Senior runter. Von Herrchen Harry war weit und breit nichts zu sehen.

»Ja, das kann man wohl sagen«, erklärte der Papagei gerade, als ich dazustieß. »Die Pflanzen sind sein ein und alles. Nichts ist ihm so wichtig wie dieses Grünzeug. Ich kann euch übrigens nur davon abraten, es zu probieren. Ich habe es einmal gemacht. *Nie wieder*!«

»Du hast Hanfblätter gefressen?«, fragte Viktor entsetzt.

»Ja. Leider. Und Blüten.«

»Warum?«

»Weil ich ein Vogel bin?«

»Das erklärt noch lange nicht, warum du dir gleich die volle Dröhnung gibst.«

»Weil ich nur grüne Blätter gesehen und mich gefreut habe. Deshalb.«

Ich sah ratlos von Viktor zum Papagei und zurück wieder zu Viktor.

»Es war grässlich! Ich habe geträumt, ich wäre ein Hund.«

»Hallo? Was ist daran grässlich?«, mischte ich mich in die Diskussion ein.

»Ich war ein Nackthund!« Er machte eine Pause. »Im Winter!«

»Okay, das ist grässlich«, gab ich ihm recht.

»Keine Ahnung, was Harry an dem Zeug so toll findet. Aber diese Pflanzen sind ihm extrem heilig!« erklärte der komische Vogel.

»Na, dann freu dich mal, dass du kein Hund bist, denn dann würdest du das hier alles sehr viel intensiver riechen«, meinte ich und wollte gerade vorschlagen, dass wir weiterziehen, als ich korrigiert wurde.

»Von wegen! Unser Geruchssinn wird völlig unterschätzt. Meine Kollegen, die Albatrosse, spüren auf ihren Flügen über das Meer Nahrung ausschließlich mit der Nase auf! Was glaubst du wohl, warum ich hier auf der Lenkstange sitze? Na?«

Ich sah Viktor fragend an, der von uns beiden auf alle Fälle der schnellere Denker war. »Keine Ahnung«, gab ich zu, nachdem von meinem Mitbewohner nur ein leises Seufzen zu hören war.

»Ich warte, dass Harry losfährt, damit ich frische Luft bekomme.«

»Aber … du bist doch ein Vogel«, hakte ich verblüfft nach.

»Danke für den Hinweis.«

»Du kannst doch auch ohne ihn und dieses alte Rad eine Runde drehen.«

»Ja, das mache ich auch hin und wieder, wenn es mir hier zu bunt wird. Aber wenn ich zu lange wegbleibe, sucht er mich und ruft. Das macht mich immer ganz nervös. Also bleibe ich lieber hier«, erklärte Moses und sah zu uns runter. »Und so schlimm ist es ja auch gar nicht. Ich wollte nur mal auf unseren ausgesprochen guten Geruchssinn hinweisen. Wie ist das eigentlich bei euch so? Ich meine, mit diesen … Nasenlöchern. Funktionieren die? Einwandfrei?« Er legte den Kopf wieder so schief, dass man meinen konnte, er würde gleich vom Lenker fallen – was nicht passierte.

Viktor und ich blickten uns an. Dann sahen wir wieder zu dem schiefen Moses hoch. »Einwandfrei«, erklärten wir zeitgleich.

»Unsere Nasen werden, genau wie der Rest von uns, völlig unterschätzt«, fügte ich noch zu. Dann verabschiedeten wir uns von Moses Allesriecher und liefen den Sandweg weiter bis zum Ende.

Am Vereinshaus waren tatsächlich ein paar Leute. Zwei ältere Männer mit Hüten und karierten Hemden saßen auf der Bank vor der Tür und hatten Bierflaschen in der Hand.

Ich glaube, der eine von denen war der zahnlose Streichler, auf dessen Schoß Viktor am Grillabend gelegen hatte. Er klopfte sich auf den Schenkel und machte ein komisches Geräusch dazu. Auch das machten Menschen manchmal, wenn sie wollten, dass wir kamen. Taten wir aber nicht. Wir hatten schließlich noch etwas vor.

Die Tür des weißen Flachdachgebäudes stand offen, und von innen drangen Stimmen zu uns heraus. Es handelte sich zweifelsohne um eine sehr angeregte Unterhaltung. Ich gab Viktor ein Zeichen, mir zu folgen, und marschierte rein.

»Es muss doch wohl möglich sein, dass man einen von drei Vorständen abwählt oder zumindest dafür sorgt, dass er keine intimen Fotos in den Glaskasten hängt. Ihr seid erwachsene Männer, ihr werdet das ja wohl hinkriegen. Oder soll ich selbst zu ihm?«, hörte ich eine kräftige Frauenstimme donnern.

Innen war es im Gegensatz zu draußen düster. Meine Augen mussten sich erst an das nicht vorhandene Licht gewöhnen. Dann erkannte ich eine recht stämmige Frau, die ihre wurstigen Arme rechts und links in die Seiten gestemmt hatte und schnaubte, als wäre sie ein Mops.

»Jetzt beruhig dich mal, Helga. Wer sagt denn, dass Franz das Bild da reingehängt hat?«, gab ein vergleichsweise unterernährter Mann vorsichtig zu bedenken.

»Komm, Werner, das kann man doch an drei Fingern abzählen!«, motzte die Dicke weiter. Ich überlegte, wo ich sie schon mal gesehen hatte. Ja, genau: auf dem Grillfest, am Wurststand. »Wer hat denn alles einen Schlüssel für den Glaskasten? Na? Genau drei Leute. Ich sage es euch: Der tickt nicht ganz richtig. Er will uns eins auswischen, weil wir damals den größeren Garten bekommen haben. Das wurmt den heute noch!«

»Und nicht zu vergessen die Sache mit dem Solardach. Er ist der Einzige, der nicht dafür ist. Soll er doch die Sanierung des Daches bezahlen, wenn er die Solarmodule da nicht haben will! So ein Idiot!«, schimpfte jetzt ein Mann auf der gegenüberliegenden Seite der schnaufenden Helga.

Abgesehen von den beiden standen da noch drei, vier andere Leute rum und nickten mit den Köpfen. Die waren sich anscheinend alle einig.

»Ich sag nur: ›Die 10 Gebote für den Gartenfreund‹. Wenn ich das schon höre! 1,20 Außenhecke, 80 Zentimeter Innenhecke. Und dann Franz, der mit seinem Zentimeterband rumrennt … Der Alte hat doch einen Knall!«, meinte jetzt einer der anderen Männer.

»Genau«, sagte eine Frau, die ich nicht kannte. »Der sollte sich mal selber dran halten. Das achte Gebot lautet nämlich: Man soll alles vermeiden, was die Ruhe und Ordnung in der Gartenanlage stört *sowie* das Gemeinschaftsleben beeinträchtigt. Und da fällt mir spontan nur einer ein, der das ununterbrochen tut!«

Alle stimmten ihr durch Kopfnicken und Gemurmel zu.

»Der Typ muss weg«, hörte ich jetzt irgendjemanden sagen. Wieder zustimmendes Gemurmel.

Apropos weg: Ich drehte mich zu Viktor, der gar nicht da stand, wo ich ihn erwartet hatte. »Viktor?«

»Wem gehört denn der Hund?«, hörte ich im gleichen Moment jemanden über mir fragen.

»Ach, das ist doch einer von den … Möpsen von dieser Frau, die bei Hilde die Rosen gießt«, erklärte die Dicke.

»Wo ist Hilde denn eigentlich? Wollte die nicht schon längst wieder da sein?«, fragte ein anderer.

»Die hat Rücken«, erklärte jemand.

»Ui, das ist ja auch nicht schön.«

»Na, dann hoffen wir mal, die kommen Günther nicht in die Quere. Der wird sicher nicht begeistert sein.« Alle lachten.

Günther? Gab es denn hier nur Menschen, vor denen man sich in Acht nehmen musste?

Plötzlich hörte ich Viktor bellen: »Hau ab, du Arsch!« Nicht irgendwie, sondern auf eine ganz unbekannte Art und Weise. So gehetzt. Ich drehte mich um und sah gerade noch, wie er an der Tür vorbeirannte, dicht gefolgt von einem getigerten Katerviech.

»Wenn man vom Teufel spricht«, sagte jemand über mir lachend.

Dann lief ich raus. Viktor und dem Teufel hinterher.

Viktor hatte Glück. Günther war noch älter als er selbst und dementsprechend nicht mehr der Schnellste. Aber immer noch wild wie ein Tiger. Warum sich ein Mops nun ausgerechnet von einem alten Kater des Platzes verweisen ließ, sei mal dahingestellt. Warum er aber einer wildfremden Frau auf den Schoß springen musste, die gerade Kuchen aß, ist eine andere Frage. Die Arme riss jedenfalls die Arme hoch, der Kuchen flog, und Viktor saß. Da, wo vorher der Kuchen war. Samt Teller. Aber damit nicht genug. Die Frau kam ins Kippeln, wackelte auf dem Plastikstuhl nach hinten – und lag auf dem Rücken. Beine hoch. Sah etwas komisch aus, muss ich zugeben. Ein bisschen wie ein Käfer, der es nicht schafft, sich allein wieder umzudrehen.

Nur einer hatte Haltung bewahrt. Viktor. Der saß immer noch kerzengerade auf ihrem gepunkteten Bauch. Vom Teufel keine Spur. Der hatte sich wohl vom Acker gemacht. Besser so. *Wenn ich den erwische!*, dachte ich wütend.

Von allen Seiten kamen zeitgleich Leute angelaufen und halfen der Käferfrau wieder hoch. Viktor war vorher schnell von ihr runtergeklettert und marschierte jetzt Richtung Kuchen, der mitten auf dem Weg gelandet war. Ich lief ihm hinterher.

»Was war das denn?«, fragte ich, immer noch baff von seiner akrobatischen Einlage.

»Nusskuchen«, erklärte er mampfend.

»Nicht der Kuchen. Ich meine deine Flucht samt Punktlandung. Seit wann lässt sich ein Mops von einer gewöhnlichen, dahergelaufenen Hauskatze verjagen?«

»Hallo? Dieser blöde Kater hat sich heimtückisch angeschlichen und mich völlig überrascht. So ein Mistkerl.«

»Günther.« Ich machte ein wissendes Gesicht.

»Bitte?«

»Der Mistkerl heißt Günther – der Teufel.«

»Das kann man wohl sagen. Dabei weiß doch jeder Vollidiot, dass Möpse friedliebende Wesen und an Raufereien mit anderen Tieren grundsätzlich nicht interessiert sind. Also echt!« Viktor leckte sich immer und immer wieder die Schnauze ab, obwohl da schon lange kein Krümel mehr war.

»Den sollten wir uns vorknöpfen«, schlug ich vor. Sicher war sicher. Nicht, dass der uns noch mal aus dem Hinterhalt überfiel.

»Ich sagte doch gerade, wir sind friedliebende Wesen …«

»Ja, ihr. Aber ich bin nur ein halber Mops. Schon vergessen? Und daher auch nur halb friedliebend, habe ich gerade beschlossen. Und wenn mein bester Freund angegriffen und über Kuchen essende Frauen gejagt wird, dann bin ich sogar noch weniger als halb friedliebend. Eher gen null.«

Hinter uns hatte sich die Situation wieder etwas beruhigt. Die Frau, die keinen Kuchen mehr hatte, saß wieder auf ihrem klapprigen Plastikstuhl und unterhielt sich mit der Dame neben ihr. Sie sahen dabei zu uns rüber und machten keinen freundlichen Eindruck.

»Komm, lass uns lieber gehen. Das riecht nach Ärger«, sagte ich und lief los in Richtung Hildes Hütte.

Christa hatte Besuch von unserer neuen Nachbarin. Irma und Christa standen vor der Bank, auf der jetzt ein großer, brauner Korb stand. Irma hatte natürlich jedes Wort gehört, als Josi und Florian sich mit Christa über deren wohnliche Zukunft unterhalten hatten. Zumindest vermutete ich das. Warum hätte sie sonst all die Sachen anschleppen sollen?

»Das ist wirklich nett. Aber mein zukünftiger Schwiegersohn bringt mir nachher auch noch ein paar Sachen …«, erklärte Christa gerade, als wir durch die angelehnte Pforte geschlichen kamen.

»Ach, schon gut. Wozu hat man denn Nachbarn? Schau mal. Diese Marmelade habe ich auch selbst gemacht, und das hier ist ein Eintopf, den brauchst du dir nur aufzuwärmen. Alles aus dem eigenen Garten«, sagte Irma und machte mit ihrem neuen Lockenkopf eine Bewegung in Richtung ihrer Parzelle. Jetzt sah ich es erst! Das war mir vorher gar nicht aufgefallen. Sie hatte da was im Haar. Keine normalen kurzen Locken, sondern irgendwelche runden, bunten Teile. Kleine Rollen. Überall.

»Das ist wirklich sehr aufmerksam«, sagte Christa und betrachtete die Einmachgläser in ihren Händen. »Vielen Dank. Ich mache mir da nachher sicher etwas zum Abendessen warm.« Sie stellte die Gläser wieder in den Korb zurück. »Du bist ja echt patent.«

Auf Irmas schmalem, zierlichem Gesicht breitete sich ein freudiges Lächeln aus. Fast wie bei kleinen Kindern, fand ich, wenn die etwas Süßes bekamen. Dann freuten die sich auch immer so.

»Wir hatten früher eine Gastwirtschaft«, erklärte sie stolz. »Eine richtige Gastwirtschaft. Mit selbst gerollten Rouladen, handgemachter Wurst und eigenen Kartoffeln. So etwas kriegst du heute gar nicht mehr.«

»Gibt es das Restaurant noch?«

»Nein. Mein Vater lebt schon lange nicht mehr. Er ist an einem Stück Schinken erstickt«, sagte Irma, und ich konnte beobachten, wie Christas Blick von Irma auf die Einmachgläser wanderte. »Und meine Mutter ist im *Feierabend.*«

Christa hob die Augenbrauen und sah Irma fragend an.

»So heißt das Pflegeheim, in dem sie lebt. Seit sie im Rollstuhl sitzt, ist sie dort. Ich habe es einfach nicht mehr allein geschafft. Das war irgendwann zu viel. Ich glaube, sie hat es mir bis heute nicht verziehen. Aber was sollte ich machen? Ich bin schließlich auch nur ein Mensch.« Irma zog die Schultern hoch. »Davon abgesehen verstehen wir uns sowieso am besten, wenn wir uns nicht jeden Tag sehen«, fügte sie mit einem zaghaften Lächeln hinzu.

»Ja, das Thema kenne ich«, murmelte Christa und sah zu mir. Hallo? Was hatte ICH denn bitte damit zu tun?

»Meine Mutter hat das Gasthaus an junge Leute vermietet«, fuhr Irma fort. »Die haben dort eine WG gemacht oder so. Ich hätte es gern übernommen, aber irgendwann kamen einfach keine Gäste mehr. Oder sagen wir mal, zu wenige. Die Alten sind alle nicht mehr da, und die Jungen wollen was Fettfreies, Veganes oder irgend so einen neumodischen Kram.« Sie schüttelte traurig den Kopf. »Nee, das hatte keinen Sinn mehr. Aber wer weiß? Vielleicht mache ich da irgendwann doch noch mal was Schönes draus. Muss ja nicht das ganze Gutshaus sein. Vielleicht nur ein Teil. So ein kleines Café, Kutschfahrten für Besucher am Wochenende … Hochzeiten. Ja, das könnte ich mir schon vorstellen.« Jetzt sah sie alles andere als traurig aus. Im Gegenteil, sie hatte ein Glänzen in den Augen. Das sah ich so gut, weil sie gerade in die Knie gegangen war: Wilma war angelaufen gekommen. Traurige Menschen sind für Wilma schlimmer als kein Futter. Und das will was heißen.

»Das klingt doch gut! Wo ist denn der Gutshof?«

»In der Nähe von Trittau. Schleswig-Holstein«, erklärte Irma, kam wieder hoch und machte eine Handbewegung, als wollte sie ein Stöckchen werfen. Wilma rannte zu meinem Erstaunen los. Sie, die den Hundesport definitiv nicht erfunden hatte! Außerdem hatte Irma nachweislich kein Stöckchen in der Hand. Sie wollte wohl nur zeigen, wie weit weg es war – ihr Gasthaus, das sie nicht mehr hatte.

Dann wurde Irma wieder pragmatisch. »Du, das Übernachten hier ist übrigens gar kein Problem. Du bist keinesfalls allein heute Nacht! Dauerhaftes Wohnen, gut, das ist nicht gestattet. Aber bis zu sechs Wochen im Jahr darf man in der Laube Urlaub machen. Eine Dusche – für den Notfall – findest du an der Hinterseite des Vereinshauses, denn fließend Wasser in den Lauben ist ja leider nicht erlaubt. Da haben wir nur den Außenhahn für den Garten.« Und damit verabschiedete sie sich.

»Es macht fast den Eindruck, als hätte sie das früher mal hauptberuflich gemacht«, meinte ich, während wir ein paar Minuten später alle drei auf der Fußmatte vor der geöffneten Tür lagen und Christa neugierig zusahen, wie sie sich in Hildes Hütte einrichtete. Immerhin war es das zweite Mal innerhalb kürzester Zeit, dass ich sie dabei beobachtete, wie sie vorhandene Wohnräume umgestaltete. Man konnte fast auf den Gedanken kommen, dass sie für immer hierbleiben wollte. »Was?«, wollte Wilma wissen, dabei betrachtete sie Christa genauso wie ich.

»Na das! Sachen hin und her sortieren und verschieben«, sagte ich, ohne den Blick von Christa zu lösen, die wie im Rausch zu sein schien.

»Was soll das denn für ein Beruf sein? Sachenhinundherschieberin oder was?«, sagte Wilma und fing so an zu lachen, dass ihr ganzer runder Körper wackelte.

»Sehr witzig«, meinte ich nur und sah Christa weiter zu, wie sie alles genau inspizierte. Ein bisschen wie wir, wenn wir irgendwo neu waren. Wir beschnüffelten ja auch erst einmal alles.

Nur das mit dem Markieren, das machte Christa nicht. Wobei ich das Gefühl nicht loswurde, dass dieses ganze Rumräumen auch eine Art von Markieren war.

5

Florian kam, als wir gerade alle auf der Bank vor der Hütte saßen und Christa sich vom Einrichten erholte. Er brachte allerhand Kram, den sie in dem Küchenschränkchen und in dem winzigen Bad verstaute. Zweibeiner könnten sich hier – rein theoretisch – auf dem Klo sitzend die Zähne putzen und parallel die Füße abduschen. Total praktisch.

Florian, der frisch geduscht roch, versuchte Christa noch einmal zu überreden, das Angebot mit der Pension anzunehmen. Aber Christa blieb dabei: Sie war hier genau richtig. So wäre es für alle das Beste. Dem wollte ich gerade zustimmen, als Florian sagte: »Und wenn dir das mit den Hunden zu viel wird oder …«

»Zu viel? Hallo?«, regte ich mich auf. »Wir sind Aufheiterer auf vier Pfoten, Gutelaunemacher und Schmusemaschinen. Wir sind die Sonne, wenn es regnet, und …«

»Ist ja gut!«, unterbrach mich Viktor.

»Sag doch auch mal was«, beschwerte ich mich. »Es geht hier um unseren Ruf!«

»Na, die haben wohl Hunger«, kommentierte Christa unsere Zwischenrufe.

»Bis zur Mopsversteherin ist es noch ein langer, steiniger Weg«, meinte Wilma und lief Richtung Futternapf, den

Florian gerade mitgebracht hatte. Und der natürlich noch leer war.

»Ja, und wenn sie uns weiterhin falsch versteht, wirst du den Tag nicht mehr erleben, an dem sie uns richtig versteht«, sagte Viktor und sah Wilma kopfschüttelnd hinterher.

»Warum?«

»Weil du bis dahin vermutlich platzt, wenn sie uns jedes Mal etwas zu essen gibt, wenn wir einen Ton von uns geben.«

»Was soll das denn jetzt? Soll ich jetzt schweigen oder wie?«

»Wäre eine Möglichkeit.«

»Viktor«, ermahnte ich ihn. »Nun lass *du* mal gut sein. Du machst doch sehr den Eindruck, als würde dein Magen knurren. Sonst wärst du nicht so unausstehlich.«

Und tatsächlich waren wir alle drei nach unserem abendlichen Menü sehr viel entspannter. Christa schloss die beiden kleinen Fenster, Tür und Tor, und wir machten eine abendliche Runde durch die Kleingartenkolonie und den Park, der sich ganz in der Nähe befand. Als wir eine ganze Weile später zurückkamen, dämmerte es schon. Wilma hing die Zunge so weit aus dem Maulwinkel, als würde sie nicht zu ihr gehören.

Während ich sie so ansah, musste ich daran denken, was sie vorhin gesagt hatte: ein langer, steiniger Weg. Vielleicht war es unsere allgemeine Müdigkeit, jedenfalls waren wir nachweislich nicht sonderlich aufmerksam, als wir auf dem Sandweg zurück zur Hütte trotteten. Wir liefen gerade um eine der unendlich vielen grünen Heckenecken, als uns ein

Fahrrad entgegenschoss, das keiner von uns vorher hatte kommen hören. Ich konnte gerade noch zur Seite springen, sonst hätte es mich platt gemacht. Wortwörtlich. In der nächsten Sekunde quietschte es ohrenbetäubend, eine Unmenge Sand wirbelte auf, und irgendwo da drin, in der Sandwolke, hörte man es krachen. Dann war es still. Zumindest ein paar Sekunden. Wir blieben wie aus einem Stück gegossen stehen. Man sah ja eh nichts. Wo sollten wir also hinlaufen? Wilma und Viktor waren ein Stück hinter mir und blickten mich mit einer Mischung aus Entsetzen, Schock und Verwunderung an.

Nur Christa marschierte mutig los und fragte: »Hallo? Alles in Ordnung? Kann ich Ihnen helfen?« Der Sandstaub verschwand langsam. Vor uns auf dem Weg lag jemand, samt Fahrrad. *Der Typ, der die alte Dame im Rollstuhl geschoben hat,* schoss es mir durch den Kopf. *Der, vor dem wir uns in Acht nehmen sollen!* Doch dafür war es jetzt eindeutig zu spät. Franz stand auf, klopfte sich die Hose ab und untersuchte seinen Ellenbogen, der ziemlich schlimm aussah. Er hatte ein bisschen Ähnlichkeit mit dem Knochen, den wir kürzlich von Josi bekommen hatten, als sie wieder einen extrem langen Trennungstermin hatte.

»O Gott, haben Sie sich verletzt?«, fragte Christa, die jetzt neben ihm stand und einen sehr besorgten Eindruck machte.

»Wonach sieht's denn aus? Was rennen diese blöden Scheißköter hier rum? Können Sie die nicht an die Leine nehmen? Wozu wurde die Hundeleine überhaupt erfunden? So ein Dreck!«

»Arschloch«, kläffte Wilma. »Wozu wurden Typen wie

du überhaupt erfunden? Außerdem haben wir den Hundeführerschein gemacht und müssen an überhaupt gar keine Leine. LEINENFREIHEIT nennt man das!«

»Wilma. Aus!«, mahnte Christa und sah Wilma streng an. So kannten wir sie ja gar nicht!

Der Typ schimpfte noch so einiges, und zwar so laut, dass rechts und links über den grünen, frisch geschnittenen Hecken Köpfe erschienen. Zwei kamen sogar hinter ihren Hecken hervor und fragten, ob sie helfen könnten. Damit meinten sie aber eher Christa als Franz. Um den und seinen lila Knochen machte sich komischerweise keiner Sorgen. Christa hatte derweil das Fahrrad aufgehoben und an die linke Hecke gelehnt.

»Das musste ja irgendwann mal passieren«, erklärte ein Mann, der in dunkelblauer Jogginghose und weißem Unterhemd vor uns stand. »Das ist ein Fußgängerweg und kein Radweg. Erst recht keine Rennstrecke. Das müsstest du doch am besten wissen, Franz!«

Den interessierte das wenig. Er untersuchte lieber sein Rad, nachdem er mit seinem Ellenbogen fertig war. »Das wird teuer«, rief er wütend. Dann schwang er sich auf seinen Sattel und brauste davon.

»Was wird teuer?«, wollte Wilma wissen.

»Na, einen neuen Ellenbogen wird er wohl nicht gemeint haben«, meinte Viktor, während wir Franz alle hinterhersahen, wie er hinter der Heckenecke verschwand.

Christa holte tief Luft. »Menschenskinders, habe ich mich erschrocken«, stöhnte sie und sah dabei ganz blass aus. Sie stand jetzt direkt unter einer der Laternen, die inzwischen leuchteten.

»Machen Sie sich keine Gedanken, Franz ist immer so. Der kann einfach nicht über seinen Schatten springen und sich entschuldigen. Selbst wenn er genau weiß, dass hier Radfahren verboten ist. Hauptsache, Ihnen ist nichts passiert«, sagte die Jogginghose, klopfte Christa auf die Schulter und ging.

»Danke, es geht schon.« Christa sah sich kopfschüttelnd um, als wollte sie sichergehen, dass der Verrückte auch wirklich weg war. Dann rief sie uns. »Na, kommt. Wir gehen mal. Nach dem Schreck brauch ich erst mal ein Glas Wasser!«

»Wie geht das?«, wollte Wilma wissen und sah vor sich auf den Sandboden, als suchte sie etwas.

»Was?«, fragte ich sie.

»Na, über seinen Schatten springen«, erklärte Wilma, die nicht unter einer Laterne stand, sondern daneben, im Halbdunkeln.

»Das geht nur, wenn die Sonne scheint. Wie willst du über etwas springen, das nicht existiert?«, fragte ich sie.

»Stimmt«, murmelte sie und watschelte Christa hinterher. »Ich versuche es morgen früh noch mal.«

»Mach das«, meinte ich nur und lief an allen anderen vorbei.

»Meine Herren! Was war das denn?«, fragte ich eher mich selbst als Viktor, als er endlich aufrückte. »Ich kann ja vieles, aber um die Ecke gucken gehört nachweislich nicht zu meinen Spezialitäten.«

Viktor schüttelte sich, als wollte er den letzten Staub aus seinem Fell befördern. »Der Mensch ist ein Mysterium«, brummte er und schnüffelte an der Hecke entlang.

»Du meinst wohl der Mann an sich«, entgegnete Wilma laut hechelnd hinter uns.

Das merkwürdige Verhalten des Zweibeiners an sich ging weiter. Irma hatte einen Dachschaden. Zumindest war das Viktors Diagnose. Denn Irma kannte uns plötzlich nicht mehr.

»Und wem gehören diese süßen, kleinen Kerle hier?«, fragte sie und beugte sich zu uns runter, als wir gerade an ihrem Garten vorbeikamen. Dagegen war ja grundsätzlich nichts zu sagen. Es war ja auch schon ein bisschen dunkel. Aber sie blieb dabei, uns noch nie zuvor gesehen zu haben. Sie stand an ihrem geöffneten Gartentor und sah uns an, als wären wir Außerirdische. Ich hatte diese Außerirdischen mal in einem Film gesehen. Ich fand allerdings, dass wir nicht viel Ähnlichkeit mit denen hatten.

Christa war das nicht geheuer. Sie nahm zwar auch an, Irma machte Spaß, aber als diese dabei blieb, uns und auch sie noch nie gesehen zu haben, bekam sie Angst. Zu recht. Irma hatte sich inzwischen auf ihren Rasen gesetzt und kraulte Wilma den blanken Bauch. Viktor und ich sahen dem Ganzen mit etwas Abstand und einer gehörigen Portion Skepsis zu. Ich versuchte, aus Irmas Körpergeruch abzuleiten, was mit ihr war, musste aber feststellen, dass keine besonderen Veränderungen festzustellen waren. Umso merkwürdiger. Kein Angstschweiß, Fieberschweiß, Geruch von Alkohol oder anderen Körperflüssigkeiten. Nichts.

»Entweder sie hat einen merkwürdigen Humor, oder sie hat … ja … was denn? Habt ihr eine Idee?«, fragte Christa und sah uns stirnrunzelnd an.

Pause.

»Vielleicht hat sie was von diesem Grünzeug genommen, das hinter Harrys Hüte wächst«, überlegte ich.

»Benimmt sie sich wie ein Nackthund? Im Winter?« Viktor sah Irma mit hochgezogenen Augenbrauen an.

»Nö«, gab ich zu.

»Von Kindern hat sie mir nichts erzählt. Nur von ihrer Mutter, aber die lebt im Feierabend«, sagte Christa zu sich selbst und sah dabei nachdenklich zu Wilma und Irma, die inzwischen wie kleine Kinder auf dem Rasen lagen und sichtlich Spaß hatten. Irgendetwas hatten sie gemeinsam, dachte ich. Ich kam nur nicht drauf, was.

»Irma?« Christa beugte sich zu den beiden Damen auf dem Rasen und versuchte, ihre Aufmerksamkeit zu erregen, was gar nicht so leicht war. »Irma?«

»Alles in Ordnung?«, fragte in dem Moment eine Frauenstimme hinter uns.

Es war Jonna mit dem Hanswurstkind, das meiner Meinung nach schon längst im Bett sein sollte. Das war doch so bei den Menschen, den kleineren.

»Na ja. Geht so. Irma … Also, sie kennt mich plötzlich nicht mehr«, versuchte Christa die Situation zu erklären.

»Uns übrigens auch nicht«, ergänzte Viktor und sah von Jonna zurück zum Rasen.

»Irma?«, versuchte es jetzt auch Jonna und kam durch das Tor auf die beiden zu.

»Ja?« Irma hörte auf, Wilma zu streicheln, und sah zu ihr hoch. Sie stand auf und hielt Jonna die Hand hin. »Tanzen«, sagte sie, und Jonna machte einen Gesichtsausdruck, der nicht zu deuten war. »Irma Tanzen ist mein Name. Und wer sind Sie, wenn ich fragen darf?« Dabei sah sie Jonna neugierig an.

»Jonna«, sagte Jonna zögerlich und ging noch einen Schritt auf Irma zu, um ihr die Hand reichen zu können. »Irma, das mag ja ganz lustig sein, aber jetzt ist gut. Sonst mache ich mir Sorgen. Ich wollte dich eigentlich nur fragen, ob du morgen Nachmittag da bist und eine halbe Stunde auf Hans aufpassen kannst, wenn wir den Apfelbaum aus der Gärtnerei holen. Da passt der Kindersitz nicht mehr ins Auto. Das wird alles zu eng.« Jonna sah zu Hans, der ein blaues T-Shirt trug und einen grässlich riechenden Plastiksack am Po. Ganz, ganz grässlich. Nicht irgendwo, sondern ein paar Zentimeter vor meiner Nase! Er hatte Gefallen an mir gefunden. Leider.

Irma sah erst uns an, dann Hanswurst. »Na ja, wenn Sie mir Ihr Kind einfach so anvertrauen wollen.«

»Irma. Komm jetzt. Ich finde es nicht mehr lustig«, sagte Jonna streng und hob Hans hoch. Gott sei Dank!

»Du bist ja ein Süßer, kleiner Bub!«, fand Irma und hatte neben ihrem Gedächtnis offensichtlich auch ihren Geruchssinn verloren.

»Ich tippe auf Amnesie.« Viktor betrachtete Irma mit leicht zusammengekniffenen Augen. »Fragt sich nur, warum.«

»Geht da auch die Sache mit dem Riechen kaputt?«, wollte ich wissen.

»Nein«, erklärte unser Supermops.

»Ich verstehe gar nichts mehr«, maulte Wilma besorgt und sah erst uns an, dann Irma.

»Das ist nichts Neues«, meinte Viktor und beobachtete weiter Irma.

»Also, wenn du jetzt nicht damit aufhörst, rufe ich einen Arzt, Irma. Das meine ich echt ernst«, sagte Jonna und wartete auf Irmas Reaktion.

Und die kam! »Was fällt Ihnen eigentlich ein? Sie kommen einfach hierher, duzen mich, und jetzt wollen Sie auch noch einen Arzt rufen. Vielleicht rufen Sie den mal lieber für sich selbst, Fräulein«, sagte Irma wütend. »So. Und nun mal alle Mann nach Hause. Ich muss … ja … was muss ich denn eigentlich?« Sie stemmte ihre dünnen Arme rechts und links in die Seite und sah sich um. Der Garten war super in Schuss. Ganz anders als der Rosengarten von Hilde. Hier hieß das Motto Ordnung. Auf den Beeten wuchs in Reih und Glied alles Mögliche, was Josi immer im Geschäft oder auf dem Markt kaufte. Salat, Gurken, Bohnen, Grünzeug, das ich nicht kannte. Blumen waren hier kaum zu sehen. Nur zwei Töpfe oben, vor dem Eingang.

»Was wollte ich denn …«, wiederholte Irma und schüttelte dabei leicht den Kopf, so als wunderte sie sich inzwischen über sich selbst.

»Ich guck mal, ob Horst da ist«, meinte Jonna mit extrem kritischem Blick und verschwand mit dem stinkenden Hanswurst. »Der ist Allgemeinmediziner. Besser als nix. Bin gleich wieder da!«, rief sie noch hinterher.

Wer auch immer Horst war, ich hoffte nur, er würde bald kommen. Es fing nämlich an zu regnen. Nur ein paar Tropfen, aber eben ein paar Tropfen zu viel. Außerdem wurde es immer dunkler. Und Irma gefiel mir nicht. Also, diese Irma da. Die andere fand ich ganz nett. Aber diese machte mir irgendwie Angst.

Ein paar Minuten später, in denen wir nichts weiter taten,

als Irma entgeistert anzustarren und zu hoffen, die düsteren Wolken würden schneller vorbeiziehen, kam Jonna mit Hanswurst und einem Mann zurück, den ich kurz oben beim Vereinshaus gesehen hatte, als Viktor die Frau umgeschmissen hatte.

»Da sind wir wieder«, sagte Jonna. Sie setzte ihr immer noch stinkendes Kind auf den Stuhl unter dem Sonnenschirm, der jetzt als Regenschirm fungierte. Leider blieb Hanswurst da nicht, sondern steuerte sofort wieder auf mich zu. Da half auch keine Dämmerung. Ich habe gar kein Problem mit Kindern, bitte nicht falsch verstehen, aber dieses Exemplar hier war mir etwas zu grobmotorisch. Er rannte ungebremst auf einen zu, als hätte ihm noch keiner gesagt, wie man stoppt, ohne andere Lebewesen totzutrampeln oder sich auf sie draufzuschmeißen.

»Hallo, Irma. Na, hast du einen Clown gefrühstückt?«, fragte der Mann, der wohl Horst war.

»Einen ganzen Clown?«, fragte Wilma ungläubig. »Das kann ich mir nicht vorstellen. Nein, beim besten Willen nicht. So etwas schlägt auf den Magen. Nicht auf den Kopf. Außerdem ist es viel zu spät für ein Frühstück!«

»Seit wann ist es dir zu spät für ein Frühstück«, warf Viktor ein, ohne Wilma anzusehen.

Horst sah für sein Alter auffällig sportlich aus. Er blickte kurz nach oben in den verregneten Abendhimmel, verzog sein sonnengebräuntes Gesicht und zog sich die Kapuze seiner grauen Sweatshirtjacke über den Kopf.

»Das wird ja immer lustiger. Und wer sind Sie, bitte schön?«, fragte Irma jetzt und sah dabei nicht richtig lustig aus. »Wird das hier eine Versammlung?«

Horst versuchte es noch ein paar Mal, dann stand seine Meinung fest. »Ich glaube, ich würde sie gern in die Uniklinik nach Eppendorf bringen. Ein Kollege von mir arbeitet dort in der Neurologie. Ich tippe auf eine Amnesie. Ein Schlaganfall kann es natürlich auch sein, aber danach sieht es gerade nicht aus. Auf alle Fälle muss sie sofort gründlich untersucht werden.« Er wandte sich an Irma. »Hast du eine Tasche, in die wir dir ein paar Sachen packen können?«

Irma sah aus, als würde sie nachdenken. Ganz sicher war ich mir aber nicht. »Wer waren Sie noch mal?«, fragte sie dann erneut.

»Horst. Und ich möchte sicherstellen, dass mit dir alles in Ordnung ist.«

»Ich gehe mal eben rein und schaue, was ich finden kann. Sie schläft ja nicht oft hier, daher habe ich keine große Hoffnung«, meinte Jonna und ging am Beet entlang zu Irmas Häuschen.

Einen Augenblick später schloss sie die Tür hinter sich und kam zurück. »Hier, der Schlüssel, Horst. Und das hier habe ich gefunden. Ihre Tasche, Portemonnaie und eine Strickjacke.«

»Danke«, sagte Horst und sah Irma auffordernd an.

»Na, dann wollen wir mal.«

»Wenn Sie das sagen. Wie war Ihr Name noch gleich?« Sie machte eine kurze Pause und sah sich um. »Ach, wissen Sie, ich würde ganz gerne noch hierbleiben. Das ist ein so schöner Garten. Haben Sie schon diese Gurken gesehen?«

»Die können wir uns morgen in Ruhe ansehen«, schlug Horst vor und hakte Irma bei sich unterm Arm ein. Dann gingen die beiden los.

Jonna, Christa, Wilma, Viktor und ich sahen ihnen hinterher, bis ihre Köpfe nicht mehr über der Hecke zu sehen waren.

»Ojemine!«, stöhnte Jonna und kratzte sich am Kopf. »So etwas habe ich ja noch nie erlebt!«

»Das macht einem ganz schön Angst, muss ich sagen«, meinte auch Christa.

»Allerdings!«, stimmte Wilma mit ein.

»Wollen wir mal hoffen, dass sie rausfinden, was mit ihr ist«, sagte Jonna, als Hanswurst plötzlich anfing zu weinen. Warum auch immer. Vielleicht hatte er in dieser Sekunde festgestellt, dass er stank. Wurde aber auch Zeit!

Christa verabschiedete sich von Jonna und gab uns ein Zeichen, ihr zu folgen. Zurück in Hildes Hütte, machte sie die Stehlampe in der Ecke an und ging anschließend mit der beigefarbenen Porzellankanne raus, um Wasser zu holen. Dann kochte sie sich einen Tee und gab uns unser Abendessen. Danach setzte sie sich in den Sessel und schnaufte, als wäre sie eine von uns. War sie ja irgendwie auch. Unsere Ersatzoma sozusagen. Wie ich feststellte, eine ziemlich erschöpfte Ersatzoma.

6

Mir war fürchterlich warm, und irgendetwas verdammt Schweres lag auf mir, als ich am nächsten Morgen aufwachte. Ich öffnete die Augen: meine Mitbewohnerin! Das machte sie ständig. Benutzte mich als Matratze oder Unterlage oder was auch immer.

»Wilma. Runter«, motzte ich, was man aber kaum hörte, da meine Stimme von ihrem Körpergewicht erstickt wurde. Ich versuchte mich zu bewegen. Wilma gähnte lauthals, streckte sich, pupste und rutschte dann mit einem leisen Plumps neben mich.

Und dann sah ich Christa. Sie lag im Sessel, die Beine auf einem Hocker, den Kopf schräg zur Seite an die Kopfstütze gelehnt, und schnarchte. Irgendwie süß. Wie Wilma, bevor ich sie geweckt hatte. Bei der fand ich es allerdings weniger süß.

Doch plötzlich passierte etwas Unerwartetes: Draußen schrie jemand, als ginge es um Leben und Tod. Ein gellender hoher Schrei riss Christa, Viktor und Wilma aus dem Tiefschlaf. Alle drei wirkten erst einmal desorientiert. Christa hatte wohl vergessen, wo sie war, zumindest sah es in den ersten Sekunden so aus. Wilma bellte los, als würde das irgendetwas bringen, und Viktor sah sich nur in Hildes Hütte um, als würde er überlegen, wo der Schrei herkam. Mir war das natürlich völlig klar. Von draußen. Also sprang ich auf, rannte die kurze Strecke zur Tür und sprang hoch um zu zeigen, dass Christa sie bitte öffnen sollte. Im gleichem Moment erkannte ich jedoch, dass die Tür gar nicht verschlossen war. Sie war nur angelehnt. Na so was! Das wäre Josi nicht passiert, dachte ich noch. Dann steckte ich meine Nase in den Spalt und stupste die Tür auf. Die Sonne schien mir direkt ins Gesicht.

Ich blinzelte und drehte mich noch einmal kurz um. Christa stützte sich mit den Händen rechts und links an den Armlehnen des Sessels ab und erhob sich. Für meine Verhältnisse etwas zu langsam. Hier war Eile geboten, das spürte ich. Also nix wie raus.

Kaum stand ich vor der Tür, hörte ich links von unserem Grundstück lauter Stimmen durcheinanderreden.

»O Gott!«

»Ach du Scheiße!«

»Franz Altmann.«

»O nein!«

Franz Altmann? Ich wartete nicht, bis Christa mir die Gartentür öffnete, und zwängte mich unter der Hecke durch. Zack, nach links, ein Stück geradeaus, und dann sah ich es auch schon: Dort, wo sich eigentlich der Komposthaufen befand, von dem man jetzt nichts mehr sah, stand ein ganzes Rudel Zweibeiner. Alle mit dem Rücken zu mir. Und es kamen immer mehr. Nur warum? Was war denn schon an dem Komposthaufen so interessant? Hatte dieser Franz sich wieder irgendetwas Fieses ausgedacht, um die anderen zu ärgern? Es gab nur eine Möglichkeit, das rauszubekommen. Ich versuchte, mich zwischen all den Gummilatschen, Pantoffeln und Sandalen durchzumogeln, was gar nicht so leicht war, denn ich war nicht der Einzige, der etwas sehen wollte. Die Menschen blieben nicht auf der Stelle, auf der sie standen. Nein, sie bewegten sich von links nach rechts, vor und zurück, stellten sich auf ihre Zehenspitzen wie Wilma, wenn sie ein Leckerli wollte, und versuchten alle, einen Blick auf den Komposthaufen zu erhaschen.

Ich war fast durch, ohne einen Tritt abzubekommen, da hörte ich hinter mir Wilma bellen: »Wo bist du, Heinrich?«

Hallo? Heinrich? Die war wohl noch nicht ganz wach! So nannte mich ausschließlich Josi. Und das nur, wenn ich nicht sofort angelaufen kam. Frechheit.

»Hier!«, bellte ich zurück, nur damit sie mich nicht noch einmal so rief. Ich steckte gerade zwischen überdurchschnittlich stark behaarten Männerbeinen und Damenbeinen in bunten Socken. Ich sah kurz hoch. Jonna. Ohne Hanswurst. Zumindest roch ich von dem nichts. Dafür roch ich etwas ganz anderes.

Es stank. Bestialisch. Und jetzt sah ich auch, was hier so stank: Es war Franz. Das hatte ich blitzschnell kombiniert. Der Ellenbogen hatte ihn entlarvt. Der sah immer noch so grässlich aus wie am Abend zuvor. Aber um aufs Stinken zurückzukommen – das hatte genau zwei Gründe. Erstens: Franz lag auf dem Komposthaufen. Und zweitens: Er war tot. Zumindest ging ich aktuell davon aus. Mit so einer Forke im Rücken lässt es sich einfach nicht gut leben. Außerdem lag er mit dem Gesicht nach unten auf dem Haufen von vergammeltem Grünzeug – und wie sollte er da Luft holen? So wie es hier stank.

»Wer macht denn so was?!« Wilma, die sich mit Viktor in der Zwischenzeit auch einen Weg durch die Beine gebahnt hatte, war zu meinem eigenen Erstaunen die Erste, die etwas sagte.

»Gute Frage. Wenn du die Antwort weißt, bist du den Polizisten, die hier vermutlich gleich eintrudeln werden, um eine Nasenlänge voraus«, meinte Viktor links neben mir. »Oder auch nicht«, schob er hinterher.

»Wie jetzt?«, wollte Wilma, die den Blick nicht von Franz ließ, wissen.

»Na ja, von Nasenlänge kann man bei dir ja kaum sprechen.«

»Sehr witzig«, sagte Wilma. »Falls es dir noch nicht aufgefallen ist: Du siehst nicht anders aus. Und außerdem meinte ich gar nicht, *wer* ihn umgebracht hat.«

»Was dann?«, wollte Viktor wissen, den Blick ebenfalls fest auf Franz geheftet, so als würden wir darauf warten, dass er sich vielleicht doch noch mal bewegte. Tat er aber nicht.

»Das ist doch der Haufen für Gartenabfälle. Nicht für Arschlöcher.«

Jetzt sah Viktor Wilma an. An meiner Nasenlänge vorbei. Ich war nämlich nur ein halber Mops und hatte im Vergleich zu den beiden neben mir fast schon einen Elefantenrüssel. Oder sagen wir einfach: eine Nase. Nicht nur Nasenlöcher.

»Manchmal kommt das auf dasselbe raus«, sagte Viktor.

»Verstehe ich nicht«, murmelte Wilma. Wen wundert's.

»Das war der Gartenzwerg«, meinte sie ein paar Sekunden später, während sie immer noch Franz anstarrte.

»Bitte?!«, platzte es aus Viktor heraus. Wir sahen sie beide ungläubig an. Das hatte sie jetzt nicht wirklich gesagt, oder?

»Tja, das hättest du nicht gedacht, was?«, verkündete sie lächelnd.

»Nee, das hätte ich wirklich nicht gedacht«, sagte Viktor.

»Was denn«, wollte ich wissen. »Dass du so extrem schnell im Täterprofilerstellen und Kombinieren bist oder die Tatsache, dass der Gartenzwerg der Mörder ist?«

»Beides«, erklärte Wilma und sah mächtig stolz aus. »Das ist doch völlig klar. Genau so eine Forke hat der Gartenzwerg auch. Seht doch mal.«

»Wilma«, sagte Viktor und holte sehr tief Luft. »Die Forke, die da bei Franz im Rücken steckt – was glaubst du, wie groß die ist?«

»Keine Ahnung, das kann ich ja von hier unten nur schätzen. Vielleicht …«

»Vielleicht größer als die, die der Gartenzwerg in der Hand hält?«

»Es ist eindeutig das gleiche Modell! Guck doch mal, der Griff!«

»Wilma. Ich besorge dir gleich einen Platz im Feierabend, wenn du nicht *auf der Stelle* ruhig bist!«, bellte Viktor.

Normalerweise werden wir bei solchen Streitereien umgehend aufgefordert, still zu sein. Aber jetzt kümmerte es niemanden. Jetzt war ja auch nicht »normalerweise«. Jetzt war Franz tot.

Frank war es, der als Erster in dem Chaos einen kühlen Kopf bewahrte, sein Handy aus der Jeans zog und irgendwo anrief. »Ja, Frank Meinhard hier, guten Tag. Ich … Also wir … wir haben hier einen Toten.« Stille. »Nein, den Puls habe ich nicht gefühlt.« Stille. »Er hat eine Forke im Rücken und ist auch schon …« Frank ging einen Schritt auf Franz zu, legte den Kopf leicht schief und berührte vorsichtig mit seiner linken Hand sein Bein. Nicht sein eigenes, sondern das von Franz natürlich. Alle anderen nickten zustimmend, dabei hatten sie Franz ja gar nicht angefasst. »Alte Ziegenwiese, die Kleingartenkolonie … Ja, genau. Ganz hinten. Einfach dem Hauptweg folgen«, erklärte Frank sehr ruhig und, wie ich fand, sehr sachlich. Immerhin gab es hier einen Toten. Da konnte man bitte schön etwas mehr erwarten. Auch wenn er ein Arschloch gewesen war, der Franz. Aber nein. Keine Tränen, kein Geschrei, keine so richtig aufgeregte Menge – bis auf den einen Schreckensschrei vorhin. Auf dem Grillfest war mehr Stimmung gewesen. So viel stand fest. Und das ohne Tote.

»Ich komme Ihnen entgegen«, sagte Frank schließlich und stopfte sein Handy wieder in die Hosentasche.

Warum Rettungssanitäter eine gefühlte Ewigkeit später plötzlich samt Trage anmarschiert kamen, wusste ich nicht. Ich wusste nur, dass sie den Weg umsonst gemacht hatten. Was wollten die denn noch hier? Nachdem die beiden jungen Männer in ihren weißen Anzügen festgestellt hatten, was wir schon lange wussten, marschierten sie wieder ab. Samt Trage.

Die Polizisten, die zeitgleich angerast gekommen waren, hingegen blieben. Gott sei Dank. Sonst hätte ich die Welt wirklich nicht mehr verstanden.

»Na, dann wollen wir mal«, verkündete ich und sah Viktor und Wilma auffordernd an.

»O ja!«, freute sich Wilma und rannte los.

Viktor und ich sahen uns fragend an.

»Was hat sie vor?«, fragte Viktor mich.

Ich gab die Frage direkt weiter, obwohl ich die Antwort schon ahnte. »Wilma!«, rief ich ihr hinterher, denn sie war für ihre Verhältnisse überdurchschnittlich schnell. »Wo willst du hin?«

Sie stoppte, drehte sich um und bemerkte sichtlich irritiert, dass wir nicht mit ihr zusammen losgelaufen, sondern stehen geblieben waren.

»Frühstücken«, sagte sie. Und als wir nicht reagierten: »Du hast doch gesagt, wir gehen essen. Oder?«

»Nein. Ich habe gesagt, dann wollen wir mal.«

»Ist das nicht das Gleiche?«, fragte sie und setzte sich auf ihre Hinterpfoten, als wäre sie von den drei Metern, die sie im Eiltempo zurückgelegt hatte, schon erschöpft.

»Ich gebe es auf«, murmelte ich. »Ich meinte damit, dann wollen wir mal anfangen zu ermitteln«, sagte ich so laut, dass auch sie es verstehen musste. Zumindest akustisch.

Wilma stand wieder auf und wackelte mit unzufriedener Miene zu uns zurück.

Die Leute hatten inzwischen einen großen Bogen um Franz gemacht. Nicht, weil er so stank, sondern weil die Polizistin mit dem langen, braunen Zopf ein rotweißes Flatterband mit der Aufschrift »Polizei« um den Komposthaufen gebastelt hatte. Samt Franz. Dessen Beliebtheitsgrad verbesserte sich übrigens auch nach seinem Tod nicht. Einmal blöd, immer blöd. Zumindest für Wilma galt diese Regel, wie sich rausstellte.

»Dieser Idiot. Muss der jetzt sterben? Ich habe Hunger.«

»Ich bezweifle, dass er einfach so gestorben ist. Da hat eindeutig jemand nachgeholfen«, sagte ich und drehte meinen Kopf in Franz' Richtung, der jetzt eine Eins auf dem Rücken hatte, direkt neben der Forke. »Und außerdem hast du immer Hunger, Wilma.«

»Ja und? Meinst du, mein Gehirn funktioniert besser mit leerem Mopsmagen?«

»Deinem Gehirn ist es schlichtweg egal, ob, wie viel und was in deinem Mopsmagen ist.«

»Woher willst du das wissen?«, empörte sich meine Mitbewohnerin.

»Weil ich dich kenne.«

»Aha«, machte diese nur eingeschnappt.

»Also, Leute, wir müssen jetzt alle Ohren spitzen«, fuhr ich fort. »Es geht um die W-Frage: Wer sagt was wann aus? Das hat jetzt absolute Priorität.« Ich sah Viktor an, der links neben mir saß und alles andere als begeistert dreinschaute. »Nenne mir einen einzigen Grund, warum wir ermitteln sollten.«

Ich sah ihn mit hochgezogenen Augenbrauen an. »Warum?« Ich drehte meinen Kopf Richtung Franz. »Darum!«

»Na und? Den mochte doch eh keiner«, konterte Viktor.

»Seit wann kommt es darauf an, ob man das Opfer mag oder nicht? Wenn die Kollegen da«, ich zeigte mit meiner Nase zu den Polizisten, die um uns rumwuselten, »jedes Mal erst überlegen würden, ob ihnen das Opfer sympathisch ist oder nicht, hätten sie erstens sehr schnell nichts mehr zu tun, und zweitens würden überall im Land stinkende Leichen rumliegen, die keiner wegräumt. So wie diese hier.«

»Auch nicht schön«, meinte Wilma und rümpfte die Nase.

»Sag ich ja.«

Viktor stöhnte und legte sich hin, als wollte er ein Nickerchen machen. Hier, mitten am Tatort.

»Wir sollten uns aufteilen. Wilma, du gehst am besten mit der Polizistin, die hier eben das Flatterband angebracht hat, zum Bus. Die mit dem Zopf. Ich habe das Gefühl, dass sie eine leitende Position hat. Also werden die anderen ihr ihre Ergebnisse mitteilen, und du musst nichts anderes tun, als bei ihr bleiben und zuhören. Du, Viktor, bleibst immer in der Nähe des Typen da vorn mit der Kamera. Ich glaube, der könnte uns noch weiterhelfen. Er macht so einen extrem nervigen Eindruck. Vermutlich ein Reporter. Und ich warte auf die SPUSI.«

Wilma und Viktor sahen mich an, als hätte ich gesagt, wir würden jetzt zu Fuß bis zum Nordpol wandern. Ohne Futter. »Spurensicherung«, erläuterte ich meine professionelle Abkürzung.

»Kriminaldauerdienst«, erwiderte Viktor.

»Mir doch egal, wie der Kram heißt. Ich habe Hunger. Mit oder ohne Spusidingsbums. Und welcher Bus überhaupt? Der, mit dem wir hergefahren sind?«

»Wilma! Nein. Natürlich nicht! Der VW-Bus von der Polizei. Da hinten am Eingang.« Ich deutete mit meiner Nase in Richtung Vereinshaus. Natürlich war ich Frank gefolgt, als er den Polizisten und Rettungsassistenten entgegengegangen war. So etwas lässt man sich nicht entgehen – nicht, wenn man Henri Hartmann heißt und bereits einen kniffligen Mordfall gelöst hat.

Blausilbern war der Bus, roch verdammt neu, wie ich

sofort feststellte, nachdem sich die Türen vorn sowie die große Schiebetür hinten geöffnet hatten. Und er war nicht allein. Mit ihm war noch ein Pkw der diensthabenden Kollegen angerückt. Sicher ist sicher. Aber darin würden keine Befragungen stattfinden, überlegte ich. Der Bus hatte schließlich einen Klapptisch in der Mitte zwischen den Sitzbänken. Nicht ohne Grund!

»Henri, nichts gegen deine Vorliebe für Krimis, aber das hier ist das echte Leben«, fing Viktor an und schaute zu Franz. »Oder auch nicht.« Dann drehte er seinen Kopf wieder zu mir. »Auf alle Fälle ist das eine Nummer zu groß für uns.«

Ich sah erst Wilma an, dann Viktor. »Seit wann das denn? Beim letzten Fall haben unsere 30 Zentimeter doch auch gereicht!« Ich war wirklich irritiert. »Was ist denn nur los mit euch?« Keine Antwort. Stattdessen lange Gesichter. »Hallo? Noch jemand da?« Nichts.

Zumindest nicht von den beiden. Stattdessen hörte ich Christa rufen. *Na prima,* dachte ich. *Auch das noch.*

»Heeeeenri, Willllmaaaa, Viktooooor!«

»Sag ich ja: Frühstück!«, bellte Wilma freudig und wackelte weg.

»Bist du auch am Verhungern?« Ich sah Viktor fragend an.

»Ja«, erklärte dieser und stand auf.

»Na dann, guten Appetit«, sagte ich angesäuert und sah ihm nach, bis auch er zwischen den Leuten, die verstreut auf dem Weg standen, mit ihren Handys fotografierten oder sich unterhielten, verschwunden war.

Vielleicht hat der Mopsmagen doch Auswirkungen auf

das Mopshirn. Konnte man ja nur noch hoffen, dachte ich, und sah noch einmal zum Komposthaufen, vor dem gerade ein Polizist stand und sich Notizen machte. Dann lief ich den anderen hinterher.

»Das kann ich dir nicht sagen, Schätzchen«, hörte ich Christa aufgeregt sagen, während ich an Hildes Rosen vorbei zum Gartenhäuschen ging. Einen Vorteil hatte dieser Garten: Es roch hier nachweislich besser.

Mit »Schätzchen« meinte Christa übrigens nicht Wilma oder Viktor, die bereits ihre Köpfe über den Futternäpfen hängen hatten und lauthals schmatzten, sondern das Telefon an ihrem Ohr. Beziehungsweise Josi. Das tippte ich, denn Schätzchen war zum einen so etwas wie Josis zweiter Vorname, zum anderen machte sich die Person, mit der Christa telefonierte, anscheinend Sorgen. »Nein, das ist sehr lieb, aber das kommt überhaupt nicht infrage. Ich bleibe auf alle Fälle hier. Was soll mir denn passieren?«

Wilma hörte auf zu schmatzen und sah mit Essensresten im Maulwinkel zu Christa hoch, dann zu mir. »Warum sollte ihr etwas passieren?«, fragte sie mich mit großen Augen.

»Weil hier ein Mörder rumläuft«, erklärte ich genervt.

»Aber der … der bringt doch nicht noch mehr Leute um.« Pause. »Oder?«

»Doch«, sagte ich mit einer Selbstverständlichkeit, als hätte ich mich mit dem Mörder persönlich lange und ausführlich über seine Pläne unterhalten.

»Aber … aber dann …«, stotterte Wilma.

»Wilma«, sagte jetzt Viktor.

»Ja?«

»Schluck runter.«

Wilma schluckte hörbar. Dann schleckte sie sich ein paar Mal rechts und links mit der Zunge übers Maul. Viktor wandte sich kopfschüttelnd wieder seinem Napf zu und aß weiter.

»Dann kann es ja sein – also rein theo…«

»Theoretisch«, half ich nach.

»Ja, genau. Rein theoretisch könnte es also sein, dass er hier rumläuft und uns vielleicht auch …?«

»Ja! Die Gefahr besteht!«, sagte ich und erntete umgehend einen bösen Blick von unserem Senior, der gern etwas gesagt hätte, aber nicht konnte. Auch er hatte das Maul voll. Langsam fing auch mein Magen an zu knurren. Ich sah zu meinem Futternapf. Es roch verlockend! *Wer weiß, wann ich das nächste Mal zum Essen komme, wenn ich erst mitten in der Ermittlung stecke*, dachte ich und machte mich über meine Portion her.

»Aber warum will Christa dann nicht hier weg?« Wilma sah flehend hoch, wo Christa immer noch etwas aufgeregt telefonierte, während sie im Raum auf und ab ging.

»Weil sie weiß, worauf es jetzt ankommt«, erklärte ich.

»Worauf denn?«

Ich schluckte. »Auf eine zeitnahe Ermittlung. Die ersten 24 Stunden sind ausschlaggebend für das gesamte Ermittlungsergebnis. Danach stehen die Chancen schlecht.« Ich machte ein extra betrübtes Gesicht und nickte, um dem Ganzen die nötige Tiefe zu verleihen.

Viktor sah mich an, als wollte er sich zeitnah um einen freien Platz in einer anderen WG kümmern.

»Ja, sag ich doch. Er liegt auf dem Komposthaufen. Schlimm sieht das aus. Schlimm. So etwas kennt man ja nur aus Filmen«, hörten wir Christa, die sich endlich in den Sessel gesetzt hatte. Dieses Hinundhergelaufe machte einen ja ganz wuschig! Wie sollte man da einen klaren Gedanken fassen?

Wilma leckte sich erneut über ihr Maul, an dem schon lange nichts mehr hing, dann meinte sie: »Lieber suche ich einen Mörder, als dass er mich sucht. Lasst uns loslegen!« Sie marschierte los.

Was für weise Worte! Und das von Wilma.

»Prima, das ist die richtige Einstellung«, freute ich mich. »Dann kommt. Wir müssen uns beeilen. Viktor, du bist doch auch dabei. Oder etwa nicht?«

Viktor, der vermutlich gerade geplant hatte, ein Verdauungsnickerchen zu machen, sah alles andere als begeistert aus, bewegte sich dann aber doch in unsere Richtung. »24 Stunden. Keine Sekunde länger«, brummte er und ging an Wilma und mir vorbei aus der Tür.

»Alles klar. 24 Stunden. Ohne Verlängerung.«

»Ohne Verlängerung.«

»Abgemacht«, sagte ich, ohne es wirklich so zu meinen.

Viktor war nicht aufzuhalten. Er wollte es wohl schnell hinter sich bringen. Ich drehte mich noch einmal zu Christa um, in der Hoffnung, sie würde nicht mitbekommen, dass wir uns schon wieder vom Acker machten. Sie hatte ihren Kopf in die Hand gestützt und sah auf ihren Schoß. »Ja, komm gern vorbei. Aber ich werde nicht in irgendeine Pension gehen«, hörte ich sie noch sagen, dann folgte ich rasch Wilma und Viktor.

Neben Hildes Pforte, hinter der Hecke auf dem staubigen Weg, blieben wir stehen.

»Ich würde wie gesagt vorschlagen, dass wir uns aufteilen. Wilma, such du diese Polizistin mit dem langen Zopf. Viktor, du …«

»Ich weiß schon«, unterbrach er mich und watschelte davon.

»Na denn«, sagte ich und hoffte inständig, der Typ mit der Kamera wäre noch da. Irgendetwas sagte mir, dass er ein gutes Gespür für die richtige Fährte hatte.

Viel hatten wir Gott sei Dank nicht verpasst. Alles war noch fast genauso wie vor einer knappen halben Stunde. Die Leute standen rum, guckten, tuschelten, Polizisten unterhielten sich miteinander und mit den Kleingartenkolonisten. Sogar der Typ mit der Kamera stand noch in der Nähe des Flatterbandes.

Viktor setzte sich einfach mitten ins Getümmel und tat so, als würde er den Komposthaufen beobachten – was ich ja etwas auffällig fand. Das war schließlich *der* Ort, der am wenigsten Anlass für Beobachtungen hergab. Wenn irgendwo nachweislich nichts mehr passierte, dann dort. Aber darauf kam es nicht an. Unser einziger Job war aktuell, die Schlappohren zu spitzen. Und das machte Viktor gerade. Wenn er eins konnte, dann war es zuhören, alles Gehörte speichern und dabei aussehen, als wäre er mit nur einer Gehirnhälfte auf die Welt gekommen.

Ich sah mir das Ganze eine Weile an, dann beschloss ich, zum Haupteingang zu gehen. Dorthin, wo der Polizeibus stand. Langsam mussten die Kollegen vom Kriminaldauerdienst ja mal anrücken.

»Hei«, hörte ich es in dem Moment hinter mir und drehte mich um. Lilly!

»Hei«, grüßte ich zurück und sah kurz hoch, ans andere Ende der rosa Leine. »Warum bist du angeleint? Das ist ja schrecklich«, sagte ich und meinte damit mehr die Einschränkung meiner Möglichkeiten als ihrer.

»Zu viele Leute, zu viel los. Frag mich nicht … Aber lieber so, als in dieser Tasche hocken, in die sie mich sonst manchmal steckt und rumträgt, als hätte ich keine Beine«, erklärte Lilly und setzte sich. »Was ist denn eigentlich passiert?«

»Franz hat eine Forke im Rücken.«

»Aua!«

»Ich glaube, der merkt das nicht mehr.«

»Ist er … tot?!«

»Ja. Ziemlich.« Ich zeigte mit meiner Nase in Richtung Flatterband.

»Wer macht denn so was?«, fragte Lilly, ohne den Kopf zu bewegen.

»Das ist genau die Frage, die wir klären wollen.«

»Ihr?« Jetzt drehte sie den Kopf zu mir.

»Ja. Wir.«

»Ach …«

»Viktor, Wilma und ich. Ist ja nicht unser erster Fall«, gab ich an.

»Wie? Ihr habt schon mal …?«

»Ja. Letzten Sommer. Erst ist Fritz gestorben, Josis Onkel, beziehungsweise eigentlich war er ihr Vater, aber das ist jetzt zu kompliziert. Jedenfalls lag der plötzlich tot in seinem Campingwagen. Und dann Conny.« Plötzlich sah ich sie wieder vor mir, Conny in ihrer Hollywoodschaukel. Mit offenem Mund, wie sie in den Himmel stierte. Vergiftet von …

Lilly riss mich aus meinen Gedanken. »Und dann?«

»Dann haben wir die Ermittlung übernommen.«

»Echt? Wow!«

Ich wuchs unmerklich um mindestens drei Zentimeter.

»Ja. Der Tathergang war recht schnell klar«, übertrieb ich ein wenig.

»Komm, Süße«, hörten wir es in dem Moment vom anderen Ende der rosa Leine, die jetzt nicht mehr schlaff runterhing, sondern straff gespannt war, und schon wurde Lilly mir wortwörtlich entrissen.

»Wir sehen uns«, sagte sie noch, dann war sie zwischen all den Zweibeinerbeinen verschwunden.

Und ich wollte mich auch gerade auf den Weg machen – da entdeckte ich ihn. Der Teufel saß neben dem Arschloch!

»Hey! Runter da!«, bellte ich Günther an. Was fiel dem ollen Katzenviech ein, unter der Absperrung hindurch auf den Komposthaufen zu laufen? Das bewies doch mal wieder, wie dämlich Katzen waren. Welcher Hund würde auf so eine geistreiche Idee kommen? Na? Keiner. Davon mal abgesehen, dass es da oben stank wie in 100 Hühnerställen.

»Bitte?«, fragte Günther mit hochnäsigem Ton.

»Ich habe gesagt, runter da! Du verwischst alle Spuren, du Depp! Was glaubst du, warum das Band da hängt?«

»Ich kann mich nicht daran erinnern, Ihnen das Du angeboten zu haben.«

Bitte?! Jetzt reicht es aber, dachte ich und wollte gerade richtig loslegen, als einer der umstehenden Polizisten den Job für mich übernahm. Man konnte sich eben auf seine Kollegen verlassen! Er klatschte ein paar Mal in die Hände, ging auf Günther zu, blieb ordnungsgemäß vor dem Flatterband stehen und rief: »Husch! Husch! Runter da!«

Ich setzte mich in aller Seelenruhe auf meinen kleinen Po und sah belustigt zu, wie Günther widerwillig den Komposthaufen verließ. Provozierend langsam.

»Schönen Tag noch. DU!«, rief ich ihm hinterher. Dann stand ich auf und lief Richtung Haupteingang. Ein Kater, der sich hinterhältig über meinen Mitbewohner hermachte und dann noch gesiezt werden wollte! Was sollte man dazu sagen?

Ich ging zwischen den herumstehenden neugierigen Menschen hindurch den Sandweg entlang, auf dem es wesentlich leerer war. Mag sein, dass es daran lag, dass ich in Gedanken immer noch bei Günther, dem Teufel, war. Auf alle Fälle war ich nicht in unseren Weg eingebogen, der an Hildes Hütte vorbeiführte, sondern erst einen später. Es war der Sandweg, der an Lillys Gartenpforte vorbeiführte und auch an der von Harry. Die Pforte stand offen, und direkt hinter der mannshohen Hecke stand er, der Seebär, und unterhielt sich flüsternd. Ich lugte um die Ecke.

Harry war nicht allein. Er hatte Besuch. Helga stand neben ihm und bekam gerade etwas von ihm gereicht. »Der Preis ist von der Ernte abhängig, und die ist dieses Jahr mau«, raunte Harry so leise, dass ich es gerade mal eben verstehen konnte. Was es war, das er Helga gegeben hatte, konnte ich von hier unten nicht erkennen.

Es muss recht klein gewesen sein, denn Helga steckte es umgehend in die Seitentasche ihrer grünen, kurzen Hose. »Wieso soll ich denn mehr zahlen, nur weil die Sonne nicht scheint?« Sie war hörbar unzufrieden.

Die Sonne schien doch, wunderte ich mich mit Blick gen Himmel. Und wie!

»Ach, komm, Helga, so schlecht geht es dir ja nun auch nicht. Und jetzt, wo der Alte tot ist, musst du dir auch keine Sorgen mehr um das Solardach machen. Du sollest gute Laune haben, dich deines Lebens freuen und einen alten Mann unterstützen, dem du schon so manch entspannte Stunde zu verdanken hast«, meinte Harry – und entdeckte mich in der Sekunde. So etwas Blödes aber auch!

»Moin«, grüßte ich kurz verlegen und verschwand, zack, wieder hinter der Hecke. *Nichts wie weg hier*, dachte ich, und rannte den Sandweg zum Vereinshaus entlang.

Christa stand am Vereinshaus und unterhielt sich mit der Polizistin mit dem braunen Zopf. Um sie herum war allerhand los. Fast mehr als am Ort des Geschehens, hatte ich den Eindruck. Hinter ihnen, am Haupteingang, standen alle möglichen Leute rum, hielten ihre Handys hoch, warum auch immer, und sahen in unsere Richtung. Vor ihnen hatten sich drei Polizisten aufgebaut und verhinderten, dass die Handyhalter auf die Alte Ziegenwiese kamen. Links vor dem Tor erkannte ich zwei Polizeibusse mit geöffneten Schiebetüren, in denen vermutlich die Befragungen durchgeführt wurden. Vor den Wagen standen ebenfalls mehrere Personen und unterhielten sich. Ich erkannte Jonna mit ihrem Hanswurstkind auf dem Arm, Anton, ihren Mann, und etwas weiter rechts Frank. Von Bärbel und Lilly weit und breit keine Spur. Schade. Ich sollte unbedingt gleich die Hecke markieren, damit Lilly oder welches weibliche Wesen auch immer hier vorbeikam wusste, dass ich da gewesen war. Apropos weibliche

Wesen. Oder sagen wir besser, Mitbewohnerinnen. Wilma saß neben Christa und sah aus, als würde sie mit geöffneten Augen schlafen. Ich habe mal gehört, dass es speziell ausgebildete Polizeihunde gibt, die so etwas können. Wilma war sehr speziell, aber das machte aus ihr noch keinen Polizeihund. Leider. So wie ich die Situation einschätzte, bekam sie in Wahrheit gerade rein gar nichts mit.

»Buh!«, bellte ich ihr ins Ohr.

»Hilfe!«, schrie Wilma und sprang – aus dem Sitzen! – mindestens drei Mopslängen nach links. Gegen das Bein der Polizistin. Ohne es zu wollen, hatte ich gleich zwei auf einen Streich erschreckt. Die Kollegin von der Schutzpolizei sagte: »Huch!«, und machte einen kleinen Schritt zur Seite, während sie nach unten sah.

»Henri!«, meckerte jetzt Christa und bückte sich zu mir runter. »Was machst du denn für Sachen?« Ihr Ärger war zum Glück innerhalb der Zeit, die sie brauchte, um auf meiner Augenhöhe anzukommen, verpufft. Sie streichelte mich ein paar Mal, dann stand sie wieder auf. »So kenne ich ihn gar nicht … ohne Grund zu bellen. Entschuldigen Sie bitte«, erklärte sie und sah noch einmal zu mir runter.

»Ohne Grund?! Wilma verpennt die Ermittlung. Das *ist* ein Grund!«, empörte ich mich und sah meine faule Mitbewohnerin vorwurfsvoll an.

»Wer erzählt denn so was?!« Jetzt sah Wilma mich vorwurfsvoll an. »Schon mal etwas von perfekter Tarnung gehört?«, blaffte sie.

»Aus jetzt!«, schimpfte Christa, und ich war auf der Stelle still. Alles andere wäre dumm gewesen, denn es drohte Hundearrest in Hildes Hütte, so wie sie uns ansah.

»Ich kann dir jedes Wort wiedergeben, das hier gesprochen wurde, du Obersheriff!« Wilma drehte sich beleidigt weg.

»Jedes Wort?«, hakte ich ungläubig nach.

»Jedes.«

»War was Interessantes dabei? Etwas, das uns in der Mordermittlung weiterbringt?«

»Nein.«

Na toll.

»Und was hat der Herr Obersheriff Großartiges rausbekommen?« Wilma war beleidigt, so viel stand fest.

Und leider hatte ich nichts Großartiges vorzutragen. Ein schreckliches Gefühl. Also musste ich improvisieren. »Ich habe verhindert, dass sämtliche Spuren vom Tatort verwischt wurden.«

»Wie? Verwischt? Mit einem Lappen?«

Tief Luft holen, dachte ich. *Einatmen, ausatmen.*

»Nein. Von einem Kater. Günther, der Teufel, hatte nichts Besseres zu tun, als unter dem Absperrband hindurchzulaufen und sich neben Franz auf den Komposthaufen zu setzen.«

»Neben das Arschloch?«

»Ja«, sagte ich und zog dabei die Augenbrauen extra weit hoch, um die Dummheit dieser Tat zu unterstreichen. Lästern verbindet. Meine einzige Chance, Wilma wieder sanftmütig zu stimmen. Leberwurst war schließlich weit und breit nicht zu riechen.

»Katzen sind einfach das Letzte«, gab Wilma mir recht.

»Das Allerletzte!«, sagte ich kopfschüttelnd. »Und stell dir vor. Er wollte, dass ich ihn *sieze*!«

»Franz?!«

»Nein! Der Kater!« *Einatmen, ausatmen.*

»Frechheit«, meinte Wilma und schüttelte jetzt auch den Kopf.

»Sag ich ja.«

»Vielen Dank, Frau Hartmann, wir melden uns dann bei Ihnen, falls es noch Fragen geben sollte. Ihre Nummer habe ich notiert«, hörte ich über mir die Beamtin sagen.

Christa sah zu uns runter und stellte fest, dass einer fehlte. »Wo ist denn Viktor? Na, kommt, den suchen wir mal«, forderte sie uns auf und ging los.

»Mama!«, hörte ich in dem Moment eine vertraute Stimme irgendwo hinter uns rufen.

Christa blieb abrupt stehen und drehte sich um. »Josi.«

Auch ich drehte mich um und entdeckte unsere Rudelführerin zwischen drei Polizisten, die offenbar den Haupteingang kontrollierten und jetzt in unsere Richtung sahen. Was machte die denn hier?

»Ja, das ist meine Mutter, vielen Dank«, hörte ich Josi sagen, die mit Florian im Schlepptau zu uns marschiert kam. »Alles gut, Mama?«, wollte Josi wissen und nahm ihre Mutter kurz in den Arm. Dann beugte sie sich zu uns runter, als wollte sie sichergehen, dass bei uns noch alles dran war. Wilma sprang freudestrahlend an ihr hoch und leckte Josi ab, als hätten sie sich drei Jahre nicht gesehen. Klar, ich freute mich auch, aber man musste doch nicht gleich hysterisch werden! Zumal es hier wirklich um Wichtigeres ging. Bei einer Mordermittlung stehen Emotionen immer hintenan.

»Hallo, Christa«, begrüßte auch Florian sie freundlich, aber mit besorgter Miene.

»Guten Morgen« grüßte Christa zurück und sagte dann

zu ihrer Tochter gewandt: »Ja, natürlich geht es mir gut. Was soll denn sein? Dieser Franz ist tot. Nicht ich«, sagte sie und tat meiner Meinung nach nur so, als würde sie das alles kaum berühren. Dabei war sie vorhin am Telefon doch ziemlich aufgebracht gewesen.

»Wo ist eigentlich Viktor?«, fragte Josi und sah sich suchend um.

»Ach, sicher bei Hildes Hütte. Die Hunde genießen hier ihre Freiheit, weißt du«, sagte Christa etwas verlegen.

»Freiheit?« Josi sah ihre Mutter schräg an.

»Ja. *Erziehung zur Freiheit*. Du kennst das Buch doch«, verteidigte sich Christa.

»Das Buch bezieht sich auf Kinder, nicht auf Hunde.«

»Ja und?«, meinte Christa, bückte sich und streichelte Wilma.

»Ich glaube, für eine anthroposophische Erziehung ist es etwas zu spät. Damit hättest du früher anfangen müssen.«

»Dafür ist es nie zu spät«, erklärte Christa und hob Wilma hoch, während Florian – so wie er aussah – weder Buch noch Erziehungsmethode kannte.

»Außerdem wissen sie, wo sie hingehören«, sagte Christa und kraulte Wilma dort, wo sie es am liebsten hatte. Auf dem blanken Bauch. »Zu Mama kommen sie immer wieder zurück, nicht wahr, meine Süße?«

»Sie meint wohl Großmama«, protestierte ich und sah zu Josi, die, so gern ich Christa auch mochte, die einzige Person war, die sich unsere *Mama* nennen durfte.

»Mama, ganz ehrlich. Unser Streit … oder dieses … Missverständnis … ist doch jetzt wirklich egal. Hier geht es um deine Sicherheit. Und …«, begann Josi.

»Um *ihre* Sicherheit?«, protestierte Wilma. »Hallo? Und was ist mit uns!?«

Josi sah zu Wilma runter, bückte sich und nahm sie auf den Arm. »Und wenn hier wirklich ein Mörder rumläuft, kannst du unmöglich hierbleiben. Das kommt überhaupt nicht infrage!«

»Schätzchen, ich finde das ja ganz rührend, dass du dir solche Sorgen machst, aber ich weiß, was ich tue«, meinte Christa und wandte sich Florian zu. »Wollen wir nicht zu Hilde in den Garten gehen, und ich mache uns einen schönen kalten Früchtetee? Ein kühler Kopf tut uns sicher allen gut.«

Josi sah Florian an, dann wieder ihre Mutter. Ich hätte auch gern so einen kühlen Tee, dachte ich in dem Moment. Es war wieder drückend heiß. Dabei war es gerade mal Vormittag.

»Wir sind eigentlich nicht gekommen, um mit dir gemütlich Tee zu trinken, Mama«, sagte Josi und sah sich um. »Zwischen all dem Trubel hier.«

»Wir können auch einen kleinen Spaziergang machen, wenn ihr mögt«, schlug Christa vor.

»Christa, wir sind gekommen, um dich abzuholen. Dich und die Hunde«, erklärte Florian jetzt mit einer extraweichen Stimme.

»Ich möchte aber gar nicht abgeholt werden«, stellte Christa fest und blickte Josi wie ein kleines, trotziges Kind an. »Ich habe mir Abwechslung gewünscht, und nun habe ich sie. Warum soll ich da meine Sachen packen und wieder verschwinden? Jetzt, wo es gerade spannend wird.«

»Spannend?!« Josi setzte Wilma wieder ab, die davon nicht begeistert wirkte.

»Ja! Endlich passiert mal was. Da räume ich doch nicht das Feld. Außerdem«, sie kam ein Stück näher und sprach sehr viel leiser weiter, »kann ich hier doch perfekt undercover ermitteln.« Dann zwinkerte sie Josi verschwörerisch zu.

»*Undercover?*« Josi sah aus, als hätte man ihr gerade gesagt, dass in dem Kaffee, den sie heute Morgen getrunken hatte, Mopspipi gewesen wäre.

»Ja, natürlich. Das liegt doch auf der Hand. Ich meine: Wann hat man im Leben so eine Chance? Ich sitze mittendrin im Geschehen. Überlegt doch mal!«

»Da muss ich ehrlich gesagt nicht lange überlegen. Gesetzt dem Fall, der Mörder«, sie drehte sich um, als wollte sie sichergehen, dass niemand zuhörte, »ist einer von denen hier, würdest du dich in Gefahr bringen, wenn du hier Miss Marple spielst! Und für den Fall, dass es ein Außenstehender war, der längst über alle Berge ist, kannst du hier eh nichts ausrichten.« Josi sah alles andere als begeistert aus, und wenn mich nicht alles täuschte, verriet ihr Geruch, dass ihr Deo entweder versagt oder sie in der Aufregung keines benutzt hatte.

»Wenn du etwas Spannung brauchst, können wir uns zu Hause auf dem Sofa einen schönen skandinavischen Krimi ansehen«, schlug Florian vor, und ich betete zu allen Hundegöttern im Himmel, dass Christa dieses Angebot nicht annahm. Was für ein Tauschangebot! Ein Krimi im Fernsehen gegen einen Krimi auf der Alten Ziegenwiese. Tote, die nicht tot waren, Kripobeamte, die keine Kripobeamten waren, Blut, das kein Blut war … Das Ganze hätte nur einen einzigen Vorteil gehabt: Kater, die keine echten Kater waren.

Christa fing an zu lachen. Nicht laut, sondern eher leise, verlegen. »Nein, das ist sehr lieb, aber ich bleibe hier. Ich gehe aktuell nicht davon aus, dass es sich hier um einen Massenmörder handelt, der eine Abneigung gegen Kleingärtner hat. Es sieht eher nach einem persönlichen Motiv aus.«

Ich sah zu ihr hoch. Persönliches Motiv? Woher nahm sie diese Erkenntnis? Ich drehte mich zu Wilma um und sah sie fragend an. Die zuckte nur mit ihren kleinen, runden Schultern. Ich hatte nicht mehr erwartet.

»Steht das denn schon fest?«, fragte Florian.

»Was ich bisher gehört habe, soll er kein einfacher Zeitgenosse gewesen sein. Lass es mich mal so sagen: Ich habe bisher niemanden getroffen, der traurig ist über diesen … Verlust. Kommt. Lasst uns einen Tee trinken.«

Josi sah Florian an, ich Wilma. Dann liefen wir alle ihr hinterher.

Viktor war natürlich nicht auf Hildes Grundstück, was Josi gar nicht gefiel. Christa versuchte, Josi zu beruhigen, gab ihr und Florian etwas Kaltes zu trinken und marschierte pflichtbewusst los, um ihn zu suchen. Ich folgte Christa, obwohl mich der Platz im Schatten vor der Tür, wo Wilma bereits lag, auch sehr anzog. Aber es nützte nichts, schließlich wusste ich ja, wo Viktor steckte. Und es war meine Pflicht nachzusehen, ob er seine Aufgabe als ermittelnder Mops auch ernst nahm.

Am Tatort waren derweil die Kollegen vom Kriminaldauerdienst eingetroffen, was mich etwas verwunderte. Ich hatte sie gar nicht kommen sehen. Es musste einen weiteren, mir bisher unbekannten, Eingang zur Kleingartenkolonie geben. Anders konnte ich mir es nicht erklären, dass die weißen Ganzkörperanzüge schon am Werk waren. Sogar mit Mundschutz! Auf alle Fälle machten sie ihre Arbeit gründlich, soweit ich das auf den ersten Blick einschätzen konnte.

Eins, zwei, drei, vier Kollegen von der Spurensicherung zählte ich, die um den Komposthaufen mit Franz herumwuselten. Der erinnerte, wie mir in diesem Moment auffiel, an das, was Josi immer »Topping« nannte, wenn sie auf ihren morgendlichen Obstsalat noch etwas Joghurt mit Krümelkram machte und dann den Löffel reinsteckte.

Franz war inzwischen Mittelpunkt einer ganzen Ansammlung von Nummernschildern, wovon eine sich auf seinem Rücken neben der Forke befand. Außerdem stand eine ganze Reihe von Nummern um den Komposthaufen rum, sofern ich das von hier aus sehen konnte. Es waren nämlich mindestens doppelt so viele Leute wie zuvor hier und gafften und schwitzten. Das machte die Gesamtgeruchssituation nicht besser. Dabei gab es nicht wirklich viel zu sehen. Das erklärte auch der Polizist über mir den Umherstehenden. Aber die blieben trotzdem da, wo sie waren, auf dem staubigen Sandweg, und reckten die Hälse. Als wollten sie sichergehen, dass Franz wirklich tot war.

»Viiiiiktor!«, rief Christa und reckte jetzt ebenfalls ihren Hals.

»Kann ich Ihnen behilflich sein?«, fragte der Polizist am Flatterband und kam einen Schritt auf uns zu.

»Ach, danke. Ich suche nur meinen Mops, beziehungsweise den meiner Tochter, um genau zu sein«, erklärte Christa.

»Ah, ich glaube, da kann ich Ihnen helfen. Kommen Sie

mal hier rum«, sagte der junge Mann in Uniform und drehte sich nach links, um hinter dem Flatterband Richtung Sandweg zu gehen. Christa und ich drängelten uns zwischen den Leuten durch, um ihm zu folgen.

»Ach, du süßer kleiner Kerl. Wir finden dein Frauchen schon«, hörte ich eine Polizistin sagen, die auf einer braunen Holzbank am Ende des Weges saß – und einen armen, alten frauchenlosen Mops mit Keksen fütterte.

Ich rannte, so schnell ich konnte. »Das glaube ich ja wohl nicht!« Ich platzte fast vor Wut. »Du haust dir hier die Wampe voll und machst einen auf armer Straßenköter, während da hinten die SPUSI am Werk ist?!«

»Hallo? Meinst du, diese trockenen Vollkorndinger schmecken mir? Wir können gern tauschen! Ich esse für den guten Zweck. Für nichts anderes. Diesen Kram da würden sogar die Möwen in der HafenCity liegen lassen. Ich mache das alles nur, um etwas über den Mord am Arschloch zu erfahren!«, bellte Viktor sauer.

»Na, ihr mögt euch wohl nicht, was?«, stellte die Polizistin fest.

»Viktor, da bist du ja!«, freute sich Christa und beugte sich zu ihm runter.

Viktor sprang vom Schoß der Polizistin, die Christa freundlich grüßte und erklärte, dass der arme Hund ganz allein hier umherirrte.

»Wir, also, meine Freundin hat hier eine Parzelle. Die Hunde machen manchmal eine kleine Runde und kommen dann aber eigentlich gleich wieder zurück. Ich hoffe, er hat nichts angestellt«, entschuldigte sich Christa, während sich die Polizistin die Krümel vom Schoß wischte.

»Nein, alles bestens. Aber vielleicht lassen Sie die Hunde besser an der Leine, solange wir hier sind.«

»Ja, natürlich. Das werde ich machen. Entschuldigen Sie nochmals …«, sagte Christa kleinlaut und gab uns zu verstehen, dass wir ihr folgen sollten. »Na, kommt!« Sie klopfte sich gegen den Oberschenkel.

»Das haben wir jetzt davon«, beschwerte ich mich. »Das ist das Ende unserer Ermittlung. Noch bevor wir überhaupt richtig loslegen konnten!«

»Das ist vor allem das Ende dieser staubtrockenen«, Viktor hustete demonstrativ, »Kekse. Ich möchte nicht wissen, wer daran schon alles erstickt ist.«

»Franz nicht, so wie es aussieht«, erklärte ich und ging Christa trotzig hinterher. So ein Mist aber auch!

»Tschüss, ihr Süßen«, hörte ich die Polizistin hinter uns rufen, aber ich drehte mich nicht mehr um. Wozu auch? Es war ja eh alles aus.

»Hallo«, riss mich jemand aus meiner gerade beginnenden Depression, bevor ich überhaupt richtig reinkam. Christa stoppte abrupt und grüßte zurück. Ich sah hoch. Horst, der Helfer! Anscheinend kam er gerade aus dem Bad. Ihn umgab eine extra starke Herrenduftwolke.

»Wie geht es Irma? Ist sie noch im Krankenhaus?«, erkundigte sich Christa.

»Nein, ich habe sie gerade abgeholt. Alles gut. Sie war nur über Nacht dort. Es war tatsächlich eine transiente globale Amnesie.«

Christa sagte nichts.

»Eine sogenannte 24-Stunden-Amnesie«, erklärte Horst. »Das Altgedächtnis bleibt weitgehend intakt; was die jüngere Vergangenheit anbelangt, aber Einschränkungen sind durchaus typisch, so wie bei Irma. Man hat ein EEG gemacht, um sicherzugehen, dass die Ursache nicht ein Schlaganfall ist, eine Epilepsie oder Ähnliches. Aber das konnte ausgeschlossen werden.«

»So etwas gibt es? Das ist ja schrecklich. Davon habe ich noch nie gehört«, sagte Christa und machte einen Schritt zur Seite, denn zwei Polizisten versuchten, sich an uns vorbei einen Weg zu Franz zu bahnen.

Auch Horst machte Platz. »Ja, das ist zwar sehr selten, aber kann vorkommen«, erklärte er.

»Und das geht wieder völlig weg? Also, ich meine, erinnert sie sich denn selbst daran, dass sie uns nicht erkannt hat? Oder weiß sie das gar nicht?«

»Daran wird sie sich nicht erinnern. Im Moment liegt sie auf ihrer Sonnenliege und ruht sich aus. Was schon ein Weltwunder ist. Ich glaube, auf der Liege hat sie noch nie gelegen, seit sie die ...« Er stockte und sah zum Komposthaufen. »Von Franz geschenkt bekommen hat. Na ja. So eine Nacht im Krankenhaus schlaucht ja auch. Eigentlich wollte ich sie direkt nach Hause fahren. Ist nicht weit von hier. Aber sie hat partout darauf bestanden, wieder in ihre Laube gebracht zu werden.« Horst machte eine Pause und sah sich um. »Ob das eine gute Idee war, bei dem, was hier los ist, bezweifle ich.«

»Die Liege ist von Franz? Ich dachte ... Also, es geht mich ja nichts an, aber ich dachte, die hätten nichts miteinander zu tun gehabt, die beiden«, sagte Christa und machte noch einmal Platz, denn ein paar Leute traten nun wohl den Rückweg an. Hier war wirklich mehr los als sonntags an der Alster. Vermutlich hatte der Polizist, der die ganze Zeit am Flatterband stand, die Leute erneut aufgefordert, den Platz zu verlassen.

»Das haben sie auch nicht mehr. Kein Wunder, so wie er sich in den letzten Jahren verhalten hat …«, meinte Horst und sah versonnen dem Treiben vor dem Komposthaufen zu.

»Warum schenkt Franz, das Arschloch, Irma eine Liege für den Garten?«, platzte es aus mir raus.

»Nicht jeder kommt als Arschloch auf die Welt«, meinte Viktor, von dem ich etwas mehr erwartet hätte, rein ermittlungstechnisch.

»Ja. Aber was hat ihn zum Arschloch gemacht?«

»Woher soll ich das wissen?«, fragte er. Wo er recht hatte, hatte er recht. Und marschierte zurück zu Hildes Parzelle. Ich folgte ihm. Sicher war sicher, bei den ganzen Füßen, die hier herumtrampelten.

»Da bist du ja, du kleiner Ausreißer«, freute sich Josi und sprang von der Bank auf, stellte ihr inzwischen leeres Glas auf den kleinen Tisch und kam auf uns zu, kaum dass wir unter dem Rosenbogen waren. »Na, wo hast du denn gesteckt?« Sie bückte sich, hob Viktor hoch und ging mit ihm auf dem Arm zurück zur Bank.

Ich lief weiter in den Schatten zu meiner schnarchenden Mitbewohnerin und fragte mich, warum gerade alles so schieflief. Wo der Tag doch so schön begonnen hatte! Mit einem total Toten auf dem Komposthaufen. Und nun das. Leinenzwang. Und Josi redete schon wieder von Christas Heimkehr in die HafenCity. Ich hätte kotzen können. Auf der Stelle.

Wir Möpse sind von Natur aus hochsensible Wesen, aber wenn etwas so gravierend in die Hose geht, ist es doppelt und dreifach schlimm. Vor allem in der Magengegend.

Immerhin hatte Irma keinen Dachschaden mehr. Aber das war wohl auch die einzige gute Nachricht des Tages.

Christa blieb – und wir mit ihr.

Unsere Ersatz-Rudelführerin ließ sich, dem Hundehimmel sei Dank, nicht von Josi überreden, die Koffer zu packen und das Feld zu räumen.

»Hast du diesen Franz eigentlich vorher mal gesehen? Also, ich meine, bevor er auf dem Komposthaufen lag?«, wollte Josi wissen, nachdem sie das nächste Glas mit kaltem Tee geleert hatte.

»Ja, ich habe ihn gestern getroffen. Durch Zufall.«

»Getroffen ist wohl nicht ganz die richtige Bezeichnung«, murmelte Wilma, die inzwischen aus ihrem Tiefschlaf wieder erwacht war. »Er hätte uns fast umgebracht!«

»Er war nicht unbedingt beliebt. Eher das Gegenteil«, fuhr Christa fort.

»Und woran lag das?«, wollte Florian wissen, zog seine blaue Bermuda etwas hoch und schlug seine gut gebräunten Beine in die andere Richtung übereinander.

»Hier oben«, Christa drehte sich ein Stück auf dem Gartenstuhl um und zeigte mit der Hand in Richtung des Rosenbogens, »auf dem Vereinshaus, sollte wohl ein neues Dach gebaut werden. Das alte ist sanierungsbedürftig, und der Verein hat offenbar das Geld nicht, um es neu decken zu lassen. Die Kosten hätte eine Firma aus Schleswig-Holstein übernommen, wenn ich das richtig verstanden habe.

Als Gegenleistung hätte der Verein das Dach an diese Firma verpachtet oder so. Für Solarmodule.« Josi und Florian warteten, dass Christa weitererzählte. Die nahm aber erst einmal einen großen Schluck von diesem hellroten Zeug aus ihrem Glas.

»Und?«, hakte Josi ungeduldig nach.

»Franz war dagegen.«

»Aber das kann er doch nicht allein entscheiden, wenn es einen Verein gibt. Es sei denn, sie haben das so in ihrer Satzung festgelegt.«

»Er war Vorsitzender, und frag mich nicht, was noch alles. Auf alle Fälle hat er sich wohl am laufenden Meter quergestellt. Wo er konnte, hat er den Leuten Steine in den Weg gelegt. Und das war noch nicht alles!« Christa riss ihre Augen weit auf und schüttelte den Kopf.

»Was hat er denn noch gemacht?« Florian legte den Arm um Josi und streichelte ihr über die Schulter.

»Ja, also, wie soll ich es sagen? Es ist etwas pikant«, raunte Christa und strich sich eine Haarsträhne hinters Ohr. »Franz soll ein paar Leute ausspioniert haben, die ... na ja. Während sie ... Ihr wisst schon.«

»Ach!« Josi strich sich mit der Hand die Haare glatt und warf sie nach hinten, sodass sie ihr nicht mehr ins Gesicht fielen.

»Und dann ... tja, dann hat er die Fotos in den Glaskasten am Vereinshaus gehängt.« Christa hob die Schultern an und machte ein unwissendes Gesicht. »Sagt man.«

»Aha«, machte Florian, nahm den Arm wieder von Josi und rückte ein Stück vor. Er sah jetzt wirklich sehr interessiert aus, stellte ich fest.

»Ja, und das hat natürlich für ordentlich Unruhe gesorgt. Angeblich soll er auch ein paar Fotos bei Facebook ge… ge…«

»Gepostet haben«, sagte Josi und hatte ihren typischen Anwältinnenblick: streng, schlau und bereits dabei, eine Lösung zu finden, die für beide Parteien zufriedenstellend ist. In diesem Fall lebte die eine Partei nur nicht mehr. »Dann hätte man ihn auf alle Fälle anzeigen können. Zumindest bezüglich der Bilder bei Facebook. Das Recht am eigenen Bild …«, erklärte sie in der Sekunde, als ich Witterung aufnahm. Es roch. Und zwar nicht irgendwie, sondern ein bisschen wie bei Harry, dem Seebären. Ich hob den Kopf und versuchte die Richtung zu orten. Es kam von rechts, direkt hinter der Hecke. Von Irma.

Florian schien es auch zu bemerken, denn er drehte seinen Kopf in die gleiche Richtung wie ich. Zu Irmas Hecke. »Sag mal, riechst du das auch?«, fragte er Josi.

Die schnupperte ein paar Mal, dann grinste sie. »Na, das scheint ja hier eine lustige Truppe zu sein.«

»Wie meinst du das?«, wollte ihre Mutter wissen.

»Na ja, deine Nachbarn kiffen, wenn mich nicht alles täuscht«, erklärte sie lachend.

»Wie? Kiffen? So ein Unsinn!«, empörte sich Christa, stand auf, ging zur Hecke und versuchte vergeblich einen Blick über die Hecke in Irmas Garten zu werfen. Dann setzte sie sich wieder. »Es riecht wirklich etwas komisch.«

»Das ist ein Joint. Ganz eindeutig«, meinte Florian und fand die Situation anscheinend auch lustig. »Je oller, je doller«, sagte er und sah dabei Josi an.

»Hast du nicht vorhin erzählt, sie wäre im Krankenhaus?«, fragte Josi und machte eine Kopfbewegung Richtung Hecke.

»Sie war nur über Nacht dort«, erklärte Christa.

»Ich werde sie nachher mal fragen, wie es ihr geht, wenn es gerade passt.«

»Wenn sie dich erkennt«, murmelte Wilma neben mir.

Florian zog noch einmal ganz tief Luft ein und grinste.

»Ich kenne sie zwar kaum, aber das hätte ich ihr nicht zugetraut«, murmelte Christa etwas leiser, »Vermutlich zieht das nur von irgendwo hierher. Außerdem ist da vorn die Polizei. Das ist doch viel zu auffällig!«

»Ach, ich glaube, die haben im Moment andere Probleme als ältere Damen, die sich entspannen«, sagte Florian und hörte gar nicht mehr auf mit dem komischen Grinsen.

»Himmel, was stinkt denn hier so?«, platzte es in dem Moment aus Viktor heraus, der anscheinend eine verstopfte Nase hatte. Anders konnte ich mir seine zeitversetzte Reaktion nicht erklären.

»Hast du Schnupfen? Im Sommer?«, fragte ich.

»Nein, wieso?«, wollte er wissen, reckte sich und setzte sich aufrecht hin.

»Ach, schon gut. Vergiss es.« Nicht schon wieder Ärger. Nachher nahm uns Josi doch noch mit.

Aber Christa konnte anscheinend Gedanken lesen. Oder sie wollte einfach nur schnell das Thema wechseln. »Um noch mal auf euer liebes Angebot zurückzukommen: Ich bleibe hier. Und wenn du den Hunden einen Gefallen tun möchtest, dann lässt du sie auch hier, bei mir. Dein Hundesitter ... dieser ...«

»Jonas.«

»Ja, genau, Jonas. Der ist doch noch unterwegs, und du weißt, wenn ich das richtig verstanden habe, nicht, welchen Fall du in der Kanzlei zuerst bearbeiten sollst. Warum sich auch immer so viele Leute scheiden lassen … na ja. Also, lass sie einfach hier. Besser kann es ihnen gar nicht gehen.« Christa lächelte ihr süßestes Lächeln, und irgendetwas sagte mir plötzlich, dass es ihr gar nicht nur um uns ging. Sie wollte nicht allein sein. Hier, in diesem Holzhaus, in dieser Kleingartenkolonie, in der es einen Mord aufzuklären gab. Ha! *Das ist die Wahrheit,* schoss es mir durch den Kopf.

»Ihr könnt doch am Wochenende kommen und sie abholen oder mal abends … falls du das überhaupt schaffst«, meinte Christa und sah zu mir runter.

»Am Wochenende … das wollte ich dir noch sagen … wollten wir eigentlich gern zu Florians Eltern fahren«, stotterte Josi, griff nach Florians Hand und lächelte ihn verliebt an.

»Das ist doch schön«, meinte Christa, sah dabei aber irgendwie nicht so aus, als würde sie das wirklich meinen.

»Also, wenn es für dich okay ist, dann … lassen wir die Hunde hier. Sie müssten sonst sechs Stunden im Auto sitzen und das …«, erklärte Florian, wurde jedoch gleich von Christa unterbrochen.

»Ach was. Das muss ja nun nicht sein. Ich bin doch eh hier. Fahrt ihr mal ruhig und entspannt euch. Den Hunden gefällt es hier ausgesprochen gut!«

»Allerdings!«, bellte ich und legte meinen Kopf leicht schief, weil ich wusste, dass Josi das süß fand. Und siehe da …

»Ach, Henri, mein Süßer, komm mal her«, säuselte unsere Rudelführerin und hob mich hoch. »Vermisst ihr mich denn auch nicht zu sehr?«

»Och …«, murmelte ich und ließ mich kraulen. Herrlich!

»Natürlich vermissen wir dich, und wenn du möchtest, komme ich gern wieder mit nach Hause«, sagte Wilma und kam angelaufen.

»Verräterin!«, empörte ich mich.

»Was habe ich denn bitte schön verraten? Außer, dass ich gern nach Hause möchte?«, meckerte Wilma.

»Wir stecken mitten in einer laufenden Ermittlung! Da kann man nicht mir nichts, dir nichts nach Hause gehen. Wo kommen wir denn da hin?«

»In die HafenCity. Wohin sonst?« Wilma sah mich fragend an.

»So meine ich das nicht!«

»Henri! Aus! Was ist denn los mit dir?«, mahnte Josi und strich mir über den Rücken.

»Man wird doch wohl noch über seine Gefühle sprechen dürfen. Also wirklich …«, schimpfte Wilma und wackelte wieder weg.

»Außerdem haben wir Leinenzwang, wenn ich dich daran erinnern darf«, bemerkte Viktor.

Das sagte ja der Richtige! Wem hatten wir den Schlamassel denn zu verdanken?

»Apropos Leinenzwang. Was hat deine Ermittlung denn ergeben? Abgesehen von trockenen Keksen?«, wollte ich wissen.

»Er war nachts unterwegs.«

Ich sprang senkrecht in die Höhe. »Franz?«

»Ja.«

»Und das sagst du erst jetzt?«

»Du hast nicht gefragt.«

»Und woher weißt du das?«

»Das hat eine Frau, die ich nicht kenne, der Polizistin erzählt, die mich gefüttert hat.«

»Und was noch? Hat sie gesehen, ob er allein unterwegs war oder …«

»Vielleicht war es ja auch Franz, den dieser Typ gesehen hat, als er aufs Klo ging«, murmelte Wilma von ihrem Schattenplätzchen aus.

»Bitte?!«, riefen Viktor und ich zeitgleich.

»Ich habe doch gesagt, ich kann jedes Wort wiedergeben, das ich gehört habe.«

»Warum sagst du das denn nicht? Leute! Wie soll ich eine Ermittlungsgruppe leiten, wenn mir die Gruppe ihre Ermittlungsergebnisse nicht mitteilt.« Himmel!

Ich sprang von Josis Schoß und ging zu Wilma, die auf der Matte vor der Eingangstür lag.

»Woher soll ich wissen, dass das wichtig ist?« Wilma drehte ihren Kopf beleidigt weg.

Einatmen, ausatmen.

»Okay. Noch mal von vorn. Irgendjemand hat beim nächtlichen Toilettengang gesehen, wie Franz über den Platz ging. Richtig?«

»Nein«, kam es jetzt gleichzeitig von Viktor und Wilma.

»Ich denke …«, fing ich gerade an.

Aber Viktor unterbrach mich sofort. »Ich habe gesagt, dass eine Dame, die ich noch nie gesehen habe, der Polizistin erzählt hat, dass sie beobachtet hat, wie Franz am späten Abend, als es dunkel war, an ihrer Hütte vorbeiging.«

»Und ich habe gesagt, dass jemand eine Person beobachtet hat, als er nachts mal markieren musste«, ergänzte Wilma.

»Aha«, grübelte ich. »Jetzt müssten wir nur noch wissen, wo diese Personen wohnen, damit wir wissen, wo Person A und Person B – falls es nicht doch alles eine Person, nämlich Franz, war – langgegangen ist.«

»Oder aber Person A ist der Mörder«, entgegnete meine Mitbewohnerin.

»Wilma!«, staunte Viktor und sprach damit aus, was ich dachte. Sie kann, wenn sie will. Es ist halt nur immer die Frage: Wann will sie?

»Was hast du jetzt eigentlich vor? Du kannst doch hier nicht rumschleichen und verdeckte Ermittlerin spielen, Mama«, hörten wir Josi in dem Moment fragen. Sie machte sich anscheinend wirklich Sorgen um Christa. »Außerdem ist das doch«, sie drehte ihren Kopf nach rechts zum Holzhaus »wirklich nichts für länger. Oder?«

»Für mich ist es genau richtig. Ich habe das Gefühl, es sollte alles genauso kommen. Raus aus diesem ganzen bequemen Luxusleben. Hier«, sie sah sich im Garten um, »komme ich einfach mal richtig runter. *Back to basic,* Schätzchen.« Christa strahlte übers ganze Gesicht, dann lehnte sie sich im Gartenstuhl gemütlich zurück.

Einen Augenblick sagte niemand etwas. Die Vögel in dem Baum hinter Hildes Hütte zwitscherten, Stimmen aus Richtung des Komposthaufens drangen zu uns rüber, irgendwo wurde ein Rasenmäher angemacht, und in mindestens drei Gärten wurde gegrillt. Die reinste Folter.

»Und Papa?«, wollte Josi wissen.

»Dem geht es gut. Er bombardiert mich mit Kurznachrichten. Ich hätte ihm nicht zeigen sollen, wie das mit dem Handy funktioniert«, meinte Christa lächelnd.

»Dann ist es ja gut.« Josi klang erleichtert. Sie stand auf, kam zu uns und bückte sich. »Na, ihr drei. Kann ich euch ruhigen Gewissens hierlassen? Oder wollt ihr nicht doch lieber mitkommen?« Josi strich uns abwechselnd über den Rücken und kraulte uns hinter den Ohren. Keiner sagte etwas. Nicht einmal Wilma.

»Na gut«, sagte Josi schließlich, richtete sich wieder auf und strich ihr blaues, kurzes Kleid mit den weißen Punkten an den Beinen runter. »Abgemacht.«

Christa goss, nachdem Josi und Flo weg waren, die Rosen und sprach hin und wieder mit jemandem, der am Rosenbogen haltmachte. Der Leichenwagen war gekommen und hatte Franz abgeholt, erzählte Jonna. Die Polizei sprach oben am Vereinshaus immer noch mit einzelnen Kleingartenkolonisten, und der Komposthaufen blieb Sperrzone. Mehr erfuhr ich nicht. Die Sorge vor einem frei laufenden Mörder hielt sich anscheinend in Grenzen.

Bis zum nächsten Morgen.

7

»FORKEN-MÖRDER SCHLÄGT IN KLEINGARTENKOLONIE ZU. Armer Rentner heimtückisch erstochen. Wer ist der Nächste?«, las Irma laut vor, während sie in geblümtem Kittel und Pantoffeln unter unserem Rosenbogen an der Gartenpforte stand und mit der Zeitung wedelte, um auf sich aufmerksam zu machen. Als wäre nie etwas gewesen.

Christa zog sich ihre lange, braune Strickjacke über und marschierte zu Irma. Der Himmel war komplett bewölkt. Es war längst nicht mehr so warm wie in den Tagen zuvor. Ich lief unauffällig mit und tat so, als würde ich rein zufällig ein bisschen am Blumenbeet rumschnüffeln. Tat ich natürlich nicht. Ich lauschte.

»Allein in der Überschrift sind mindestens drei Fehler. Erstens war er kein armer Rentner – er war überhaupt kein Rentner. Zweitens: Was heißt hier »Forken-Mörder«? Das klingt ja, als gäbe es eine ganze Reihe von Morden! Und drittens … Drittens …« Irma grübelte, aber ihr fiel nichts ein.

»Drittens ist das ein Teufelsblatt, in dem eh nur Mist steht«, ergänzte Christa und konnte sich ein Gähnen hinter vorgehaltener Hand nicht verkneifen.

»Aber die Wettervorhersage stimmt«, meinte Irma fast entschuldigend und sah hoch zu der grauen Wolkendecke über uns, »fast immer.«

»Sag mal, wie geht's dir denn überhaupt?«

»Ach, danke. Alles bestens. Aber es ist mir so schrecklich peinlich! Ich kann mich ja nicht einmal daran erinnern, was ich zu euch gesagt habe!«

»Da mach dir mal keine Sorgen. Du hast uns lediglich nicht erkannt. Die Hauptsache ist doch, dass es dir wieder gut geht. Möchtest du vielleicht einen Kaffee? Ich habe gerade einen aufgebrüht«, sagte Christa und machte eine einladende Handbewegung in Richtung Hütte, wo Wilma und Viktor kerzengerade nebeneinander vor dem Eingang saßen. Ich betete zu allen Hundegöttern dieser Welt, dass Tratschtante Irma die Einladung annahm. Wenn wir schon nicht zu den Informationen laufen konnten, um anständig zu ermitteln, dann mussten die Informationen eben zu uns kommen.

Und mein Gebet wurde erhört. Sie sagte – was hatte man auch anderes erwartet – natürlich: »Ach, gerne!«

»Schön. Dann rein in die gute Stube«, sagte Christa und ging vor.

Irma blieb vor meinen Mitbewohnern stehen. »Na, ihr putzigen Hündchen? Ihr sitzt da ja, als wärt ihr aus Porzellan.«

»Wuff!«, machte Wilma.

»Huch«, entfuhr es Irma, die jetzt auch ohne Kaffee wach war und sich erschrocken an ihren Kittel griff. Als würde das irgendetwas bringen. Dann ging sie kopfschüttelnd rein.

»Was ist denn in dich gefahren?«, fragte Viktor, bevor ich es tun konnte.

»Warum? Ich habe doch nur *Wuff* gemacht.«

»Das habe ich tatsächlich gehört, aber du hättest damit fast unsere einzige Informationsquelle verjagt«, erklärte ich.

»Ich wollte ihr ja nur zeigen, dass ich nicht aus Porzellan bin«, sagte Wilma, stand auf und ging Richtung Rosenbogen. Pinkeln.

Viktor und ich folgten den Damen in die gute Stube. Christa goss Irma gerade Kaffee in einen Becher und bot ihr Zucker und Milch an, als wir reinkamen. Das Teufelsblatt hatte Irma auf den kleinen Tisch gelegt, sich selbst daneben auf den Holzstuhl gesetzt. Sie nahm einen Schluck Kaffee, dann meinte sie nach einer kurzen Pause: »Mich ärgert das ja schon ziemlich, muss ich sagen.«

»Was erwartest du?« Christa nahm die Zeitung in die Hand und betrachtete die Überschrift.

»Ich meine nicht den Artikel. Ich meine, dass er tot ist.«

Christa sah Irma mit einem Blick an, den ich nicht zu deuten mochte. »Du ärgerst dich, dass er tot ist?«

»Ja.«

Einen Moment schwiegen sie.

»Um genau zu sein, ärgere ich mich nicht darüber, dass Franz umgebracht wurde, sondern dass ich es nicht war. Ich war einfach zu langsam.«

Christa prustete ihren Kaffee, den sie vermutlich gerade runterschlucken wollte, in hohem Bogen durch den kleinen Raum. Wilma, Viktor und ich machten einen Satz beiseite. Dann wischte sie sich über Mund und Schoß. »Entschuldigung. Ich habe mich verschluckt.« Sie hustete, während sie sich die Hand vor den Mund hielt. »Das meinst du nicht ernst, oder?«

»Doch. Natürlich. Sehe ich aus, als würde ich einen Scherz machen?«

Wilma, Viktor und ich kamen wieder aus unserer Schutzzone unter der gehäkelten Tischdecke hervor, reckten unsere leider viel zu kurzen Hälse und betrachteten Irma. Einstimmiges Nein unsererseits. Nur Christa war noch nicht ganz überzeugt. Sie wischte sich noch einmal über den Mund. »Du meinst das *wirklich* ernst?«

»Na ja. Im Grunde reicht es, dass er tot ist«, sagte Irma mit einer Selbstverständlichkeit, als ginge es darum, dass Menschen zwei Beine haben und Hunde vier.

Stille. Weder wir noch die beiden Damen in der guten Stube sagten etwas. Das machte mich rasend. Warum mussten Menschen immer zwischen dem, was sie von sich gaben, Pausen machen? Wenn ich jemanden anbellte, machte ich auch keine Pause.

Christa brach schließlich das Schweigen. Gott sei Dank. »Hast du wirklich mal darüber nachgedacht, ihn … umzubringen?«

»*Nachgedacht?*«, fragte Irma, als wäre das etwas absolut Unappetitliches. Hundemenü mit Petersilie drauf zum Beispiel. So wie in der Werbung. »Ich habe nicht nur nachgedacht. Ich habe mich informiert. Über die einfachste Lösung. Unkompliziert, sauber, also nicht so viel Blut und so, du weißt schon, und für mich machbar. Also, rein körperlich, meine ich. Und natürlich so, dass keiner draufkommen würde, dass ich es war. Versteht sich ja von selbst.« Irma schlug die Beine unter ihrem Kittel übereinander. »Aber daraus wurde ja nichts.«

»Was … Also wenn ich fragen darf … Was hättest du denn gemacht. Also, ich meine … rein theoretisch?«

Irma sah kurz zur Tür, als wollte sie sichergehen, dass dort niemand war, dann beugte sie sich leicht vor und sagte etwas leiser: »Insulin. Die einfachste Lösung. Also, falls du mal … Nur für den Fall.« Dann zwinkerte sie Christa verschwörerisch zu.

»Ach, danke. Ich habe gerade keinen Bedarf«, sagte diese leicht verlegen und sah zu uns runter. Warum auch immer.

»Viktor. Was ist …«, wollte ich gerade fragen.

Aber es ging schon los. »Insulin … davon habe ich in der Tagesschau noch nichts gehört«, grübelte er, während ich einen Speichelfaden in seinem Mundwinkel beobachtete, der sich langsam, aber kontinuierlich dem Holzfußboden näherte.

»Sei doch froh, dass du es nicht machen musstest. Da kommt einer daher und macht deine Arbeit. Besser kann es doch gar nicht laufen«, fand Christa.

Ha! Wenn das Josi wüsste, dachte ich, worüber ihre Mutter sich gerade unterhielt!

»Mit einer Forke. Wie kann man so brutal sein?«, meinte Irma.

»Ist Mord nicht immer brutal?«

Irma zuckte mit den Schultern und trank einen Schluck. »Was soll's. Nun ist er ja weg.« Sie faltete die Zeitung und legte sie wieder auf den Tisch.

»Haben die Ärzte eigentlich gesagt, woran das … also, diese Amnesie, die du hattest, liegen kann?«, wollte Christa wissen und goss noch einmal Tee nach.

»Altersgerecht. Also rein statistisch alles im Rahmen. Das kann jeden treffen«, meinte Irma und schlürfte einen Schluck aus ihrer dampfenden Tasse. Das klang fast wie bei Wilma.

»Das macht ja Mut«, meinte Christa und sah dabei alles andere als begeistert aus. Zu Recht. Wenn mir jemand sagte, es wäre völlig normal in meinem Alter, dass ich mich plötzlich nicht mehr daran erinnern würde, dass ich Leberwurst oder kleine Malteserdamen mag – nicht auszudenken!

»Angeblich soll ich immer wieder die gleichen Sachen gefragt haben, meint Horst.« Irma schüttelte ungläubig den Kopf und sah dabei zu uns runter. »Eines weiß ich auf alle Fälle: So schnell muss ich da nicht wieder hin. Der Kaffee war grässlich!«

Christa lächelte, nahm die Kanne und fragte: »Möchtest du noch einen Schluck?«

»Sehr gern.« Irma hob ihre Tasse, leerte sie in einem Zug und sah zu uns runter. »Ich hab gar kein Leckerli für euch«, stellte sie kopfschüttelnd fest und zeigte uns ihre leeren Hände.

»Besser so!«, murrte ich. Wer weiß, was sie da untergemischt hätte.

»Die gucken mich die ganze Zeit an, als wollten sie irgendetwas von mir. Schau mal.«

»Wir wollen INFORMATIONEN. Hintergrundwissen. Details!«, bellte ich. Aber das brachte natürlich nicht sonderlich viel.

»Ich muss gleich mal eine Runde mit ihnen drehen. Sie waren heute noch gar nicht draußen. Vielleicht schauen sie deshalb so«, sagte Christa. Und dann zu uns gewandt: »Wir gehen gleich, ihr Süßen!«

»Frühstück wäre mir lieber! So richtig drauf hat sie es ja noch nicht. Wie kann man ohne Frühstück auf die Idee kommen, spazieren zu gehen«, empörte sich Wilma kurze Zeit später.

Wir hatten die Alte Ziegenwiese einmal komplett durchquert. Mir persönlich wäre es ja, Frühstück hin oder her, viel lieber gewesen, wir wären zum Tatort gegangen. Ich hätte gern noch einmal alles genau beschnuppert und nach Spuren gesucht. Sofern nicht schon alles niedergetrampelt war.

»Wenn man sich Frühstück besorgen will zum Beispiel«, meinte Viktor.

»Oh, ist hier ein Schlachter?« Wilma reckte ihren kurzen Hals und sah an der großen Fensterscheibe hoch, vor der Christa stehen geblieben war.

»Nein. Ein Bäcker«, sagte Viktor und setzte sich, noch bevor Christa verkündete: »Ich bin gleich wieder da. Ihr bleibt hier schön sitzen. Okay?«

Noch so ein Standardspruch von den Menschen. Wo bitte schön sollten wir denn hinlaufen, wenn man uns an ein Treppengeländer anbindet? Kurz vor dem Tor der Kleingartenkolonie hatte sie uns angeleint.

Wir sahen alle drei artig zu Christa, die drei Stufen hochging und in dem Laden verschwand. Es roch sehr verlockend da drin.

Wir waren nicht die Einzigen, die Hunger hatten. Hier war reger Betrieb. Kaum war Christa verschwunden, kam eine Frau, schätzungsweise in Josis Alter, mit Papiertüte in der Hand raus. In der gleichen Sekunde blieb eine andere Frau mit Kinderwagen vor den Stufen stehen und grüßte die, die rauskam. Die beiden umarmten sich und bestaunten das, was im Kinderwagen lag und anscheinend extrem schnell gewachsen war. Darüber waren die beiden Frauen sich sofort einig. Hatten sie es gefaltet und dann reingelegt?

»Man mag es ja kaum sagen«, sagte die ohne Kinderwagen plötzlich in einem viel leiseren Ton. »Aber im Grunde ist es ein Segen, dass er – nicht mehr da ist!«

»Ja, das kann man wohl laut sagen«, flüsterte die andere. Zweibeiner sind manchmal komisch. Sagen etwas und machen das Gegenteil.

»Also ich für meinen Teil bin erleichtert. Mein Gott, ich war schon kurz davor, den Garten zu verkaufen. Ich habe mich da gar nicht mehr wohlgefühlt, nach *der* Aktion! Gott, war mir das peinlich! Ich weiß echt nicht, wann ich mich zuletzt so geschämt habe«, sagte die eine kopfschüttelnd.

»Ich meine, jetzt ist es eh egal, aber hattet ihr eigentlich noch Anzeige erstattet? Wolltet ihr doch, oder?«

»Nee, ich hatte da einfach keine Kraft für. Die Lütte, der ganze Stress vorher und dann das … Ich war einfach froh, als ich meine Ruhe hatte. Außerdem hätte man es ihm ja auch noch nachweisen müssen.« Die eine Frau machte eine abwertende Handbewegung. »Das wäre eh irgendwann eingestellt worden. Und wir haben die Fotos ja auch recht schnell entdeckt. Die können da höchstens eine Nacht und den Vormittag über gehangen haben.«

»Und das alles nur, weil ihr einen Mast mit einer Schwedenflagge aufgestellt habt und euer Gartenhaus nicht ganz den Bestimmungen dieses Vereins entspricht. Meine Güte! Anstatt es in Ruhe mit euch zu klären, droht er euch und zieht so eine Show ab. Der Typ ist echt nicht ganz dicht! Gewesen …«, fügte die andere gerade hinzu, als Christa, ebenfalls mit einer kleinen Papiertüte im Arm, die Treppe runterging.

Die Frau ohne Kinderwagen ging ein Stück beiseite, machte Platz und grüßte freundlich.

»Das ist *die*, von der Franz Fotos gemacht hat!«, fiel mir schlagartig ein.

»Ist ja auch eine Hübsche«, fand Viktor.

»Warum findet die das denn eigentlich doof, fotografiert zu werden?«, wollte Wilma wissen, während wir Christa hinterherliefen.

Ich drehte mich noch einmal kurz um und sah zu den beiden Frauen. »Keine Ahnung. Menschen sind da anscheinend etwas eigen«, sagte ich und überlegte, wo der Garten mit der Schwedenflagge war. Falls es die noch gab, die Flagge.

»Lauter Verdächtige! Im Grunde genommen ist hier JEDER verdächtig«, überlegte ich laut, während wir eine halbe Stunde später träge und vollgefressen von einer viel zu großen Portion Futter unterm Tisch lagen. Über uns frühstückte Christa und las Zeitung. Man hörte es hin und wieder rascheln. Und schnarchen. Wilma übertraf alles bisher Dagewesene. Sie hatte es sich auf dem Stuhl neben Christa bequem gemacht und träumte vermutlich gerade von gebratenem Günther am Spieß. Und Pralinen. So wie ihr der Sabber am Maul hing.

»Das habe ich auch schon gedacht. Es sind einfach zu viele Verdächtige«, gab Viktor mir recht. »Keiner mochte Franz. Keiner ist traurig. Und keiner wird der Polizei den Mörder nennen – sofern sie wissen, wer es war.«

»Wie meinst du das?«

Viktor sah mich nachdenklich an. »Was ist denn, wenn sie es alle zusammen waren?«

»Alle zusammen?«

»Ja. Ein Komplott. Die Verabredung zu einem Verbrechen. Aus dem französischen …«

»Viktor!«

»Sorry«, sagte er kleinlaut. »Aber überleg doch mal. Da haben alle was davon, dass er weg ist.«

Christa hob die gehäkelte Tischdecke und sah zu uns unter den Tisch. »Alles gut da unten?«, erkundigte sie sich.

»Alles super!«, beruhigte ich sie und legte meinen Kopf leicht schräg zur Seite.

»Und nun? Was schlägst du vor?«

»Nichts.«

»Wie? Nichts? Ich dachte, jetzt kommt ein Lösungsvorschlag, wie wir die Mörder überführen«, sagte ich enttäuscht. Das konnte er doch nicht ernst meinen!

»Nichts tun, Ohren spitzen, abwarten. Was willst du sonst tun?«

Das war eine berechtigte Frage. Und ich hatte keine Antwort.

»In erster Linie müssen wir dafür sorgen, dass wir wieder frei rumlaufen dürfen«, erklärte ich, als das Handy über uns auf dem Tisch gleichzeitig zu vibrieren und zu klingeln anfing. Mir blieb fast das Herz stehen.

»Hallo, Hilde! Das ist ja eine Überraschung. Wie geht es dir denn?« Pause. »Ach …« Pause. »Du bist schon wieder in Hamburg?«

»Mist!«, platzte es aus mir raus. »Die habe ich ja völlig vergessen!« Ich kroch unterm Tisch raus und setzte mich so, dass ich Christa sehen konnte.

»Ich? Ach, ich bin gerade in deiner Hütte und hab mal … nach dem Rechten gesehen«, sagte Christa, legte die Zeitung beiseite, setzte sich gerade hin und sah sich im Raum um. Überall lagen Sachen von ihr. Es sah nach Einzug aus, nicht als würde sie nach dem Rechten sehen. Oder dem Linken.

»Klar. Ich warte auf dich. Hab eh heute nichts vor … Soll ich Kuchen besorgen?«, fragte Christa merklich nervös. Pause. »Ach so, na gut. Dann trinken wir einen Tee zusammen.« Pause. »Schön. Dann bis nachher!« Christa legte das Handy wieder auf den Tisch.

»Schön? Scheiße!«, bellte ich. So ein Katzendreck! »Was sollen wir denn jetzt machen? Sag doch auch mal was!«, forderte ich Viktor auf. Mein einziger Verbündeter. Wilma hatte die katastrophale Nachricht verpennt.

»Tja«, murmelte Viktor und rekelte sich.

»Tja? Mehr fällt dir nicht ein? Es geht ihrem Rücken wieder besser! Sie kommt! Sie bleibt!« Ich schnappte kurz nach Luft. »Ist dir klar, was das heißt?!«

»Wir packen. Das heißt es«, sagte er in gleichgültigem Ton. Viktor sah zu Christa hoch, die ebenfalls einen wenig begeisterten Eindruck machte. Im Grunde sah sie aus wie ich. Zumindest, was die Anzahl der Falten auf ihrer Stirn betraf.

»Okay, ganz ruhig bleiben«, sagte ich zu mir selbst. »Wir

müssen einen kühlen Kopf bewahren. Wie viel Zeit bleibt uns noch, bis sie kommt?« Ich sah mich um. Weit und breit keine Uhr.

»Ich kombiniere: Wir hatten gerade Frühstück … Christa sprach von Kuchen … Ich schätze, ein paar Stunden werden es wohl noch sein«, sagte Viktor, während Wilma ihr Maximum an Schnarchlautstärke erreichte. Wie sollte man bei dem Krach nachdenken?

Christa stand auf, räumte ihren Teller, die Tasse und all das andere Zeug vom Tisch ab und stellte es neben die Spüle. Dann hielt sie kurz inne, sah sich in dem kleinen Raum um, holte einen der Koffer, die in der Ecke standen, und fing an, alles Mögliche hineinzulegen: Strickjacken, Bücher, das Nachthemd. Ich sah ihr betrübt zu. Dann drehte ich meinen Kopf zur offenen Holztür. »Wir haben nur eine Chance«, erklärte ich dem Rest der Ermittlungstruppe. Zumindest dem wachen Rest. »Abhauen!«

Viktor sah mich an, als hätte ich so einen 24-Stunden-Dachschaden wie Irma. »Was hast du vor? Willst du dich verstecken? Wie auf dem Campingplatz?«

»Was war an dem Plan bitte schön falsch?«, fragte ich beleidigt. Immerhin haben wir den Fall gelöst.

»Nichts. Aber ich wüsste aktuell nicht, wo wir uns hier verstecken sollten. So ein leer stehendes Häuschen wie die alte Anmeldung beim Campingplatz habe ich bisher noch nicht entdeckt. Und auf der Plantage von Harry bekommen wir vermutlich nur Albträume. Allein vom Einatmen dieses Pflanzendufts. Ich möchte ja vieles, aber eines möchte ich in diesem Leben nicht mehr: träumen, ich wäre ein Graupapagei. Im Winter!«

»Ja, ja. Du hast ja recht, aber mir fällt gerade nichts anderes ein«, sagte ich, der Verzweiflung nahe, während ich etwas Feuchtes spürte. Von oben. Ich sah hoch. Wilmas Sabberfaden hatte meinen Kopf erreicht. Bäh! Ich schüttelte mich und machte mich auf den Weg raus, während ich hinter mir immer noch Viktors Lachen hörte. Das war definitiv der Tiefpunkt dieser Ermittlung. Ich brauchte ganz dringend frische Luft. Nein, ich brauchte noch was anderes. Ich brauchte ein ordentliches Team.

Während sich die Wolken langsam über Hildes Hütte gegenseitig wegschoben und die Sonne immer mehr auf die Rosen und all die Blumen und Blüten um mich rum schien, sank meine Laune tiefer und tiefer. Endlich passierte mal wieder etwas in unserem kleinen Leben – und dann das. Totale Ausbremsung. Keine Handlungsvollmacht. Verdammt zum Nichtstun.

Ich wollte nicht mehr leben. Für keine Leberwurst der Welt.

8

Und dann kam Hilde. Nicht, dass ich mir bis zu diesem Zeitpunkt Gedanken gemacht hätte, wie sie aussehen könnte, aber überrascht war ich trotzdem. Hilde war eine Promenadenmischung. Eine runde, bunte und fröhliche Promenadenmischung. Und obwohl ihr Kommen unser Gehen bedeutete, schaffte sie es, dass ich das ganze Drama für einen Moment vergaß und das Gefühl bekam, ein ganz normaler Mopsmischling zu sein. Und kein führender Ermittler in einem Mordfall.

»Du hast mir ja gar nicht erzählt, was für süße Möpse du hast!«, rief sie voller Begeisterung und sah zu uns runter, nicht zu Christa, die oben an der Hütte stand. Wir waren sozusagen das Begrüßungskomitee und standen als solches da, wo wir hingehörten: an der Gartenpforte. Hilde hatten wir nämlich schon gehört, bevor wir sie gesehen hatten. Sie trällerte ein Lied, während sie rechts und links laut grüßte. Und weil uns diese Stimme so völlig fremd war – vom Geruch ganz zu schweigen, der im Grunde genommen eine Art Kuchenparfüm zu sein schien –, waren wir ihr entgegengelaufen. Natürlich begriff Wilma nicht sofort, dass es sich hier um die rechtmäßige Eigentümerin des Gartens handelte, und machte einen Höllenlärm. Ein Wunder, dass die arme Frau sich überhaupt noch auf ihr eigenes Grundstück getraut hatte! Irma guckte über die Hecke und winkte wild mit ihrer Hand, die eine Gartenschere hielt, während wir Hilde zur Hütte begleiteten. Sie hatte uns alle drei trotz des Terrors meiner Mitbewohnerin mutig gestreichelt und gekrault, als wären wir alte Freunde. Daraufhin hatte Wilma ihre Alarmanlage automatisch abgestellt.

»Hallo, Irma!«, rief Hilde zur Hecke. »Alles gut?«

»Ja, danke. Und bei dir?! Was macht der Rücken?«, wollte Irma wissen, von der wir jetzt von hier unten irgendwie gar nichts mehr sahen.

»Ach, es geht. Könnte schlimmer sein. Immerhin kann ich mir wieder allein den Allerwertesten abwischen. Das ist viel wert. Glaub mir!«, rief sie und fügte noch hinzu: »Einen Tango werde ich wohl dieses Mal nicht aufs Parkett legen, es zwickt doch noch ziemlich. Aber bis zum Sommerfest bin ich wieder fit! Wenn ich da an letztes Jahr denke …« Sie lachte.

Auch Irma fing aus irgendwelchen Gründen an, lauthals zu gackern. »Na, wir sehen uns«, japste sie, als sich die beiden wieder einigermaßen beruhigt hatten.

»Ja, bis später!«, rief Hilde, dann ging sie weiter zu Christa, die im Hütteneingang stand und lächelte. »Meine Liebe! Du siehst ja wieder blendend aus!« Sie fiel Christa um den Hals.

Dann blickte sie an ihrer Freundin vorbei neben die Hütte, wo sich das Gepäck türmte. »Huch. Koffer?«

»Das … wollte ich dir eigentlich gleich in Ruhe erzählen.«

»Habt ihr euch getrennt?«

»Nein. Ich … Ich brauchte einfach mal einen Tapetenwechsel.«

»Hier gibt es doch gar keine Tapeten«, stellte Wilma fest, tapste in die Hütte und beschnupperte die Holzwände. Ohne Worte.

»Na komm. Lass uns doch hier in den Schatten setzen. Ich hole uns etwas Tee«, schlug Christa gastfreundlich vor, obwohl sie ja der Besuch war. Eigentlich. Dann zeigte sie auf die Bank und die Stühle, die schräg vorm Eingang standen.

Weil keine der Damen sich auf die Bank setzte, nahmen wir sie in Beschlag. Von hier oben bekam man einfach deutlich mehr mit. Wilma schaffte es trotz mehrerer Anläufe nicht hochzuspringen, aber schließlich stand Christa auf und hob sie hoch.

Viktor saß zwischen Wilma und mir. Sicher war sicher. Ein Sabberfaden am Tag reichte mir.

Christa und Hilde unterhielten sich über alles Mögliche. Von Kreuzfahrtschiffen und ihren Nachteilen bis hin zu jungen Liebhabern und ihren Vorteilen. Und dann nahm der Tag doch noch eine gute Wendung. Zumindest ein Stück weit.

»Kanntest du eigentlich Franz?«, wollte Christa wissen und griff in die Schale mit den Keksen, die sie auf den kleinen weißen Gartentisch gestellt hatte.

»Klar kenne ich Franz. Den kennt hier wohl jeder. Was hat er denn nun schon wieder gemacht?« Hilde nahm sich auch einen Keks, biss rein und fragte dann mit vollem Mund: »Hast du eben *kanntest* gesagt?«

»Du weißt es noch gar nicht. Oder?«

»Nein, was denn, um Himmels willen? Ist etwas passiert?«, hakte Hilde nervös nach und krümelte dabei ihren bunten Rock voll.

Wilma stand auf, stieg über Viktor und mich rüber, als wären wir irgendwelche im Weg liegende Gegenstände, plumpste auf der anderen Seite wieder runter und ging auf der Bank weiter in Richtung Hilde, die auf dem Stuhl direkt neben der Gartenbank saß. Und siehe da: Hilde beugte sich vor und hob Wilma auf ihren Schoß.

»Franz ist … tot«, sagte Christa mit ernster Miene. »Er wurde gestern morgen hier hinten«, sie drehte sich um und zeigte in Richtung des Gemeinschafts-Komposthaufens, obwohl Hilde vermutlich genau wusste, wo der sich befand, »auf eurem Komposthaufen gefunden.«

»Was?!«, platzte es aus Hilde samt Kekskrümeln heraus, die jetzt auf Wilma regneten.

»Mit einer Forke im Rücken«, ergänzte Christa und kratzte sich an der Stirn.

»O mein Gott! Wie bitte?« Hilde schüttelte den Kopf und hielt sich dabei die Hand vor den Mund, aus dem jetzt nichts mehr krümelte. »Na, das musste ja irgendwann mal passieren.«

»Wie meinst du das?«

»Na ja, versteh mich bitte nicht falsch, aber er war einfach ein unangenehmer Zeitgenosse. Das lässt sich leider nicht anders sagen«, erklärte sie und griff noch einmal in die Keksschale.

»Ich kenne auch einige Leute, die ich nicht mag, aber deshalb bringe ich sie ja nicht gleich um«, meinte Christa.

Hilde kaute, schluckte und sagte dann: »Es gab einfach keinen Tag, an dem er hier nicht irgendwem die Hölle heißgemacht hat. Ständig machte er Stress, verbreitete schlechte Laune, stänkerte rum. Nur schlechte *vibes*, sobald er in der Nähe war!«

»Schlechte was?«, wollte Wilma wissen, nachdem sie keine Krümel zum Aufschlabbern mehr fand.

»Keine Ahnung«, sagte ich mit Blick zu Hilde. »Klingt aber nicht gut.«

»Irgendwann hat sie es dann ja eingesehen«, meinte Hilde und zeigte mit ihrem Finger zu Irmas Hecke. »Hat aber echt gedauert.«

»Die beiden waren früher mal etwas näher befreundet, oder?« Christa schlug ihre Beine übereinander, und ich erkannte sofort ihren Hintergedanken: Informationen!

»Befreundet ist gut. Verheiratet sind sie – beziehungsweise waren sie«, verbesserte Hilde sich noch schnell.

»Was?!« Christa stellte ihre Tasse ab und sah Hilde fassungslos an. »Das meinst du nicht ernst«, flüsterte sie plötzlich. »Franz war ihr MANN?!«

»Irma ist unsere Hauptverdächtige. Ab sofort. Rückwirkend«, erklärte ich, obwohl ich nicht das Gefühl hatte, dass mir gerade jemand zuhörte. Wilma lag mit dem nackten Bauch nach oben auf Hildes breitem Schoß und ließ sich kraulen, Viktor hatte die Augen geschlossen.

»Ja. Die beiden sind erst seit ein paar Monaten getrennt. So lange ist das noch gar nicht her. Oder? Lass mich kurz überlegen. Da war ich gerade auf den Kanaren, und als ich wiederkam, ja, genau – da hatte er die Hütte von den Brandenburgs übernommen. Gott hab sie selig.« Hilde sah zum Himmel, wo gerade ein extrem großes Flugzeug extrem tief über uns hinwegflog.

»Leben sie nicht mehr?«

»Nein, sie hatten einen Autounfall.« Hilde holte tief Luft, sah zu Wilma runter und machte einen rundum traurigen Eindruck. »Willi und Vera, die waren echt okay. Tja. Das Leben ist manchmal ungerecht.«

»Ja, das ist es«, gab Christa ihr recht und nickte dabei nachdenklich.

»Ich finde das ja sehr verdächtig«, murmelte Wilma oben bei Hilde auf dem Schoß.

»Was?«, wollte ich wissen.

Sie drehte sich um und sah zu mir runter. »Na, Willi und Vera!«

»Was ist denn an denen verdächtig? Die sind doch tot.«

»Darum ja! Warum sterben die beiden so plötzlich und Franz zieht in ihre Hütte?«

»Es war ein Verkehrsunfall«, wiederholte ich das, was wir gerade eben eigentlich alle gehört hatten.

»Ist es doch eh egal«, warf Viktor ein, die Augen weiterhin geschlossen. »Die Koffer sind gepackt. Wir sitzen in ein paar Stunden wieder in der HafenCity und nächste Woche in der Kanzlei.«

Wenn nicht ein Wunder geschieht, dachte ich.

»Ich kann es noch gar nicht glauben, dass die beiden verheiratet waren«, meinte Christa und schüttelte dabei ungläubig den Kopf.

»Ja, manchmal wundert man sich. Ganze 15 Jahre. 15 Jahre, in denen sie wohl Tomaten auf den Augen hatte«, erklärte Hilde und deutete mit ihrem Kopf erneut Richtung Hecke.

»Mein Gott, die Arme«, meinte Wilma und raffte sich

etwas hoch. »Stell dir das mal vor. Du siehst 15 Jahre nichts außer …«

»Fruchtfleisch«, half ich ihr weiter.

»Was für Fleisch?« Wilma machte ihren kleinen Hals lang und sah mich mit noch größeren Augen an, als sie eh schon hatte.

»*Frucht*fleisch. Das Innere der Tomate«, versuchte ich es noch einmal.

»Das ist ja schrecklich! 15 Jahre. O Gott.«

Viktor schüttelte nur stumm den Kopf und setzte sich aufrecht hin. Mit geöffneten Augen. Immerhin.

»Sie machte überhaupt keinen traurigen Eindruck«, raunte Christa.

»Warum sollte sie? Er hat sie nach Strich und Faden belogen, betrogen und ausgenutzt. Das war keine Liebe. Im Gegenteil.«

»Was ist das Gegenteil von Liebe?«, wollte Wilma wissen.

»Aber dann ist sie ja seine Erbin. Oder hat er noch Eltern?«, fragte Christa und wurde mir immer sympathischer.

»Nein, die leben nicht mehr.«

»Dann ist sie auf alle Fälle seine Erbin«, war sich Christa sicher, und ich war gespannt, was jetzt kommen würde.

»Keine Ahnung. Mag sein, dass sie das ist, aber was soll sie da schon groß erben?« Hilde hob die Schultern und sah Christa fragend an. Dabei wusste die es ja nun auf keinen Fall.

»Angenommen, sie ist wirklich die Erbin …«, fing ich gerade an zu kombinieren, als Wilma mich unterbrach.

»Was bekommt denn eine Erbin?«

»Alles«, erklärte Viktor und sah dabei nicht Wilma an, sondern mich.

»Also angenommen sie erbt *alles*, dann wäre es interessant zu wissen, was *alles* ist. Denn wenn *alles* viel ist …«

»Alles ist immer viel«, bemerkte Wilma und sah auf den Tisch, wo das Keksschälchen stand.

»… dann …«

»Dann ist sie dringend tatverdächtig!«, ergänzte unser Senior.

»Jepp!«, bestätigte ich und kam mir dabei ziemlich schlau vor. Immerhin hatte ich hier gerade innerhalb weniger Stunden nach dem Auffinden der Leiche bereits eine mögliche Täterin. Ich hätte ja zu gern den Stand der ermittelnden Kollegen von der Polizei erfahren. Ob die schon so weit waren wie wir? Ich tippte mal auf Nein.

»Aber …«, fing Wilma an, wurde aber diesmal von Viktor und mir mit »Was?« unterbrochen.

»Sie war doch gar nicht da«, sagte Wilma kleinlaut.

Mist. Wilma hatte recht.

»Sie könnte aber nachts das Krankenhaus heimlich verlassen haben«, überlegte Viktor und sah mich dabei an, als erwartete er von mir Zustimmung.

»Du meinst …«

»Ja. Genau das.« Viktor sah zufrieden in Irmas Richtung.

»Was?«, wollte Wilma wissen.

»Er meint, Irma könnte ihren 24-Stunden-Dachschaden nur vorgetäuscht haben, um das perfekte Alibi vorweisen zu können. Nicht schlecht!«

»Genau!« Viktor grinste mich an. »Je oller, je doller.«

»Aber … Also, wenn ich das sagen darf«, Wilma sah uns unsicher an. »Könnt ihr euch vorstellen, dass sie Franz mit einer Forke aufpikst?«

»Hmm …«, brummten wir zeitgleich. »Warum nicht?«, sagte ich dann.

»Ich glaube, Frauen nehmen in den meisten Fällen Gift. Denk mal an das Wilde Eck! Außerdem hast du es doch gehört. Sie ärgert sich, dass ihr jemand zuvorgekommen ist. Sie wollte ihn mit Insulin umbringen«, gab Viktor zu bedenken.

»Ablenkungsmanöver. Das gehört alles zu ihrem Plan«, dachte ich laut.

»Dem wird keiner hinterhertrauern. Außer ihrer Mutter. Die dürfte wohl die Einzige sein«, sagte Hilde leicht vorgebeugt und nahm einen Schluck aus ihrer Tasse.

»Er hatte noch Kontakt zu ihrer Mutter?«

»Ja. Aus irgendwelchen Gründen hatte er zumindest ihr gegenüber so etwas wie eine soziale Ader. Er kümmert sich regelmäßig um sie. Also, ich meine, er hat sich um sie gekümmert. Hin und wieder hat er sie auch abgeholt und mit hierher in seinen Garten gebracht. Das war vermutlich die einzige gute Tat in seinem Leben.«

»Die Frau im Rollstuhl!«, kombinierte ich.

»Der Staubsandsturm!«, fügte Viktor meinem Ermittlungsergebnis hinzu.

»Ja«, bestätigte ich knapp.

»Bitte?!«, fragte Wilma.

»Wir haben kürzlich einen Mann beobachtet, der eine ältere Dame in einem Rollstuhl den Weg da hinten langgeschoben hat. Das muss er gewesen sein. Franz, das Arschloch«, erklärte ich unserer Mitbewohnerin.

»Und Irma? Ich meine, hat sie denn gar keinen Kontakt zu ihrer Mutter?«, wollte Christa wissen.

»Doch, hin und wieder mal, glaube ich.« Hilde griff nach ihrer Tasse, nahm aber keinen Schluck, sondern sah nur gedankenverloren hinein. »Nicht so einfach mit den beiden. Sagen wir es mal so. Aber jetzt … wo Franz nicht mehr lebt … Wer weiß? Sie hat ja sonst keinen mehr. Franz hat jedenfalls den Garten und die Hütte von Willi und Vera übernommen, als sich Irma von ihm getrennt hat, obwohl es eine lange Warteliste mit Leuten gab, die in unseren Verein eintreten wollten und schon was weiß ich wie lange auf eine freie Parzelle gewartet haben. Aber nein. Franz war das alles egal. Er hat sich den Garten geschnappt, nachdem die Kinder von Willi und Vera alles leer geräumt hatten. So war er halt.« Sie nahm sich zu Wilmas Freude einen neuen Keks. »Aber nun ist der Garten ja wieder frei.«

»Ich finde es trotzdem komisch, muss ich sagen«, meinte Christa kaum hörbar, »dass Irma mir alles Mögliche erzählt, sofort rüberkommt, sich vorstellt, mir Eingemachtes schenkt, mich vor Franz warnt, aber nicht mit einem Wort erwähnt, dass er ihr Exmann oder Mann oder was weiß ich ist.«

Hilde hatte den Mund voll und hob daher nur die Schultern.

»Sag mal, ganz unter uns, kann es sein … Also, ich kann mich natürlich auch irren, aber … gestern roch es hier so, und da hatte ich den Eindruck …« Christa beugte sich extra weit vor, damit sie keiner hören konnte.

»Dass hier alle kiffen?« Hilde fing laut an zu lachen. Nicht ein bisschen, sondern ein bisschen zu viel. Ihr ganzer Schoß wackelte und mit ihm Wilma, die ängstlich die

Augen aufriss und mich vorwurfsvoll ansah. Als könnte ich irgendetwas dafür.

»Na ja. Nicht alle. Aber …« Christa deutete mit dem Kopf zu Irmas Garten.

»Klar!«, sagte Hilde und nahm sich einen weiteren Keks aus der Schale. »Harrys wundervolle Hanfplantage hat uns schon so manch unvergessliche Stunde bereitet. Zumindest so lange, bis Franz wieder am Gartentor stand und uns mit der Polizei gedroht hat und was weiß ich noch alles. Einfach verrückt, dieser Kerl«, meinte sie kopfschüttelnd und strich Wilma übers Fell. »Aber damit ist ja jetzt Gott sei Dank Schluss. Dieser blöde Spielverderber.« Hilde sah zum Himmel hoch, während sie Wilma weiter den vollgekrümelten Bauch kraulte.

»Vielleicht war er gar kein Spielverderber«, hörte ich es von Hildes Schoß.

»Wie meinst du das?«, wollte ich wissen.

»Vielleicht wollte er einfach … zum Rudel gehören«, sagte Wilma.

Ich überlegte kurz. Gar nicht so blöd, der Gedanke.

»Du auch?!«, fragte Christa in dem Moment überrascht.

»Klar!«, sagte Hilde und zwinkerte Christa verschwörerisch zu. »Kann ich dir übrigens nur empfehlen. Es gibt nichts Besseres, wenn es anfängt, an allen Ecken zu zwicken und zu zwacken. Von Rheuma mal ganz zu schweigen. Oder um einfach mal richtig zu entspannen! Na ja … da fällt mir noch ein Wundermittel ein, aber davon abgesehen … Es ist wundervoll. Man sollte es nur nicht nehmen, wenn man schlecht drauf ist.«

Christa kratzte sich hinterm Ohr und sagte nichts.

»Einmal haben wir auch Pilztee getrunken. Davon kann ich dir nur abraten! Erstens schmeckt er grässlicher als abgestandenes Blumenwasser, und zweitens habe ich davon solche Halluzinationen bekommen, dass ich sogar Angst vor dem Tagesschausprecher hatte. Der sah aus … Das willst du gar nicht wissen.«

»Pilztee?«

»Ja. Aber wie gesagt, lass lieber die Finger davon«, sagte Hilde, während Christa sie mit aufgerissenen Augen anstarrte.

»Dann hat Harry hier alle … versorgt?«, fragte sie ungläubig.

»Alle nicht. Nur die Alten … Die jungen Leute sind ja heute alle sooo gesundheitsbewusst. Die leben doch völlig spaßbefreit. Vegan. Wenn ich das schon höre, dreht sich mir der Magen um!«

»Was ist denn dieses vegan?«, wollte Wilma wissen. »Scheint ja etwas ganz und gar Grässliches zu sein!«

»Eine Ernährung, die komplett frei von tierischen Inhaltsstoffen ist«, sagte Viktor Alleswisser.

»Wie? Frei von … von allem, was gut schmeckt?«

»Ja«, bestätigte er.

»Nur Möhrchen und so was?«

»Ja.«

»Das … Das ist todtraurig!«

»Ja.«

»Die armen Menschen!«, meinte Wilma und suchte weiter nach Krümeln.

Nach diesem mehr als aufschlussreichen Gespräch musste Hilde mal. Der Tee war alle und Hilde voll. Und nicht nur sie hatte dieses Bedürfnis, Wilma auch. Die sprang auf den Rasen und verschwand unter der Hecke. Und dann passierte es: Wilma brachte Hilde zu Fall. Die wollte sich nämlich gerade wieder setzen, als Wilma plötzlich wie aus dem Nichts vor Hildes Stuhl stand. Hilde stolperte. Nicht irgendwie, sondern rückwärts. Letztendlich saß sie nicht auf dem Stuhl, sondern lag. Den Stuhl zusammengefaltet unter sich begraben. Und nicht nur der sah schlecht aus. Hilde auch. Christa sprang sofort auf, beugte sich vor und streckte Hilde ihre Hand entgegen, um ihr wieder hochzuhelfen. Das war aber gar nicht so leicht – was nicht nur an Hildes Gewicht lag. Es ging einfach nicht. Zumindest sagte Hilde das. Die Aufregung war definitiv größer als am Tag zuvor beim Komposthaufen mit dem toten Franz.

»O Gott, hoffentlich hast du dir nichts getan! So etwas Blödes. Gerade jetzt, wo es dem Rücken besser geht. Oje …« Christa machte sich offenbar ernsthaft Sorgen.

»Na, wir wollen nicht gleich den Teufel an die Wand malen«, meinte Hilde, während sie sich zur Seite drehte und auf diese Weise versuchte, langsam wieder hochzukommen.

»Günther?«, fragte Wilma und sah sich hektisch um. Dabei war es nachweislich Viktor gewesen, der mit Günther, dem Teufel, eine unvergessene Begegnung gehabt hatte.

»Nein«, entgegnete ich. »Warum sollte sie sich diesen blöden Kater auf die Hütte malen. Macht doch keinen Sinn. Oder?«

»Nee. Irgendwie nicht«, überlegte Wilma, drehte sich zur Holzwand hinter sich um und betrachtete sie.

Hilde war derweil zumindest wieder auf Stuhlhöhe. Sie kniete vor Christa, die sie vorsichtig am Arm gepackt hatte und jetzt versuchte, sie hochzuziehen. »O Mann. Dieser Scheißstuhl. Mit dem bin ich schon einmal zusammengebrochen«, erklärte Hilde, während sie endlich wieder stand und kopfschüttelnd auf das, was mal ein Stuhl gewesen war, hinunterblickte. »Na, so wie der aussieht, wird es mir zumindest nicht noch einmal passieren. Das ist wohl ein Fall für den Recyclinghof.«

»Geht es? Soll ich dir irgendetwas holen?«, fragte Christa ihre Freundin, die immer noch nicht richtig gerade stand, soweit ich das von hier unten beurteilen konnte. Irgendwie schief.

Umso besser, dachte ich. »Wilma! Das war super!«, lobte ich meine verdutzte Mitbewohnerin.

»Wie … Was? Meinst du das jetzt ernst?«

»Ja, natürlich! Das war das perfekte Timing!«

Ich sah ihrem Blick an, dass sie mir nicht glaubte.

»Wilma. Was passiert, wenn Hilde sich nicht um den Garten kümmern kann, weil ihr der Rücken wehtut?« Ich starrte sie auffordernd an. »Na?«

»Dann … Dann vertrocknen die Blumen?«

»Ja, genau. Und damit das nicht passiert, macht sie was?«

»Was haben die Kleinen denn nur?«, unterbrach mich Hilde in dem Moment. Sie stand, mit den Händen in den Rücken gestemmt, schief vor uns und sah uns fragend an.

»Ach, das haben die manchmal. Alles gut, ihr Süßen. Hilde hat sich nichts getan.«

»Nichts? Wirklich gar nichts?«, bellte ich enttäuscht. »Mist.«

»Tja, zu früh gefreut«, murmelte Viktor, der vor Schreck zur Seite gesprungen war und jetzt neben uns auf dem Rasen saß.

»Jetzt sag bitte nicht, du hast Lust, wieder jeden Tag in der Kanzlei zu liegen.«

Viktor sagte nichts. Besser so. Meine Laune sank gerade rapide nach unten, dabei war ich eben noch voller Hoffnung gewesen.

Und es sollte nicht besser werden. Es blieb dabei. Wir fuhren. Hilde hatte sich leider nicht ernsthaft wehgetan. Sie brauchte zwar noch einen Augenblick, bis sie sich wieder richtig bewegen konnte, aber das lag wohl eher am Schreck als am Rücken.

Zwei Stunden später standen wir mit Koffern und Taschen allesamt an der Bushaltestelle. Hildes Angebot, ein Taxi zu bestellen, hatte Christa vehement abgelehnt. Warum auch immer.

Während der gesamten Fahrt machte ich keinen Mucks. Ich sah betrübt aus dem Fenster, betrachtete die Radfahrer und Fußgänger und die Riesenschiffe, die wir zwischendurch immer mal wieder kurz sehen konnten, wenn gerade keine Häuser oder Bäume den Blick auf die Elbe versperrten.

Christa telefonierte derweil mit Josi und kündigte unsere Rückkehr an. Und nicht nur das. Sie sagte auch, sie wollte sich nach einem Rückflug nach Italien erkundigen. Mir wurde akut übel.

»Warum denn das?«, wollte Josi wissen, als wir wieder zurück im Loft waren und sie Christa einen Teil der Koffer und Taschen abnahm. Es duftete, abgesehen von Josis Möchtegern-Rosenparfüm, ganz wunderbar nach irgendetwas Fleischigem. Ein Traum! Florian kam, mit Holzlöffel in der Hand und Schürze vorm Bauch, aus der Küchenecke und begrüßte Christa herzlich. Danach bückte er sich zu uns und streichelte uns der Reihe nach. Sosehr ich mich auch über unser Wiedersehen freute, ich konnte es nicht genießen. Schließlich wurde eine Beinlänge über uns gerade über unsere Ermittlerzukunft diskutiert.

»Ach, weißt du, Hilde ist ja nun wieder da, und vielleicht ist es auch einfach Zeit, nach Hause zu fliegen. Dein Vater kommt zwar ganz prima allein zurecht, wie er mir mindestens einmal am Tag per SMS schreibt, und ich wäre auch gern noch etwas geblieben, aber …«

»Dann mach das doch«, schlug ich vor und erhielt statt einer Antwort eine Umarmung. Immerhin. Josi nahm mich hoch und knuddelte mich, wofür ich ihr sofort Ohr und Hals ableckte.

»Aber was soll ich denn hier? Du musst arbeiten, am Wochenende fahrt ihr weg, und Hilde braucht mich auch nicht mehr. Vielleicht bleibe ich noch ein paar Tage, aber dann …«

Keine Leberwurst der Welt konnte meine Laune jetzt noch retten. Das war das Ende. Das Ende der Ermittlung. Das Ende von allem. Ich schlurfte, nachdem Josi mich wieder abgesetzt hatte, über den Steinboden in unser XXL-Hundebett, legte mich rein und schloss die Augen. Für immer.

9

»Was tust du da?«, wollte Wilma ein paar Tage später wissen, nachdem sie mit dem Frühstück fertig war und zurück in unser Hundebett gewatschelt kam. Ich war liegen geblieben. Mir war nicht nach Essen. Seit Tagen nicht.

Josi und Florian rannten hektisch hin und her, um ihre Taschen zu packen, während Christa die Sachen vom Esstisch räumte. Es war Freitag, es war für einen Sommertag viel zu frisch, der Himmel war bewölkt und ich betrübt. Es war, um genau zu sein, Tag vier meiner Mopspression. Das Wort hatte Viktor eigens für mich erfunden. Mir war es im Grunde egal, wie er meinen Zustand nannte.

»Ich übe«, erklärte ich Wilma und verzog weiter mein Gesicht.

»Was übst du?«

»Traurig gucken«, sagte ich und zog die Mundwinkel noch ein Stückchen weiter nach unten. Mehr ging nicht.

»Das bringt dich auch nicht wieder auf die Alte Ziegenwiese. Höchstens zum Tierarzt«, meinte Viktor, während er sich mit der Zunge übers Maul leckte, obwohl da nachweislich nichts mehr war. Immerhin tat er es. Es hatte Zeiten gegeben, da war er den halben Tag mit Essensresten im Maulwinkel rumgelaufen. Alte Männer werden komisch mit der Zeit.

»Hast du eine bessere Idee?«, fragte ich.

»Nein«, sagte Viktor und hörte mit der Leckerei auf.

»Ich kann es einfach nicht fassen. Vor unserer Nase wird jemand ermordet, und wir müssen den Tatort verlassen! Ich könnte heulen«, jammerte ich und schnaubte extra laut aus.

»Selbst wenn wir dort wären«, versuchte Viktor mich zu besänftigen, »was hätten wir schon vorzuweisen? Es gibt absolut nichts. Keine Spur. Nada.«

Ich sah ihn fragend an. »Nada? Was soll das sein?«

»Keine Ahnung«, gab Viktor kleinlaut zu. »Sagt der eine Typ im Tatort immer, wenn sie nicht weiterkommen.«

»Aha«, murmelte ich und legte mich wieder hin.

»Na ja«, meinte Wilma, die zwischen uns lag, in dem Moment und rekelte sich wieder hoch. »Nichts stimmt ja nun auch nicht.«

Wir sahen sie mit großen Augen an.

»Ich weiß nicht, ob es von Bedeutung ist ...«, stammelte Wilma und sah sich in unserem Hundebett um.

»Was?!«, unterbrachen wir sie zeitgleich.

»Ich ... Also, ich habe da etwas gefunden und ...«

»Was, Wilma?«, wollte Viktor wissen, und ich ergänzte die Befragung mit: »Wo?«

Wilma drehte sich in ihrem üblichen Schneckentempo umständlich um sich selbst, streckte uns ihren Po entgegen und suchte mit ihrer platten Schnauze unter der Decke nach was auch immer. Dann drehte sie sich wieder zu uns und legte etwas Kleines, Glänzendes vor sich. Ein goldener Knopf mit zwei Buchstaben darauf.

Ich sah einen Moment den Knopf an, dann Wilma.

»Wo hast du den her?«

»Der lag beim Komposthaufen, da, wo sie dieses Plastikband aufgespannt hatten, an dem Morgen, als Franz …«

»Du meinst, am Tatort?!« Ich konnte es nicht fassen. Mit einem Satz saß ich senkrecht im Hundebett.

Wilma war sich nicht sicher, was ich mit meiner Frage bezweckte, und gab zögernd zu: »Ja … Also, ich dachte …«

»Wilma! Du hast gedacht!«, platzte es aus mir heraus. »Das ist wunderbar! Das ist … fantastisch!« Meine Mopspression war verschwunden. Weg. Von einer Sekunde auf die nächste. Ich beschnüffelte den Knopf. Ein Frauenknopf. Er roch nach Lavendel oder so etwas in der Art. Ein bisschen wie Josis Parfüm, das sie nur abends benutzte, wenn sie mal ausging.

»Und den hast du schon die ganze Zeit?«, fragte ich verblüfft.

»Ja«, sagte Wilma stolz.

»Und warum sagst du das erst jetzt?«, motzte Viktor und zog die Nase hoch. Ich wollte mich gerade darüber beschweren, denn ich hasste nichts mehr als dieses Geräusch, als es plötzlich klingelte. Josi lief auf ihren hochhackigen Schuhen quer durchs Loft und nahm den weißen Hörer von der Wand neben der Fahrstuhltür.

Auf dem kleinen Monitor erschien eine Mütze mit Stimme. »Taxi für Frau Josi!«

»Moment! Wir kommen«, sagte Josi und rief in Richtung Klo: »Flooo!« Dann hängte sie den Hörer wieder an die Wand, kam zu uns und streichelte uns. Einen mit der rechten Hand, einen mit der linken und dann noch den, der noch nichts abbekommen hatte. Sie war eben durch und durch gerecht. »Vielen Dank, dass du noch etwas bleibst und auf die Hunde aufpasst, Mama«, sagte sie und nahm Christa in den Arm. »Wir melden uns, wenn wir losfahren.«

»Macht euch keinen Stress. Ich bin ja hier«, sagte Christa und nahm jetzt auch Florian in den Arm, der sich schon seine Jacke angezogen hatte und mit einem Koffer in der Hand an der Fahrstuhltür stand. »Mach's dir gemütlich und fühl dich einfach wie zu Hause!«, meinte Florian und zeigte in Richtung Kühlschrank. »Ich habe dir von dem schönen Weißwein noch eine Flasche kalt gestellt, wenn du magst.« Er zwinkerte Christa zu und bückte sich, um auch den zweiten Koffer greifen zu können. »Tschüss, ihr Lieben«, rief er uns zu, dann öffnete sich auch schon die Fahrstuhltür. Wilma und Viktor liefen zu Josi und sprangen an ihr hoch, um sich noch einmal zu verabschieden. Ich blieb liegen. Mich beschäftigte der goldene Knopf jetzt viel mehr als alles andere. Möpse an sich sind grundsätzlich hochemotionale Tiere. Vielleicht liegt es daran, dass ich nur ein halber Mops bin, dass ich auch immer nur halb so durchdrehe, wenn es um Begrüßungen oder Verabschiedungen geht.

»Wenn Henri in den nächsten Tagen weiter so wenig frisst, gehe ich am Montag mit ihm zum Tierarzt«, sagte Josi mit sorgenvollem Blick. »Schau doch bitte genau, wie viel er trinkt, Mama. Notfalls rufst du den Tierarzt an, ja? Die Nummer liegt auf dem Tresen.«

»Das wird schon«, meinte Christa mit Blick zu mir. »Mach dir keine Sorgen. Ich schaffe das. Vielleicht ist ihm ja nur irgendetwas auf den Magen geschlagen!«

»Allerdings, das kann man wohl so sagen«, murmelte ich, obwohl meine Laune sich nachweislich gebessert hatte, seit der Knopf unter mir lag. Ich hatte mich vorsichtshalber draufgelegt, als Josi zu uns kam, um uns zu streicheln und sich zu verabschieden. Unsere Rudelführerin war schließlich für ihren Aufräumzwang bekannt. Und so ein Knopf, der wäre sofort in irgendeinem Fach in irgendeiner Schublade gelandet, an die wir nicht mehr rangekommen wären.

»Nun fahrt mal schön vorsichtig und beeilt euch nicht bei der Rückfahrt!« Christa winkte noch einmal, dann verschwanden Florian und Josi samt Koffern hinter der sich langsam schließenden Fahrstuhltür.

»So. Zeit für eine Teambesprechung«, schlug ich vor und sah zu Wilma und Viktor, die gerade auf dem Rückweg vom Fahrstuhl waren.

»Warum?«, wollte Wilma wissen.

»Warum? Weil wir vermutlich belastendes Material haben, von dem wir nicht wissen, wem es gehört. Noch nicht. Weil wir einen Toten haben, und weil wir aufgrund dieser neuen Sachlage sofort zurück zur Alten Ziegenwiese müssen«, verkündete ich. »Irgendwie.«

Viktor verzog das Gesicht.

»Was ist?«, fragte ich ihn.

»Alles schön und gut, aber wie willst du das anstellen?«

»Ich, also, ich …«, fing ich gerade an, ohne eine Idee zu haben, was ich überhaupt sagen sollte zu dieser durchaus berechtigten Frage, als mich Christas Handy unterbrach.

»Guten Morgen, Hilde. Na, alles okay? Was macht der Rücken?«, hörten wir Christa fröhlich sagen, nachdem sie das Handy endlich gefunden hatte. Im Gegensatz zu ihrer Tochter war Christa nämlich alles andere als ordentlich. »Ach, das tut mir leid. Was sagt denn der Arzt?« Pause. »Aber jetzt bist du im Garten? Es hört sich so an …« Stille.

»Die Rosen sind aber nicht wichtiger als dein Rücken, Hilde! Du solltest dich schonen!« Pause. »Ach …« Pause. »Wie meinst du das? Irgendetwas stimmt nicht?«

Ich setze mich aufrecht hin und spitzte die Ohren.

»Mit wem streitet sie sich denn?«

Oh, es wird interessant, dachte ich.

»Kannst du denn verstehen, worum es geht?« Pause.

»Also, ich kenne Irma ja nicht so gut wie du …« Pause. »Und was ist sonst noch? Du meintest eben, es wäre so viel los …« Stille. »Na ja, die Polizei wird sicher nicht das letzte Mal am Tatort sein. Es war schließlich Mord. Vermutlich müssen sie einfach noch bei dem einen oder anderen etwas nachfragen, um sich ein Gesamtbild machen zu können. Da mach dir mal keine Gedanken. Das gehört sicher zu einer ganz normalen Befragung. Mich würde da schon eher interessieren, was bei Irma los ist.« Eine Weile hörte sie Hilde noch zu, dann meinte Christa: »Das muss dir doch nicht unangenehm sein! So ein Quatsch. Leg du dich mal auf die Sonnenliege, falls das überhaupt geht mit den Schmerzen, und ich pack kurz ein paar Sachen zusammen. In …«, sie sah auf ihre Armbanduhr, »einer Stunde kann ich den Bus nehmen. Dann müsste ich eigentlich gegen 12 Uhr da sein.«

Mit einem Satz sprang ich hoch und hüpfte vor Freude im Kreis. »Jippie!!«

»Henri! Was ist denn mit dir los?«, fragte Christa, nachdem sie das Handy wieder auf den großen Esstisch gelegt hatte, und hob mich hoch. Vermutlich dachte sie, so könnte sie mich beruhigen. Konnte sie aber nicht. Ich war außer mir vor Freude und hüpfte sofort wieder runter. »Leute! Es geht weiter! Packt den Knopf ein! Wir fahren zurück zur

Alten Ziegenwiese!« Ich hätte platzen können vor Freude – im Gegensatz zu meinen Mitbewohnern, die aussahen, als hätte ich gesagt, sie müssten zum Agility-Training. Drei Tage am Stück. »Hallo?! Noch jemand da?«, fragte ich, doch Wilma und Viktor lagen schon wieder quer im Hundebett und hatten die Augen so gut wie geschlossen. »Aufwachen! Es geht los!«

Viktor atmete tief ein. »Du meinst das echt ernst, oder?«

»Ja, natürlich. Was denkst du denn?«

Er kam langsam wieder hoch. »Wir hatten eine Abmachung«, sagte er und zog schon wieder die Nase hoch.

»Welche Abmachung?«, fragte ich mit gerunzelter Stirn.

»24 Stunden hatten wir gesagt. Ohne Verlängerung«, sagte Viktor und sah mich an, als hätte er die ganze Nacht nicht geschlafen. Hatte er aber. Er hatte mir direkt ins Ohr geschnarcht.

»Ja, stimmt. Aber am Stück. Nicht mit Unterbrechung …«, versuchte ich ihn umzustimmen und überlegte, wie viel von den 24 Stunden eigentlich schon verbraucht war, für den Fall, dass es hier zu knallharten Verhandlungen kommen würde.

Kam es aber nicht. »Okay, abgemacht. Wir versuchen es noch mal. Aber dann brauchen wir einen Plan. Einen guten!«

»Abgemacht!«, stimmte ich ein. »Erst mal müssen wir rausfinden, wem der Knopf gehört. Ich bin der Meinung, es ist ein Frauenknopf. Dann müssen wir ermitteln, in welcher Beziehung diese Person zu Franz stand und was sie in der Tatnacht getan hat. Ob sie ein Alibi hat oder eben nicht.«

»Ali? Das ist doch der, der bei diesem Boxkampf damals …«, warf Wilma ein, wurde aber sofort von uns unterbrochen. Zeitgleich.

»Wilma!«

»Sorry. Ich meine ja nur …«

Viktor schüttelte den Kopf. »A-LI-BI ist nicht der volle Name von Boxer Muhammad Ali, sondern der Beweis dafür, dass eine verdächtige Person sich zur Tatzeit nicht am Tatort aufgehalten hat und somit nicht als Täter infrage kommt«, meinte er völlig entnervt. Dann drehte er sich wieder zu mir um.

»Wenn ich es richtig verstanden habe, ist die Polizei gerade bei den Kleingartenkolonisten. Ich kann nur hoffen, dass sie noch da sind, wenn wir kommen. Mann, Mann, Mann … Wir müssen uns beeilen, bevor …«

»Hektik hat noch nie geholfen. Glaub mir das. Wir müssen ruhig bleiben und einen guten Plan haben. Falls wir wieder nur kurz da sind, muss alles ganz genau durchstrukturiert sein. Sonst verlieren wir zu viel Zeit.«

Ich stimmte ihm zu. In allen Punkten.

»Aber wie sollen wir das denn schaffen? Überall gleichzeitig sein. Bei den ganzen Gärten …«, grübelte Wilma.

Wir brauchen eine Drohne!, schoss es mir in dem Moment durch den Kopf. So ein Ding hatte ich mal in der HafenCity beobachtet, als wir mit Florian spazieren gegangen waren. Er war ganz begeistert gewesen und hatte den ganzen Nachmittag von nichts anderem mehr gesprochen. Was für tolle Bilder man damit machen könnte, wie praktisch diese Dinger wären und warum er auch unbedingt irgendwann mal so was haben wollte. Josi meinte irgendwas mit Spielzeug für Männer oder so. So wie dieses quietschende

Plastikschwein von Wilma, hatte ich noch gedacht. Nur, dass das nicht flog. Und nichts für Männer war.

»Wenn die Bodentruppen nicht reichen, müssen wir die Lage von oben beobachten«, schlug ich also vor. »Wir brauchen eine Drohne.«

Das war vermutlich der Moment, in dem Wilma und Viktor endgültig den Glauben daran verloren, dass mit mir alles in Ordnung war.

»Eine was?«, wollte Wilma wissen.

»Er meint ein unbemanntes Flugobjekt mit Kamera«, erklärte Viktor, ohne Wilma dabei anzusehen.

»Aha.«

»Ohne Kamera. Aber dafür mit zwei Flügeln!«

»Bitte?«, fragten Wilma und Viktor.

Ich machte eine dramatische Pause. Dann ließ ich die Bombe meines genialen Einfalls platzen.

»Moses! Er muss für uns den Platz observieren!«

10

Endlich war ich wieder da, wo ich als leitender ermittelnder Mops hingehörte. Am Tatort.

Das traf leider nicht auf Irma zu. Die war nicht da. Sie war schlicht und einfach weg.

Hilde war so aufgeregt, dass sie sogar etwas von dem Tee, den sie Christa in die Tasse schenken wollte, auf den Tisch goss. »Mist. Entschuldigung. Ich hole mal eben ...«, murmelte Hilde und sah verzweifelt auf den Tisch, von dem jetzt langsam, aber kontinuierlich braunes Wasser tröpfelte.

»Nein. Du setzt dich jetzt mal hin. Ich weiß ja, wo der Lappen liegt«, beruhigte Christa ihre Freundin, tätschelte sie etwas an der geblümten Schulter und verschwand in der Hütte.

Wir saßen alle drei nebeneinander auf dem Rasen. Bevor wir unsere Observationsrunde beginnen konnten, mussten wir uns erst einmal informieren, was in unserer Abwesenheit passiert war. Und dazu gehörte neben den Polizeiwagen oben am Vereinshaus auch Irma. Beziehungsweise ihr Verschwinden.

»Konn isch jetscht den Knop wieda rausnehm...?«, fragte Wilma mit vollem Maul.

Das hatte ich ja komplett vergessen! »Ja, klar«, sagte ich mit entschuldigender Miene.

Wir hatten kurz vor der Abfahrt einstimmig beschlossen, dass Wilma als Schmugglerin dienen sollte. Sie hatte schließlich die dicksten Backen. Bei keinem würde es weniger auffallen, wenn etwas im Maul steckte.

»Nur wohin?«, überlegte ich jetzt laut und sah mich um, während Wilma den komplett vollgesabberten Knopf auf den Rasen fallen ließ.

»Glück gehabt«, sagte Viktor trocken, woraufhin Wilma und ich ihn fragend ansahen.

»Hätte ich nicht gedacht, dass du das hinkriegst. Ich bin davon ausgegangen, dass du ihn irgendwann runterschluckst.«

»Warum sollte ich einen Knopf runterschlucken?!«, fragte Wilma, wie ich fand, zu Recht empört.

»Weil du nach einer Weile vergisst, dass es ein Knopf ist, zum Beispiel«, sagte Viktor.

»Pah!«, machte Wilma beleidigt und watschelte zu Christa.

»Könnt ihr euch nicht mal einen einzigen Tag vertragen?«, schimpfte ich kopfschüttelnd. »Sag mir lieber, wo wir den Knopf verstecken, anstatt Wilma zu beleidigen.«

»Da, wo ihn niemand sucht.«

»Ach, und wo soll das sein? Davon abgesehen, dass ihn eh keiner sucht. Das Einzige, was wir tun müssen, ist, ihn irgendwo gut zu verstecken, um ihn im richtigen Moment der Polizei übergeben zu können.«

»Hinter der Hütte. Da stehen doch so ein paar alte, leere Blumentöpfe rum. Pack ihn da rein. Hilde sieht nicht so aus, als würde sie sich zeitnah einen davon nehmen«, schlug Viktor vor und sah dabei zu Hilde, die wirklich keinen unternehmungslustigen Eindruck machte.

»Wieso bist du denn so sicher, dass etwas nicht stimmt? Es kann doch sein, dass Irma einfach nur mal … keine Ahnung … am Elbstrand spazieren gegangen ist, bei diesem schönen Wetter. Oder einkaufen«, meinte Christa, als ich gerade wieder unauffällig hinter der Hütte hervorkam. Sie wischte mit einem Lappen über den Tisch, woraufhin ein ganzer Schwall braunes Wasser zu uns runterplatschte. Viktor machte einen Satz zur Seite.

»Aber dann macht sie doch die Tür zu und lässt sie nicht sperrangelweit auf. Irma ist doch nicht tüddelig!«

»Na ja …«, machte Wilma.

»Hast du mal in ihr Häuschen geguckt … Nicht, dass sie ohnmächtig geworden ist und da liegt«, überlegte Christa und machte einen langen Hals, um über die Hecke schauen zu können.

»Nee. Auf die Idee bin ich gar nicht gekommen«, murmelte Hilde gedankenverloren. »Ich hatte nur diesen grässlichen Streit mitbekommen, und als es dann plötzlich so still war, habe ich irgendwann rübergeschaut und sie gerufen. Und da hab ich gesehen, dass die Tür offen steht.«

»O mein Gott!«, jaulte Wilma aufgeregt. »Was, wenn sie tot ist?«

»Wir müssen rüber. Sofort. Vielleicht lebt sie noch und …« Ich rannte los, bevor ich den Satz beendet hatte. Viktor und selbst Wilma folgten mir zum Gartentor, das nur angelehnt war.

»Huch! Wo wollen die denn plötzlich hin?«, hörte ich Hilde hinter uns fragen.

»Henri! Viktor! Wilmaaa! Stopp!«, rief Christa. Doch da waren wir schon unter der Hecke bei Irma durch und liefen an ihrem Gemüsebeet vorbei schnurstracks zu ihrer Hütte. Vor der offen stehenden Tür stoppte ich und schnupperte. Es bestand schließlich die Möglichkeit, dass es sich hier um einen Tatort handelte! Und Spuren verwischen war ja nun das Letzte, was ich wollte. Nicht, dass wir den Kollegen die Ermittlung noch unnötig schwermachten. Apropos Kollegen. Die sollten wir dringend aufsuchen, sofern wir hier …

»Was macht ihr denn da? Henri!«, schimpfte Christa hinter uns. Ich drehte mich nicht um. Schnell noch mal schnuppern, bevor sie mich gleich wegtragen würde! Warum rief sie eigentlich immer zuerst meinen Namen? Frechheit.

»Wie sieht es denn hier aus?«, wollte Hilde wissen, die sich jetzt an uns vorbeigezwängt hatte und einen Schatten auf uns warf.

Auf dem gesamten Holzfußboden lagen Zettel verteilt. Mehrere von diesen dunklen Ordnern, von denen Josi ganz viele in der Kanzlei hatte, lagen auf Irmas kleinem altem braunem Sofa und dem Tisch daneben. Nicht ordentlich nebeneinander aufgestellt wie bei Josi, sondern durcheinander und vor allem leer. Es machte insgesamt den Eindruck, als würde es hier jemand nicht so genau nehmen mit der Ordnung. Nur wer? Irma? Eines stand fest: Ihre Leiche lag hier nicht rum. Zumindest nicht, soweit ich das sehen und riechen konnte. Und da ihre Hütte etwas kleiner war als die von Hilde, ging ich einfach mal davon aus, dass sie nicht hier war.

»Ich sage ja: Hier stimmt was nicht!«, schnaufte Hilde völlig aus der Puste und sah sich besorgt um, während sie den Türrahmen als Stütze nutzte.

»Lass uns noch ein bisschen warten. Vielleicht kommt sie gleich wieder, und alles klärt sich auf«, schlug Christa vor.

»Und wenn nicht?«, wollte Hilde wissen, fasste sich mit der freien Hand in den Rücken und stöhnte fast so wie Wilma, wenn wir spazieren gehen sollten. »Oje. Bin wohl etwas zu schnell aufgestanden! Dieser blöde Rücken hört einfach nicht auf, mich zu ärgern. Alt werden ist einfach nichts für Feiglinge!«

»Vielleicht hat sie ja so einen ... Dachschaden«, meinte Wilma.

»Sie hat Rücken«, murmelte Viktor.

»Nicht Hilde. Irma!«, sagte Wilma.

»Schon wieder?« fragte ich ungläubig. »Bisschen viel Dachschaden, oder?«

»24-Stunden-Amnesie heißt das«, korrigierte Viktor mit der platten Nase nach unten und suchte den Boden vor der Hütte ab.

»Was haltet ihr davon: Irma ist untergetaucht, weil ihr jemand auf die Schliche gekommen ist. Daher auch der Streit.«

»Du meinst, sie ist baden gegangen?« Wilma sah mich mit schrägem Kopf fragend an.

»Nein. Untergetaucht ... Abgetaucht, verschwunden, abgehauen«, versuchte ich es noch einmal.

»Ach so. Weg?«

»Ja«, bestätigte ich, »weg.«

»Hm ...«, hörte ich Viktor schnauben, der das Schnüffeln inzwischen ergebnislos abgebrochen hatte. »Hier waren mindestens drei Leute. Irma und noch zwei andere.«

»Bist du sicher? Hilde hatte doch nur etwas von einer Person gesagt, mit der sie sich gestritten hat.«

»Kriegt Hilde immer alles mit?«, fragte Viktor und sah dabei an unserer großen Schattenspenderin hoch.

»Nein«, stimmten Wilma und ich ihm zu.

»Also. Drei. Ich bleibe dabei. Riech doch mal hier. Eindeutig ein Mann!«

Ich bewegte mich zwischen Hilde und Christa vorbei, die immer noch diskutierten, was zu tun war, auf den Rasen und untersuchte die Stelle, an der Viktor stand.

»Stimmt. Eindeutig ein Mann. Aber ... warte mal. Das ... Hier muss auch ein Hund gewesen sein. Beziehungsweise eine Hündin. Riech doch mal hier.« Ich schnupperte noch einmal ganz intensiv. »Lilly! Das war Lilly! Da bin ich ganz sicher.«

»Dann nichts wie hin zu deiner Lilly«, schlug Viktor vor.

»Wir alle?«

»Nein, keine Angst. Du darfst ihr allein einen Besuch abstatten. Ich glaube, alles andere würde auch nur für Ärger sorgen«, meinte Viktor mit Blick zu Christa.

»Dann haben deine ständig wechselnden Affären ja doch noch etwas Gutes. Sofern sie es wirklich war und dir etwas zu dem Vorfall hier sagen kann. Falls ihr dazu kommt, miteinander zu sprechen«, sagte Wilma und sah dabei wie eine beleidigte Ehefrau aus. Solche Frauen sehen wir öfter in Josis Kanzlei. In solchen Momenten bin ich immer froh, ein Hund zu sein. Ein Leben lang die gleiche Frau ... Und dann auch noch eine beleidigte. Vielen Dank.

»Na, dann schau ich mal, was ich tun kann ... Ich meine, um den Fall möglichst bald aufzuklären.« Wilma sah mich kritisch an, Viktor grinste blöd. Egal.

»Und ihr ...«

»Wir halten die Stellung. Keine Angst, Herr Oberkommissar!«, unterbrach mich Viktor.

»Sehr witzig!«

Ich sah kurz noch einmal zu Christa und Hilde, die inzwischen in Irmas Hütte verschwunden waren, dann lief ich, so schnell ich konnte, los.

Ich war gerade links um die Ecke und gleich wieder rechts rum, als ich etwas brummen hörte. Ich drehte mich um. Eine ältere Dame fuhr in einem Rollstuhl auf mich zu! Mit dem Po in die Hecke gedrückt stand ich am Wegesrand, als sie langsamer wurde und schließlich vor mir anhielt. »Na, du süßer Kerl. Was machst du denn hier so ganz allein?«, fragte sie mit zittriger Stimme. Das musste Trude sein, wenn mich nicht alles täuschte.

»Och, so allein bin ich gar nicht.« Ich sah mich um. »Das wirkt nur so«, fügte ich hinzu.

Trude war dagegen völlig allein. Niemand, der sie schob, niemand, der ihr folgte. Das Brummen kam von ihrem Rollstuhl. »Warte mal, mein Kleiner.« Sie ließ den kleinen Steuerknüppel an der Armlehne los, griff mit der Hand in die Seitentasche ihrer grauen Strickjacke und wühlte darin rum. Dann zog sie etwas raus und hielt es mir hin. Ich roch daran. Trockener Keks mit Fischgeschmack oder so. Wäre ich Wilma, würde ich mich jetzt freuen. War ich aber nicht.

»Schau mal, was ich Feines für dich habe! Die mochte mein Onkel auch immer so gerne.«

»Danke, das ist sehr lieb, ich habe nur gerade keine Lust. Also zumindest nicht auf Fischkekse. Wenn Sie mich entschuldigen. Ich muss dann mal …«, erklärte ich und drehte ihr mein Hinterteil zu. Das war nicht nett, aber nötig. Ich wollte heute schließlich zum Zuge kommen. Rein ermittlungstechnisch, versteht sich.

Trude schmiss ihren Motor wieder an und fuhr weiter. Wohin auch immer. Irgendwie tat sie mir ja leid, wie sie hier so ganz allein durch die Gegend zuckelte. Aber unter uns: Wer seinen Onkel mit solch stinkenden Keksen füttert, der muss sich auch echt nicht wundern, wenn er allein ist.

Einen Moment sah ich ihr noch nach, dann lief ich weiter. Ich hatte mein Ziel erreicht: Lillys Gartentor. Und zu meiner großen Freude lag Lilly auf dem Rasen, ein paar Meter von mir entfernt. Sie war allerdings – was die Sache erschwerte – wieder mal nicht allein. Sowohl Herrchen und Frauchen als auch ein Typ, den ich bisher noch nicht gesehen hatte, saßen auf Holzstühlen um den eckigen Tisch unterm Sonnenschirm. Ich kroch unter der stacheligen Hecke durch und schlich mich zu Lilly. Leider nicht, ohne dabei bemerkt zu werden. Wie denn auch?

»Da bist du ja wieder, du kleiner Ausreißer. Dich habe ich ja lange nicht gesehen …«, sagte Bärbel überrascht, blieb aber sitzen und kam, Gott sei Dank, nicht gleich auf die Idee, mich zurückzubringen. Sie hatte Wichtigeres zu tun. Sie musste sich unterhalten.

»Hei, Süße«, begrüßte ich Lilly und schnupperte sie ab. Herrlich, dieser Duft! Einziges Problem: Ich vergaß völlig, was ich eigentlich wollte.

»Wo warst du denn die ganze Zeit? Ich dachte schon, wir sehen uns nie wieder«, sagte sie mit sanft weicher Stimme und strahlte mich schwänzchenwedelnd an.

»Wir … Wir mussten kurzfristig etwas recherchieren«, flunkerte ich. Von der Mopspression erzählte ich nichts.

War ja eh alles wieder gut, jetzt, wo ich hier war. Bei ihr. Okay, Irma war verschwunden, aber davon abgesehen …

»Mir war das ja immer klar, dass der eine Leiche im Keller hat«, hörte ich in dem Moment über mir den Typen sagen.

Eine Leiche?! Wo? Wer? Ich blickte zu den dreien hoch und fragte Lilly, ohne sie anzusehen: »Wer ist der Kerl da? Und wer, meint er, hat eine Leiche im Keller?«

»Ach, das ist ein Freund von uns. Er hat hier früher auch mal einen Garten gehabt. Da hinten.« Sie drehte sich um und sah in Richtung Pforte. »Hat sich aber so sehr mit Franz gestritten, dass er irgendwann ausgezogen ist. Noch gar nicht so lange her. Aber manchmal kommt er uns noch besuchen.« Sie rekelte sich extrem einladend auf dem Rasen.

»Aber wen meinte er mit …«

»Die reden schon die ganze Zeit von Franz. Keine Ahnung, warum man sich über jemanden unterhalten muss, der eh nicht mehr da ist und den sowieso keiner ausstehen konnte. Ich verstehe das nicht. Anstatt dass sie sich freuen, dass sie jetzt ihre Ruhe haben, sprechen sie trotzdem die ganze Zeit von ihm.« Lilly hatte sich hingesetzt und sah mich kopfschüttelnd an.

»Aber wessen Leiche hat er denn im Keller?« Ich rümpfte die Nase. Allein die Vorstellung reichte. Mein Magen meldete sich. Nicht, weil ich Hunger hatte, sondern weil mir schlecht wurde. Franz hatte mir gereicht. Und hatte nur ein paar Stunden, maximal eine Nacht auf dem Komposthaufen gelegen. Aber so eine Leiche, langfristig, im Keller – puh!

»Keine Ahnung. Hier gibt es jedenfalls keinen Keller. Und vermisst wird auch niemand, soweit ich weiß.« Lilly strich mit ihrem weichen, weißen Fell an meinem Rücken entlang. Herr im Hundehimmel! Warum waren wir jetzt nicht allein? Das Leben ist eine einzige Herausforderung!

»Na ja. So ganz richtig ist das nicht«, widersprach ich ihr und erntete einen fragenden Blick.

»Irma ist weg.«

»Seit wann?«, wollte sie wissen.

»Keine Ahnung. Ich schätze mal, seit ein paar Stunden. Heute Vormittag war sie auf alle Fälle noch da. Hilde hat gehört, wie sie sich gestritten hat, und …«, wollte ich gerade ausholen, als ich Irmas Namen hörte.

»Ich verstehe Irma nicht«, meinte Bärbel und schüttelte dabei ihren Kopf. »Warum sie den Typen überhaupt geheiratet hat, lassen wir jetzt mal außen vor – Liebe macht ja bekanntlich blind –, aber warum sie so lange mit ihm zusammen war und nichts unternommen hat, das soll mir mal einer erklären. Sie wusste doch die ganze Zeit, was er macht. Das kann mir keiner erzählen, dass sie das nicht mitbekommen hat, dass er sich über jeden noch so unwichtigen Scheiß Notizen gemacht hat! Als hätte er sonst nicht zu tun.«

»Tja, wenn es denn alles unwichtiger Scheiß gewesen wäre … dann wäre er jetzt wohl nicht tot«, warf Lillys Herrchen, Frank, ein.

»Du meinst … jemand von *uns* hat ihn umgebracht? Weil Franz etwas über ihn wusste? Das … Das hieße ja …«, stotterte Bärbel und wurde ganz blass.

»Es könnte jeder gewesen sein«, beendete ihr Mann den Satz.

»Quatsch!«, entgegnete sie prompt.

»Wieso?«

»Weil wir es nicht waren! Darum. Und den anderen traue ich so was auch nicht zu. Sorry.« Sie verschränkte die Arme vor ihren großen Zitzen und schüttelte den Kopf.

»Ich meinte ja auch nicht *uns*. Aber überleg doch mal, was Franz alles in der Hand hatte!«

»Nichts«, erklärte ich. »Zumindest habe ich nichts gesehen, als er da lag – auf dem Komposthaufen.« Alle drei sahen zu mir runter.

»Der ist ja lustig«, meinte der Freund der beiden und grinste mich an.

»Geht so«, entgegnete ich.

»Was meinst du denn konkret?«, wollte der Typ jetzt wissen und sah wieder die anderen beiden an.

»Na, komm. Du weißt genau, was ich meine!«, erklärte Frank.

Keine Antwort. Heilige Katzenscheiße. Nun sagt doch was!

»Nein, weiß ich *nicht*«, bellte ich und sah erwartungsvoll nach oben.

Wieder sahen alle drei zu mir runter.

»Vielleicht will er irgendetwas?«, überlegte der Typ und sah mich nun fragend an, als fehlte mir irgendetwas. Womit er ja gar nicht so falsch lag.

»Ja. Allerdings will er etwas! Er will den Mörder finden, du Depp!«

Okay, das war nicht nett. Aber wer so blöd fragt …

»Ich meine Harrys Hanfplantage. Was denn sonst? Wie oft hat Franz Harry und all seinen Untertanen hier gedroht, dass er alles der Polizei verrät? Dass er die ganze Sache der Zeitung steckt und die eine Riesenstory daraus machen?«

»Harry war das auf keinen Fall!«, sagte Bärbel, und ich fragte mich, wie sie da so sicher sein konnte.

»Vielleicht hätte man ihm einfach mal einen schönen Haschkeks schenken sollen. Dann hätte er sich vielleicht etwas locker gemacht.« Sie nahm einen Schluck von dem rosa Zeug aus dem großen Glas, das vor ihr stand.

»Vielleicht. Vielleicht auch nicht. Ich glaube ja: einmal Stasi, immer Stasi. So etwas kriegt man aus den Leuten einfach nicht raus«, erklärte jetzt der fremde Kerl mit hochgezogenen Augenbrauen.

»Ach, Quatsch!«, sagte Lillys Herrchen. »Das hat doch mit seiner beruflichen Vergangenheit nichts zu tun. Es hat ihn niemand gezwungen, uns auszuspionieren. Uns alle hier übrigens. Der war einfach nicht ganz dicht. Basta.«

»Stasi?«, fragte ich eher mich selbst als irgendjemanden.

»Klingt wie eine ganz schreckliche, ansteckende Krankheit«, fand Lilly.

»Wenn es ansteckend ist, müsste Irma das ja auch haben. Und Trude. Ich frage nachher mal Viktor. Der weiß so etwas immer«, gab ich zu und ärgerte mich im gleichen Augenblick darüber. Lilly musste ja von unserer internen Aufteilung – Alleswisser, Allesfresserin und Allesermittler – nichts wissen.

Die Leiche im Keller musste warten. So viel war klar. Sie lag ja eh schon etwas länger rum, wenn ich das richtig verstanden hatte. Somit bestand nicht die Gefahr, dass ich etwas Wichtiges verpassen würde.

11

Hilde lag, die Beine auf einem Haufen Kissen abgelegt, auf der weißen Plastikliege, als ich versuchte, unauffällig aufs Grundstück zurückzuschleichen. Christa, die gerade dabei war, ein weiteres Kissen unter Hildes Hintern zu schieben, entdeckte mich sofort und stemmte ihre Hände links und rechts in die Seiten. Samt Kissen.

»Henri. Wo warst du denn schon wieder?«, schimpfte sie, was ja eigentlich gar nicht ihre Art war. Aber vielleicht lag es einfach daran, dass sie gerade etwas überfordert war. Oder an der Gesamtsituation. Die vor ihr.

»Erziehung zur Freiheit. Schon vergessen?« Ich huschte fix an ihr vorbei Richtung Wassernapf. Himmel, hatte ich einen Durst!

Hilde jammerte lauthals. Ich konnte sie verstehen. Kissen gehörten grundsätzlich nach oben, Richtung Kopf, nicht nach unten. Wobei das für uns Hunde keine wirkliche Rolle spielte. Und das schien nicht der einzige Grund für ihr Unwohlsein zu sein. Sie klang ein bisschen wie die Sirene, die manchmal losging, wenn Josi die Kanzlei abgeschlossen hatte und ihr dann einfiel, dass sie etwas vergessen hatte. Dann lief sie wieder rein und, zack, ging das Ding los.

»Was hat sie denn nur?«, fragte ich Viktor, der sich zusammen mit Wilma in die hinterste Ecke von Hildes Hütte verkrümelt hatte.

»Rücken«, brummte Viktor. »Und das alles nur, weil sie mit diesem Typen in der Hängematte … Wo wir gerade davon sprechen: Wie lief es?«, wollte er wissen, woraufhin Wilma das Gesicht verzog.

»Du brauchst gar nicht so zu gucken. Ich habe ermittlungsrelevante Informationen.«

»Ich bin ganz Ohr«, murmelte Wilma und sah alles andere als interessiert aus.

»Erst einmal müsste ich wissen, was die Stasi ist«, sagte ich zu Viktor gewandt.

»Sta… wie?«

»Stasi«, wiederholte ich und fragte mich, ob ich es mir einbildete oder mein lieber Mitbewohner wirklich langsam schwerhörig wurde.

»Ach, die Staatssicherheit. Geheimpolizei der DDR. Was hat die denn mit unserem Fall zu tun?«

»Geheimpolizei?«, wollte jetzt auch Wilma wissen, obwohl das ja nachweislich nichts zu essen war.

»Ja«, sagte Viktor, »ein Überwachungsinstrument der damaligen Regierung.«

»Überwachung …«, wiederholte ich und dachte über das nach, was Bärbel, Frank und dieser Freund von ihnen gesagt hatten. »Franz soll da irgendetwas mit zu tun gehabt haben. Ganz verstanden habe ich es auch nicht. Angeblich hat er alle Leute ausspioniert, sich alles Mögliche notiert und gedroht, irgendetwas davon der Polizei und der Zeitung zu erzählen. Etwas über Harry und dieses Grünzeug, von dem man schlecht träumt.«

»Nur weil dieser komische Vogel dachte, er wäre ein Nackthund, heißt das ja noch lange nicht, dass das alle tun«, warf Viktor ein und sah aus der geöffneten Tür nach draußen, wo Hilde langsam stiller wurde. »Irgendwas muss an dem Zeug ja toll sein. Sonst würde es doch keiner kaufen.«

»Stimmt. Wenn alle so komische Träume hätten …«, überlegte ich, wurde aber sofort unterbrochen.

»Was ist komisch daran, ein Hund zu sein?«, fragte Wilma mit kritischem Blick.

»Ein Nackthund. Im Winter!«, erinnerte ich sie und sah dabei auf ihren runden Bauch, der schon sehr an den eines Nackthundes erinnerte. Einziger Unterscheid: Es war Sommer. Und was für einer. Die Sonne schien wieder von einem komplett dunkelblauen Himmel. Keine Wolke weit und breit. Das merkte man auch in der Hütte. Es war so schwül hier drin, dass ich das Gefühl bekam, gleich ohnmächtig zu werden. Ich musste hier dringend raus.

»Lasst uns mal da vorn in den Schatten gehen – hier drin hält es ja kein Mopshirn aus.«

Draußen vor der Tür war es zumindest etwas angenehmer.

»Franz hat eine Leiche im Keller«, platzte ich ohne weitere Einleitung mit meinen Informationen heraus und erreichte natürlich sofort das, was ich wollte: Aufmerksamkeit.

»Bitte?! Was?«, fragte Wilma entsetzt.

»Hört das denn nie auf?«, meinte Viktor und sah dabei gedankenverloren zu Hilde rüber, die nun mit ihrer unteren Hälfte auf einem Haufen Kissen lag, aber nicht den Eindruck machte, als wäre es bequem.

»Was?«, wollte ich wissen.

»Das mit den Toten. Wo du hinkommst, sterben die Leute. Ist dir das eigentlich schon mal aufgefallen?«, fragte Viktor.

Ich folgte seinem Blick und sah jetzt auch zu Hilde. »Nicht jeder.«

»Noch nicht.«

Ich sah ihn an. »Und warum überhaupt: Wo *ich* hinkomme? Was hat das denn mit mir zu tun?«

Viktor sagte nichts.

»Dann lass uns mal schnell den Fall Franz aufklären, bevor es noch mehr Leichen werden«, schlug Wilma vor. »Nachher kommen wir noch durcheinander.«

»Was haben sie denn noch zur Leiche gesagt – der im Keller?«, wollte jetzt Viktor wissen.

»Nichts.«

»Wie? Nichts? Sie müssen doch irgendetwas erzählt haben. Wer das ist, warum sie da liegt …?« Viktor sah mich jetzt an. Direkt. Und mit sehr großen Augen.

»Nein. Nichts.« Ich zuckte mit den Schultern.

»Dann bringt uns die Info auch nicht weiter.«

»Doch. Wir wissen jetzt, dass Franz nicht nur ein Arschloch war, sondern auch ein Mörder«, erklärte ich.

»Ein Mörder ist immer ein Arschloch!«, meinte Wilma neben mir und fing an, sich die Pfoten zu lecken. Warum auch immer.

»Aber ein Arschloch ist nicht immer ein Mörder«, entgegnete Viktor.

»Wir müssen dringend mit Moses sprechen. Vielleicht kann er uns etwas zu der …«

»Erpressung«, fiel Wilma mir ins Wort.

Viktor und ich sahen sie erstaunt an.

»Ja, zu der Erpressung sagen«, stimmte ich ihr zu. Manchmal hatte sie wirklich helle Momente.

»Ich rufe jetzt einen Arzt. So kann das nicht weitergehen«, hörte ich in dem Moment Christa sagen.

»Bitte nicht! Die bringen mich nur wieder ins Krankenhaus, und da liege ich stundenlang rum, bis sich irgendjemand mal meinen Rücken ansieht. Da wird man erst recht krank! Bloß nicht!«

»Im Krankenhaus wird man krank?!« Wilma sah Viktor entsetzt an. Der wiederum tat so, als hätte er nichts gehört.

Christa wischte sich eine Haarsträhne aus dem Gesicht, sah dabei auf Hilde runter und machte einen unglücklichen Eindruck.

»Tu mir bitte einen Gefallen und frag mal Frank. Der hat ein Auto und meistens auch Zeit. Bitte«, flehte Hilde und versuchte, sich etwas zur Seite zu drehen, was aber nicht klappte. Sie stöhnte kurz auf, dann holte sie tief Luft und blieb liegen, ohne sich zu regen. »Ich möchte einfach nur ins Bett. In meins. Mehr nicht.«

Christa sah immer noch zu Hilde runter und schien dabei angestrengt nachzudenken. »Okay, ich gehe kurz rüber. Das sind die mit dem kleinen weißen Hund da hinten, oder?« Sie zeigte mit der Hand in Richtung des Rosenbogens.

»Genau. Die haben ein Flachdachhaus. Ganz neu renoviert. Das erkennst du sofort«, erklärte Hilde und wischte sich mit der Hand den Schweiß von der Stirn. Dabei machte sie gar keine anstrengenden Bewegungen. »Und das ausgerechnet heute. Einmal im Jahr ist das Sommerfest! Und ich kriege Rückenschmerzen und kann mich nicht bewegen. So eine Scheiße!«

»Wer weiß, ob das überhaupt stattfindet. Jetzt, wo Franz …«, versuchte Christa Hilde zu trösten.

Aber die war da ganz anderer Meinung. »Natürlich findet das statt! Jetzt erst recht. Jetzt können wir wenigstens mal richtig feiern. All die anderen Jahre hat uns dieser Griesgram irgendwann den Strom abgedreht oder sich irgendeinen anderen Mist ausgedacht. Dieser Spielverderber!« Hilde verzog vor Schmerz das Gesicht. Jetzt hatte sie mehr Falten als wir drei zusammen.

»Leute!! Ich drehe durch!«, bellte ich und rannte vor Freude einmal quer durch den Garten. »Wir bleiben HIER!«

Christa blieb kurz stehen, sah mich an. Hilde hatte ihren Kopf zu mir gedreht – das Einzige, was bei ihr noch zu funktionieren schien. Und Wilma und Viktor saßen nebeneinander im Schatten vor der Hütte.

»Drollig. Oder?«, meinte Christa mit einem Lächeln im Gesicht, während sie mich beobachtete. »Ich kann es mir ohne Möpse gar nicht mehr vorstellen. Na, mal schauen. Vielleicht überrasche ich meinen lieben Göttergatten ja mit einem kleinen Vierbeiner.« Dann ging sie los, öffnete die Pforte und verschwand.

»Sie … Sie will einen von uns mit nach …«

»Italien«, half ich Wilma weiter.

»Toskana«, verbesserte mich Viktor.

»… mit dahin nehmen?«, beendete Wilma entsetzt ihren Satz.

Wir sahen uns an.

»Das wird Josi nicht zulassen«, meinte Viktor, klang dabei aber nicht wirklich überzeugend.

»Das kann ich mir auch nicht vorstellen«, sagte ich, spürte aber, dass Christas Bemerkung meinem Gefühlsausbruch einen ordentlichen Dämpfer verpasst hatte. »Leute. Lasst uns schnell überlegen, was jetzt zu tun ist. So wie ich die Lage einschätze, wird Hilde hier nichts mehr gießen können. Das wiederum heißt: Christa gießt. Schlussfolgerung: Wir bleiben. Also, ich würde vorschlagen, wir besuchen Moses, sofern der zu Hause ist. Vielleicht kann er uns weiterhelfen.«

»Was weiß der komische Vogel, was wir nicht wissen?«, fragte Wilma und fing schon wieder an, sich die Pfoten zu lecken.

»Erstens, er wohnt bei Harry.«

»Ja und?«, sagte Wilma.

»Hör doch erst mal zu!«, meinte jetzt Viktor.

»Er bekommt doch bestimmt alles mit. Wer wann was bei Harry von diesem Grünzeug kauft, zum Beispiel. Und wer weiß? Vielleicht hat er bei einem seiner Rundflüge ja auch noch etwas anderes beobachtet.«

Klang anscheinend nicht sehr überzeugend. Keiner reagierte.

»Du meinst, einer seiner Kunden hat Franz umgebracht?«, fragte Viktor nach einem Moment der Stille und sah mich an.

»Ja. Oder Harry selbst. Schließlich wollte Franz dafür sorgen, dass er nichts mehr pflanzen oder verkaufen oder was auch immer kann. Er war jedenfalls dagegen. Gegen das alles da … Da kann man schon mal sauer werden.«

»Ich bin auch manchmal sauer, aber deshalb haue ich noch lange keinem eine Forke in den Rücken!«, warf Wilma ein.

Viktor sah sie erstaunt an. »Du bist ja auch eine Frau«, meinte er.

Und genau das war der Moment, an dem mein kleines Mopshirn sich plötzlich selbstständig machte. »Eine Frau«, murmelte ich gedankenverloren.

»Ja?«, hakte Viktor nach. »Was ist mit einer Frau?«

»Was ist, wenn es doch eine Frau war?«

»Wie kommst du denn jetzt darauf?«, wollte er wissen. »Das Thema hatten wir doch schon. Frau und Forke passt nicht.«

»Ja. Aber vielleicht gerade deshalb.« Mein Mitbewohner sah mich fragend an. »Weil es nicht passt. Vielleicht wollte diese Person, dass man niemals auf sie als Täterin kommen würde.«

»Das ist das Prinzip von wohl so ziemlich jedem Mord, dass der Täter es versucht so anzustellen, dass keiner auf ihn kommt. Oder?«

»Ja, klar. Aber in diesem Fall soll keiner darauf kommen, dass es eine Person war, auf die man wirklich niemals kommen würde«, sagte ich und drehte meinen Kopf zu Hilde, die bewegungslos auf der Liege lag.

»Wie kommst du denn plötzlich darauf?«

»Intuition.«

»Intu… was?« Wilma sah mich mit ihren großen Glubschaugen an.

»Eine Begabung, auf Anhieb eine richtige Entscheidung treffen zu können, ohne die zugrunde liegenden Zusammenhänge explizit zu verstehen«, erläuterte der Alleswisser.

»Ach, das kenne ich«, meinte Wilma und sah mich verständnisvoll an.

»Dann also doch Irma?«, überlegte Viktor. »Immerhin ist sie verschwunden. Und keiner würde aufgrund ihrer Statur«, er betrachtete kurz Wilma, »auf sie kommen.«

»Kann sein, muss aber nicht«, sagte ich und sah dabei zu Hilde, die schon wieder stöhnte.

»Die Arme!«, sagte Wilma, trappelte zu Hilde und leckte ihr die Pfote. Ich meine natürlich: Hand. Ob das dem Rücken half, bezweifelte ich.

»Du verdächtigst jetzt doch nicht auch noch Hilde?«, sagte Viktor empört.

»Nein. Nicht wirklich. Sie war ja auf einer Kreuzfahrt ...«, sagte ich und stockte. »Oder ... Du meinst, sie war vielleicht gar nicht auf dieser Kreuzfahrt?«

»Keine Ahnung. Und selbst wenn – wie sollen wir ihr das nachweisen?« Viktor sah jetzt auch zu Hilde, die sich über Wilmas Liebesbekundung offensichtlich freute. Sie stöhnte nicht mehr. Dafür machte Wilma komische Geräusche. Ihr gefiel die Massage anscheinend.

»Nein, ich glaube nicht, dass sie es war«, meinte ich und sah Viktor an. »Es war nur so ein Gedanke. Eine Person, wer auch immer, der man es nie zutrauen würde. Meinetwegen auch ein Mann.«

»Hmm ...«

»Egal. Lass uns kurz einen Zwischenstand machen«, schlug ich vor. »Also: Irma ist weg, in ihrer Hütte war irgendwer und hat Unordnung gemacht.«

»Wer sagt denn, dass sie es nicht selbst war«, sagte Viktor.

Ich stutzte. »Warum sollte sie in ihrer eigenen Hütte alles

durcheinanderbringen? Das ergibt doch keinen Sinn. Hast du jemals gesehen, dass irgendein Zweibeiner sein eigenes Revier so durchwühlt?«, fragte ich und erinnerte mich im gleichen Moment an Josi, wie sie Bernds Sachen aus dem Kleiderschrank gerissen und im Schlafzimmer mitten auf den Fußboden geschmissen hatte, nachdem sie erfahren hatte, dass er mit einer anderen Frau Hartmann im Skiurlaub war. Eine, die gar keine Frau Hartmann war. Denn das war ja sie, Josi. Aber das war eine Ausnahme gewesen, dieser eine Tobsuchtsanfall mit einhergehender Unordnung. »Also, wer auch immer es war, ich tippe mal, in der Hütte wurde etwas gesucht. Und das sicher nicht ohne Grund. Bleibt nur noch die Frage: Was?«

»Vielleicht hat jemand Irma gesucht?«, schlug Wilma vor, die sich wieder zu uns gesellt hatte.

Viktor verdrehte die Augen. »In einem Papier-Ordner?«

»Ich meine ja nur.« Wilma legte sich beleidigt hin.

»Ich auch«, sagte Viktor und ging zum Wassernapf.

Gute Idee, dachte ich, blieb aber sitzen. Wenn wir hier jetzt alle irgendwohin rennen würden, kämen wir nie weiter. Also wartete ich einen Moment, bis er sich wieder neben mich gesetzt hatte. »Also. Wo war ich stehen geblieben? Ach ja. Wir müssen nach den Polizisten Ausschau halten, die hier womöglich noch Befragungen durchführen. Irgendwo müssen die ja stecken.« Ich sah in Richtung des Rosenbogens. »Bleibt nur noch die Frage: Wer macht was?« Keine Antwort. »Okay, dann schlage ich vor, dass ich zu Moses gehe. Viktor, versuch mal rauszukriegen, wo die Kollegen sind, und hör möglichst unauffällig zu, was die so in Erfahrung bringen. Und du, Wilma …« Ich drehte mich zu Wilma, die neben mir lag, als würde sie Hilde nachmachen wollen – völlig regungslos. »Du bleibst hier und …« Ich dachte angestrengt nach. »Und beobachtest, ob Irma wieder auftaucht. Einverstanden?« Das war eine angemessene Aufgabe für meine Mitbewohnerin. Nicht zu schwer, nicht zu leicht. Also genau ihr Ding.

»Hm«, machte sie nur, ohne dabei die Augen zu öffnen. Vielleicht war die Aufgabe doch zu schwer.

»Da sind wir«, hörte ich Christa in der Sekunde sagen und drehte mich zum Gartentor um, durch das sie gerade mit Frank ging, der hinter sich – leider – die Pforte wieder schloss. Egal. Dann mussten wir halt unter der Hecke durch. War zwar unbequem, aber als Ermittler vor Ort musste man sich den Gegebenheiten eben anpassen.

»Hallo, Frank! Danke, dass du kommst«, hauchte Hilde, die einen extrem unglücklichen Eindruck machte und inzwischen stärker roch als ihre Rosen. Nach einer ordentlichen Portion Schweiß, was nicht nur an der Wärme lag. Da war noch mehr dabei. Aufregung, Angst … Von der lustigen Promenadenmischung war nicht mehr viel übrig. Jetzt tat sie mir auch leid. Obwohl ich ja – auch wenn ich mich ein wenig dafür schäme – ein klitzekleines bisschen froh war, dass sie in ihr Bett wollte.

»Oje, du Arme!«, stellte jetzt auch Frank fest.

Und zu meiner Überraschung stand auf einmal auch Bärbel im Garten. »Hilde, was ist denn passiert?« Zu Frank gerichtet sagte sie: »Ich dachte, ich komme doch mal mit. Vielleicht kann ich ja helfen.«

Lilly lief neben ihr her. Was für ein toller Tag! Zumindest für mich.

»Frag mich nicht. Dieser Rücken macht mich noch wahnsinnig. Heute Morgen war alles in Ordnung, und dann stehe ich einmal zu schnell auf, drehe mich um, zack, geht gar nichts mehr.« Hilde schüttelte verzweifelt den Kopf.

»Kommst du denn überhaupt noch hoch?« Frank sah Hilde misstrauisch an und beugte sich zu ihr runter, um ihr die Hand zu reichen. »Komm, wir probieren es mal zusammen.«

Bärbel, Frank und Christa stellten sich um Hilde und versuchten, sie gemeinsam hochzuziehen. Hilde stöhnte laut auf, aber immerhin stand sie nach ein paar Minuten.

»So, das wäre schon mal geschafft«, meinte Frank mit hochrotem Kopf.

»Ich weiß aber nicht, wie das mit dem Sitzen im Auto klappen soll«, stöhnte Hilde, während sie rechts und links von Bärbel und Christa gestützt wurde.

Wilma, Viktor, Lilly und ich sahen den vier Zweibeinern zu, wie sie sich langsam über den Rasen an uns vorbei bewegten. Dann öffnete Frank das kleine Holztor, die Damen gingen hintereinander durch – wobei Christa Hilde kurz loslassen musste, da der Durchgang zu schmal war. Oder Hilde zu breit. Auf alle Fälle schloss Bärbel das Tor wieder hinter sich und rief Lilly zu: »Du wartest hier kurz. Mama ist gleich wieder da!«

»Mama?«, fragte Wilma irritiert, aber keiner reagierte.

Viktor lief zur Liege, sprang hoch und machte es sich zwischen den Kissen gemütlich, Wilma wackelte in den Schatten vor der Hütte und legte sich auch hin.

»Ähm. Hallo? Wir wollten doch …«, stammelte ich, während Lilly mich mit ihrer süßen Nase anstupste.

»Was wollten wir?«, hörte ich Wilma fragen.

»Ermitteln!«

Lilly sah mich fragend an.

»Wir müssen jetzt echt einen Zacken zulegen, sonst wird das nichts. Sorry! Hast du gesehen, wo die Kollegen gerade sind?«

»Die Kollegen?!«

»Ja, die von der Kripo. Die müssen hier irgendwo sein. Vermutlich haben sie noch ein paar Fragen und …«

»Die sind bei Harry«, sagte Lilly, und ein Hauch ihres wundervollen Dufts strömte in meine Nase.

Fast hätte ich dabei überhört, was sie gerade gesagt hatte. Ich riss mich zusammen. »Bei Harry? Dann nichts wie hin!« Ich drehte mich von ihr weg und rief: »Viktor, Wilma! Los, kommt.« Ich überlegte kurz. »Ach, nein. Du nicht, Wilma. Aber Viktor. Komm! Schnell. Die Kollegen sind gerade bei Harry, und da müssen wir doch eh hin!«

Lilly sah mich enttäuscht an, was ich verstehen konnte. Aber so war es eben, das Leben als Ermittler. Man musste jederzeit einsatzbereit sein. Nicht nur, wenn es um Frauen ging.

»Wenn das mal keinen Ärger gibt«, murmelte Viktor, während er von der Liege hüpfte und langsam auf uns zutrottete.

»Dann sehen wir uns beim Sommerfest? Heute Abend? Es soll ganz wunderbare Wurst geben«, schwärmte Lilly und zwinkerte mir zu.

»Wurst klingt gut!«, meinte Wilma und überraschte mich mit ihrem Hörvermögen. Schließlich lag sie ein ganzes Stück entfernt. Aber wenn es um Essbares ging, vollbrachten ihre Ohren wahre Kunststücke.

»Und du passt genau auf, was nebenan passiert. Okay?«

»Warum denn nebenan?«

Da schoss es mir wieder durch den Kopf: Der Grund, weshalb ich überhaupt zu ihr gelaufen war, vorhin. O Gott, wie unprofessionell … Das durften die anderen beiden auf keinen Fall mitbekommen. Es wäre das Ende meiner Karriere, bevor sie überhaupt richtig anfangen konnte.

»Irma ist doch verschwunden«, flüsterte ich deshalb. »Und nicht nur das. Irgendwer hat sich vorher mit ihr gestritten und …«

»Das war Frank«, meinte Lilly, als wäre es das Normalste der Welt.

»Frank?«, fragte ich – leider etwas zu laut.

»Ja. Bärbel und ich waren auch mit, aber wir haben nur zugehört. Bärbel hat noch versucht, Frank davon abzuhalten, zu ihr zu gehen und nach diesem Papierdingsda zu fragen, aber er wollte es unbedingt machen.«

»Aber Hilde hat doch gesagt, sie weiß nicht, mit wem sich Irma gestritten hat«, warf Viktor ein.

»Na ja, so richtig gestritten haben sie sich auch nicht. Er hat nur sehr klar gesagt, was er gern hätte, und sie hat sehr klar gesagt, dass sie es nicht hat. Das hat er ihr zwar nicht geglaubt, wir sind aber trotzdem wieder gegangen, als Frank merkte, dass es keinen Sinn hat.«

»Dann war es vermutlich nicht Frank, den Hilde gehört hat. Seine Stimme kennt sie doch. Irgendjemand muss noch da gewesen sein und sich richtig mit ihr gestritten haben. Zumindest war es so schlimm, dass Hilde bei Christa anrief und sie bat zu kommen. Deshalb sind wir ja überhaupt hier«, erklärte ich.

»Nein, so schlimm war es wirklich nicht. Das muss ein anderer gewesen sein«, sagte Lilly nachdenklich.

»Aber wer? Hast du jemanden kommen sehen, als ihr gegangen seid?«

Lilly schien zu überlegen. »Nein«, meinte sie dann, »ich habe niemanden gesehen. Also zumindest niemanden, der zu Irma gegangen ist.«

»Ich frage mich«, warf Viktor ein, »warum plötzlich alle zu Irma laufen und etwas von ihr wollen. Frank war bei ihr, noch ein Unbekannter … wer weiß? Vielleicht hat sie doch etwas gehabt, das für die anderen wichtig war, und ist deshalb abgehauen.«

»Aber was?«, fragte Lilly und sah mich mit ihren wunderschönen blauen Augen an. Ich musste mich wirklich zusammenreißen, um bei der Sache zu bleiben.

Einen Moment sagte keiner etwas.

Ich erinnerte mich an den letzten Tatort vor dieser grässlichen Sommerpause, wo sie die ganzen alten Folgen wiederholen, die ich alle schon kenne. Die Ermittler hatten im Büro zusammen vor so einer Wand gestanden, an die sie alle möglichen Fakten geschrieben hatten, und gegrübelt. »Ich stehe direkt davor und sehe es einfach nicht«, hatte die Kollegin im Fernsehen gesagt.

Jetzt wusste ich, was sie meinte. »Leute, wir sehen es einfach nicht«, sagte ich.

»Was?«, wollte Wilma wissen.

Alle blickten mich fragend an. Auch Viktor.

»Wir stehen direkt davor und erkennen es nicht«, versuchte ich es noch einmal.

»Ich verstehe dich nicht«, gab Wilma kaum hörbar zu.

»Das hier, das ist ein entscheidender Moment in jeder Ermittlung«, erklärte ich. »Wir sind kurz vor dem Durchbruch. Wir müssen nur noch die Zusammenhänge erkennen!«

Wilma, Viktor und Lilly sahen mich an, als hätte ich eine ansteckende Krankheit.

»Vielleicht hätte ich doch mitfahren sollen«, hörte ich in dem Moment Christa sagen.

»Mach dir nicht so viele Gedanken. Frank schafft das schon. Und du hast doch gehört: Diese jungen Leute, die mit bei ihr im Haus wohnen, sind da und kümmern sich um sie. Sonst wird sie sich schon melden. Ich finde es schon nett von dir, dass du dich gleich angeboten hast, dich weiter um den Garten zu kümmern. Da hast du schon genug zu tun.« Bärbel sah sich um, griff nach einer weißen Rosenblüte in ihrer Nähe und roch daran. »Boah! Das ist ja echt der Wahnsinn. Wie eine Zitrone!«

»Ja, Hilde hat ganz besonders schöne Rosen. Das ist eine alte englische Sorte.« Christa bückte sich nach einem Blatt und hob es auf.

»Ein Wunder, dass Franz das zugelassen hat«, sagte Bärbel und sah sich dabei im Garten um.

»Wie meinst du das?«, fragte Christa irritiert.

»Na ja, die ganzen Rosen …«

»Sind Rosen hier verboten?«

Bärbel lächelte Christa an. »Nein, natürlich nicht. Das wäre ja noch schöner. Aber Franz war im Vorstand und hat jeden hier genau unter die Lupe genommen. Und laut Satzung muss jeder Garten 30 Prozent Gemüseanbau aufweisen, 30 Prozent Blumenbeete und 30 Prozent Rasen.«

Christa sah sich um und stellte fest: »Das sind dann wohl eher 50 Prozent Rosen und 50 Prozent Rasen.«

»Ja. Ich finde es auch bescheuert, mal so unter uns. Und von den anderen hält sich auch nicht jeder dran. Aber Franz kannte da keine Gnade. Der konnte einem wegen solcher Sachen echt die Hölle heißmachen. Irma zum Beispiel hat einen reinen Nutzgarten«, sagte sie und sah zu Irmas Laube.

Einen Augenblick sagte die beiden nichts. Dann fragte Bärbel: »Du kommst doch auch heute Abend, oder?«

»Ja, eigentlich hatte ich schon Lust …«

»Ist etwas nicht in Ordnung?«

»Na ja. Ich weiß nicht. Vielleicht sehe ich Gespenster, aber ich mache mir ein bisschen Sorgen.«

»WAS? Gespenster?! Wo?«, schrie Wilma und machte einen Satz zur Seite. Aber darauf reagierte niemand. An ihre plötzlichen Gefühlsausbrüche hatte sich Christa wohl inzwischen gewöhnt.

»Um Hilde? Ach, das wird schon wieder«, sagte jetzt Bärbel, die etwas besorgt zu Wilma schaute.

»Nein. Um Irma.«

Bärbel sah Christa erstaunt an, dann streckte sie den Hals und versuchte, über die Hecke zu sehen. Dabei rutschte ihr der dünne Träger ihres Kleides von der Schulter. Sie griff mit der Hand danach und schob ihn wieder hoch. »Warum? Ist etwas mit ihr?«

»Das kann man so nicht sagen. Sie ist nicht da«, erklärte Christa und drehte ihren Kopf jetzt auch zu der Hecke, die an Irmas Garten grenzte.

»Aber das heißt doch nicht, dass etwas passiert sein

muss«, sagte Bärbel und fühlte nach dem anderen Träger, vorsichtshalber.

»Nein, natürlich nicht«, druckste Christa rum. »Ich war kurz drüben, vorhin, mit Hilde. Die Tür steht offen, und drinnen ist ein tierisches Chaos. Überall liegen geöffnete leere Aktenordner rum … Vielleicht habe ich zu viele Krimis gelesen. Wahrscheinlich ist alles in Ordnung.«

Ich war schlimmer angespannt als an Weihnachten, kurz bevor wir unseren großen Knochen bekommen. Aber Bärbel sagte nichts. Zumindest nicht das, was ich gehofft hatte, nämlich was sie mit Frank bei Irma gemacht hatte, warum sie dort gewesen waren und vor allem, was Frank von Irma gewollt hatte.

»Ach, da liegen Aktenordner?«, fragte sie nur und tat, als wüsste sie von nichts. Dabei wusste sie es ganz genau, das roch ich. Also nicht direkt. Ich meine, ich spürte das. Irgendetwas verheimlichte sie. Warum log sie? Oder hatte sie die Aktenordner vielleicht gar nicht sehen können, da sie mit Lilly im Garten gestanden hatte? Äußerst verdächtig, äußerst verdächtig …

»Ja. Ich kenne sie ja auch kaum, aber ich finde, es passt irgendwie nicht zu ihr, oder? Mit ihrem Selbstversorgergarten, den akkuraten Beeten, dem Eingemachten und ihrer ganzen Art. Also, ich meine, so, wie ich sie bisher erlebt habe. Ich finde es irgendwie merkwürdig.« Christa sah zu uns, ging ein paar Schritte auf Viktor zu, bückte sich und hob ihn hoch. »Na, mein Süßer. Wollen wir gleich mal eine Runde machen?«

»Wir ja, aber ohne dich«, bellte ich. »Ist aber nichts Persönliches«, fügte ich hinzu.

»Oh, ist da jemand eifersüchtig?« Bärbel sah zu mir runter.

»Nein. Da ist jemand kurz davor, einen Mord aufzuklären und wird nonstop in der laufenden Ermittlung gestört. Unter anderem, weil gewisse Leute nicht sagen, was sie wissen!«

»Ach, ist der süß! Ein richtiger Charakterkopf. Vorhin war er übrigens bei uns. Macht wohl ganz gern mal einen kleinen Ausflug, was?« Bärbel lächelte Christa an, dann wieder mich.

»Petze!«, bellte ich beleidigt.

»Ach, Henri war bei *dir*?«, fragte Christa erstaunt und sah dann zu Lilly. »Jetzt verstehe ich«, sagte sie lächelnd. »Unser kleiner Charmeur!«

»Ja, das ist er wirklich. Er war auch nur kurz da, irgendwann war er plötzlich wieder weg, deshalb habe ich nichts gemacht. Was soll hier auch schon passieren? Franz war der Einzige, der sich regelmäßig darüber aufgeregt hat, wenn Hunde mal nicht an der Leine waren. Aber der hat sich ja grundsätzlich über alles aufgeregt.« Bärbel schüttelte den Kopf. »So, Lilly, nun komm mal. Wir müssen noch den Nudelsalat für das Sommerfest fertig machen. Komm!«

»Bis später!«, rief Lilly, dann lief sie zu ihrem Frauchen.

»Und wegen Irma mach dir mal keine Sorgen. Die ist bestimmt gleich wieder da und hat nur vergessen, die Tür zuzumachen. Vielleicht ist das noch ein Rest von dieser Sache, wegen der sie im Krankenhaus war. Kann doch sein, oder?« Bärbel sah Christa fragend an.

Die hob nachdenklich die Schultern. »Keine Ahnung. Ich hoffe nur, es geht ihr gut.«

»Mach dir keine Gedanken, das wird sich alles aufklären. Also, sehen wir uns nachher?«

»Ja!«, bellte ich.

»Gerne. Soll ich irgendetwas mitbringen?«, wollte Christa wissen und sah kurz in Richtung Hütte. »Ich glaube, ich habe gar nichts dabei, was ich …«

»Nein.« Bärbel machte eine abwehrende Handbewegung. »Quatsch. Du sollst nur dich selbst mitbringen. Und gute Laune!«

Die beiden verabschiedeten sich, dann setzte Christa Viktor wieder ab und sagte: »So, und wir machen jetzt mal einen schönen Spaziergang.«

»Mist!« Ich sah zu Viktor. »Sag doch auch mal was.«

»Was denn?«

Ja, was denn? Es nützte ja eh nichts. Christa wollte uns etwas Gutes tun und ahnte nicht, wie wenig Lust wir dazu hatten.

Immerhin führte unser Spaziergang an Harrys Garten vorbei. Da waren definitiv keine Kollegen von der Kripo mehr. Den Weg hätte ich mir also sparen können, stellte ich enttäuscht fest. Ich war einfach zu spät gekommen.

12

»So, ihr Lieben«, rief ein Typ, den ich nicht kannte, und klopfte dabei mit einem kleinen silbernen Löffel gegen sein Glas.

Wir hatten uns zu Christa auf die Holzbank im Vereinshaus gesetzt. Der klebrige Plastikfußboden war einfach zu ungemütlich. Außerdem sah man nichts außer Füßen und Tischplatten von unten. Wilma lag also auf Christas Schoß und schnarchte, Viktor saß auf der einen, ich auf der anderen Seite.

Das Vereinshaus war mehr als voll. Alle waren da. Alle, die ich kannte, und noch viele mehr. Es roch nach Sonnencreme und Parfüm, Socken und Grillwurst, Bier und Bratenfett – für meine Verhältnisse nach zu vielen Dingen auf einmal. Immerhin hatte es sich ein wenig abgekühlt draußen. Nicht viel, aber zumindest etwas. Viktor war den ganzen Tag mit raushängender Zunge rumgerannt. Mir war das richtig peinlich. Er sah dabei einfach immer so debil aus.

Langsam nahm der Geräuschpegel ab; ein paar vereinzelte Stimmen hörte man noch, aber schließlich war es fast ganz still.

»Bevor wir unser Sommerfest beginnen«, fuhr der Löffelmann mit lauter, fester Stimme fort, die mich an die wenigen Momente erinnerte, die wir mal in der Hundeschule gewesen waren, »wollen wir, wie es die Satzung vorschreibt, einen neuen Vorstand wählen. Wie immer zählt das Mehrheitsprinzip. Ich würde vorschlagen, wir machen es ganz unkompliziert. Unsere Kandidaten kennt ihr ja.« Er drehte sich zur Seite und zeigte auf vier Männer, die rechts und links von ihm auf einer Bank saßen. Einer davon war Horst, der Irma ins Krankenhaus gebracht hatte.

Der Löffelmann nannte einen Namen, einer der Männer stand auf, und ein paar Hände wurden in Richtung Decke gestreckt. Dann zählten Löffelmann und eine Frau, die sich lustigerweise auf einen Stuhl gestellt hatte, die Hände, notierten das Ergebnis, und das Ganze begann von vorn. »Außerdem steht uns auch Horst als neuer Vorstand zur Verfügung. Auch er würde den Posten sehr gern übernehmen.«

Wieder Hände, dieses Mal viel mehr, wieder zählen und notieren. Lustiges Spielchen, dachte ich, während ich dem Treiben zusah.

Schließlich waren alle Namen genannt, alle Hände gezählt. Der Typ mit der lauten Stimme gratulierte Horst, der jetzt aufgestanden war und ein sehr glückliches Gesicht machte und sagte, wie froh und erleichtert sie alle seien, dass nun alles etwas ruhiger und friedlicher werden würde. Horst nickte mit seinem überdurchschnittlich roten Kopf, den er plötzlich hatte. Dann klopfte der andere ihm auf die Schulter. Ohne Löffel. Alle klatschten und redeten wieder laut durcheinander.

Wilma störte das nicht. Sie schnarchte so laut, dass ich

Viktor fast nicht verstanden hätte. »Lass uns mal raus, das hält ja kein Mopsohr aus«, schlug er vor.

In der Sekunde riss sie die Augen auf, als hätten wir sie aus einem schönen Traum gerissen. »Riecht ihr das auch?«

Wir nickten synchron.

»Ich komme mit!« Wilma machte einen Satz auf mich, dann auf die Bank und schließlich runter auf den Boden.

Ich konnte es nicht fassen. »Hallo? Musst du mich immer als Podest benutzen?!«, rief ich ihr hinterher.

Viktor sprang ebenfalls runter, direkt auf den Fußboden, ohne Umwege. Und als hätten die Zweibeiner uns verstanden, lief ein Großteil von ihnen auch nach draußen, auf die Terrasse vor dem Vereinshaus. Puh! Sauerstoff. Hier draußen war es wesentlich angenehmer. Ein wundervoller, verlockender Duft lag in der Luft. Grillfleisch und Würstchen – ein Traum! Gleich links war der Stand, der Wilma innerhalb von Sekunden in einen tranceähnlichen Zustand versetzte. Daneben war ein langer Tisch mit verschiedenen Schüsseln, aus denen es auch nicht schlecht roch. Irgendwo da oben mussten Frikadellen sein, da war ich mir ganz sicher. Und dann gab es auf der anderen Seite, rechts, noch einen Stand mit Getränken, obwohl es ja auch im Vereinshaus einen Tresen gab. Aber der war vermutlich schon völlig überfüllt, so viele Menschen wie hier anwesend waren. Und alle hatten ganz schlimmen Durst. Innerhalb kürzester Zeit hatte jeder ein Glas in der Hand und trank irgendetwas.

Die Stimmung war super. Die Musik auszuhalten. Alle waren fröhlich, lachten und machten glückliche Gesichter. Und das hatte einen Grund: Franz' Abwesenheit. Wo man hinhörte – alle waren total erleichtert.

»Mein Gott, man mag es ja gar nicht laut sagen, aber es ist so schön ohne ihn! Alle sind entspannt, kein Ärger, kein Stress. Wer immer ihn umgebracht hat – ich würde ihm am liebsten einen Orden verpassen. Man kann nur hoffen, dass sie ihn nie fassen«, erklärte eine rundliche Dame mittleren Alters mit überdurchschnittlich großen Zitzen, die neben Christa, Bärbel und Frank saß. Jonna und Anton, ihr Mann, saßen auch mit an dem langen Tisch. Ohne Hanswurst.

Inzwischen hatten alle nicht nur Gläser in der Hand, sondern auch einen Teller vor sich auf dem Tisch und aßen.

»Das Leben kann so schön sein. Ohne ihn …«, fügte die Frau hinzu und schob sich ein weiteres Stück Wurst in ihren großen, roten Mund. Die anderen nickten zustimmend.

»Da hast du recht, Moni«, sagte Bärbel.

»Meintest du eben … Also … Du würdest der Polizei keinen entscheidenden Hinweis geben, gesetzt den Fall, du wüsstest, wer es war?!« Frank sah sie fragend an.

Alle hörten auf zu kauen und sahen Moni an. Wir auch.

Sie erklärte mit aufgespießter Wurst, die Gabel in der Hand wie ein Schwert: »Nein. Ich würde nichts sagen. Kein Sterbenswörtchen.« Dann schob sie die Gabel in den Mund.

»Aber, das wäre dann ja … eine Straftat«, vermutete Frank und sah mit hochgezogenen Augenbrauen in die Runde.

»Was soll denn das bitte für eine Straftat sein, wenn man einfach seinen Mund hält?«, sagte Moni mit einem Mund, von dem man nicht behaupten konnte, dass er gerade gehalten wurde. »Es ist auch eine Straftat, anderen jahrelang das Leben zur Hölle zu machen, wenn wir schon dabei sind.«

»Wenn man etwas weiß und das nicht sagt, ist es eine Straftat.« Frank blieb dabei.

»Na ja, wenn du nicht gefragt wirst«, sagte Bärbel beschwichtigend, und Jonna fügte hinzu: »Und gar nichts weißt …«

Moni hob die Schultern, schnitt sich ein weiteres Stück von ihrer Wurst ab und schob es in den Mund. In ihren eigenen. Leider, dachte Wilma vermutlich, die inzwischen neben uns saß und das Ganze mit offenem Maul beobachtete. Ihr Sabber lief bis auf den Sandboden. Grässlich.

»Apropos nichts wissen: Die Polizei war heute Nachmittag noch mal da. Habt ihr das auch mitbekommen?«, kaute die runde Moni, während Frank gerade ein Stückchen Wurst zu uns runterfallen ließ. Klammheimlich. Viktor sprang auf und lief sofort hin. Da war das Stück aber schon in Wilmas tropfendem Maul. Was das Fressenfassen anging, hätte man meinen können, Wilma hätte die Lichtgeschwindigkeit erfunden.

Mich interessierte eh mehr, was da oben erzählt wurde. Außerdem hatten wir gerade erst unser Abendmenü bekommen, bevor wir uns auf den Weg gemacht hatten. Man konnte also nicht behaupten, dass wir hungrig waren.

»Ja, die waren bei Harry«, erklärte Bärbel jetzt und sah dabei sehr besorgt aus. Sie drehte sich ein Stück zur Seite und zeigte mit ihrem Kinn zu der kleinen Wiese, die zum Teich führte. Vermutlich war da irgendwo Harry. Ich sah auch in die Richtung, konnte aber nichts erkennen. Zumindest nichts von Harry. Kein Wunder bei den ganzen Beinen! Mit Fell und ohne, eingepackt in kurze Hosen, lange Hosen oder Röcke. Da konnte man glatt die Orientierung verlieren. Zumal die sich ja auch bewegten, die Beine.

»Ich dachte schon, jetzt ist alles aus, aber sie haben wohl

nur ein paar Fragen gehabt wegen des Abends … der, bevor wir erlöst wurden.«

»Dann hatten sie wohl einen Schnupfen, die lieben Beamten«, meinte Frank, und alle lachten.

Alle außer Christa, die lediglich lächelte. »Aber warum denn bei Harry?«, fragte sie zu meiner Überraschung zaghaft, und ich erinnerte mich daran, dass Josi gesagt hatte, sie sollte nicht Miss Marple spielen. Wer auch immer diese Miss Marple war. Sie musste einen extrem gefährlichen Job haben. Schließlich hatte Josi sich Sorgen um Christa gemacht. Vermutlich würde Viktor es wissen, aber ich wollte ihn nicht schon wieder etwas fragen. Das machte einfach keinen professionellen Eindruck.

»Keine Ahnung«, meinte Bärbel, »vielleicht hat ihnen irgendwer erzählt, dass Harry nachts gern noch mal eine Runde dreht. Aber wenn er etwas gesehen hätte, dann …«

»Hätte er eh nichts gesagt«, unterbrach Moni mit immer noch vollem Mund.

Alle sahen wieder Moni an. Nur Wilma nicht. Ich spürte ihren Blick von der Seite. »Wenn hier alle nicht sagen, was sie wissen, dann … dann kriegen wir nie raus, wer es war! Dann sitzen wir hier noch nächstes Jahr!«, flüsterte sie entsetzt.

»Mich würde es nicht stören«, erklärte ich und fügte hinzu: »Das ist die nächste Stufe auf dem Weg zum Vollprofi.«

»Voll blöd.«

»Manchmal muss man sich eben etwas anstrengen, um ans Ziel zu kommen. Und vor allem kombinieren. Sofern es keine Zeugen gibt«, sagte ich zu ihr und sah dann wieder hoch.

»Habt ihr eigentlich eine Idee, wo die Irma ist?«, fragte Christa in dem Moment und sah die anderen am Tisch fragend an.

Jonna drehte sich um und sah einen Moment suchend in die Menge. Dann wandte sie sich wieder Christa zu. »Warum?! Ist sie nicht da?«

»Nein. Seit heute Mittag steht ihre Tür offen, sie ist weg, und in der Hütte ist irgendwie alles durcheinander. Als hätte jemand etwas gesucht. Ich war vorhin kurz mit Hilde drüben. Sie hat mich angerufen, weil sie einen Streit gehört hatte.«

»Mit wem denn?«, wollte Frank wissen.

Na, das fragt ja der Richtige, dachte ich und beobachtete mit Schlitzaugen seine Körperhaltung, Mimik, Stimmlage. So etwas muss ein Spürhund aus dem Effeff können. Das muss einfach sitzen.

Allerdings gab es da nichts, das irgendwie auffällig war. Auch geruchstechnisch konnte ich keine Unsicherheit oder Aufregung wahrnehmen – was an der Würstchenwolke lag, in der wir uns befanden.

»Sie konnte nicht hören, wer das war. Aber es soll wohl ziemlich zur Sache gegangen sein. Deshalb rief sie mich an und bat mich zu kommen. Ihr kam es halt irgendwie komisch vor. Als ich hier ankam, war Irma allerdings schon verschwunden.«

»Das ist ja merkwürdig. Sie hatte sich doch so auf das Fest gefreut«, meinte Jonna und schüttelte dabei leicht den Kopf. »Ich habe mich bei der Vorstandswahl eben noch gewundert, dass sie nicht dabei war. Aber so engen Kontakt haben wir ja auch nicht …«

»Ich war heute Morgen kurz bei ihr an der Hütte«, sagte

Frank zu meiner Überraschung. »Da war sie noch da. Und mir ist nichts aufgefallen. Kein Chaos oder so.«

»Er gibt es zu«, murmelte ich. »Dann kann er es eigentlich nicht gewesen sein. Davon abgesehen, dass Hilde seine Stimme erkannt hätte. Bleibt also die Frage: Wer war bei Irma?«

»Und wo ist sie?«, fügte Viktor hinzu.

Weder wir noch die Zweibeiner über uns am Tisch hatten darauf eine Antwort. Es hatte aber auch noch keiner nach ihr gesucht. Was natürlich daran gelegen hatte, dass sie, abgesehen von Hilde und Christa, keiner vermisste. Bisher. Das änderte sich jetzt schlagartig.

»Was machen wir denn jetzt?«, wollte Jonna wissen. »Hat nicht jemand ihre Handynummer?« Sie sah die anderen fragend an.

»Hat sie überhaupt ein Handy?«, wollte Frank wissen.

»Die Nummer muss doch hinten im Büro in einem der Ordner sein«, meinte Bärbel, stand auf und versuchte, sich zwischen den Leuten, die überall rumstanden, einen Weg zur Tür des Vereinshauses zu bahnen.

»Lass uns mal eine Runde machen. Die sind gerade alle perfekt abgelenkt«, schlug ich vor. Doch die Reaktion meines Teams hatte mit Begeisterung wenig zu tun. Eher mit Faulheit.

»Warum müssen wir denn ständig unsere Rudelführerin verlassen? Ich finde das einfach nicht schön«, jaulte Wilma und sah zu Christa hoch. »Ich kann Christa das nicht antun.« Als wenn ausgerechnet Wilma jemals Wert auf ein funktionierendes Rudel gelegt hätte! Höchstens auf einen funktionierenden Kühlschrank.

»Was heißt hier *nicht antun*? Möchtest du denn, dass ihr ein Mörder etwas *antut*?«

Wilma sah mich mit weit aufgerissenen Augen an. Den größten, die sie jemals hatte. »Warum sagst du denn so etwas? Natürlich nicht!«, bellte sie mich an.

»Weil es besser wäre, wir würden den Mörder finden, bevor er noch auf dumme Ideen kommt. Außerdem warst du es doch, die gesagt hat, es sei besser einen Mörder zu suchen, als sich von ihm finden zu lassen!«

»Stimmt«, gab Wilma kleinlaut zu.

Über unseren Köpfen ging die Lichterkette mit den runden, bunten Kugeln an, obwohl es noch gar nicht richtig dunkel war. »Und? Was ist nun?«

»Ich habe die Nummer, aber sie geht nicht ran«, erklärte Bärbel in dem Moment und quetschte sich wieder an den Zweibeinern vorbei, die direkt vor der Bank standen, auf die sie sich wieder setzen wollte. »Hier«, sagte sie, nachdem sie es auf ihren alten Platz zurück geschafft hatte, und legte einen Zettel auf den Tisch. »Das ist ihre Nummer. Elsa hat sie mir gegeben. Die sagt übrigens, sie hätte gesehen, wie Irma mit einem großen schwarzen Plastiksack heute Mittag irgendwann weggegangen sei. Hinten, durch den Ausgang am Komposthaufen. Schien ziemlich schwer gewesen zu sein, der Müllsack, meinte Elsa. Irma hatte zumindest ziemlich damit zu kämpfen. Als Elsa sie fragte, ob sie ihr helfen könnte, hat sie vehement abgelehnt.«

»Typisch Irma. Bloß keine Hilfe annehmen«, sagte Moni und kaute schon wieder irgendwas. »Aber immerhin wissen wir jetzt, dass alles in Ordnung ist.«

Alle sahen Bärbel nachdenklich an.

»Na ja. Ich finde das schon komisch, muss ich sagen. Was hat sie denn da weggetragen?«, fragte Jonna und nahm einen Schluck aus ihrem Glas.

»Dann muss sie ja wirklich Hals über Kopf abgehauen sein, wenn sie sogar vergisst, ihre Tür zuzumachen. Das ergibt doch alles keinen Sinn«, warf Frank ein. Die anderen nickten zustimmend.

»Hals über Kopf?!« Wilma verdrehte ihren eigenen Kopf. Nicht nach hinten, sondern seitlich, wie einen Ball. Sie war nur kein Ball.

»Vielleicht ist sie ja zu ihrer Mutter gefahren?«, überlegte Anton.

»Zu Trude?!« Bärbel sah Anton an, als hätte er vorgeschlagen, nackt in den Teich zu springen. »Das bezweifle ich. Die hatten doch kaum noch Kontakt.«

»Wer weiß?«, meinte Anton. »Jetzt, wo Franz weg ist.«

»Mir tut sie ja irgendwie leid«, sagte Moni. Alle drehten die Köpfe zu ihr. »Ich meine, Trude.«

»Warum? Sie hat es doch ganz gut in ihrem Feierabend. Eine Freundin von mir wohnt dort um die Ecke und sagt, das ist ein 4-Sterne-Resort. Alles neu, top Anlage, Swimmingpool …«, zählte Jonna auf.

»Den wird sie wohl kaum nutzen«, sagte Anton.

»Oh, sorry. Ja, stimmt, der Rollstuhl. Aber trotzdem. Was ich nur sagen wollte: Es geht ihr da sicher besser als manch einem älteren Menschen in ihrem Alter.«

»Ich weiß gar nicht mehr, wer mir das erzählt hat, aber ihr Kater, Onkel, der lag wohl vor ein paar Tagen oder so, vielleicht ist es auch schon ein bisschen länger her, vor ihrem Bett. Vergiftet!«

»Was? Das ist ja schrecklich«, entfuhr es Christa, die bis dahin nur zugehört hatte.

»An dem hat sie doch so gehangen«, sagte Jonna ganz betroffen.

»Wie kann man nur?«, meinte auch Bärbel kopfschüttelnd. »So etwas Schreckliches! Das wusste ich noch gar nicht …«

Die allgemeine Trauer um den Kater mit dem komischen Namen war definitiv größer als die um den ehemaligen Vorstand. Ich fand Franz zwar auch nicht wirklich sympathisch, aber ein Katzenfreund war ich auch nicht. Ganz im Gegenteil. Wenn ich an Günther dachte …

»Wenn sie morgen immer noch nicht zurück ist, kann ja einer von uns bei ihr zu Hause vorbeischauen. Vielleicht räumt sie einfach nur auf und wollte ein paar Sachen in ihre Wohnung bringen oder so. Kann doch sein. Und in der Eile hat sie vergessen, hinter sich die Tür zu schließen. Ich habe auch schon mal einen Kuchen auf dem Autodach vergessen, den ich da nur kurz abstellen wollte, um den Wagen aufzuschließen, und dann bin ich losgefahren. So was passiert doch jedem mal in unserem Alter«, erklärte Moni. Dass ausgerechnet sie einen Kuchen vergessen würde, hätte ich allerdings nicht gedacht.

»Ich kenne sie ja nicht so gut wie ihr«, sagte Christa. »Aber irgendwie finde ich es schon komisch. Sie machte auf mich so einen – wie soll ich es sagen – extrem aufgeräumten, ordentlichen Eindruck. Sie kam mir nicht vor wie jemand, der …«

»Einen Kuchen auf dem Auto vergisst«, beendete Moni ihren Satz.

»Ja«, bestätigte Christa und nahm einen Schluck. Langsam bekam ich auch Durst. »Lasst uns mal zum Teich runter. Ich muss etwas trinken. Außerdem steht da, glaube ich, irgendwo Harry rum. Und wo Harry ist, ist Moses nicht weit. Also, kommt!«, forderte ich die anderen beiden auf.

»Du willst Teichwasser trinken?« Viktor sah mich an, als hätte ich behauptet, trächtig zu sein.

»Was haltet ihr davon, wenn ich Christa ablenke?« Wilma sah mich mit ihrem Ich-kann-niemandem-etwas-zuleide-tun-Blick an.

»Aha. Und wie willst du das anstellen?«, fragte Viktor, bevor ich dazu kam.

»Na ja«, druckste Wilma rum. »Ich könnte mich auf ihren Schoß setzen und mich von ihr kraulen lassen und dann …«

»Merkt sie nicht, dass wir weg sind, oder wie?«, hakte Viktor nach.

»Genau!«, bestätigte sie zaghaft.

»Prima Plan!«, sagte ich und gab Viktor ein Zeichen zu gehen.

»Prima Plan? Dass sie sich schön kraulen lässt und wir wieder alles allein machen?«, meckerte Viktor, nachdem wir es durch den Zweibeinerdschungel zur Wiese geschafft hatten. Hier löste sich die Menge langsam auf, und es standen nur noch vereinzelt kleinere Zweier- oder Dreiergruppen rum.

»Viktor. Du bist doch sonst immer der Supermops. Jetzt denk doch mal nach!«

»Männerrunde?«

»Du hast es erraten.«

»Moin, Moin!«, krächzte in dem Moment etwas irgendwo über uns. Wir sahen hoch in den Baum, der rechts von uns auf der Wiese stand. Im ersten Moment erkannte ich nichts, aber dann bewegte sich etwas und flatterte zu uns runter. Moses, wer sonst? Es gab vermutlich nur ein Wesen auf der Alten Ziegenwiese mit so einer Stimme.

»Moin!«, grüßte ich zurück. »Na, alles klar?«

»Jo. Muss ja.« Moses tänzelte vor uns auf dem Rasen hin und her und sah uns dabei mit schräg gelegtem Kopf schief an. »Und bei euch so?«

»Jo. Muss ja«, sagte Viktor mit verblüffend ähnlicher Stimme. Ich sah ihn erstaunt an. Er konnte ja echt ulkig sein, wenn er wollte!

»Wir stecken fest«, erklärte ich und wollte gerade weiterreden, als Moses mir aufdringlich nah kam und meine Pfoten aus einem Abstand betrachtete, der mir etwas unangenehm war. Ich machte einen Schritt zurück.

»Geht doch«, erklärte er und sah mich immer noch schief an.

»Was?«

»Na, du kannst dich bewegen. Du hast doch eben gesagt, ihr steckt fest.«

»Nein. Nicht hier. Ich meine, in der Ermittlung. Wir kommen nicht weiter!«

»Harry, schau mal!«, rief in der Sekunde jemand hinter uns und fing an zu lachen. »Dein Papagei denkt, er wäre ein Hund!«

Harry, der, wie ich jetzt erkannte, gemeinsam mit Horst ein paar Meter von uns entfernt stand und sich mit einer Pfeife in der Hand zu uns umdrehte, lächelte und unterhielt sich dann weiter. Puh, stanken die Wolken, die er da ausblies. Fürchterlich!

»Das wäre ja nicht das erste Mal«, meinte Viktor.

»Was?«, wollte Moses wissen.

»Na, dass du denkst, du wärest ein Hund!«

»Erinnere mich bloß nicht daran! Der schlimmste Tag in meinem Leben!« Moses flatterte aufgeregt mit seinen Flügeln, die doch etwas länger waren, als sie aussahen. Ich bekam ein paar Federn ins Gesicht und wich zur Seite aus.

»Na ja, das lag wohl eher an dem Grünzeug, das du probiert hattest, als an dem Zustand, ein Hund zu sein«, versuchte ich ihn zu beruhigen. »So schlimm ist es nämlich gar nicht.«

»Wie auch immer. Ich möchte nicht mehr daran denken«, erklärte er und brachte mit seinem Schnabel wieder etwas Ordnung in das Federgestrüpp.

»Sag mal, ich habe gehört, Harry macht gern mal nachts eine Runde …«

»Wir. Harry und ich«, verbesserte Moses mich.

»Umso besser!« Viktor erwachte zu neuem Leben. Ich hatte bis zu diesem Augenblick den Eindruck gehabt, er wäre irgendwo mit seinen Gedanken, aber nicht bei der Ermittlung.

»Das hat eine sehr lange Tradition – unsere nächtliche Runde. Seit zehn Jahren gehen wir schon zusammen durch dick und dünn. Beziehungsweise durch die Kleingartenkolonie. Jeden Abend! Nur ein einziges Mal konnten wir nicht gehen. Da hatte Harry sich den Fuß verknackst, beim Fahrradfahren. Er hatte komplett das Gleichgewicht verloren, nur wegen so einer ollen Baumwurzel, die da plötzlich aus dem Boden ragte. Das muss man sich mal vorstellen! Ich bin natürlich sofort von seiner Schulter weggeflattert, aber er hat ja keine Flügel, der arme Kerl, und dann …«, fing er an zu erzählen – und hörte gar nicht mehr auf. Von dem dicken Fuß und den netten Leuten hier, die sich um ihn gekümmert und Kuchen vorbeigebracht hatten, und von was weiß der Henker noch alles. Viktor und ich saßen vor ihm und wären beim Zuhören fast eingeschlafen.

Bevor das passieren konnte, unterbrach ich ihn. »Ja, das ist sehr spannend«, flunkerte ich. »Uns würden allerdings vielmehr die letzten Tage interessieren. Ist dir da irgendetwas aufgefallen?«

»Was denn?«

»Keine Ahnung. Halt etwas Auffälliges.«

Moses schien nachzudenken.

»Hast du vielleicht Irma gesehen?«, fragte Viktor, und ich bekam in diesem Moment wieder das Gefühl: Wir sind ein Team. Wie auf dem Campingplatz, als wir Connys Mörder gesucht haben. Dies war der Anfang einer neuen, guten Zusammenarbeit. Das spürte ich.

»Klar«, antwortete Moses knapp und sah uns immer noch schief an. Davon bekam man schon beim Zuschauen Nackenschmerzen, dachte ich, und erwischte mich dabei, dass ich den Kopf auch schief gelegt hatte. Ohne es zu merken. Vermutlich, weil ich ihm so besser in die Augen sehen konnte.

»Wann? Wo? Mit wem?«, fragte ich, während ich mich wieder gerade machte.

»Gestern Nacht. Bei Franz. Allein.«

Viktor und ich sahen uns an, dann wieder Moses.

»Bist du sicher?«, hakte Viktor nach.

»Natürlich bin ich sicher!« Moses reckte seinen gefiederten Hals und sah beleidigt zu uns runter. »Ich saß schließlich auf dem Dach und habe alles ganz genau gesehen!«

»Nachts?«

»Nun lass ihn doch mal erzählen«, bellte ich Viktor an. Wenn er so weitermachte, würde uns der Vogel gar nichts mehr berichten. »Was hat sie denn bei Franz gemacht?«

»Erstens, es gibt Laternen auf den Wegen, falls es dem Herrn noch nicht aufgefallen ist«, erklärte er zu Viktor gewandt. Dann drehte er seinen kleinen grauen Kopf zu mir. »Zweitens, ich kann natürlich nicht sagen, was sie *in* seiner Hütte gemacht hat, aber ich kann sagen, was sie anschließend rausgetragen hat. Beziehungsweise geschoben.«

Wir sahen ihn fragend an, was eine Aufforderung sein sollte, weiterzuerzählen. Klappte aber nicht. Vögel ticken da irgendwie anders. Nicht über Blicke, sondern eher über Stimmen. Vermutlich machen sie deshalb auch ständig so einen Krach. Vor allem im Frühling.

»Geschoben? Vielleicht eine Person, eine tote?«, fragte ich zögernd.

»Wie kommst du denn *darauf*?«

»Na ja, man munkelt, Franz hat eine … Leiche irgendwo«, flüsterte ich. Musste ja nicht jeder mitkriegen. Die Info mit dem Keller ließ ich lieber weg, sonst würde der Vogel mich gleich lauthals vor allen Leuten hier auslachen. Die sahen sowieso schon die ganze Zeit zu uns runter und fanden uns aus irgendwelchen, mir unbekannten Gründen lustig. Jedenfalls gab es hier keine Keller, das wusste ich ja selbst.

Trotzdem hätte Franz diese vermutlich inzwischen sehr

schlecht riechende Leiche auch hierher transportiert haben können. Mir fiel zwar kein Grund ein, der das erklären würde, aber egal.

»Nein, eine Leiche war das nicht. So dunkle Kästen, wie Bücher, nur größer, aber auch mit Blättern drin. Einer von denen ist ihr von der Schubkarre gerutscht. Der hatte sich geöffnet, und da habe ich die ganzen Papiere gesehen, die da rumflatterten. Sie hat sich schnell gebückt, es wieder aufgehoben, sich umgeschaut, aber da war keiner. Harry war in der Hütte und rauchte. Dann macht er mir immer das Fenster auf, damit ich raus kann. Ich hasse das nämlich, wenn er so einen Qualm veranstaltet. Schlimm ist das. Ansonsten war jedenfalls keiner unterwegs, soweit ich das sehen konnte. Also, draußen, meine ich.«

»Verstehe«, murmelte ich und meinte damit vor allem seine Meinung zu Harrys ollem Qualm. Den Rest verstand ich nicht wirklich. Was waren das für Papiere, die Irma aus der Hütte ihres Exmannes geholt hatte? Ihres toten Exmannes. Und warum jetzt? Warum heimlich? Er hätte doch eh nichts mehr dagegen sagen können.

»Aha. Ich kombiniere: Bei den Aktenordnern in Irmas Hütte handelt es sich nicht um Aktenordner von Irma, sondern um die von Franz. In Irmas Hütte«, sagte Viktor und machte dabei einen nachdenklichen Eindruck.

»Das macht Sinn«, merkte Moses an, der überhaupt keine Ahnung hatte.

»Was macht daran Sinn?«, wollte Viktor wissen.

»Also, Freunde«, mischte ich mich ein, um eine Diskussion über Sinn und Unsinn von Aktenordnern in den falschen Gartenhäusern zu vermeiden. »Ich schlage vor, wir arbeiten zusammen. Du, Moses, hast eine einzigartige, einmalige Begabung. Du kannst uns von oben unterstützen«, sagte ich und betete, damit genug Schleimpunkte bei ihm gesammelt zu haben, um auf seine Hilfe hoffen zu können. So machen die in den Krimis das auch immer – zu demjenigen, von dem man etwas will, überdurchschnittlich nett sein. Außerdem gibt es immer einen blöden Kommissar und einen netten. Der blöde war in diesem Fall Viktor. Wir sind eben ein Team.

»Was soll denn das bitte schön für eine Begabung sein? Der Typ ist ein Vogel.« Viktor sah mich kopfschüttelnd an. Würde er nicht ständig Tagesschau gucken, sondern mal Tatort, hätte er meinen Plan durchschaut. Ärgerlich, sehr ärgerlich.

Ich erwiderte seinen Blick mit einem Ausdruck, der etwas leicht Wahnsinniges hatte und den Viktor gut kannte: der mörderische Mopsblick, den ich nur im absoluten Notfall anwendete. Auf alle Fälle reichte es, um weitere Bemerkungen zu verhindern.

Leider auch von Moses' Seite. Er sagte nichts. Stumm fixierte er Viktor mit seinen kleinen schwarzen Augen. Viktor drehte seinen Kopf zur Seite. Das wiederum hatte einen Vorteil. Dadurch bekam er, genau wie ich, mit, wie Harry Horst etwas in die Hand drückte. Der steckte das Etwas in seine Jackentasche und gab Harry wiederum etwas. Das fiel Harry aus der Hand. Es war Geld, das er schnell aufhob und in die Seitentasche seiner blauen Latzhose steckte.

»Neue Ernte«, sagte Moses. »Läuft wie geschmiert.«

»Bitte?!«, fragten Viktor und ich zeitgleich.

»Nicht die eigene, ich meine die Lieferung, die gestern kam. Harry ist ganz begeistert.«

»Liegt das vielleicht auch an der Tatsache, dass ihm ein gewisser Zweibeiner nicht mehr in die Quere kommt?«, wollte Viktor wissen, ohne den Blick von Harry und Horst zu nehmen.

»Was soll das denn heißen?«, beschwerte sich Moses und fing schon wieder an, so aufgebracht mit seinen Flügeln rumzuflattern. »Willst du behaupten, dass …«

»Harry, ruf mal deinen Papagei. Ich glaube, die vertragen sich nicht«, unterbrach ihn ein mir unbekannter Kerl, der plötzlich neben uns stand und zu uns runtersah. Er hatte definitiv einen runderen Bauch als alle runden Zweibeiner, die mir in meinem kurzen Leben begegnet sind. Man musste erst einmal den Rückwärtsgang einlegen, bevor man ihn richtig sehen konnte, den oberen Teil. *Runder Bauch, runder Kopf. Passt ja,* dachte ich und bemerkte noch etwas: seinen Geruch. Ich hielt meine Nase in die Luft und schnupperte, von wo genau diese strenge Fahne kam. Ha! Von unten. Es waren die Füße. Beziehungsweise die weißen Socken in den Sandalen. Ein sehr aufdringlicher Geruch. Da konnte man ja seinen eigenen Namen vergessen.

»Na, ihr Supernasen, was ist los hier?« Harry war die paar Meter zu uns rübergekommen und stand nun neben dem Kerl mit den Geruchssocken. Ich überlegte, wer von den beiden das schlimmere Übel war. Rein geruchstechnisch.

»Keine Ahnung, aber irgendwie hatte ich den Eindruck, es kracht hier gleich«, erklärte der Typ.

»Damit liegt ihr auch gar nicht so verkehrt«, meinte Moses, holte einmal Schwung und flatterte hektisch schwingend auf Harrys Schulter. Von da sah er zu uns runter.

Irgendwie herablassend. Nun wurden wir von allen dreien angestarrt, als stimmte irgendetwas mit uns nicht. Dabei war das Gegenteil der Fall. *Hier* stimmte irgendetwas nicht, und genau das wollten wir rausbekommen. Wenn sich ein gewisser älterer Herr nicht so dämlich anstellen würde.

»Na, prima, Viktor«, beschwerte ich mich bei ihm. »Das hast du ja ganz toll hinbekommen. Gleich sitzen wir wieder in Hildes Hütte und dürfen nicht mehr raus. Mach etwas. Jetzt!«

»Entschuldigung«, hörte ich ihn zu meinem Erstaunen murmeln. Sehr leise.

»Bitte?!«, krächzte Moses.

»ENT-SCHUL-DI-GUNG!«, kam es jetzt sehr deutlich und etwas zu laut.

»Pah!«, machte Moses und drehte seinen Kopf weg.

Harry und der Geruchssockenmensch blieben stehen und unterhielten sich. Nicht über uns. Über Franz, und das zu meiner großen Freude. Also hatte das Ganze hier doch noch etwas Gutes, und ich musste mich nicht weiter über unseren Senior wundern.

»Und die Bullen haben nichts gemerkt? Ist ja der Wahnsinn. Mir ist schon die Luft weggeblieben, als ich gesehen habe, dass die zu dir aufs Grundstück sind.«

»Frag mal! Ich hatte gerade die Lieferung weggestellt und wollte testen, was die Jungs mir da gebracht haben. Meine eigene Ernte reicht ja dieses Jahr gerade mal, um mich selbst und den engsten Kreis zu versorgen. Und in der Sekunde geht die Gartenpforte auf! Ich wollte das Ding gerade anzünden. Mann, bin ich froh, dass ich die noch nicht geölt hatte! Wollte ich schon seit Tagen machen … Wenn die nicht so gequietscht hätte, wäre ich jetzt wohl nicht hier. Echt verrückt!«

»Und was wollten die von dir?«

»Du, die haben nur noch mal genau wissen wollen, was ich gesehen habe, in der Nacht, als Franz umgebracht wurde. Die waren aber nicht nur bei mir. Keine Ahnung, warum sie das nicht an dem Tag gemacht haben, als es passiert ist. Waren wohl unterbesetzt«, meinte Harry und lachte.

»Oder unterbelichtet. Wer bei dir nichts riecht, bei dem stimmt was nicht«, stellte die Geruchssocke lachend fest. Der sollte mal lieber gucken, dass man bei ihm weniger roch, dachte ich und lauschte weiter.

»Hast du eigentlich schon mitbekommen, dass Irma weg ist?«

Harry sah ihn fragend an. »Weg? Wohin? Nach Hause oder was?«

»Nee, richtig weg. Ihre Hütte steht offen, drinnen soll Chaos sein, habe ich gehört, und von ihr keine Spur.«

Harry schien zu überlegen. »Hat denn schon mal jemand versucht, sie anzurufen?«

»Keine Ahnung.« Der Typ schüttelte den Kopf.

»Ich glaub, heute Nacht hab ich sie gesehen«, sagte Harry, zog an seiner Pfeife und machte eine erneute Wolke. Fürchterlich. Leider wehte kein Lüftchen, und der Mist zog nicht weg.

»Irma?«

»Glaub schon. Bei Franz muss heute Nacht jemand gewesen sein. Ich hab es poltern gehört und mal kurz rausgeschaut. Konnte es nicht richtig erkennen, aber von der Größe her könnte es Irma gewesen sein. Mag aber auch sein, dass ich mir das nur eingebildet habe. Das Zeug war einfach zu gut«, sagte Harry, deutete auf seine Pfeife und grinste. »Die Versiegelung an der Tür war jedenfalls heute Morgen kaputt.«

»Das konntest du von dir aus erkennen?«

»Nein, natürlich nicht. Ich bin halt mal zur Tür gegangen, um nachzusehen, ob ich mir das alles nur eingebildet habe. Aber da war auf alle Fälle jemand drin. Der Polizeiaufkleber war durchgeschnitten.«

»Komisch.«

Einen Moment sagten beide nichts, dann meinte Harry: »Der Spinner hat ja immer behauptet, er hätte seine ganzen ›Beweise‹ an einem sicheren Ort versteckt. Was auch immer das für Beweise gewesen sein sollen. Aber wer weiß? Vielleicht hatte er doch alles in seiner Hütte. Ich hatte ja auch schon mal den Gedanken nachzusehen, ob er da was versteckt hat, jetzt, wo er tot ist. Interessiert doch eh keinen mehr. Vielleicht war ich ja nicht allein mit dem Gedanken.« Er zog an seiner Pfeife und pustete eine weitere Stinkwolke aus. »Na ja. Mir jedenfalls egal, wer da rumgeschlichen ist. Franz ist tot. Also, was soll's?«

»Hast du eigentlich eine Idee, wer …«, fragte die Socke.

Harry schob seine Unterlippe vor und zuckte mit den Schultern, wodurch Moses ins Wanken kam und mit seinem Kopf vor und zurück wackelte, was sehr lustig aussah. Aber das fanden offensichtlich nur wir. Moses hatte vermutlich genug von Qualm und Gewackel. Er flatterte auf den Rasen und setzte sich neben uns, ohne uns auch nur eines Blickes zu würdigen.

»Nö. Ist mir auch egal. Ich mach drei Kreuze, dass der

Mistkerl nicht mehr unter uns weilt. Das kannst du mir glauben. Und damit bin ich nicht allein«, sagte Harry.

»Kein Wunder. Dich hatte er ja auch besonders auf dem Kieker!«

»Ja. Das kann man wohl so sagen. Hatte ja auch einen Grund. Dem alten Spielverderber hat es halt nicht gepasst, dass ich Gras anbaue. Aber warum er ständig die anderen so attackiert hat, das geht mir nicht in den Kopf. Als wenn er es sich nach der Trennung von Irma zum Ziel gemacht hätte, mit jedem auf Kriegsfuß zu stehen.« Er zog wieder an seiner Pfeife und ließ den Qualm genüsslich aus seinem großen Mund entweichen. Dann meinte er: »Ach, komm. Lass uns über schöne Dinge sprechen. Wie wär's mit einem neuen Bier?«

»Jo! Gute Idee. Ich hol mal zwei«, sagte Socke, nahm ihm die Flasche ab und verschwand.

»Danke«, sagte Harry, sah zu Moses runter und fragte: »Na, alter Freund. Kommst du mit?«

Nachdem Moses nicht reagierte, drehte er sich um und ging zurück zu der kleinen Gruppe von Leuten, die kurz vor dem Teich standen. Den konnte man inzwischen kaum noch sehen. Es war beinahe ganz dunkel und die Wasseroberfläche nur noch ein großer schwarzer Fleck mitten in der Landschaft. Nur die Fackeln rechts und links von der Terrasse oben am Vereinshaus, die bunten Ketten und die Lampen am Sandweg sorgten für etwas Licht. Meinen Durst hatte ich völlig vergessen, fiel mir in dem Moment ein. Ich lief kurz runter, nahm ein paar Schlucke und rannte wieder zurück zu Viktor und Moses.

»Und nun?«, wollte der wissen, als ich neben ihm saß.

»Plan B«, sagte ich – komplett planlos. Aber das wollte ich natürlich nicht zugeben. Vor allem nicht in Anwesenheit eines zukünftigen Kollegen. Ich sah mich um. Oben auf der Terrasse am Vereinshaus waren inzwischen mindestens doppelt so viele Menschen. Außerdem war jetzt Musik zu hören. Laute Musik.

»Ich habe kein gutes Gefühl«, sagte ich und sah mir das Treiben eine Weile an.

»Ich auch nicht. Mein Magen knurrt.«

»Jetzt fang doch bitte nicht an wie Wilma.«

»Ja, ja, schon gut. Was meinst du denn?«

»Irmas Abwesenheit. Mir gefällt das ganz und gar nicht.«

»Vielleicht ist ja gar nichts los, und das klärt sich alles auf«, sagte Viktor wenig überzeugend. Er hatte Hunger, sonst hätte er etwas Schlaueres von sich gegeben.

»Die Menschen sind merkwürdige Wesen«, krächzte Moses in dem Moment zu meiner Überraschung.

Wir sahen ihn fragend an.

»Man weiß nie so richtig, was man von ihnen halten soll. Abgesehen von Harry, bei dem weiß ich es immer hundertprozentig. Aber die anderen …«

»Wie meinst du das?«, hakte ich nach.

»Ganz einfach. Die sagen etwas und meinen das Gegenteil. Sie behaupten etwas, und es stimmt nicht. Sie tun so, als wäre etwas toll, und finden es scheiße. So meine ich das. Man weiß einfach nie, was nun stimmt und was nicht.«

Viktor und ich sahen uns an, dann wieder Moses. Ich dachte kurz an Josi und überlegte, ob das bei ihr auch so war. Wenn ja, war es mir bisher noch nicht aufgefallen. Ich glaube, sie war eher der Harry-Typ. Also nicht wegen der Latzhose. Aber wenn sie etwas sagte, dann meinte sie es so.

»Denkst du an jemand Spezielles? Oder …« Ich sah zu den Leuten auf der hell erleuchteten Terrasse hoch, von denen die meisten nicht mehr still rumsaßen oder standen, sondern tanzten. »Meinst du, alle?!«

»Nun, ich möchte mir nicht anmaßen, alle zu kennen, aber der eine oder andere …«, meinte Moses, während er erhobenen Hauptes auf und ab stolzierte. Meine Herren, war der eingebildet, dachte ich, sagte aber nichts.

»Geht das etwas konkreter?«, versuchte Viktor es auffällig freundlich.

»Wo soll ich da anfangen?«

Viktor holte tief Luft. Zu tief. Doch bevor er etwas von der gerade neu gewonnenen Freundlichkeit verlor, mischte ich mich lieber schnell ein.

»Vielleicht etwas, das mit Franz' Tod zu tun hat? Oder das dir besonders in Erinnerung geblieben ist?«

»Wie eine gut riechende Wurst zum Beispiel«, fügte Viktor hinzu, streckte seine platte Nase in die Luft und schnüffelte demonstrativ. Natürlich nur, um mir ein schlechtes Gewissen zu machen.

»Viktor. Wenn du es nicht mehr aushältst, dann lauf doch hoch. Ich möchte nicht schuld daran sein, wenn du den Hungertod stirbst!«

»Okay, wenn es für dich in Ordnung ist …«

»Ja, ist es!«

»Na dann«, sagte er und wackelte weg. Ich sah ihm hinterher, bis er zwischen den zahlreichen Zweibeinerbeinen verschwunden war.

»Genau das meine ich!«, meckerte Moses.

»Bitte, was?«

»Du sagst, es ist in Ordnung, meinst es aber nicht so!« Moses sah mich empört an.

»Woher willst du das wissen?«

»Du bist wie die da!«

»Wie ein Zweibeiner?« Ich sah an mir runter. Sah aus wie immer. Beige Pfoten, durchtrainierter Körper.

»Ja. Genau das meine ich«, erklärte Moses und hatte schon wieder so etwas Herablassendes im Blick. Dieser komische Vogel.

»Das ist reine Rücksichtnahme, weil er Hunger hat.« Beziehungsweise verfressen.

»Ich bezweifle, dass es bei den Menschen den gleichen Grund hat.« Er sah zum Vereinshaus, wo jetzt nicht nur getanzt, sondern auch lautstark gesungen wurde. Irgendetwas mit griechischem Wein. Vermutlich hatten die eher Durst als Hunger.

»Manchmal ist man eben nett zueinander. Was soll daran falsch sein?«

»Nett ist gefährlich.« Moses machte ein geheimnisvolles Gesicht. Vielleicht hatte er ja doch etwas zu viel von diesem komischen Qualm abbekommen?

»Wie kommst du denn jetzt wieder darauf?«

»Franz war nett. Zu nett.« Moses ging auf und ab, wie einer von diesen Raben, die manchmal bei uns auf der Dachterrasse sitzen. Die benehmen sich auch immer, als würden sie die Welt beherrschen.

»Da bist du aber der Erste, den ich treffe, der das behauptet!«

»Das ist es ja. Er war nett, meinte es aber nicht so.«

»Zu wem bitte schön soll er denn nett gewesen sein?« Ich sah mich um. Sicher zu keinem der Umstehenden. Da war ich mir sehr sicher. Die feierten hier gerade sein Ableben – um es mal auf den Punkt zu bringen. Nichts anderes war das hier. Vorstandswahl hin oder her. Alles nebensächlich. Hier ging es in erster Linie darum, seine Abwesenheit zu zelebrieren. Und zwar ordentlich.

»Zu Trude«, sagte Moses und setzte sich endlich hin.

»Stimmt«, gab ich ihm recht. »Die hatte ich ja völlig vergessen. Und du meinst … er mochte sie gar nicht?«

»Exakt!«

»Aber warum war er denn so … nett? Und wie kommst du darauf, dass er es nicht so meinte?«

»Weil ich es beobachtet habe.«

»Beobachtet?«

»Ja. Als er sie hier mal wieder durchgeschoben hat, in seinen Garten. Das hatte er regelmäßig gemacht. Da hat sie nach Irma gefragt, ob er wissen würde, wie es ihr geht, und ob sie sich nicht wieder vertragen wollten. Sie würde sie gern einmal besuchen und würde sich so freuen, wenn es irgendwann wieder so werden würde wie …«

»Früher«, beendete ich seinen Satz.

»Genau.«

»Aber was ist daran jetzt schlecht?«

»Dass er sie angelogen hat. Sie und Irma und was weiß ich wen noch. Er hat behauptet, Irma wolle nichts von ihr wissen, von Trude. Und sie solle froh sein, dass Funkstille sei und sie ihn, also Franz, habe, der sich um alles kümmern würde.«

»Funkstille? Hat die denn kein Handy?«

»Frag mich nicht. Das hat er jedenfalls gesagt. Dabei weiß ich ganz genau, dass das alles Quatsch ist. Erstunken und erlogen! Irma hat Harry erst vor Kurzem erzählt, dass sie überlege, sich mal wieder bei ihrer Mutter zu melden. Es könne ja nicht angehen, dass ihr Exmann ihr auch noch die Mutter nähme … wo er ihr schon so viel genommen habe.«

»Ach. Das hat sie gesagt?«

»Ja.«

»Und … was hatte er ihr denn alles schon weggenommen? Das klingt ja nach einem Verbrechen.«

»Keine Ahnung. Sie sagte irgendetwas von kostbaren Jahren«, meinte Moses und legte den Kopf zur Abwechslung mal in die andere Richtung.

»Merkwürdig«, fand ich. Wie konnte man denn Jahre klauen?

»Tja, Menschen halt«, sagte Moses nur und sah zu denen, die in unserer Nähe standen und sich unterhielten.

»Und wie meintest du das mit dem *zu* nett?«

»Überleg doch mal. Franz war nie nett. Zu niemandem. Außer zu Trude. Und zu der so sehr, dass es schon auffiel.«

»Hm«, machte ich. War es wirklich verdächtig, nett zu sein? Das hieße, dass sich der Kreis der Verdächtigen schlagartig vergrößern würde. Und er war ja eh schon nicht klein. »Fassen wir mal zusammen«, begann ich, und mir fiel in der Sekunde auf, dass dieser graue Vogel der Erste war, der mir irgendwie weiterhalf. Und der zuhörte. Ich sollte dringend an unserem Teamgeist arbeiten. Sehr dringend. Es konnte jawohl nicht angehen, dass mir jeder dahergeflogene Vogel mehr Aufmerksamkeit schenkte als die eigenen Leute. »Also, Franz hat gelogen. Er war nett. Er ist tot.«

»Richtig«, bestätigte Moses, während er den Kopf wie einen kleinen Ball auf und wippen ließ.

»Passt irgendwie aber alles nicht zusammen.«

Einen Augenblick sagten wir beide nichts. Ich sah den Rasen hinauf, der jetzt fast leer war, bis zur Terrasse, die jetzt ein einziger Menschenhaufen war. Ein sich bewegender. Denn der Haufen tanzte. »Hossa! Hossa!«, tönte es zu uns runter, und ich hatte den Eindruck, dass es nicht ausschließlich aus diesen schwarzen Boxen kam, sondern eher von dem Haufen.

»Das kann ja wieder was werden«, stöhnte Moses.

Er muss meinen fragenden Blick gespürt haben – oder er konnte seitlich sehen, ohne den Kopf zu drehen.

»Das machen die, bis es hell wird, und dann schlafen sie den ganzen Tag, und man kann nichts mit ihnen anfangen. Tja, je oller, je doller!«

»Das würde ich auch gern behaupten«, murmelte ich und dachte dabei an zwei ganz bestimmte Lebewesen. Zwei Mopswesen.

»Du sagtest vorhin etwas von … meiner ganz besonderen Begabung«, erinnerte mich Moses und zupfte dabei an seinen Federn rum, obwohl es da meiner Meinung nach nichts zu zupfen gab.

»Genau! Wir, also Wilma, Viktor und ich, sind das Bodenpersonal … äh … Ich meine natürlich, die Bodentruppe. Und du, du übernimmst den Luftraum.«

»Und wie stellst du dir das vor?«

Was für eine Frage.

»Du machst einfach in nächster Zeit öfter mal eine Runde und berichtest mir, was du so gesehen hast. Falls es etwas Besonderes gibt, meine ich. Das erhöht die Chance, den Mörder zu schnappen.«

»Wollen wir das denn?«

Ich sah ihn irritiert an.

»Natürlich wollen wir das«, erklärte ich empört.

»Da seid ihr ziemlich allein mit dem Wunsch, möchte ich behaupten.«

Er hatte recht. Das stimmte wirklich.

»Ja, deshalb brauchen wir dich ja auch. Sonst schaffen wir es nicht«, behauptete ich schweren Herzens. Normalerweise würde mir so etwas natürlich niemals über die Lippen kommen. Ich war hier schließlich der ermittelnde Mops. Aber was nützte es? Ich brauchte Informationen. Und die bekam ich nur, wenn ich Leute hatte. Leute, die nicht ständig schliefen und fraßen oder fraßen und schliefen.

»Wie sieht es mit der Bezahlung aus?«

»Bezahlung?«, fragte ich irritiert.

»Ja, natürlich. Nenne mir einen Grund, warum ich kostenfreie Rundflüge anbieten sollte.« Moses sah mich schon wieder mit diesem gewissen Blick an. Eingebildeter Vogel.

»Weil du dann zu unserem Team gehörst. Darum.«

»Aha.« Er musterte mich mit seinen kleinen, schwarzen Augen. »Nicht, dass ich jemals davon geträumt hätte, einem Mopsrudel anzugehören, aber meinetwegen. Hier passiert ja sonst nichts.«

»Perfekt!«, freute ich mich. »Dann machen wir es so. Du machst deine Runden, und sobald du etwas Ermittlungsrelevantes mitbekommst, meldest du dich.«

»Ich weiß zwar noch nicht, was das sein sollte, aber ich kann ja mal die Augen offen halten«, sagte er.

Apropos Augen. An irgendetwas erinnerten mich seine Augen die ganze Zeit. Genau! Kleine Knöpfe …

»Der Knopf!«, platzte es aus mir raus. »Wir haben einen goldenen Knopf gefunden. Also, um genau zu sein, Wilma hat ihn entdeckt …«

»Ein goldener Knopf?«

»Ja! Er lag am Tatort. Vielleicht hat es auch nichts zu bedeuten, aber es besteht die Möglichkeit, dass der Mörder ihn während der Tat dort verloren hat.«

Keine Reaktion.

»Mit Buchstaben drauf. Wir haben ihn vorsichtshalber bei Hildes Hütte versteckt.«

»Aha«, machte Moses gelangweilt. Dabei war das *die* Information überhaupt – wenn meine Theorie stimmte. Ich konnte nur hoffen, dass Wilmas Sabber die Fingerabdrücke nicht verwischt hatte.

»Wenn dir also jemand mit einer Jacke mit goldenen Knöpfen oder einer Bluse oder Hose oder was weiß ich was, was Zweibeiner halt so tragen …« Ich hielt inne und sah auf seine zwei dürren Beinchen. Ein Wunder, dass man darauf überhaupt stehen konnte. »Ich meine natürlich, was Menschen so tragen. Wenn du also etwas entdeckst, dann sofort damit zu mir … äh … uns.«

»Mit dem Menschen?«

»Nein, mit der Information. Den Rest regeln wir dann«, sagte ich, ohne eine Idee zu haben, wie ich das anstellen sollte. Aber da würde mir sicher noch etwas einfallen. Spontan.

13

An den Knopf war erst einmal nicht mehr zu denken. Dabei hatten Moses und ich abgemacht, dass wir mit der Suche an Ort und Stelle beginnen wollten. Wann hätten wir schließlich noch einmal so eine Chance? Alle waren da.

Natürlich gab es dieses lästige Thema mit dem ständigen Wechseln der Kleidung bei den Menschen. Die Chance, dass die Person da war und das anhatte, was sie zur Tatzeit getragen hatte, war nicht allzu groß. Vor allem nicht, wenn der Mörder von der Kategorie Josi war. Denn das hieß: jeden Tag etwas anderes anziehen und manchmal sogar mehrere Outfits an einem Tag.

Aber davon ließen wir uns nicht demotivieren. Moses war vorgeflogen und ich zurückgelaufen.

»Atemlo-o-o-s durch die Nacht«, grölte der tanzende Menschenhaufen, als ich oben an der Terrasse ankam. Der totale Wahnsinn. So etwas hatte ich in meinem Leben noch nicht gesehen. Alle waren außer Rand und Band. Was für eine Stimmung! Und was für ein Gewusel. Ich wusste gar nicht, wo ich zuerst hinsehen sollte. Und vor allem: wie ich hier einen fehlenden Knopf entdecken sollte. Die standen ja nicht still. Ganz im Gegenteil: Schwarze Strumpfhosen mit enormen Löchern drin, die mich ein wenig an Hildes Häkeltischdecke erinnerten, drehten sich um blaue Jeans, grüne Stoffhosen um geblümte, kurze Röcke, rote Turnschuhe trampelten auf braunen Sandalen mit gelben Socken rum, und mittendrin wirbelten noch glänzende Leopardenbeine in goldenen Sandalen mit lila Fußnägeln … Mir wurde schwindelig. Ich stand vor einer hin und her schwingenden Wand aus tanzenden Menschen, die definitiv noch lange nicht atemlos waren. Moses hatte recht. Die würden wohl bis morgen früh so weitermachen. Beziehungsweise »bis ein neuer Tag erwacht!«, wie sie jetzt, die Hände in der Luft, einstimmig mitteilten.

Beim Wort »erwachen« fiel mir etwas ein. Wo waren eigentlich meine Mitbewohner? So, wie ich die kannte, lagen die hier doch sicher irgendwo rum und schnarchten schon wieder. Ich lief los, links an der Menschenmenge vorbei, und sah mich nach Wilma und Viktor um. Moses hatte ich inzwischen auf dem Dach entdeckt. Hatte ja irgendwie auch Vorteile, Flügel zu haben. Von da oben hatte man sicher den besseren Überblick, dachte ich, und suchte zwischen den ganzen Leuten neben der Tanzfläche weiter.

Tische, Stühle und Bänke hatten sie inzwischen auf den Sandweg links neben dem Vereinshaus gestellt, wo sich der Platz zum Eingangstor der Kleingartenkolonie befand. Ein paar Leute saßen hier noch mit Gläsern in der Hand, unterhielten sich, sofern das bei der Lautstärke überhaupt ging, und sahen den anderen belustigt beim Rumwackeln zu. Christa auch. Die war allerdings überdurchschnittlich stark belustigt, wie ich sofort feststellte. Nicht, dass sie sonst keinen Humor hatte, aber das, was ich da jetzt beobachtete, war schon etwas anders als sonst.

»Christa hat einen Lachanfall. Einen nicht enden wollenden«, hörte ich plötzlich Viktor direkt neben mir sagen.

Herr im Hundehimmel! »Kannst du mal was sagen, bevor du mich zu Tode erschreckst?«

»Ich habe doch was gesagt«, entgegnete Viktor und setzte sich neben mich, den Blick auf die Damen gerichtet. Christa war mit ihrem Lachanfall nicht allein: Bärbel und Moni hatten auch so was.

»Muss man sich Sorgen machen?«

»Weil die gute Laune haben?«, fragte Viktor.

»Na ja, ein bisschen doll ist das ja schon, oder? Seit wann geht das denn so?«

»Eigentlich, seitdem sie die Kekse gegessen haben. So ein Typ ist mit einem Tablett rumgelaufen, als ich gerade ankam, und meinte, Harrys Beste wären frisch aus dem Ofen gekommen. Drei Euro das Stück. Das musst du dir mal vorstellen! Für *einen* Keks! Bärbel hat trotzdem welche gekauft und Christa und Moni jeweils einen abgegeben. Kurz danach ging es eigentlich los.«

Wir sahen zu den Frauen, die sich ihre runden Bäuche hielten und inzwischen komische Geräusche machten.

»Besonders schlimm wurde es aber, nachdem Christa Wilma etwas von ihrem Keks abgegeben hat. Moni sagte noch irgendetwas von ›Um Gottes willen‹ oder so, aber da hatte Wilma schon alles runtergeschluckt.«

»Aha. Und was ist daran so lustig?«

»Dass Wilma jetzt vermutlich gerade träumt, sie wäre ein Vogel«, hörte ich es rechts von mir.

Ich sah zur Seite, wo Moses in dem Moment landete. Viktor sah mich mit hochgezogenen Augenbrauen an.

»Er gehört jetzt zum Team«, erklärte ich.

Viktor reckte seinen kleinen Hals und versuchte, an mir vorbei zu Moses zu schauen. »Warum sollte Wilma träumen, sie wäre ein Vogel?!« fragte er.

»Ein Vogel ohne Federn. Im Winter«, ergänzte Moses und brachte mich damit an meine Kombinationsgrenzen. War ich hochbegabt? Nein.

Viktor sah mit skeptischer Miene in Christas Richtung, unter deren weißem Plastikstuhl ich jetzt im Halbdunkeln Wilma entdeckte. Auf dem Rücken liegend, die Beine angewinkelt in der Luft. So schlief sie sonst nie. Höchstens, wenn sie mich mal wieder ungefragt als Kissen oder Unterlage benutzte. Aber das tat sie ja aktuell nachweislich nicht.

»Woher willst du das wissen?«, hakte ich nach. Ich verstand kein Wort. Und das nervte mich.

»*Harrys Beste*!«, sagte Viktor in der Sekunde, als wäre ihm jetzt alles klar.

Harrys Beste …, grübelte ich, was mich auch nicht weiterbrachte.

»Natürlich ist da das grässliche Zeug drin – in den Keksen. Die backt Harry regelmäßig hier im Vereinshaus. Wir haben ja keinen Ofen in der Laube. Er sagt immer, die gehen weg wie warme Semmeln. Was auch immer das ist.«

»Aber dann müsste Christa ja auch schlecht träumen«, überlegte ich.

»Nö«, entgegnete Moses und stolzierte schon wieder mit diesem gewissen leicht arroganten Blick auf und ab. Das machte mich ganz kirre. Warum mussten Vögel denn immer in Bewegung sein? Entweder er zupfte an seinen Federn rum, flatterte mit seinen Flügeln, ohne zu fliegen, flatterte, um zu fliegen, oder stolzierte wie ein General hin und her. Zum Verrücktwerden.

»Seitdem die vier die Dinger gegessen haben, sind sie so …«, fing Viktor an.

»Lustig?« Moses blieb stehen und sah zu den gackernden Frauen.

»Ja.«

»Bis auf eine«, meinte ich.

»Stimmt«, gaben die beiden mir einstimmig recht.

»Jeder reagiert halt anders. Aber eines kann ich euch sagen: In Wilmas Fell möchte ich jetzt nicht stecken!«

Wir sahen ihn betroffen an.

»So schlimm?«, wollte ich wissen.

Er nickte. Keine Worte können schlimmer sein als tausend Worte. Das weiß ich von Josi. Wenn sie schimpft, ist die Welt eigentlich noch in Ordnung. Wenn sie allerdings nichts sagt, muss man sich Sorgen machen. Und Moses sagte nichts.

Ich lief zu Wilma. Wir stritten uns zwar hin und wieder, aber wenn es drauf ankam, hielten wir zusammen. Immer. Und jetzt kam es drauf an. Bevor ich allerdings mit meiner Schnüffeldiagnostik beginnen konnte, freute sich eine Etage über mir die gackernde Runde. Moni, um genau zu sein.

»Ach, da bist du ja, du süßer kleiner Kerl. Na, komm mal her!«, versuchte sie mich zu locken.

Jetzt beugte sich Christa zu mir runter. »Häääânri!«, freute sie sich und sah mich mit großen Augen schief an. Oje. Was war denn mit der los? Das konnte doch unmöglich von einem einzigen Keks kommen.

Dem Hundehimmel sei Dank war ich nicht so verfressen, sonst würde ich hier vermutlich genauso liegen wie Wilma. Ich schnupperte an ihr, stupste sie mit der Nase an, versuchte es noch mal mit der Pfote – keine Reaktion. »LE-BER-WURST!«, bellte ich ihr ins Ohr. Extra laut, denn bei dem Lärm hier würde sie es sonst vermutlich eh nicht hören. Aber Wilma tat nichts. Lag nur da, auf dem Rücken, und stellte sich tot. Oder war sie es? Ich bekam Panik. Schnell noch mal die Nase an ihre … Nee. Tot war sie nicht. Sie atmete. Aber irgendetwas stimmte nicht mit ihr. So viel stand fest. Vermutlich hatte Moses recht. Sie lag im Kekskoma.

»Oh, Mist!«, hörte ich in dem Moment über mir Christa stöhnen. Das klang, als wäre es das Ende des Lachanfalls. Ich hob den Kopf und sah, wie sie ihr Handy viel zu nah an ihre Augen hielt und dabei mit dem Oberkörper merkwürdig vor und zurück wankte. Sie hatte eindeutig aufgehört zu lachen.

»Alles klar?«, wollte Bärbel wissen und schielte mit besorgtem Gesichtsausdruck zu Christa.

»Nee. Ganz und gar nicht.«

»Ist was mit Irma?«, fragte jetzt Moni, leerte ihr Glas und stellte es neben sich auf den Sandboden.

»Schlimmer«, erklärte Christa hicksend. Ein klarer Fall von schwerem Schluckauf. Das kannte ich nur zu gut. Vermutlich eine Reaktion auf die Nachricht, die sie da eben bekommen hatte. Aber was war schlimmer als …

»Meine Tochter«, sagte Christa und steckte ihr kleines, schwarzes Handy wieder in die Seitentasche ihrer Strickjacke.

»Ja?«, wollten jetzt die anderen beiden Damen wissen.

»Sie kommt.«

»O nein!«, rief Bärbel und beugte sich vor, um Wilma sehen zu können. »Jetzt? Bevor sie ihren Rausch ausgeschlafen hat?«

Dann kam sie schwankend wieder hoch.

»Nein. Morgen früh!«

Bärbel sah auf ihre Armbanduhr. »Also gleich.«

»Ja. Sozusagen«, lallte Christa jetzt und hickste schon wieder. Laut. »'tschuldigung«, meinte sie und stand auf. »Ich glaube, ich lege mich lieber hin. Sonst wird das morgen früh nichts mit dem Frühstück. Meine Tochter will nämlich mit Brötchen rumkommen.«

»Sag ihr doch, sie soll lieber zum Kaffee kommen. Wir hätten noch Kekse über«, schlug Moni vor, und alle drei fingen wieder grölend an zu lachen.

Ich drehte mich zu Viktor und Moses um, die sich anscheinend unterhielten, und lief zu ihnen zurück.

»Okay, wenn ich das richtig einschätze, haben wir ein akutes Problem«, erklärte ich.

»Noch eine Leiche?!« Moses sah mich fragend an.

»Nein. Aber Wilma ist völlig ...«

»High«, sagte Moses und nickte, als wollte er sich selbst recht geben.

»Keine Ahnung. Wie auch immer man diesen Kekszustand nennen will. Fakt ist: Christa ist auch ... anders.«

»Alles halb so wild«, sagte Moses mit erhobenem Kopf. »Morgen Nachmittag sind sie spätestens alle wieder fit.«

»Morgen Nachmittag ist es nur leider zu spät!«

Viktor sah zu Wilma und den Weibern. Dann zu mir. »Zu spät?!«

»Josi kommt!«

»Jetzt?«

»Zum Frühstück!«

»Wer ist Josi? Wenn ich mich da mal eben einmischen darf«, wollte Moses wissen.

»Unsere Rudelführerin«, sagte ich und grübelte parallel, was wir machen konnten, um zu verhindern, dass sie uns hier so vorfand. Beziehungsweise die beiden Frauen. Wilma und Christa.

»Und warum ist das sooo ein Problem?«, fragte Moses und sah mich mit schrägem Kopf an.

»Weil sie ständig in Sorge um unser Wohlergehen ist. Weil es ihr eh nicht wirklich passt, dass wir hier sind. Weil meine Mitbewohnerin«, ich drehte mich um und sah in die andere Richtung, »gerade nicht ansprechbar ist. Von Christa ganz zu schweigen.«

»Verstehe«, sagte Moses, was ich bezweifelte.

»Wir können nur hoffen, dass die beiden sich schnell erholen. Wenn Josi einer von beiden morgen irgendetwas anmerkt, ist Schluss mit lustig.«

»Sie kommen«, meinte Viktor und sah zu Christa, die mit Wilma auf dem Arm auf uns zuwankte.

»Soll ich dich vielleicht kurz umbringen«, rief Bärbel ihr lallend hinterher.

»Ha! Habt ihr das gehört?«, bellte ich entsetzt. »Sie will sie …«

»Ähm … Sorry … Hihihi … Ich meine RUMBRINGEN«, verbesserte sie sich lachend. Moni schlug sich mit der Hand aufs Bein und fing laut an zu wiehern. »Umbringen kommt hier wohl langsam in Mode, was?«, stellte sie fest und konnte sich gar nicht mehr einkriegen. Mit Lachen hatte das nicht mehr viel zu tun.

Christa blieb kurz stehen, drehte sich noch einmal zu den anderen um, wobei ihr Wilma fast vom Arm geplumpst wäre, und lehnte dankend ab. »Na kommt, ihr Süßen. Ich glaube, wir müssen ganz dringend mal …«

»Musst du mal?«, fragte ich Viktor, der den Kopf schüttelte.

»Egal. Lass uns gehen. Ich glaube, ich möchte die beiden jetzt nicht alleine lassen. So, wie die gerade drauf sind.« Dann wandte ich mich an Moses. »Tu mir einen Gefallen und schau dich nach dem Rest des Knopfes um. Irgendwo muss der ja drangehangen haben … Vielleicht hast du Glück!«

14

Von Glück konnte nicht die Rede sein. Der Tag hatte es echt in sich. Nicht nur, weil Josi kam.

Ich liebe Josi. Keine Frage! Aber jetzt war einfach der denkbar ungünstigste Moment, den ich mir in meinem Mopshirn vorstellen konnte.

»Natürlich! Sorry. Da musst du ja wieder arbeiten … Ich bin noch nicht ganz wach«, entschuldigte Christa sich, während sie eine Tablette in ein Wasserglas warf und anschließend mit einem Kugelschreiber darin herumrührte – was Viktor und ich erstaunt beobachteten. Christa hatte Josi angerufen, um sie zu fragen, ob sie nicht einen Tag später kommen könnte. Konnte sie natürlich nicht.

Wilma schlief immer noch. Langsam machte ich mir ernsthaft Sorgen. Sie war sonst immer die Erste am Futternapf. Noch bevor es überhaupt Futter gab. Das war so eine Art Reflex bei ihr: erst die Augen, dann das Maul öffnen.

»Danke, ich brauche nichts«, sagte Christa und strich sich über die Stirn. »Obwohl. Warte mal eben.« Sie nahm die Hand von der Stirn und sah sich mit sehr kleinen Augen im Raum um. »Doch, das ist vielleicht gar keine schlechte Idee. Könntest du mir etwas Knäcke … Müsli … Etwas Obst …«

Christa zählte alle möglichen Sachen auf. Allerdings so

langsam, dass man jeden Moment dachte, sie würde gleich beim Reden einschlafen. Schließlich war sie fertig mit ihrer Bestellung.

»Und Hundefutter. Das wär's dann, glaube ich.« Sie holte tief Luft. »Eigentlich wollte ich in den nächsten Tagen selbst noch etwas holen, aber wenn ihr eh einkaufen geht … Irgendwie dachte ich, ihr kommt erst heute Abend zurück«, versuchte Christa es noch einmal, während sie ihren Morgenmantel ein Stück weiter zuzog. Es war wesentlich frischer als am Tag zuvor. Das merkte man auch in der Laube.

»Ach so. Ja, gut, dann … Dann kommt nachher. Ich muss nur erst ein bisschen aufräumen und … eine Kopfschmerztablette nehmen«, gab sie zu, griff das Glas und trank es in einem Zug leer. Anschließend rülpste sie. »Oh. Sorry!« Sie hielt sich vor Schreck die Hand vor den Mund, während die andere das Telefon ans Ohr drückte.

»Halb so wild«, meinte Viktor. »Passiert Wilma auch ständig.«

»Ich wäre ja froh, wenn sie überhaupt mal wieder *irgendein* Geräusch von sich geben würde«, sagte ich und betrachtete Wilma betrübt. Mir gefiel das nicht. Mir gefiel das ganz und gar nicht.

Christa sah allerdings – auch, wenn sie im Gegensatz zu Wilma ihre Augen immerhin einen Spalt weit geöffnet hatte – nicht viel besser aus. Die Haare erinnerten ein wenig an dieses Vogelnest, das kürzlich vor uns auf dem Spazierweg lag. Der Rest war genauso schlimm. Und offenbar fühlte sie sich auch so, denn sie hielt sich den Kopf fest, als hätte sie Angst, er würde sonst runterfallen. Das Telefon hatte sie inzwischen auf den Tisch gelegt und ihre Ellenbogen aufgestützt. Dabei stöhnte sie kaum hörbar: »Oje, oje …« Kein Wunder also, dass ihr Josis Besuch nicht passte. Mir ja auch nicht.

»Der Wein gestern Abend … Ich weiß nicht. Das muss irgendein Fusel gewesen sein«, erklärte sie und strich sich über den Kopf.

»Das war wohl eher der Keks. Kommt davon, wenn man zu viel nascht«, meinte Viktor, watschelte zurück zu unserem Schlafplatz, betrachtete kurz Wilma, schnupperte an ihr und legte sich neben sie.

»Es kommt wohl eher darauf an, *was* man nascht«, sagte ich und sah dann wieder zu Christa. Im Grunde war es egal, warum Christa so … hilfebedürftig aussah. Hier ging es um alles! Während unsere zweibeinigen Kollegen einfach ungestört ermitteln konnten, mussten wir in ständiger Angst um unseren Job leben. Da reichte schon ein Keks, um von dem Fall abgezogen zu werden!

»Zum Kuchen?«, fragte jetzt Christa und machte schlagartig einen besseren Eindruck. Sie machte ihren Rücken ganz gerade und hatte den Hauch eines Lächelns im Gesicht. »Ja, gern. Das wäre schön. Bis dahin sind meine Kopfschmerzen sicher auch weg«, sagte sie sichtlich erleichtert.

»Puh! Glück gehabt«, freute auch ich mich. Wenn Josi ihre Mutter in diesem Zustand gesehen hätte, hätte sie ihr auf der Stelle das Sorgerecht für uns entzogen. Mit so etwas kannte sie sich nämlich aus. Sie hätte uns eingepackt und mit ins Loft genommen. Herr im Hundehimmel! Jetzt konnte man nur noch hoffen, dass Christa bis zum Nachmittag wieder so aussah wie vorher. Vor der Party.

Mir fiel ein, dass Josi sich manchmal Eis aus dem Gefrierschrank holte und auf die Augen legte. Warum auch immer. Ich sah mich in unserer Holzhütte um. Weit und breit kein Gefrierschrank. Von Eis ganz zu schweigen. Es musste also irgendwie anders gehen.

Während ich grübelte, stand Christa auf, blieb stehen, hielt sich an der Stuhllehne fest und sah zu uns runter. »Ach, Mensch, euch hätte ich ja fast vergessen. Ihr bekommt jetzt erst einmal euer Futter«, sagte sie, löste sich langsam von der Stuhllehne und holte unsere Dose aus dem Hängeschrank über der kleinen Spüle.

Ich drehte meinen Kopf zu Wilma, um zu beobachten, ob sie sich regte – jetzt, wo gleich der Dosenöffner zum Einsatz kommen würde. Das war der Moment, in dem sie immer hochschreckte. Seit ich sie kannte.

Christa wühlte in der Schublade. Keine Reaktion. Christa öffnete die Dose. Flopp. Nichts.

»Wir müssen etwas unternehmen!«, sagte ich, während ich zu Wilma lief. Ich stupste sie an. Vorne, Mitte, hinten. Nichts. Ich schnüffelte. Nichts. »Sag doch auch mal was!«, meckerte ich Viktor an, der ja gar nichts für Wilmas Zustand konnte.

Christa stellte den Futternapf ab und sah zu uns.

»Na, wollt ihr gar nicht frühstücken?«, fragte sie verwundert, weil niemand angelaufen kam.

»Nee, wollen wir nicht. Und der Grund hat einen Namen: K-E-K-S!«, bellte ich.

Christa bückte sich und betrachtete Wilma. Immerhin hatte sie das Problem erkannt. »Ach, Mensch, Wilma. Das tut mir sooo leid! Wenn ich das geahnt hätte, was für Kekse das sind! Das kann ja keiner ahnen … Ist dir das so auf den Magen geschlagen?«, fragte sie und sah dabei sehr besorgt aus.

»Ich würde eher sagen, auf den Kopf«, murmelte Viktor.

Christa richtete sich wieder auf, ging die zwei Schritte zurück zum Stuhl und setzte sich. Dann nahm sie ihr Handy vom Tisch und tippte darauf rum. »Zwei, drei Tage schlafen sie, danach noch etwas benommen …«, las sie leise vor, während sie auf ihr Display sah. Das ging eine ganze Weile so. Dann wählte sie plötzlich eine Nummer. »Ja … Müller … guten Tag. Ich habe nur eine kurze Frage. Ich mache mir Sorgen um meine Möpse. Beziehungsweise um die eine. Wilma …« Pause. »Natürlich haben meine Möpse Namen«, sagte sie irritiert. Pause. »Nein, ich bin nicht betrunken.« Pause. »Oh, Entschuldigung. Dann habe ich mich verwählt. Ich wollte den Tiernotdienst anrufen«, erklärte sie mit plötzlicher Rötung im Gesicht, verabschiedete sich, tippte erneut auf dem Handy rum und nahm es anschließend wieder ans Ohr.

»Warum sagt sie Müller? Sie heißt doch gar nicht …«

»Müller, guten Morgen«, unterbrach sie mich. »Der Mops meiner Tochter hat gestern Abend aus Versehen … Ja, wie soll ich es sagen? Sie hat versehentlich bei den Nachbarn im Garten einen Keks … gemopst.« Pause. »Nein. Nicht irgendeinen Keks …« Kurze Pause. »Oh, Sie kennen sich ja gut aus.« Längere Pause. »Ach, das kommt öfter mal vor?« Christa machte große Augen. Das erste Mal an diesem Tag. »Okay, dann bin ich ja beruhigt.« Pause. »Vielen Dank. Das werde ich machen. Und ansonsten komme ich sofort vorbei. Danke!« Christa Müller legte das Handy weg, atmete tief aus und sah vor sich auf die Tischplatte. Als ich gerade dachte, sie hätte uns vergessen, stand sie auf, kam zu uns und fasste Wilma an die Nase. Wecken durch Nase anfassen? Viktor und ich sahen uns fragend an. Dann strich sie ihr über den Bauch, öffnete ihr die Augen einen Spalt und richtete sich schließlich wieder auf. »Wir haben ein Problem«, erklärte sie und stemmte ihre Hände in die Seiten.

»Ach nee!« Christa war ja heute Morgen echt von der schnellen Sorte.

»Was mache ich denn jetzt?«, fragte sie Viktor und mich und tat mir in dem Moment irgendwie leid. Wie sie da in ihrem Morgenmantel stand, mit dieser komischen Frisur.

»Du machst das, was Frauen machen, um so auszusehen, als wäre nichts gewesen – und wir klären kurz den Fall Franz Altmann.«

»Du willst Wilma hier so liegen lassen? Das Rudel lässt niemals ein schwaches Mitglied einfach zurück!«, protestierte Viktor. »Beziehungsweise zwei schwache Mitglieder.« Er sah zu Christa hoch.

»Du hast doch gehört, was sie gesagt hat. Wilma schläft ein bisschen …«

»Ein bisschen? Zwei, drei Tage! Und nachher kommt Josi!«

»Das weiß ich selbst. Aber hier rumsitzen und den anderen dabei zusehen, wie sie aussehen, bringt uns auch nicht weiter. Wir haben keine Chance, also lass sie uns nutzen«, sagte ich und erntete dafür einen skeptischen Blicke. Zu recht. Ich verstand den Satz selbst nicht.

»Hab ich mal irgendwo gehört«, erklärte ich schnell und fuhr fort, um abzulenken: »Wir dürfen keine Zeit verlieren! Für den Fall, dass uns Josi wirklich vom Fall abzieht, sollten wir jetzt erst recht jede Minute nutzen, die uns noch bleibt. Lass uns bei Franz' Laube vorbeischauen. Das habe ich schon seit Tagen vor«, flunkerte ich und musste in dem Moment an Moses und seine Beobachtung denken, dass es so viele Wesen gab, die etwas sagten, was sie nicht meinten. »Und bei Moses sollten wir auch unbedingt vorbeischauen. Wer weiß? Vielleicht hat er uns ja etwas Wichtiges mitzuteilen!«

Nachdem Christa mit ihrer kleinen bunten Lacktasche, die sie vermutlich brauchte, um alle Spuren zu verwischen und aus sich wieder die alte Toskana-Christa zu zaubern, verschwunden war, schlichen wir unter der Hecke durch und liefen zu Franz' Laube.

Christa hatte Gott sei Dank die Haustür offen gelassen. »Damit ihr mal raus könnt, wenn ihr müsst. Es tut mir schrecklich leid, ihr Süßen, aber der Spaziergang fällt erst einmal aus«, hatte sie erklärt und war dann weggeschlichen. Anders konnte man es nicht nennen.

»Och, halb so wild«, hatte ich ihr hinterhergerufen und dann gewartet, bis sie das kleine Gartentor mit der Nummer 33 hinter sich geschlossen hatte. »So. Wir können!«

Ein paar Minuten später – Viktor musste auf dem Weg natürlich erst Zeitung lesen, als hätten wir alle Zeit der Welt – kamen wir endlich an. Nebenan befand sich Harrys Hanfhütte. Also musste das hier die von Franz sein: schwarz gestrichene Pforte, schwarz gestrichene Laube. Drumrum eine akkurat geschnittene, auffällig niedrige Hecke, über die ich, wäre ich ein Weimaraner, locker hätte springen können. Die Laube erinnerte eher an die zehn Gebote als an den Gartenfreund, für den sie wohl mal geschrieben wurden. Ich konnte mir schon denken, wer sich die ausgedacht hatte. Warum war mir diese komische Laube nicht schon früher aufgefallen? Es gab Gitter vor den Fenstern. Aber nicht so hübsch gedrehte wie beim Vereinshaus. Und auch ohne Spitzengardinen dahinter. Dafür Rollos, runtergelassen, in Silber. Der einzige farbige Fleck in diesem ganzen Dunkel war ein rotweißes Hinweisschild, auf dem STOPP stand. Es hing an der Tür.

»Das nenne ich mal einladend«, meinte Viktor, während wir nebeneinanderstanden und zwischen den Holzbrettern der Pforte auf einen Garten sahen, der nicht existierte. Zumindest nicht als solcher. Fast die gesamte Fläche war mit grauen, quadratischen Platten ausgelegt. Nur auf einem kleinen Streifen vor der Laube wuchs Rasen. Circa drei Mops breit. Wenn man mich als Maß nahm. Bei Wilma wären es eher zwei Mops breit.

»Von 30, 30, 30 sehe ich hier aber auch nichts«, murmelte ich.

»Bitte?«

»Ach, das ist eines von diesen zehn Geboten.«

»Bibel?«

»Kleingarten.«

»Verstehe ich nicht«, sagte Viktor zur Abwechslung mal.

»Ich auch nicht.« Ich sah nach links, den Sandweg runter. Nichts. Nach rechts. Nichts. Perfekt! »Komm!«, forderte ich Viktor auf und suchte unter der dornigen Hecke nach einem Schlupfloch. Und tatsächlich, ein Stück links von der Pforte gab es eine Stelle, an der es klappte, ohne dass wir danach aussehen würden, als kämen wir gerade aus dem Krieg.

»Guten Tag, die Herren«, wurden wir zu unserer Überraschung auf der anderen Seite begrüßt. Günther, der Teufel! Mich traf der Schlag. Was machte der denn plötzlich hier?! Das olle Katervieh stand vor der Laube und zuckte mit seinem senkrecht in die Luft stehenden Schwanz, als wäre er eine Antenne. »Was habt ihr denn hier zu suchen, MÖPSE?«, fragte er drohend und machte einen Buckel, der seine Wirkung verfehlte.

»Ich wüsste nicht, was dich das angeht«, konterte ich und überlegte parallel, wie man den Mistkater zeitnah und effektiv loswerden könnte. Warum hatte *er* nicht etwas von Harrys Besten genascht? Das wäre jetzt wirklich hilfreich gewesen. Dann läge er irgendwo rum und würde Mist träumen. Gab es nicht auch Nacktkatzen?

»Wir ermitteln«, sagte Viktor, und ich vernahm in seiner Stimme ein leichtes Knurren. Kein gutes Zeichen. Überhaupt kein gutes Zeichen.

»Ihr *ermittelt*?«, fragte Günther und sah uns verächtlich an.

»Ja«, mischte ich mich schnell ein, bevor Viktor entweder noch mehr ausplaudern oder explodieren würde. Er war zwar sonst ein friedliebender Mops, aber ob er das auch noch in den nächsten zwei Minuten sein würde, wagte ich gerade zu bezweifeln.

»Wir suchen den Besitzer eines goldenen Knopfes. Der lag nämlich kürzlich da hinten rum. Und nun wollen wir ihn seinem rechtmäßigen Besitzer zurückgeben.« Ha! Wenn Moses das gehört hätte. Die Wahrheit und doch nicht die ganze Wahrheit. Nur ein Teil. Klug verpackt.

»Grundgütiger, seid ihr aber barmherzig«, meinte Günther, der Unbarmherzige, und fing an, auf und ab zu schleichen, ohne uns dabei aus den Augen zu lassen. Besser so. Ich schmiedete nämlich schon einen Angriffsplan. Multitasking. Eine von vielen wichtigen Eigenschaften, die man als Ermittler einfach draufhaben muss.

»Na, eine Person, die einen goldenen Knopf vermisst, werdet ihr *hier* wohl kaum finden. Da solltet ihr lieber mal …« Er machte eine Pause. »Woanders nachsehen.«

»Ach. Und wo?«

Günther fixierte mich mit seinen kleinen Schlitzaugen. Wenn er wirklich etwas wusste, dann musste ich jetzt ganz genau aufpassen, was ich sagte. Ob es mir passte oder nicht. Josi nannte das diplomatisch sein.

»Ich wüsste nicht, warum ich euch Möpsen das sagen sollte!«

»Weil du einer Person damit einen Gefallen tun würdest«, sagte ich und meinte natürlich mich selbst. Nicht den Mörder. Der würde sich vermutlich weniger freuen.

»Die Frage ist vielmehr: Warum sollte ich das tun?«

Arschloch, dachte ich. *Wegen der Diplomatie.*

»Stimmt. Hab ich ganz vergessen. Du bist ja …«, knurrte Viktor gerade los, als ich über uns eine Bewegung wahrnahm. Einen Schatten.

Einen sprechenden Schatten. »Graagraagraaa!«, machte er, flatterte wie wild mit den Flügeln und stürzte im Steilflug auf Günther herab, der mit weniger als zwei Sprüngen verschwunden war.

»Moses!«, freute ich mich, während Viktor vor Schreck einen Satz zur Seite machte. »Wow! Mister Katzenschreck! Du kommst genau in der richtigen Sekunde!«

»Das war ja filmreif!«, staunte unser Senior.

»Ich hasse diesen Kater, seit es ihn gibt«, erklärte Moses und ordnete seine Federn.

»Hast du gestern noch etwas rausbekommen?«, fragte ich, bevor Viktor sich von dem Schrecken erholt hatte.

»Allerdings«, erklärte Moses und zupfte weiter an seinen Flügeln rum. War ich froh, dass ich keine Federn hatte! Wie nervig war das denn bitte schön?

»Und?«, forderte ich ihn auf weiterzusprechen.

»Niemand hatte goldene Knöpfe«, sagte er und hörte auf mit dem Sortieren des Gefieders.

»Na toll.«

»Was nicht heißt, dass der Mörder nicht anwesend war«, meinte Viktor und fügte hinzu: »Und mal ganz ehrlich – welcher Mann trägt goldene Knöpfe?«

»Ein Kapitän«, antwortete Moses blitzschnell und sah Viktor durchdringend an.

»Wo er recht hat, hat er recht«, gab ich zu.

»Mir ist hier noch keiner begegnet. Dir?« Viktor setzte sich wieder.

»Nö«, gab ich zu. Dann sahen wir beide zu Moses.

»Nö«, erklärte auch der.

»Womit wir wieder bei einer Frau wären«, stellte Viktor fest.

»Eine Kapitänin?«, wollte Moses wissen.

»Nein. Eine Mörderin. Ohne Schiff«, sagte Viktor und sah mich an, als erwartete er irgendetwas von mir. Nur was?

»Was wollt ihr hier eigentlich?«, fragte Moses und sah sich um. »Hier ist nix los.«

»Tja, das sieht so aus, aber irgendetwas sagt mir, dass wir hier etwas finden, das uns weiterhilft. Intuition«, sagte ich, hob meinen Kopf und betrachtete die Laube.

»Die Polizei war doch schon hier. Was soll da noch zu finden sein? Die haben sicher alles mitgenommen, was von Bedeutung ist. Zumindest gehe ich davon aus.«

»Tja, wer weiß? Nie zu früh aufgeben«, sagte ich und lief los, um mir einen Rundumblick zu verschaffen. Links zwischen der seitlichen Hecke, die ein ganzes Stück höher war als die vordere, und der Laube stand ein Regal, in dem gestapeltes Holz lag.

»Und nun?«, wollte Viktor wissen, der mir gefolgt war.

»Siehst du hier eigentlich irgendwo einen Schornstein? Oder eine Feuerstelle?«, fragte ich ihn, während ich das Holz vor mir betrachtete.

»Nein.«

»Ist doch komisch, oder? Wozu hat Franz hier so viel Holz? Wenn ...«

»Öffentliches Feuer ist verboten«, krächzte Moses über uns. Er hatte sich aufs Dach gesetzt und sah jetzt mit schrägem Kopf zu uns runter.

Viktor und ich sahen uns an, dann das Holzregal.

»Vielleicht hat er es hier nur gelagert und für sein richtiges Haus gebraucht. Kann doch sein, dass er dort einen Kamin oder so was hat, nur eben nicht den Platz«, überlegte Viktor, während ich mit der Nase nach unten das Ganze abschnüffelte. Doch da war nichts. Zumindest nichts Ungewöhnliches. Bis auf das ganze Holz.

Ich lief weiter, hinter die Hütte. Auch nichts. Der Plattenweg endete nach ein paar Metern. Fertig. Ein alter Besen und eine Laubharke standen hier. Weiter ging es nicht. Also zurück.

»Sag ich ja, sag ich ja«, rief Moses vom Dach, während wir den Rückwärtsgang einlegten. Ich versuchte, mir meine Enttäuschung nicht anmerken zu lassen, tat total beschäftigt und schnüffelte noch ein wenig weiter. Gerade als ich wieder an der Seite mit dem Holzregal vorbeigegangen war und den zugepflasterten Vorplatz der Laube betrachtete, entdeckte ich es: ein schwarzes Kabel. Es hing an der Laube runter, direkt in der Ecke zwischen Wand und Holzregal. Ich folgte mit dem Blick dem Kabel, das zum Dach hinaufführte, und stockte, als ich direkt unter der Dachrinne zwischen zwei Holstücken etwas Kleines, Schwarzes entdeckte. Kaum sichtbar.

»Moses. Was ist das?«

Moses machte einen langen Hals und lugte vom Dach runter. »Was?«

»Das!«

Er reckte noch ein Stück den Hals und hing jetzt fast kopfüber, als würde er jede Sekunde fallen.

»Vorn rund, dahinter, glaube ich, eckig. Schwarz, so groß wie eine Packung Tabak, schätze ich …«

»Du sollst es nicht beschreiben. Du sollst sagen, was es ist«, bat ich ihn. Es war schließlich so gut versteckt, dass ich es von hier unten kaum erkennen konnte.

»Eine Kamera«, sagte Viktor, der sich an mir vorbeigedrängelt hatte und jetzt vor der Laube stand.

»Wozu das denn?«, fragte ich.

»Das sieht alles nach einem Hochsicherheitstrakt aus«, stellte Viktor fest. »Mit Videoüberwachung. Verrückt.«

»Fragt sich nur, warum«, überlegte Moses und flog zu uns runter. Dann saßen wir nebeneinander und starrten zu der Kamera hoch, die man von hier unten im Grunde fast nicht sehen konnte, so gut war sie zwischen dem Holz getarnt.

»Vielleicht hatte er Angst?«, meinte Viktor.

»Glaube ich nicht. Das war wohl eher umgekehrt. Die anderen hatten Angst vor ihm. Erinnere dich doch mal: Er soll alle ausspioniert haben. Nicht die anderen ihn. Dazu passt ja auch die Kamera. Aber was ist …« Ich stockte, weil meine Gedanken sich plötzlich überschlugen. Auf einmal sah ich es genau vor mir: Es war dunkel. Franz verließ seine Laube. Irgendjemand hatte ihn besucht. Oder hatte sich versteckt und war ihm gefolgt, als er zum Komposthaufen ging. Vielleicht wollte er auch gar nicht zum Komposthaufen, mitten in der Nacht. Vielleicht wollte er zum hinteren Ausgang. Wer weiß? Das hieße, sofern das da oben wirklich eine Kamera war, …

»Ja?« Viktor und Moses sahen mich erwartungsvoll an.

»Was, wenn Franz seinen Mörder selbst überführt hat?« Ha! War ich gut!

»Bitte?« Moses legte seinen kleinen Kopf so schräg, dass man meinen konnte, der würde gleich abfallen.

»Wenn er seinen Mörder gefilmt hat, wie der ihm gefolgt ist, bevor er ihn aufgespießt hat!«

»Dann hätten wir ein Problem weniger.«

Moses und ich sahen Viktor fragend an.

»Wie meinst du das? Welches Problem hätten wir denn dann noch?«, wollte ich wissen. »Davon abgesehen, dass ich diesen Mord nicht als Problem ansehe. Eher als Glücksfall.« Sorry, Franz.

»Wilma«, sagte Viktor trocken, der heute überdurchschnittlich sozial eingestellt war.

»Wilma ist sonst oft ein … problematisches Wesen, da gebe ich dir recht, aber in diesem Fall würde ich das nicht dramatisieren. Die träumt ein bisschen, und dann geht es ihr wieder gut«, sagte ich und war mir nicht sicher, ob ich selbst glaubte, was ich sagte. »Lass uns die Zeit nutzen. Das da«, ich sah hoch, »könnte den Fall Franz Altmann klären. Wir müssen jetzt nur noch …«

»Einen Zweibeiner finden, der uns mal kurz die Tür aufmacht und schaut, wo Franz die Aufnahmen aufbewahrt hat.«

»Ja.«

Ich war sehr zufrieden. Sehr, sehr zufrieden. Mein Bauchgefühl hatte wieder mal recht. Auch, mit leerem Magen. Intuition war eben etwas, das man hatte oder nicht.

»Und wie willst du das anstellen? Außerdem ist da doch noch dieser Knopf und der Rest davon, den wir finden wollten.«

»Wir müssen jetzt die Salamitaktik anwenden«, erklärte ich und setzte mich extra gerade hin. Das macht Eindruck. Meistens jedenfalls.

»Wo hast du das denn her?«, wollte Viktor wissen, der, nicht zu übersehen, belustigt war.

»Das … Das hat der eine Typ aus dem Tatort …«

»Das hier ist nicht der Tatort!«

Das hier ist nicht der Tatort … Viktors Worte hatten mich auf eine Idee gebracht.

»Was, wenn das hier doch der Tatort ist?«

Viktor sah mich fragend an. Moses hielt sich lieber raus.

»Na, der richtige Tatort«, half ich ihm auf die Sprünge.

»Warum sollte man jemanden umbringen und dann irgendwo anders hinbringen?«, warf Viktor ein.

»Weil ... der Mörder von sich selbst ablenken will.«

Viktor sah sich um. »Das ergibt doch keinen Sinn. Das ist Franz' Laube, nicht die des Mörders. Man hätte ihn also bequem liegen lassen können, anstatt ihn dahinten auf den Komposthaufen zu werfen.«

»Stimmt. Da hast du recht«, gab ich, in Gedanken immer noch beim Tathergang, zu. »Wir müssen jemanden finden, der uns in die Hütte lässt oder zumindest auf die Kamera aufmerksam wird.«

»Hm.« Viktor schien zu überlegen. Dabei schob er immer sein Kinn ein Stück vor und machte ganz kleine Augen. In dem Moment fiel mir auf, dass er um sein Maul herum fast nur noch weiße Barthaare hatte.

»Lasst mich mal machen«, meinte Moses, breitete seine Flügel aus und flatterte los. Wir sahen ihm neugierig hinterher. »HILFE!«, krächzte er, landete auf der Laube und wedelte dabei wie wild mit seinen Flügeln.

»Moooses!«, hörten wir in der Sekunde Harry rufen. »Wo steckst du denn? Komm, komm, komm!«

Doch Moses dachte gar nicht daran zu kommen. Er machte einen Höllenlärm. Vögel sind in so etwas ja sehr gut. Die können lauter sein als eine Polizeisirene, wenn sie wollen. Und Moses wollte. Er flatterte und schrie und schrie und flatterte, als ginge es um sein Leben. Viktor und ich saßen nebeneinander auf den grauen Platten vor der Laube und beobachteten ihn amüsiert.

Da öffnete sich hinter uns die Pforte, und Harry kam, in kurzer, abgeschnittener Jeans, Holzbotten und einem T-

Shirt mit Totenkopf darauf, näher. »Was ist hier los? Moses. Runter da! Was machst du denn da?!« Harry stemmte eine Hand in die Seite, die andere legte er an die Stirn, weil die Sonne ihn vermutlich blendete, und sah zu Moses, der immer noch ein tierisches Theater veranstaltete. Ich war richtig beeindruckt.

»Was hat er denn nur?«, fragte in dem Moment hinter uns eine heisere Frauenstimme, die mir bekannt vorkam. Bärbel! Sie kam in Schlappen und rotem Morgenmantel auf uns zu. Neben sich Lilly.

»Keine Ahnung«, stellte Harry kopfschüttelnd fest. »Das hat er noch nie gemacht!«

»Es gab ja wohl auch noch nie einen Toten, der vermutlich seinen eigenen Mörder an die ermittelnden Beamten ausgeliefert hat.«

Lilly sah mich erstaunt an.

»Erklär ich dir später, Püppi«, sagte ich knapp, denn hier ging es schließlich um die Wurst. Salami, um genau zu sein.

»Komm runter da! Was willst du denn?« Harry hatte sich wieder zu Moses umgedreht, der gar nicht daran dachte runterzukommen. Er legte noch einen drauf, flog an die Stelle, an der sich die Kamera befand, und pickte mit dem Schnabel darauf rum. Harry ging ein Stück weiter auf ihn zu, blieb an der Ecke stehen und versuchte zu erkennen, was sein Vogel da machte.

»Was ist denn da?«, wollte Bärbel wissen und kam jetzt auch ein Stück näher.

»Wenn ich das nur wüsste«, murmelte Harry, gerade als Moses sich das Kabel schnappte und begann, daran zu zerren. Im Flug!

»Hammer!«, fand auch Viktor und änderte vermutlich in genau dieser Sekunde seine Meinung über diesen komischen Vogel.

»Was ist das denn?« Harry war noch einen Schritt auf Moses zugegangen und hielt jetzt das schwarze Kabel in der Hand.

»Vielleicht von einer Außenlampe oder so«, schätzte Bärbel und sah sich um.

»Hallo! Das ist von der KA-ME-RA!«, bellte ich, wurde aber nicht beachtet. Zumindest nicht von den beiden Großen da vorn. Die Einzige, die mich ansah, war Lilly.

»Ich sehe hier gar keine Lampe«, wunderte sich Bärbel, während sie sich suchend umsah.

»Das gibt es doch nicht!«, hörten wir jetzt Harry, der sich auf seine Zehenspitzen gestellt hatte – und die Kamera aus ihrem Versteck zog. Dabei fiel ein Holzscheit runter und blieb direkt neben seinen Füßen liegen.

»JIPPIE!«, freute ich mich und hüpfte wie ein Ball hin und her. »Der Fall ist gelöst, bevor Josi auch nur ihren Fuß auf den Sandweg der Alten Ziegenwiese gesetzt hat!«

»Abwarten«, bremste Viktor meine Freude.

»Pessimist!«, meckerte ich. »Dir passt das nur nicht, weil *ich* die Kamera entdeckt habe!«

»Blödsinn«, erwiderte er und sah dabei weiter zu Harry. Moses kam runtergeflattert und setzte sich zu uns. Extrem stolz.

»Super Einsatz, Kollege!«, lobte ich ihn.

»Dieser verrückte Typ!«, meinte Harry, und ich konnte sehen, wie er mit seinem Blick dem Kabel folgte, das irgendwo unter dem Holzhaufen in der Laubenwand verschwand.

»Hat er etwa …«, sagte Bärbel erstaunt, während sie die Kamera in Harrys Hand fassungslos betrachtete. »Das glaube ich doch jetzt nicht! Fotos sind ja das eine – aber eine Kamera?!«

»Sieht ganz so aus, als wenn unser lieber Freund hier heimlich irgendetwas aufgezeichnet hat. Was auch immer!« Harry schüttelte seinen großen, behaarten Kopf.

»Wahnsinn!«, sagte Bärbel mit ihrer belegten Stimme. »Meinst du, die Polizei weiß davon?«

»Keine Ahnung.« Harry zuckte die Achseln und sah weiter auf die Kamera in seiner großen Hand. Dann legte er sie wieder zwischen die Holzstücke, drehte sich um und ging zur Tür. Der nicht mehr verriegelten Tür. *Jetzt wird's spannend,* freute ich mich mit Herzklopfen und lief hinterher.

»Aber da ist doch dieser Aufkleber von der Polizei«, meinte Bärbel verunsichert.

»Da war eh schon einer vor mir drin«, sagte Harry wenig beeindruckt und öffnete die Tür.

Bärbel sah sich zögernd um, dann folgte sie ihm. Viktor, Moses und Lilly beobachteten das Ganze von ihrem Platz aus.

»Ihr haltet hier die Stellung. Ich gehe mal mit rein«, sagte ich und verschwand ebenfalls in Franz' Hütte.

»Wenn hier irgendetwas gewesen wäre, dann hätten die Beamten das doch mitgenommen«, hörte ich Bärbel im Halbdunkeln sagen. Durch die Vorhänge an den kleinen Fenstern kam kaum Licht in die Bude. Ich erkannte dennoch sofort den enormen Unterschied zu allen anderen Gartenhäusern, die ich hier bisher gesehen hatte. Das hier war weder gemütlich noch liebevoll eingerichtet. Keine Rosenmuster, Häkeltischdecken oder Lichterketten. Das hier war eher ein … Büro. In der Mitte stand ein schlichter Tisch mit so einem Drehstuhl, wie Josi ihn auch in der Kanzlei hat. Dahinter gab es drei schmale Regale. Komischerweise komplett leer. Dann noch eine Kommode, links, auf der ein paar Sachen rumstanden. Das war's.

»Na, das nenne ich mal übersichtlich«, staunte Harry.

»Ich weiß zwar nicht, was ich erwartet habe, aber das hier ist es nicht. Obwohl … passt ja auch irgendwie«, sagte Bärbel, während sich die beiden umsahen.

Harry ging nach links zu der Kommode und rückte sie mit einem leichten Stöhnen von der Wand ab. »Hier müsste das Kabel eigentlich irgendwo rauskommen«, vermutete er, während er sich bückte und mit seinem Kopf hinter der Kommode verschwand. »Aha! Was haben wir denn da?«, hörte ich ihn ein paar Sekunden später sagen. Dann kam er wieder hoch. »Das Kabel führt direkt in die Kommode«, erklärte er und stellte sich vor das braune, schwere Ding.

Bärbel stand daneben und hielt sich ihren roten Morgenmantel zu, als wäre es plötzlich kalt geworden. Dabei war der Morgenmantel ja schon zu, mit einer ebenfalls roten Kordel zugebunden. Passend zum Rest von ihr. »Kein Wunder, dass die Polizei hier nichts entdeckt hat. Das sind ja Methoden wie in einem billigen Agentenfilm!«

»Ach nee!«, bellte ich, erreichte damit aber rein gar nichts.

Harry versuchte derweil, die Schubladen zu öffnen. Die wollten allerdings nicht geöffnet werden, so wie es aussah. »Ich geh mal kurz rüber und hol was, damit wir die aufkriegen«, sagte er.

Er wollte gerade los, als Bärbel sagte: »Wir können doch nicht einfach die Kommode aufbrechen. Lass uns die Polizei rufen. Die werden sich dann sicher darum kümmern.«

»Um was? Um die Aufnahmen? Meinst du, das interessiert die? Und selbst wenn. Dann wirst du nie erfahren, was er von euch alles archiviert hat. Guck doch mal.« Er ging einen Schritt aus der Laube und zeigte mit seiner Hand rüber auf die andere Seite. »Die Kamera zeigt direkt zu euch!«

Bärbel und ich folgten ihm nach draußen.

»Meinst du?«, fragte Bärbel ungläubig.

»Quatsch!«, protestierte ich.

»Klar«, fand hingegen Harry.

»So ein Blödsinn!«, mischte ich mich noch mal ein.

»Was machen eigentlich die Hunde hier?« Bärbel sah zu mir runter, bückte sich und wollte mich streicheln. Ich wich ihr allerdings geschickt aus. Jetzt war einfach der falsche Moment für Zärtlichkeiten.

Bärbel richtete sich wieder auf. »Aber was … Ich meine, was soll er denn da gefilmt haben?«

»Keine Ahnung, was ihr so treibt«, sagte Harry grinsend. Dann wurde er wieder ernst. »Oder er hat einfach hier seinen Vorplatz aufgenommen. Kann natürlich auch sein.«

»Wozu denn?« Bärbel sah sich um.

»Keine Ahnung. Ich habe den Typen eh nie verstanden. Andere immer schön mit erhobenem Finger auf die Richtlinien und Vorschriften hinweisen und selber«, er zeigte vor sich auf die Platten, »nicht dran halten! Und dann auch noch heimlich irgendwas aufzeichnen.«

»Wenn das eine Kamera zur Abschreckung von, keine Ahnung, Einbrechern oder so wäre, dann hätte er sie doch nicht zwischen dem Holz versteckt. So etwas bringt man normalerweise so an, dass es jeder sofort sieht«, überlegte Bärbel.

»Mein Reden!«, bellte ich und lief zu den anderen, die immer noch wie aus einem Stück gegossen nebeneinander in der Sonne saßen und sich nicht bewegten. »Also«, begann ich meine Berichterstattung, »wir sind fündig geworden! Jetzt heißt es: Abwarten! Mit etwas Glück ist der Fall gleich geklärt.«

»Nur weil irgendwer Franz hinterhergeht, muss er noch lange kein Mörder sein«, entgegnete Viktor, während Lilly mich ansah, als wäre ich ein Superstar. Wenigstens eine wusste meine Arbeit zu würdigen.

»Natürlich nicht«, gab ich ihm recht. »Aber sobald wir wissen, wer ihm hinterhergeschlichen ist, können wir einen Knopfabgleich machen.«

»Was für ein Knopf?«, wollte Lilly wissen.

Ich rückte näher an sie ran und vergaß dabei völlig, was sie gefragt hatte. Dieses weiche, weiße Fell und dieser Duft …

»Henri?« Lilly stupste mich an.

»Ja, ähm … Ach so. Ein goldener Knopf. Mit Buchstaben drauf. Aber keine, die uns weiterhelfen. Das habe ich schon abgeklärt. Vermutlich ist es nur ein Zeichen der Firma, die den Knopf hergestellt hat«, antwortete ich leicht zeitversetzt.

»Hm …«, machte Lilly und schien zu überlegen.

»Hast du eine Idee?«

»Nee … Also … Na ja, vielleicht schon, aber das kann eigentlich nicht sein.«

Viktor, Moses – wenn man bei ihm von Aufstehen reden konnte – und ich standen gleichzeitig auf und starrten sie an.

»Wie gesagt, das glaube ich nicht. Also, die Person … würde so etwas nie tun. Glaubt mir!«

»WER?!«, fragten wir drei wie aus einem Maul und Schnabel und starrten Lilly an, die in unserer Mitte saß.

»Ich kann doch nicht jemanden beschuldigen, der … vielleicht einfach nur einen Knopf verloren hat und …«

»Lillyyy!«, rief in dem Moment Bärbel, obwohl wir ja nur ein paar Schritte entfernt standen, ging zur Pforte, öffnete sie und klopfte sich auf das Bein.

»Wen meinst du?!«, flehte ich Lilly an. »Komm, bitte! Sag schon!«

»Tut mir leid, ich … Ich weiß nicht. Weil … weil es eigentlich wirklich nicht sein kann.«

»Lilly! Los. Hopp!«, kommandierte Bärbel jetzt, und tatsächlich lief Lilly los, drehte sich noch einmal kurz um, sah mich an und verschwand.

Harry war inzwischen zu sich rübergegangen. Vermutlich, um Werkzeug zu holen. Die Kollegen vom Kriminaldauerdienst wären mir jetzt lieber gewesen. Was, wenn er wichtige Beweise vernichtete? Wenn es nachher keine Fingerabdrücke mehr gab, weil er alles angefasst hatte, ohne die jetzt dringend notwendige Ausrüstung? *Anfänger*, dachte ich und ärgerte mich über so viel Unprofessionalität. Aber nun gut. Dann mussten wir ihm eben auf den Fersen bleiben. Nützte nichts.

»Und ihr solltet auch mal schnell zu Christa laufen. Die macht sich bestimmt schon Sorgen, wo ihr steckt!« Bärbel sah uns auffordernd an, hielt die Pforte immer noch offen und wollte, dass wir ihr folgten. An dieser Körperhaltung gab es nicht viel zu interpretieren.

»Mist!«, bellte ich. So viel zum Thema Theorie und Praxis.

»Na los!« Bärbel hatte ihre Hand in die Seite gestemmt und machte eine Bewegung mit dem Kopf, die mehr als eindeutig war.

Viktor und ich sahen uns an und standen auf. Es hatte keinen Sinn. Während wir extra langsam Franz' Garten, der keiner war, verließen, drehte ich mich noch einmal zu Moses um, der wieder zurück aufs Dach geflattert war. »Hast du eine Ahnung, wen Lilly gemeint hatte?«

Moses legte nachdenklich den Kopf zur Seite. Erst zur einen, dann zur anderen Seite. »Ich habe keine Ahnung!«, sagte er schließlich, und ich fragte mich, warum ich ihm kein Wort glaubte.

Dann trotteten wir missmutig den Sandweg entlang, zurück zu Hildes Hütte.

15

Die Sonne schien an einem makellos blauen Himmel. Es gab kein Wölkchen weit und breit.

Christa saß auf einem der Gartenstühle unter dem Sonnenschirm. Eine große, runde schwarze Sonnenbrille bedeckte beinahe ihr ganzes Gesicht. Sie reagierte nicht, obwohl wir direkt an ihr vorbeigingen. Ich tippte, dass sie schlief.

Und sie war nicht die Einzige, die sich aus unserer Rückkehr nichts machte. Wilma lag immer noch genauso in der Ecke wie zu dem Zeitpunkt, als wir ausgebüxt waren. Immerhin machte sie wieder Geräusche. Sie schnarchte! Und zwar so, dass ich mir im Grunde keine Sorgen mehr über ihren Zustand machen musste. Ich stupste sie noch mal mit der Nase an, was nicht den gewünschten Effekt brachte. Egal. Wer so schnarchte, konnte nicht todkrank sein.

Viktor stand am Wassernapf und schlabberte den Boden voll.

»Wen kann Lilly nur gemeint haben? Es muss jemand sein, dem sie es im Grunde nicht zutraut. Und da fällt mir eigentlich nur …«

»Bärbel ein«, beendete Viktor meinen Gedanken.

»Ja. Und Frank. Sie würde ihre Rudelführer sicher niemals an die Polizei ausliefern.«

»Würden wir ja auch nicht«, murmelte eine leise, verschlafene Stimme in dem Moment direkt hinter mir.

»Wilma!«, freute ich mich und sprang zu ihr auf die Decke. »Du bist aufgewacht!«

»Ja. Leider«, sagte diese sichtlich müde und machte die Augen auch schon wieder zu.

Ich sah Viktor an. »Leider?«

»Dann kann es ja nicht allzu schlimm gewesen sein«, schätzte er und setzte sich neben mich. Wir sahen beide zu Wilma, die vor uns lag, als wäre jemand mit einem Staubsauger über sie gerollt. Platter ging nicht. Und das trotz ihrer Kurven.

Ich sah Viktor von der Seite an.

»Bärbel und Frank müssen es nicht zwingend gewesen sein«, überlegte er. »Es kann auch einfach eine Person sein, der sie es nicht zutraut. Von der sie denkt, dass sie auf keinen Fall eine Mörderin ist. Oder ein Mörder.«

Jetzt ist er wieder der Alte, freute ich mich. *Der, den ich brauche, um diesen Fall zu lösen.*

»Mensch, Viktor …«, wollte ich gerade loslegen, doch da unterbrach er mich auch schon.

»Von den 24 Stunden, die wir abgemacht hatten, will ich gar nicht erst anfangen. Ich helfe dir, das hier zu Ende zu bringen. Tu mir nur einen Gefallen: Geh in nächster Zeit irgendwelchen Leichen aus dem Weg!«

Ich wusste zwar nicht, wie das gehen sollte, wenn die ständig im Weg rumlagen, aber meinetwegen.

»Alles klar!«

»O Gott!!«, hörten wir in dem Moment Christa rufen, die offensichtlich nicht schlief. Wir sprangen auf und rannten zu ihr. »Das ist Irma!«, sagte sie und hielt sich im nächsten Moment die Hand vor den Mund. Mit der anderen umklammerte sie ihr Handy, auf das sie fassungslos starrte. Ihre Sonnenbrille war inzwischen von ihrer Nase auf ihren Kopf hochgewandert. »Das kann doch nicht sein!« Christa sprang auf, lief im Kreis, setzte sich wieder, stand auf und lief hin und her, bis sie schließlich die Pforte öffnete und verschwand.

Ich sah ihr mit hochgezogenen Augenbrauen irritiert hinterher. »Was hat sie denn nur?«, wunderte ich mich. Dann rannte ich los. An der Hecke blieb ich kurz stehen und drehte mich um. »Willst du nicht mitkommen?«

Viktor stand immer noch vor Hildes Hütte und sah nicht sonderlich motiviert aus. »Ich halte hier die Stellung!«

Das hatte sich doch eben noch ganz anders angehört! Egal. Dann musste ich halt wieder selber ran. Ich folgte Christa, die schnurstracks den Weg links rum, rechts und wieder rechts zu Bärbels Hütte eilte. »Bääärbel?«, rief sie, vor der kleinen Holzpforte stehend. Doch keiner antwortete. Zumindest nicht dort, wo sie es erwartet hatte.

»Die sind gerade zum Vereinshaus hoch«, erklärte Harry, einen Schraubenschlüssel in der Hand, hinter ihr. Wir drehten uns zu ihm um. Er stand mit geducktem Kopf bei Franz in der Tür. »Kann ich weiterhelfen?«, fragte er.

Christa sah auf ihr Handy, dann wieder zu Harry.

»Ich weiß nicht … Ich … Ich wollte Bärbel nur etwas sagen«, stotterte sie.

Harry kam auf uns zu und blieb vor der niedrigen Hecke stehen. Ich hätte ja zu gern gewusst, was er in der Kommode gefunden hatte, aber das musste warten. Jetzt galt es erst einmal rauszubekommen, was mit Christas Handy los war.

»Alles in Ordnung?«, fragte er, während Moses wild flatternd neben ihm landete.

»Na ja. Geht so. Ich habe gerade die Zeitung … Also die Schlagzeilen gelesen. Das mache ich morgens immer kurz, um zu wissen, was so passiert. Und da habe ich das hier entdeckt«, sagte sie und hielt Harry ihr Handy vor die Nase.

Er ließ in der nächsten Sekunde seinen Schraubenschlüssel fallen. »O Gott!«, rief er und beugte sich ein Stück vor, sodass seine Nase fast Christas Handy berührte.

»Herr im Hundehimmel!«, bellte ich und machte einen Satz zur Seite. »Wenn das hier so weitergeht, haben wir bald noch einen Toten. Und zwar MICH!« Diese Unwissenheit machte mich wahnsinnig.

»Was ist denn los?«, wollte Moses wissen und hüpfte auf mich zu.

»Wenn ich das wüsste! Irgendetwas stimmt mit ihrem Handy nicht. Keine Ahnung. Offenbar hat Irma etwas damit zu tun«, erklärte ich, während ich ununterbrochen zu den beiden hochsah.

»Das … Das ist ja Irma!«, stellte Harry fest, nachdem er sich gebückt und sein Werkzeug wieder aufgehoben hatte.

Moses und ich sahen uns fragend an.

»Ja«, bestätigte Christa mit trauriger Stimme und schob ihre Brille wieder vom Kopf runter auf die Nase.

»Wir müssen da anrufen«, sagte Harry.

»WO DENN?!«, bellte ich.

»Ja, ich denke auch«, sagte Christa so leise und betroffen, dass man es kaum hören konnte.

»Ich glaube, das Problem ist nicht das Handy, sondern eher Irma«, schätzte Moses, der sich derweil bei Harry auf die Schulter gesetzt hatte und jetzt auch mit schräg gelegtem Kopf auf das Handy runtersah.

»Wie meinst du das?!«

»Sie sieht nicht gut aus«, fing er gerade an, doch bevor ich mich weiter wundern konnte, kam Bärbel samt Frank und Lilly von rechts den Sandweg runter.

»Guten Morgen«, grüßte sie schon von Weitem. »Na, hast du gut geschlafen?«

»Geht so«, sagte Christa knapp und drehte sich zu den dreien um, die jetzt nur noch ein paar Schritte entfernt waren. Ihren Morgenmantel hatte Bärbel inzwischen gegen ein blaues Kleid mit eckigem weißem Kragen getauscht. Und was befand sich rechts und links an den Taschen des Kleides? Goldene Knöpfe! Ich fing an hochzuspringen, um sie besser sehen zu können, doch das wurde natürlich gleich wieder falsch verstanden.

»Henri, nein«, mahnte Christa. »Nicht springen! Runter!«

»Deshalb hast du nichts sagen wollen!«, kläffte ich und sah Lilly an. »Du behinderst laufende Ermittlungen!«

»Nein! Ich habe überhaupt nicht an Bärbel gedacht. Dieses Kleid …«, versuchte sie sich rauszureden. »Das hab ich noch nie gesehen!«

»Ach? Und das soll ich dir glauben? Nachdem du mir nicht sagen wolltest, an wen du gedacht hast?« Mist. Ich konnte gar nicht richtig sauer sein. Zumindest nicht auf Lilly. Dafür roch sie viel zu gut.

»Bitte! Glaub mir!«, flehte sie mit einem Augenaufschlag, der mich weich werden ließ.

»Aus!«, schimpfte jetzt Frank über uns. »Man versteht ja sein eigenes Wort nicht mehr. Sitz!«

Ich sah Lilly an. »Meint er dich oder mich?!«

»Keine Ahnung.« Lilly sah fragend nach oben und setzte sich dabei vorsichtshalber hin. Ich blieb stehen. Aus Prinzip. Der Typ hatte mir gar nichts zu sagen. Ich ließ mich doch nicht von dem Mann einer dringend Tatverdächtigen rumkommandieren.

»Gefahr in Verzug!«, erkläre ich, legte den Rückwärtsgang ein, ging einige Schritte zurück, rannte los und sprang an Bärbels Möchtegern-Matrosen-Mörderinnen-Kleid hoch.

Zack. Ab war der Knopf.

»Henri!«, schimpfte Christa – doch da war ich schon längst samt Knopf im Maul hinter der Hecke verschwunden.

16

»Du hast was?!« Viktor sah mich völlig entgeistert an.

»Ich habe ihr einen Knopf … abgenommen«, wiederholte ich und sah dabei auf meine Beute, die zwischen uns auf dem Holzboden der Laube lag.

»Das ist nicht der Rest von dem, den wir haben«, sagte Viktor und sah dabei ebenfalls auf den goldenen Knopf.

Ich ging näher ran und schnüffelte ihn in Ruhe ab. Dazu war ich in der Eile noch gar nicht gekommen.

»Mist!«, stellte ich dann fest. »Das sind ja gar keine …«

»Buchstaben«, beendete Viktor meinen Satz. »Das nennt man Anker.«

Ich setzte mich vor Schreck auf meine Hinterpfoten. »Dann war der ganze Stunt umsonst«, stellte ich deprimiert fest.

»Jo.«

»Verdammte Katzenpisse!«

»Sag mir lieber mal, was mit Christa los ist.«

»Keine Ahnung. Ich habe es nicht rausbekommen. Ich war … anderweitig beschäftigt«, sagte ich, ohne den Blick von dem Knopf zu nehmen. Dem falschen.

»Verstehe«, sagte Viktor. Gleichzeitig bewegte sich etwas hinter ihm. Wilma! Die hatte ich vor Aufregung ja fast vergessen. Sie rappelte sich extrem langsam hoch, bis sie schließlich saß. Dann drehte sie ihren Kopf zu mir. Ungefähr so lahm wie eine Riesenschildkröte.

»Moin!«, grüßte ich. »Alles paletti?«

Wilma sah vor sich auf den Boden, als überlegte sie, wer und wo sie war. Dann blickte sie wieder zu mir. »Geht so«, raunte sie, rutschte mit den Vorderpfoten so weit vor, bis sie wieder platt auf dem Bauch lag, und legte den Kopf ab.

»Hast du Schmerzen? Ist dir schlecht?« Ich sah sie besorgt an. Nicht ohne Grund. Josi konnte jeden Moment kommen und ...

»Nein«, unterbrach mich Wilma in meinen Gedanken wortkarg und schloss die Augen.

»Was hast du dann?«

»Zu früh aufgewacht«, murmelte sie.

Viktor und ich sahen uns an.

»Wie meinst du das?«, hakte ich nach.

»Ich war in einer Tortenfabrik. MEINER Tortenfabrik. Wilmas wundervolle Welt ...«, sagte sie verträumt und leckte sich mit der Zunge übers Maul.

Ich wartete einen Moment. »Und?«

»So heißt meine Firma. Die mit den Torten. Alles in Knochenform. Pink und weiß und mit silbernen Perlen.«

Kein Wunder, dass sie lieber weitergeschlafen hätte.

»Und gerade, als ich eine neue Kreation testen wollte, bin ich aufgewacht. Erdnussbutter mit Himbeer-Leber-Füllung«, stöhnte sie.

»Na, dann ist ja alles in Ordnung«, sagte ich erleichtert. »Wir dachten schon, du wachst gar nicht mehr auf.«

»Zu früh gefreut«, sagte Wilma und fing im nächsten Moment schon wieder an zu schnarchen. Ohne Worte.

»Puh. Das ist ja noch mal gut gegangen!«, sagte ich dennoch erleichtert und sah wieder zu dem Knopf, der immer noch da lag, wo ich ihn ausgespuckt hatte.

»Damit scheidet Bärbel wohl als Verdächtige aus«, stellte Viktor fest, und mit jedem seiner Worte stieg mein schlechtes Gewissen.

»Ich glaube, ich habe Mist gebaut«, überlegte ich laut.

»Allerdings. Bärbel denkt jetzt, du bist ein Kampfmops!«

»Nein. Ich meine Lilly. Ich habe ihr eben unterstellt, absichtlich nicht zu sagen, wen sie meinte, weil sie Bärbel schützen wollte. Aber dabei ist es gar nicht Bärbel gewesen.« Ich holte tief Luft und schnaubte kräftig aus. »Dabei hat sie mir sogar noch gesagt, dass sie nicht Bärbel meinte. Und ich … ich habe ihr nicht geglaubt!«

Viktor sagte nichts. Besser so. Das hätte meiner Laune jetzt vermutlich den Rest gegeben.

»Ich muss zurück«, sagte ich, stand auf und lief, so schnell ich konnte, zurück. Ohne Knopf.

Harry, Frank, Bärbel, Christa und Lilly standen immer noch an der gleichen Stelle. Sie unterhielten sich. Dachte ich zumindest. Aber bei genauerem Hinhören stellte ich fest, dass sich im Grunde nur einer unterhielt: Harry. Und zwar mit seinem Telefon.

»Ja, richtig. Feierabend, so heißt es. Und das hier ist die Kleingartenkolonie Alte Ziegenwiese. Parzelle …« Harry hielt sein Telefon ein Stück vom Ohr weg und sah Bärbel fragend an.

»32!«, sagte Bärbel.

»32«, wiederholte Harry.

Alle blickten ihn an.

»Ja, gut. Alles klar … Vielen Dank … Auf Wiederhören«, sagte Harry und steckte sein Telefon anschließend in die Brusttasche seiner kurzen, blauen Latzhose.

»Es tut mir leid«, entschuldigte ich mich bei Lilly hechelnd, die mich zerknirscht ansah.

»Da bist du ja! Henri! Was war das denn für eine Aktion?!«, schimpfte Christa, bevor ich weiterkam mit meinen Ausführungen. »So etwas hat er wie gesagt noch nie gemacht. Ich weiß auch nicht …«

»Schon gut, Christa. Vermutlich hat er die Hundeleckerli gerochen, die ich in der Tasche habe. Halb so wild«, sagte Bärbel, bückte sich und streichelte mir über den Rücken. »Du bist ja ein kleiner Halunke!« Sie sah mich lächelnd an und richtete sich dann wieder auf.

»Was haben die von der Polizei denn gesagt?«, wollte Frank über mir wissen.

»Polizei?!« Ich sah Lilly fragend an.

»Ja. Irma ist vermutlich …«

»Tot?!«, platzte es aus mir heraus.

Lilly nickte traurig.

»Das … Das ist ja … Das ändert alles!« Mein Herz raste. Mein Ermittlerherz, versteht sich. »Der Mörder läuft hier also noch rum. Ich kombiniere: Es war keine Einzeltat …«

»Ein Serienkiller!«, krächzte Moses hinter mir. Ich drehte mich um. Er saß in dem mickrigen Baum mit dem ganz dünnen Stamm und wippte mit seinem kleinen Kopf von links nach rechts und wieder zurück. Er erinnerte mich dabei an diesen grässlichen Wackeldackel, den Josi im Auto hatte.

»Bitte?!« Lilly sah mich entsetzt an.

»Kann sein. Muss nicht sein«, überlegte ich.

»Was soll das heißen? Hier rennt ein Verrückter rum und …« Lilly hatte einen leicht panischen Gesichtsausdruck. Ihre Zunge hing aus dem Maulwinkel.

»Nein …«, wollte ich gerade anfangen.

Da unterbrach mich Harry: »Er konnte mir aus ermittlungstechnischen Gründen oder so 'nem Kram nichts sagen, aber unsere Angaben, also ich meine, ihr Name und so, das wird jetzt überprüft.«

»Das *ist* Irma. Hundertprozentig«, bekräftigte Bärbel mit extrem blassem Gesicht. Und das trotz der Wärme. »Mit ihren nassen Haaren und so … Liegend erkennt man sie zwar nicht sofort, aber …«

»Das ist ja nun ganz normal, wenn man ein paar Stunden im Wasser gelegen hat«, meinte Harry.

»Überleg doch mal, wie du aussiehst, wenn du dein Entspannungsbad zu Hause nimmst. Wenn du danach rauskommst, siehst du auch immer aus wie …«, warf Frank lachend ein.

Bärbel unterbrach ihn abrupt. »Frank! Bitte! Das kann man doch nicht vergleichen!«

»Ich meine ja nur«, sagte der kleinlaut.

»Irma ist baden gegangen?! Das schien ja nicht sehr entspannend zu sein.« Ich sah Moses an, von dem ich mir mehr Information erhoffte. Lilly machte gerade nicht den Eindruck, als würde ich noch viel erfahren. Sie musste dringend in den Schatten oder am besten eine Schale kaltes Wasser bekommen. »Nein«, meinte Moses. »Nicht direkt. Also zumindest nicht in der Wanne.«

»Wo denn?!«, wollte ich wissen. Ohne Fakten keine Ermittlung.

»In der Elbe, wenn ich das richtig verstanden habe.«

»Und dann?«

»Keine Ahnung. Jetzt ist sie tot«, krächzte er.

»Meint ihr, da gibt es einen Zusammenhang?«, fragte Harry mit besorgter Stimme.

»Du meinst … sie wurde ermordet?« Bärbel sah ihn fragend an.

»Na ja, so ganz freiwillig wird sie wohl nicht in die Elbe gesprungen sein.«

Einen Moment sagte keiner etwas.

»Das mit Franz, das konnte man ja irgendwie noch verstehen …«, stammelte Bärbel. »Bei dem hat es einen jedenfalls nicht gewundert, wollte ich sagen. So wie der uns hier das Leben zur Hölle gemacht hat. Aber Irma …« Sie sah kopfschüttelnd runter auf den Sandboden.

Christa sah fassungslos auf ihr Handy. »Ob das ein und derselbe …«, fragte sie, ohne aufzusehen.

»Mörder war? Tja, wenn man das wüsste«, überlegte Frank.

»Davon würde ich ausgehen. So viele Mörder gibt es ja nun auch nicht hier auf der Alten Ziegenwiese«, schätzte Harry und sah nach links, von wo zwei ältere, bunte Damen, die ich nicht kannte, anspazierten. Sie unterhielten sich angeregt und grüßten kurz, als sie an uns vorbeikamen. Wir sahen ihnen den Sandweg Richtung Weggabelung hinterher, bis sie um die Ecke verschwunden waren. Was blieb, war ihr aufdringlicher Lavendelduft.

»Das wäre ein Albtraum!«, meinte Bärbel. »Das hieße ja, dass hier ein … ein Serienmörder rumläuft!«

Christa zuckte mit den Schultern.

»Jetzt mal nicht gleich hysterisch werden«, meinte Harry. »Franz' Tod und Irma, das muss ja nicht zwingend zusammenhängen.«

»Die Arme! Sie hätte noch so viel Zeit gehabt. Und sie hatte noch so viel vor! Jetzt, wo sie Franz endlich los war!«

Alle sahen Bärbel mit hochgezogenen Augenbrauen an. Vor meinem inneren Mopsauge sah ich Irma mit einer Forke in der Hand hinter Franz am Komposthaufen stehen.

»Ich meine, jetzt, wo sie sich vom ihm getrennt hatte«, erklärte Bärbel, woraufhin alle hörbar erleichtert ausatmeten und »Ach so« sagten.

»Was sie mir alles erzählt hat, was sie machen wollte … Ich kann es einfach nicht glauben. Das kann doch nicht sein!« Bärbel wischte sich ein paar Tränen aus dem Gesicht und zog die Nase hoch. So wie Viktor es ständig tat. Ein ganz und gar unschönes Geräusch. Aber das hier war eine Ausnahmesituation. Da konnte ich darüber hinweghören.

»Ja, mir hat sie auch erzählt, sie wolle irgendwann noch mal etwas aus ihrer ehemaligen Gaststätte machen«, erinnerte sich Christa.

»Traurig. Einfach nur traurig. Wenn noch so viel vor einem liegt«, meinte Bärbel und zog schon wieder die Nase hoch. »Ich kann es einfach nicht fassen!«

»Vielleicht war es ja gar kein Mord«, überlegte Frank.

»Sondern?«, wollte Bärbel wissen.

»Ein Unfall. Die haben doch geschrieben, sie trieb inmitten von lauter schwimmenden Papieren. Oder?«

»Aber sie konnte schwimmen. Sie war sogar Rettungsschwimmerin, früher mal. Das hat sie mir mal erzählt, als der Lütte von Dörte – oh Gott, der muss ja jetzt auch schon 20 sein oder so –, als der jedenfalls in den Teich gefallen war.« Bärbel schüttelte den Kopf.

»Ne. Ertrunken kann nicht sein. Das ist Quatsch!«, sagte Harry und kratzte sich mit dem Schraubenschlüssel am Kopf.

»O Gott!« Bärbel fasste sich mit der Hand an den Mund. »Wer sagt es denn Trude? Die Polizei? Oh nein, das würde sie komplett aus der Bahn werfen …«

»Aus der Bahn? Fährt sie mit dem Rollstuhl neuerdings auf Schienen, oder was?!«, wollte Moses wissen.

»Die Arme!«, meinte Lilly.

»Du kennst sie auch?«, fragte ich und erinnerte mich an den Tag, als Trude mit ihrem elektrischen Rollstuhlgefährt an mir vorbeigedüst war.

Vielleicht hatte sie Bärbel und Frank besucht?

»Klar. Trude hat mir immer etwas Leckeres mitgebracht, wenn sie mal hier war. Also, ich meine, bei Franz.« Lilly sah betroffen zu Boden.

»Ich fahre hin«, schlug Bärbel vor. »Das kann ich unmöglich am Telefon machen. Und die Polizei … Nein, das muss jemand machen, der sie kennt.«

»Willst du nicht warten, bis der Obduktionsbericht fertig ist? Der Polizist hat doch gesagt, er sei noch nicht abgeschlossen«, erinnerte Frank sie vorsichtig.

»Sie ist tot, Frank. Tot! Worauf willst du denn da noch warten? Jetzt stell dir mal vor, irgendjemand im Feierabend sieht den Artikel mit dem Aufruf und Irmas Foto und zeigt ihr das. Wie sie da liegt, auf diesem Blechtisch. Ich muss sofort zu ihr!« Bärbel drehte sich auf der Stelle um, marschierte in ihren Garten und verschwand in der Laube. Allerdings nur kurz. Ein paar Sekunden später kam sie samt Handtasche und Schlüsselbund wieder raus. »Ich … Ich bin dann mal weg«, erklärte sie, gab Frank einen Kuss auf die Wange und bückte sich zu Lilly.

»Du bleibst schön hier, Mäuschen. Ich bin gleich wieder da!« Dann marschierte sie den Sandweg Richtung Vereinshaus hoch. Wir sahen ihr alle schweigend hinterher.

»So ein Mist!« Harry holte tief Luft und drehte dabei den Schraubenschlüssel nervös in seiner Riesenhand.

»Ich geh mal wieder zurück. Die Hunde müssen gefüttert werden. Wenn ich irgendetwas tun kann … sagt einfach Bescheid«, bot Christa an, winkte noch kurz und ging. Ohne mich.

»Der muss es ja wirklich schlecht gehen«, stellte ich fest und sah ihr hinterher.

»Hast du eigentlich was gefunden? Bärbel meinte, du wollest …« Frank sah an Harry vorbei zu Franz' Laube, deren Tür offen stand.

Harry drehte sich kurz um und sah auch auf die Laube. »Nee. War gerade dabei. Ist aber gar nicht so einfach, die Kommode aufzubekommen. Zumindest nicht so, dass es nachher nicht auffällt. Falls die Polizei doch noch mal vorbeischaut. Muss ja nicht jeder gleich merken, dass da einer dran war.«

»Zeig mal. Vielleicht kann ich helfen«, schlug Frank vor, woraufhin beide in Franz' Laube verschwanden.

Ich sah Lilly an. »Sorry, der Job ruft …«, erklärte ich und lief den Männern hinterher. So leid es mir tat.

In der Laube war es nicht wirklich kühler. Harry kniete vor der Kommode und fasste mit den Händen drunter. Der braune Koloss wackelte etwas hin und her, mehr passierte nicht. »Ich möchte es ja ungern mit Gewalt machen, aber …«, sagte Harry schon fast entschuldigend.

Im Grunde genommen handelte es sich hier um eine Straftat. Einbruch. Auf frischer Tat. Aber mir waren die Pfoten gebunden. Es ging hier schließlich um ermittlungstechnisch relevante Beweismittel. Vor allem jetzt, wo es noch eine Tote gab.

Hinter mir nahm ich eine Bewegung wahr. Moses. Er war in den Eingang geflattert und saß jetzt auf der Türschwelle. Mit schrägem Kopf – wie auch sonst. Ganz nach dem Motto: Schau quer, dann siehst du mehr.

Es krachte; Harry und Frank hielten inne und sahen das an, was sich gerade geöffnet hatte: die unterste Schublade der Kommode.

»Boah! Das ist ja High-Tech!«, staunte Frank. »Wo hatte der denn die Kohle her? Ich denke, der war so knapp bei Kasse.«

Ich lief ein Stück näher und wagte auch einen Blick, wollte aber auf keinen Fall riskieren, dass man mich gleich wieder rauswarf.

Doch dafür waren die beiden viel zu beschäftigt. »Wahnsinn. Der Typ war einfach krank. Komplett krank. Das ist der Beweis!« Harry griff in die Schublade und holte ein paar kleine, eckige flache Plastikteile raus. Ungefähr so groß wie eine Packung Zigaretten, schätzte ich. »Schau dir das an«, meinte er fassungslos, »nach Datum sortiert! Unglaublich!«

»Das heißt ja«, Frank beugte sich über die Schublade und betrachtete einen Moment deren Inhalt, »dass er irgendwo noch mehr haben müsste. Das hier ist, wenn ich das richtig sehe, nur dieses Jahr.«

»Kann sein, dass er die anderen in seiner Wohnung archiviert hat. Oder er hat erst«, Harry sah auf die Plastikdinger vor sich, »im Februar damit angefangen.«

»Verrückt«, meinte Frank kopfschüttelnd.

»Allerdings!«

»Was wollte er nur damit?!«

»Keine Ahnung. Aber wer weiß? Vielleicht haben wir hier den Grund gefunden, warum er diese schöne Welt verlassen musste«, tippte Harry lachend und hob die Hand mit den Plastikdingern.

»Meinst du?«

Harry hob die Schultern.

»Aber dann müssen wir die Polizei rufen, Harry. Echt jetzt. Das können wir doch nicht einfach …«, fand Frank.

»Meinetwegen. Aber vorher schau ich mir an, was der Pedant alles aufgenommen hat. Was ist, wenn er meine Plantage gefilmt hat? Wer sagt denn, dass das da oben seine einzige Kamera ist? Oder willst du in Zukunft auf meine Kekse verzichten? Bärbel schnurrt doch wie ein Kätzchen, wenn sie ein paar gegessen hat.« Harry zwinkerte Frank verschwörerisch zu.

Ich versuchte mir Bärbel vorzustellen, wie sie wie ein Kätzchen schnurrte. Völlig absurd.

Frank fiel das offensichtlich leichter. Er grinste.

»Na ja. Stimmt schon. Aber …« Er sah noch einmal in die Schublade runter. »Wie lange dauert das denn? Da brauchst du ja Wochen für, bis du das alles angesehen hast!«

Das störte Harry nicht. »Tote haben keine Eile!«, behauptete er, holte nacheinander sämtliche Plastikdinger raus und legte sie auf Franz' Schreibtisch. Ein ganzer Haufen war das!

»Wenn du meinst«, murmelte Frank und drehte sich zur Tür, als hätte er Angst, beobachtet zu werden. Wurde er ja auch. Aber anscheinend nahm er mich nicht wahr. Unterschätzt zu werden hat eben auch Vorteile.

Harry war jetzt anscheinend alles egal. Er rüttelte an der mittleren Schublade, stocherte mit dem Schraubenschlüssel an dem Schloss rum, zerrte und stöhnte, bis auch diese Schublade sich öffnete.

Wie er da so stand und alles versuchte, nur um an das zu kommen, was er wollte, erinnerte er mich irgendwie an Wilma. Wenn die etwas Essbares witterte, gab es auch kein Halten mehr. Ich musste Wilma und Viktor unbedingt auf den neusten Stand bringen, schoss es mir durch den Kopf. Aber das musste noch etwas warten. Jetzt hieß es erst einmal: unauffällig weiterleben. Ich durfte auf keinen Fall meinen eigenen Rausschmiss riskieren.

»Na, was haben wir denn da?«, fragte Harry, nachdem sich die letzte der drei Schubladen geöffnet hatte. Frank ging einen Schritt auf Harry zu.«Der hat ja an alles gedacht«, stellte er fest.

»Na, dann wollen wir mal«, meinte Harry und stellte einen kleinen schwarzen Kasten auf den Schreibtisch, den er jetzt aufklappte. Sah ein bisschen aus wie der Computer von Josi, nur viel kleiner.

»Willst du das *hier* machen?! Was ist denn ...« Frank drehte sich schon wieder nervös zur Tür, in der immer noch Moses stand und sich neugierig den Fußboden ansah. Als würde er etwas suchen. Aber hier war es so blitzeblank sauber, dass er die Hoffnung auf ein paar Krümel getrost aufgeben konnte. »Und wenn jemand reinkommt? Die Polizei oder so.«

»Was soll die Polizei denn jetzt bitte schön hier?« Harry griff nach einem schwarzen Kabel und sah sich suchend um. Dann ging er ein paar Schritte auf die Zimmerecke zu und steckte das Kabel links neben das leere Regal. Anschließend nahm er sich eines von diesen vielen Plastikteilen, öffnete es und schob den Inhalt in den Mini-Rechner, der gar keiner war, wie sich eine Minute später rausstellte. Es war ein Mini-Fernseher!

Leider brachte mich diese Erkenntnis keinen Schritt weiter, denn in dem Moment hörte ich Christa rufen. »Heeenri! Heeeenriii!«

Harry und Frank blickten von dem Fernseher vor sich auf und sahen mich an, als würden sie mich das erste Mal in ihrem Leben sehen.

»Tja, das ist jetzt natürlich echt blöd«, gab ich zu. »Vielleicht können wir so tun, als ... wäre ich gar nicht hier?«

Konnten wir nicht. Harry, der Verräter, ging an Moses vorbei nach draußen und rief Christa, die, immer noch mit Sonnenbrille im Gesicht, angeschlichen kam.

»Der steckt hier!«, erklärte er und zeigte auf mich runter. Tolle Wurst.

»Was machst du denn da? Ich habe dich überall gesucht«, schimpfte Christa.

»Ich bin bei der Arbeit, sorry. Da muss das Frühstück halt mal warten. Aber stell dir vor, wir sind kurz davor, den Mörder zu überführen! Beziehungsweise Harry. Der hat nämlich …«, legte ich gerade los.

Doch Christa erkannte zwischen unserer Anwesenheit und Franz' Abwesenheit leider keinen Zusammenhang. Ihr fehlte eindeutig der Blick für das große Ganze. Sie versuchte, an Harry vorbei in die Laube zu schauen. »Was macht ihr denn hier, wenn ich fragen darf?«

»Ach, wir gucken nur kurz etwas«, behauptete Harry nervös und stellte sich quer vor den Fernseher. Was auch immer der Auslöser dafür war, aber in diesem Moment nahm meine geschulte Nase einen Hauch von Schweiß wahr. Ich hielt meinen Kopf hoch in die Luft und nahm ein paar Züge. Ja, klarer Fall von Aufregung mit einer Spur Angst. Aber nicht allzu viel. Außerdem eine Prise ungewaschene Wäsche. Nicht schön. Warum war mir das nicht schon früher aufgefallen? War ich denn so abgelenkt, dass mein wichtigstes Körperteil, beruflich gesehen, versagte? Oder war Christa der Auslöser für das Versagen seines Deos? Falls Harry überhaupt wusste, was das ist.

Ich saß zwischen den beiden und sah senkrecht hoch. Von Harry zu Christa und zurück. Der Fall war klar: Harry fühlte sich ertappt.

»Der …« Er drehte sich ein Stück um und zeigte auf den

zerrissenen Aufkleber der Kollegen vom Kriminaldauerdienst. »Der war schon kaputt. Das waren wir nicht.«

Christa schien andere Sorgen zu haben. Zum Beispiel ihren Allgemeinzustand. Sie fasste sich an den Kopf, stöhnte leise und fragte dann: »Hast du vielleicht eine Kopfschmerztablette? Eine starke?«

»Klar. Halt mal eben«, sagte Harry und drückte ihr eines von diesen Plastikteilen in die Hand. »Bin gleich wieder da!« Dann lief er rüber zu seiner Laube. Christa betrachtete das Ding in ihrer Hand.

»Steck es ein! Schnell! Und scheiß auf die Tablette! Bitte! Wir müssen jetzt abhauen. Komm! Schnell!«, bellte ich – vergebens.

»Henri. Aus! Was hast du denn? Hör auf. Mir platzt gleich der Schädel.«

»Und wer soll das dann wegwischen?« Moses kam angehüpft, als hätte er vergessen, wozu er Flügel hatte, und sah mit fragend an.

»Pass auf«, forderte ich ihn auf. »Der Erfolg dieser Ermittlung hängt jetzt ganz und gar von dir ab! Du musst unbedingt herausbekommen, was Harry sich da gleich ansieht.«

»Was soll er sich ansehen?«

»Na, das, was die Kamera gefilmt hat!«

»Und dann?«

»Dann kommst du kurz zu uns rübergeflogen und erzählst mir, was du weißt. Ganz einfach.« Himmel, war der heute begriffsstutzig. Wahnsinn. »Hast du gestern Abend eigentlich auch welche von … Harrys Besten probiert?«, wollte ich wissen.

»Gotte bewahre! Nein. Wie kommst du denn darauf?« Moses breitete seine Flügel aus und fächelte mir damit ungewollt Luft zu.

»Och. Nur so«, meinte ich knapp, als Harry gerade zurückkam.

»Hier, die sollte reichen«, sagte er und gab Christa etwas sehr Kleines in die Hand. Die gab ihm im Tausch dafür leider das Plastikteil zurück und bedankte sich.

»Dann noch …« Sie versuchte, noch einmal in die Hütte zu spähen. »Viel Erfolg.« Anschließend gab sie mir ein Zeichen, ihr zu folgen.

»Denk dran: Du musst genau aufpassen, was Harry sich da jetzt ansieht! Merk dir alles. Jedes Detail!«, flehte ich Moses an, während ich Christa widerwillig folgte. Hoffentlich reichte sein Gehirn für diesen Job, so klein wie es vermutlich war.

»Keine Angst! Ich habe ein Gedächtnis wie ein Kamel!«, rief Moses mir noch hinterher.

Ich kannte mich mit Kamelen zwar nicht aus, aber beruhigend klang das irgendwie nicht.

17

»Sie ist tot!«, erklärte ich ohne weitere Umschweife. Kein Schnickschnack. Das brachte uns jetzt nicht weiter.

»Wer ist tot?«, wollten Viktor und Wilma synchron wissen, während sie sich in – man wundert sich – Windeseile beide aus dem Liegen kerzengerade hingesetzt hatten.

»Wen vermissen wir?«, fragte ich und dachte: *seit gestern*. Dabei sah ich von Viktor zu Wilma und zurück.

»Josi!«, meinte Wilma komplett entsetzt.

»Klar, die vermissen wir auch.« *Zwischendurch*, dachte ich und sah zu Viktor, von dem ich mir etwas mehr erhoffte.

»Irma«, sagte er und drehte den Kopf zur offen stehenden Tür.

»Bingo!«, gratulierte ich unserem Senior.

»Aber … Aber warum denn?« Wilma sah mich an, als hätte ich ihr gesagt, dass die Produktion von Leberwurst eingestellt worden sei. Weltweit.

»Das ist eine berechtigte Frage, die ich dir leider nicht beantworten kann. Noch nicht«, sagte ich. »So. Hiermit erkläre ich Ermittlung Nummer zwei für eröffnet.«

Viktor sah mich genervt an. »Keine weiteren Leichen, hatte ich gesagt.«

»Hallo?! Was kann ich denn dafür, wenn hier ständig Leute rumliegen oder schwimmen?«

»Schwimmen?« Wilma war definitiv aus ihrem Kekskoma erwacht. Man konnte fast den Eindruck bekommen, der lange Schlaf hätte ihr gutgetan. Ihr und ihrem Mopshirn.

»Sie schwamm in der Elbe«, brachte ich die beiden auf den neusten Stand. »In einem Haufen Papier oder so.«

»Ist da denn kein Wasser? In der Elbe, meine ich«, fragte Wilma.

Okay, ich nehme das mit ihrem Mopshirn zurück, dachte ich und erzählte noch einmal alles, was ich wusste. Von Irma, die jetzt auf einem Tisch lag, von Bärbel, die gerade im Feierabend saß, von Harry und Frank, dem Einbruch und dem sensationellen Fund. Und von Moses, der in diesem Moment für uns als Spion tätig war – in der Hütte eines Spions. Man muss die Leute halt mit ihren eigenen Waffen schlagen.

»Und was … Also, ich meine … Was machen wir jetzt?«, wollte Wilma wissen.

»Abwarten«, erklärte ich und sah raus, wo sich gerade etwas tat. Unten am Sandweg war irgendwas los. Ich stand auf und lief los. Das musste ich mir genauer ansehen.

»Stell dir vor … tot!«

»In der Elbe?«

»Ja.«

»Um Gottes willen!«

»War es denn Mord?«

»Etwa derselbe Mörder wie bei Franz?«

»Das glaube ich nicht. Was macht das für einen Sinn? Dann hätte er sie doch hier umgebracht …«

»Woher will man das wissen?«

»O Gott!«

Ich hörte es wild durcheinanderreden. Mehrere Leute standen vor Irmas Pforte und unterhielten sich aufgeregt. Offenbar hatte sich der Grund ihres Verschwindens rumgesprochen.

Ich kroch unter der Hecke durch und sah mich auf der anderen Seite um. Auf dem Sandweg standen fünf Zweibeiner. Helga und Werner, wenn ich mich richtig erinnerte, und Jonna, ohne den stinkenden Hanswurst. Aber wie die anderen hießen? Keine Ahnung.

»Meinst du wirklich, das war Mord?«, fragte Helga entsetzt. »Darüber habe ich noch gar nicht nachgedacht. Ich dachte, es wäre ein Unfall.«

»Nenn mir einen Grund, warum Irma in der Elbe schwimmen sollte«, meinte Werner kopfschüttelnd. »Erstens schwimmt da niemand drin, und zweitens war sie topfit. Das Wasser ist weder kalt noch …«

»Das hat doch damit nichts zu tun«, unterbrach ihn die Frau, die neben Jonna stand und mindestens genauso ein betroffenes Gesicht machte wie der Rest der Truppe. »Jeden Sommer ertrinken irgendwelche Leute, die kerngesund und fit sind, in Badeseen oder in der Ostsee. Davor ist keiner gefeit.« Kurze Pause. »Und sie war ja nun auch nicht mehr die Jüngste.«

»Aber was hat sie nur da unten gemacht? Ich verstehe das nicht. Elsa hat sie, glaube ich, noch gesehen. Sie meinte, Irma hätte einen Müllsack oder so weggetragen. Sie wollte sich dabei wohl auch nicht helfen lassen, wenn ich das richtig in Erinnerung habe. Und als Bärbel sie gestern

Abend anrief, da … da ist sie nicht ans Telefon gegangen«, schluchzte Jonna und hielt sich die Hände vors Gesicht.

Helga wühlte in der Seitentasche ihres knielangen, grünen Rockes und hielt ihr ein Taschentuch entgegen. »Bitte«, sagte sie, während die andere Frau, die ich nicht kannte, Jonna über den Rücken strich.

»Sorry, das … das sind die Hormone«, erklärte Jonna weinend und schnaubte sich lauthals die Nase.

»Na, was ist hier los?«, fragte Viktor hinter mir, der sich offenbar gerade auch unter der Hecke durchgemogelt hatte. Er sah dementsprechend aus.

»Sie wundern sich«, sagte ich und sah wieder zu den Zweibeinern hoch.

»Worüber?«

»Über das merkwürdige Verhalten von Irma.«

»Was kann die dafür, wenn sie umgebracht wird?« Viktor war nicht aus dem Takt zu bringen. Hormone hatte er auf keinen Fall.

»Na ja. Das wird sich noch zeigen. Wenn ich an Franz denke, fallen mir da näpfchenweise Gründe ein.«

»Franz war ja auch ein Arschloch. Aber Irma doch nicht.«

»Abwarten«, sagte ich, ohne eine Sekunde daran zu glauben, dass Irma ein schlechter Mensch gewesen war. Aber so eine leichte Spannung innerhalb des Teams konnte für die Motivation und die schnelle Aufklärung von Vorteil sein.

»Papperlapapp!«, hörte ich es in der Sekunde neben mir. Wilma!

»Hey! Dann sind wir ja vollzählig«, freute ich mich.

»Irma war eine grundgute Zweibeinerin. Warum sollte die jemand umbringen?« Wilma setzte sich links neben mich und sah nach oben, wo inzwischen keine Nasen mehr geputzt wurden.

Trotzdem blieb es emotional. Das ist normal bei Morden. Die sind immer emotional. Nur wir Ermittler, wir dürfen uns davon nicht beeindrucken oder gar beeinflussen lassen. Hier ging es um mehr als nur um diese Hormone. Hier ging es um Fakten. Und davon brauchte ich dringend noch ein paar, dachte ich, als ich hinter der Truppe vor mir eine Bewegung wahrnahm. Ich stand auf, ging ein Stück zur Seite, um an den ganzen Beinen vorbeischauen zu können, und entdeckte zu meiner großen Freude zwei Kollegen in Uniform.

»Freunde! Es geht los!«, bellte ich aufgeregt.

Doch ich sollte mich irren. »Henri, Viktor, Wilma!« Christa stand hinter Hildes Hecke und blickte zu uns runter. Mist. Erwischt. Dann sah sie zu den anderen. »Guten Morgen!«

»Guten Morgen!«, grüßten die kurz zurück und schauten dann auch zu den beiden Polizisten, die nur noch ein paar Schritte entfernt waren.

»Das war's dann wohl«, maulte Viktor und trat den Rückweg an. Er wackelte zur Pforte und wartete, dass sie ihm geöffnet wurde.

»Warum werde ich eigentlich immer als Erstes gerufen?!« ärgerte ich mich, während Christa die Pforte öffnete und Viktor reinließ.

»Na kommt, ihr beiden!«, forderte sie Wilma und mich auf. »Hopp!«

»Jajaja, ich komme ja schon!« Ich drehte mich noch einmal um und sah zu Helga, Werner, Jonna und den anderen hoch, die die Polizisten freundlich grüßten und Platz machten, um sie auf Irmas Grundstück zu lassen. Einen Vorteil hatte das Ganze ja. Wir befanden uns in unmittelbarer, nein, in direkter Nähe zum Geschehen. Im Grunde musste ich mich nur ganz nah an die Hecke zu Irmas Garten legen und die Ohren spitzen. Vielleicht war das gar nicht so dumm. Aus Irmas Hütte hätten die Kollegen mich vermutlich eh rauskommandiert. Wegen der Spurensicherung, ist ja klar.

»Dann stimmt es wohl«, sagte Christa, während wir an ihr vorbei in Hildes Garten gingen.

»Sieht ganz so aus, sonst wären die ja vermutlich nicht gekommen«, meinte Werner.

Alle sahen der Polizei hinterher, wie sie an Irmas Gemüsebeeten vorbei bis zu der offen stehenden Laubentür ging.

Ich rannte schnell hoch und schnüffelte den Boden ab, bis ich mir sicher war, an der richtigen Stelle zu stehen. Direkt hinter der dichten Hecke hier mussten die beiden stehen.

»Na, da war wohl jemand vor uns da«, sagte der eine Typ, während der andere offenbar sein Funkgerät in die Hand nahm.

Es piepte ein paar Mal, dann sagte er: »Hier sieht alles nach einem Einbruch aus. Schickt doch bitte den KD rum. Die sollen sich das mal genauer ansehen.« Pause. »Ja, genau. Alte Ziegenwiese … Genau. Da, wo der Typ auf dem Komposthaufen lag.« Pause. »Exakt. Das zum Thema Ruhe und Idylle am Stadtrand.« Pause. »Okay, alles klar, machen wir.«

Ich legte mich maximal flach hin und kroch, so weit es ging, unter der Hecke durch. Ich musste einfach sehen, was die da machten! Nach einiger Anstrengung ragte mein Kopf ein Stück weit unter der Hecke auf der anderen Seite hervor. Mehr als zwei Paar gut geputzte schwarze Schuhe konnte ich allerdings nicht erkennen. Diese Hecke war wesentlich dichter und unten rum nicht so frei wie die vorn am Weg. Ärgerlich. Sehr ärgerlich.

Die Schuhe standen jedenfalls vor Irmas Laube und gingen hin und her. Offensichtlich machten sie sich ein Bild der Gesamtsituation.

»So ein Kleingarten ist schon was Feines!«, fand der eine Schuhträger.

»Das meinst du jetzt ironisch, oder?« Der andere machte eine kurze Pause, als würde er sich umsehen. »Ich hätte da keinen Bock drauf. So dicht an dicht mit irgendwelchen Leuten. Aber ich war noch nie der Gartentyp.«

»Das ist doch total toll! Wenn man vielleicht nur eine kleine Wohnung hat, am besten noch ohne Balkon, und dann so einen schönen Garten hier, direkt um die Ecke. Ich finde das klasse! Und zur Elbe ist es auch nicht weit. Was gibt es Schöneres?«

»Nützt dir auch nichts, wenn du inmitten eines Haufens Papier im Fluss schwimmst.«

»Stimmt.«

Dann waren beide eine Zeit lang still. Es hörte sich an, als würde der eine in seiner Jackentasche wühlen und etwas rausholen. Aber was? Ich konnte einfach nichts erkennen, sosehr ich meinen Hals nach oben reckte. So ein Katzendreck!

»Dieser Arzt aus der Uniklinik, der sie auf dem Foto im *Abendblatt* erkannt hatte, der meinte doch, es könnte sein, dass die Amnesie etwas mit ihrem Ertrinken zu tun hätte. Vielleicht wusste sie gar nicht, was sie tat, hat auf dem Steg das Gleichgewicht verloren und ist ins Wasser gefallen.«

»Hm«, machte der andere und klang dabei nicht wirklich überzeugt. »Keine Ahnung. Auf alle Fälle sieht mir das hier nach einem Einbruch aus. Und das wiederum spricht für Fremdeinwirkung. Vielleicht wollte jemand sie einfach aus dem Weg räumen.«

»So wie Franz!«, bellte ich.

»Na, wen haben wir denn da?« Die Beine über dem einen Paar Schuhe beugten sich zu mir runter. Dunkle, kurze Haare und ein schmales Gesicht mit kleinen roten Punkten auf der Nase sahen mich an. »Du bist ja lustig.«

»Grundsätzlich schätzen Sie mich da völlig richtig ein, Kollege. Die aktuelle Lage zwingt mich allerdings, meinen Humor etwas zu vernachlässigen. Mein Name ist Henri, wenn ich mich kurz vorstellen darf. Eigentlich heiße ich Heinrich, aber so nennt mich unsere Rudelführerin nur in Notfällen ...«

»Henriii!«, hörte ich in dem Moment irgendwo hinter mir Christa rufen.

Umdrehen ging nicht. Hier half nur der Rückwärtsgang. »Sag ich ja!«, erklärte ich knapp und wartete einen Moment, in der Hoffnung, Christa würde den Teil meines Hinterns, der noch bei Irma auf dem Rasen lag und nicht mehr unter die Hecke gepasst hatte, nicht entdecken.

Tat sie, trotz Riesenbrille. Es half nichts. Ich musste meinen Beobachtungsposten verlassen. Rückwärts.

»Sag mal. Was machst du denn da?«

»Wonach sieht es aus? Ich arbeite«, erklärte ich leicht gereizt, während ich zu ihr hochsah. Irgendetwas hatte sie gemacht, stellte ich überrascht fest. Erstens: Ich hatte mich getäuscht. Dieses Monstrum von Brille haftete gar nicht mehr in ihrem Gesicht. Das erklärte natürlich auch, warum sie mich entdeckt hatte. Zweitens: Ihr Allgemeinzustand glich fast wieder dem von gestern, vor der Party. Als hätte sie einmal mit einem heißen Bügeleisen über ihr Gesicht gebügelt.

Ich sah zu Wilma und Viktor, die beide nebeneinander vor der Laube saßen. Im Schatten. Bei denen half kein Bügeleisen. Da war ich mir sicher.

»Komm, Henri, du hast noch gar nichts gefrühstückt!«, lockte Christa mich in die Hütte. Na gut. Meinetwegen. Dann fraß ich halt etwas. Nicht, dass sie nachher Josi erzählte, ich würde immer noch schlecht essen, und die mich vor lauter Sorge zum Tierarzt schleppte. Das konnte ich jetzt definitiv nicht gebrauchen.

»Diese Ermittlung ist eine einzige Herausforderung!«, beschwerte ich mich, als ich an Wilma und Viktor vorbei in die Hütte ging. Ständig wurde man gestört.

»Du stellst dich aber auch an. Also echt«, meinte Wilma. »Was ist denn bitte an einem Frühstück eine Herausforderung? Manch einer würde gerne mit dir tauschen.«

»Das glaube ich sofort«, sagte ich, ohne mich noch einmal umzudrehen.

»Ich meinte nicht mich«, hörte ich sie hinter mir sagen.

Jetzt drehte ich mich doch um. »Wen dann?«

»Irma!«

Ob die wirklich Lust auf unser Mops-Menü gehabt hätte,

bezweifelte ich. Die stand doch voll auf Selbstgemachtes im Glas.

Während ich artig meinen Fressnapf ausleckte, sah ich aus dem Augenwinkel, wie Christa an mir vorbei nach draußen ging. Ich nahm noch schnell einen Schluck Wasser, dann folgte ich ihr unauffällig.

Sie stand mit ihrem Strohhut auf dem Kopf auf dem Rasen und zog die Sonnenliege ein Stück näher an die Hecke. Und noch ein Stück. Und noch eins. Bis die Liege quasi mit dem Kopfende in der Hecke steckte. In der Hecke zu Irmas Seite. Und das, obwohl da gar kein Schatten war. Christa setzte sich auf die Liege und klappte das Buch auf. Falsch rum. Das erkannte ich sofort, weil das Bild auf dem Buch, ein Leuchtturm an einem Strand, auf dem Kopf stand. Dann machte sie einen langen Hals, was extrem unbequem aussah. Insgesamt.

Sie macht mich nach!, schoss es mir durch den Kopf. Ha! Das gab es doch gar nicht!

Wilma und Viktor kamen rausgewackelt und setzten sich neben mich auf den Rasen.

»Guckt euch das an! Sie macht mich nach!«

Viktor sah mich von der Seite an. »Dass es dir nicht an Selbstbewusstsein mangelt, ist mir schon klar, aber jetzt wirst du langsam komisch.«

»Moin, Moin!«, hörte ich es in dem Moment über mir, und in der nächsten Sekunde landete Moses auf der Armlehne des Gartenstuhls neben uns – sehr zu Christas Überraschung.

Die machte den langen Hals abrupt wieder kurz und setzte sich kerzengerade hin. »Was machst du denn hier?«, wollte sie von Moses wissen.

»Er ist in unserem Auftrag …«, wollte ich gerade anfangen, als Christa mich unterbrach.

»Ich glaube, da sage ich mal lieber Harry Bescheid, oder?«

»Nö, tut nich not«, sagte Moses und bewegte seinen Oberkörper dabei nonstop von links nach rechts. Dieser komische Vogel war einfach immer in Bewegung. Selbst wenn er nicht flog.

»Erzähl schon! Was hast du gesehen?«, platzte es aus mir raus.

»Allerhand! Allerhand!«, krächzte er und fing jetzt an, auf der Stuhllehne auf und ab zu trippeln, als wäre sie ein Balancierseil. Grässlich. Mir wurde schon allein vom Zusehen übel.

»Und? Wer war's?«, hakte Viktor nach, der jetzt sichtbar nervös wurde. Er ließ es sich zwar kaum anmerken, aber ich kannte ihn schon zu lange. Mir konnte er nichts vormachen.

»Tja, das ist so eine Sache«, zögerte Moses die Aufklärung des Falls hinaus. »Von den ganzen Aufnahmen mal abgesehen, auf denen allerhand Nackte waren, die Sport trieben … Vermutlich war es sehr heiß an dem Tag, als die Aufnahmen gemacht wurden …«

»Ja?«, unterbrach ich ihn. »Nun sag schon! Wer hat Franz verfolgt, als er seine Hütte das letzte Mal verließ?«

»Da es keinen Beweis dafür gibt, dass diese Person für seinen Tod verantwortlich ist, und es mir sowieso völlig unwahrscheinlich vorkommt, dass diese gewisse Person etwas mit seinem Ableben zu tun hat, sehe ich mich gezwungen …«, fing er gerade erhobenen Hauptes an zu erklären, als sich die Gartenpforte öffnete und Josi mit zwei sichtlich schweren Tüten reinkam. Herr im Hundehimmel! Warum ausgerechnet jetzt?! War es nicht viel zu früh?

Wilma rannte vor Freude hysterisch bellend los, gefolgt von Viktor, der zwar nicht so laut war, sich aber mindestens genauso freute. Beide sprangen wie kleine beige Bälle an Josi hoch, die keinen Schritt weitergehen konnte. Ich nutzte die Situation und tat einen Schritt auf Moses zu.

»Sag es mir. Ich flehe dich an! Was immer du verlangst, ich tue es, aber sag mir, wen du gesehen hast! Ich gebe dir mein letztes Stück Leberwurst!« Mehr ging nicht. So hatte ich in meinem kompletten Mopsleben noch nie jemanden angebettelt. Nicht einmal für Leberwurst.

»Wie heißt das Zauberwort?«

»Bitte, was?!« Was wollte er denn jetzt von mir?

»Na gut. Aber nur, wenn du mir schwörst ...«

»Ich schwöre! Alles, was du willst«, unterbrach ich ihn sofort.

Er sah mich irritiert an. »Wenn du mir schwörst, dass du Beweise findest. Ohne Beweise keine Überführung!« Moses sah erhobenen Hauptes zu mir runter.

»Ich schwöööre!«, wiederholte ich nervös, woraufhin er zu meiner Überraschung runtergeflattert kam und sich neben mich setzte. Zu nah für meinen Geschmack.

Aber das hatte seinen Grund, wie sich rausstellen sollte. Denn Moses reckte seinen kleinen Hals und flüsterte mir etwas ins Ohr.

Ich konnte nicht fassen, was er gesagt hatte. Mit weit aufgerissenen Augen starrte ich ihn an. Christa und Josi unterhielten sich derweil und blickten beide zu Irmas Hütte. Sehr gut. Oder auch nicht. Das würde sich gleich zeigen.

Jetzt musste ich mich erst um Wichtigeres kümmern. Vor allem durfte ich das Atmen nicht vergessen, merkte ich, als mir schon fast schwindelig wurde. Nach *der* Nachricht war ich kurz davor …

»Das meinst du nicht ernst?«, bellte ich etwas zu laut.

Moses flatterte erschrocken ein Stück von mir weg. »Bist du wahnsinnig geworden? Warum bellst du mich so an? Ich bin doch nicht schwerhörig! Auch wenn ich grau bin! Das war ich übrigens schon, als ich auf die Welt geschlüpft bin!«

»Bist du wirklich sicher?«, hakte ich noch einmal ungläubig nach.

»Natürlich bin ich sicher. Wir Graupapageien haben …«

»Ja, ja, das glaube ich dir alles, aber … das kann doch gar nicht sein!«

»Genau das denke ich auch. Es kann nicht sein. Deshalb wollte ich es ja auch nicht …«

»Henri! Mein Süßer! Begrüßt du mich denn gar nicht?« Josi kam auf mich zu, blieb dann aber ein Stück von Moses und mir entfernt stehen. »Huch. Das ist ja ein Papagei!«

»Korrekt. Moses, die lebende Drohne«, sagte ich, nachdem ich artig angelaufen gekommen war. Josi streichelte mich ausgiebig, während sie Moses leicht verwirrt ansah.

»Moin, Moin!«, grüßte der höflich.

»Das ist der Vogel von Harry. Putzig, oder? Der macht immer mal eine Runde. Allerdings hat er uns bisher noch keinen Besuch abgestattet. Das ist neu«, meinte Christa, während Josi mir noch einmal über den Rücken strich und sich dann wieder erhob. Sie interessierte sich nachweislich mehr für das, was auf dem Nachbargrundstück passierte – was ich voll und ganz verstehen konnte.

»Und weiß man schon Näheres? Ich meine, war es ein Unfall? In der Elbe geht doch normalerweise niemand schwimmen – außer ein paar Verrückten.« Josi war besorgt. Die Frage war nur: um wen? Um Irma, die eh nichts mehr davon mitbekam, oder um Christa und uns? Ich hoffte auf Ersteres.

»Behalt es für dich! Kein Sterbenswörtchen zu irgendwem!« Moses sah mich mit seinen kleinen Augen, die nur noch winzige schwarze Schlitze waren, streng an. »Schwör!«

»Ja. Ich schwöre! Aber meinem Team …« Ich sah zu Wilma und Viktor rüber, die gerade angewatschelt kamen. »Dem muss ich es sagen! Wie sollen wir sonst gemeinsam den Fall lösen?«

Moses blickte zu Wilma und Viktor. Dann sah er wieder mich an. »Beweise. Wir brauchen Beweise. Sonst landet eine unschuldige Person im Gefängnis!« Dann breitete er seine Flügel aus und flatterte davon.

»Beweise?« Viktor sah mich fragend an. »Er weiß, wer es war?«

»Wer denn?«, wollte auch Wilma wissen.

»Das ist so eine Sache. Eine … schwierige Sache. Sogar sehr, sehr schwierig«, murmelte ich gedankenverloren vor mich hin. Wie sollten wir *das* beweisen? Jetzt half wirklich nur noch ein extrem schlauer Plan. Oder Glück.

»Was genau, wenn man fragen darf?« Unser Superhirn sah mich immer noch streng an.

Josi und Christa waren in die Hütte gegangen; die Tür stand wie immer offen. Ich konnte sehen, wie Josi kopfschüttelnd auf und ab ging, während Christa mit der Teekanne rauskam, sie am Wasserhahn füllte und wieder reinging.

Ich machte noch einmal eine dramatische Pause. Dann fing ich an zu erzählen, was Moses mir soeben berichtet hatte.

18

Während mich mein Team vor mir an diese Figuren erinnerten, die vereinzelt in der Stadt rumstehen – sie sahen aus, als hätte man sie aus einem Stück gegossen –, liefen die beiden da drinnen gerade zu Hochtouren auf.

Ich musste mich entscheiden. Christa und Josi oder Wilma und Viktor. Ich entschied mich für das nächstliegende. Beziehungsweise sitzende.

»Hallo? Seid ihr noch da?« Ich legte den Kopf schräg und überlegte, die beiden mit der Nase anzustupsen, wenn diese Schockstarre nicht zeitnah aufhören würde. »Hat euch jemand heimlich hypnotisiert?!«

Viktor war der Erste, der sich wieder regte. »Blödsinn«, sagte er. Worauf bezog sich das jetzt?

»Hypno … was?«, wollte Wilma wissen.

»Hypnotisieren«, sagte ich.

»Darauf wäre ich im Leben nicht gekommen«, murmelte Viktor. Er klang schwer beeindruckt.

»Ich auch nicht«, stimmte Wilma ihm zu.

»Vermutlich keiner. Die Frage ist nur: Was machen wir jetzt?«

Viktor schob Unterlippe samt aller weißen Barthaare leicht vor und machte kleine Schlitze aus seinen großen, runden Augen. Er dachte nach. Allerdings nicht lange, denn in der Hütte wurde es laut.

»Mama! Bei aller Liebe und Verständnis für deinen Wunsch nach Abwechslung, aber das kannst du doch nicht ernst meinen. Überleg doch mal, wenn du hier bleibst …«, hörten wir Josi aufgebracht sagen.

»Oje! Das klingt aber gar nicht gut«, stellte Wilma betrübt fest und wackelte zu den beiden in die Hütte. Wilma war eine große Freundin der Harmonie. Alles andere vertrug sie schlechter als jede Diät.

»Apropos nicht ernst meinen. Kann es eventuell sein, dass Moses auch etwas von diesen Keksen gegessen hat? Oder uns an der na ja, Nase wohl nicht, aber an was weiß ich was herumführen will? Du glaubst doch wohl nicht, was er gesagt hat, oder?« Viktor war kein Moses-Fan. Das war mir schon lange klar. Aber dass er jetzt sogar das Ergebnis seines Spionage-Einsatzes anzweifelte – das ging zu weit. Auf wen sollte ich mich denn hier bitte schön verlassen, wenn nicht auf den Einzigen, der mir in dieser Ermittlung weiterhalf? Die anderen beiden waren ja eher als verdeckte Ermittler tätig. Komplett verdeckt. Man nahm sie sozusagen gar nicht wahr. Aber das sagte ich lieber nicht. Mir war nicht nach Streit. Reichte ja, dass Christa und Josi so laut rumdiskutierten.

»Natürlich glaube ich, was er gesagt hat. Warum sollte er mich denn veräppeln? Von den Keksen hat er nach seiner Nackthund-Erfahrung sicher keinen Krümel angerührt, da kannst du sicher sein.«

Viktor fiel kein passendes Gegenargument ein. Er schwieg. Im Gegensatz zu unseren Rudelführerinnen.

»Was wäre denn, wenn es andersherum wäre, Mama? Stell dir mal einen Moment lang vor, es wäre andersherum und ich würde hier meine Freizeit verbringen. Und direkt nebenan würde jemand ermordet werden! Was würdest *du* denn da machen?«

»Schätzchen. Erstens wurde Irma nicht direkt nebenan umgebracht. Es steht ja überhaupt noch nicht fest, ob sie überhaupt umgebracht wurde. Und außerdem …«, wollte Christa sich rechtfertigen, kam aber nicht sehr weit.

»Und was ist mit diesem Franz? Der lag doch direkt hier hinter der Hütte auf dem Komposthaufen. Erstochen! Und jetzt erzähl mir bitte nicht, der ist versehentlich rückwärts gestolpert und hat sich selbst die Forke in den Rücken gerammt. Wie viele Leute müssen denn noch sterben, bevor du einsiehst, dass das hier nicht der richtige Ort für dich ist? Ich kann ja verstehen, dass dir Golfen auf Dauer zu langweilig ist, aber es gibt doch noch andere Hobbys für …«

»… meine Generation?«

»So meine ich das doch gar nicht, aber es wird sich sicher etwas finden, das spannender ist, als den ganzen Tag auf dem Green zu stehen, aber nicht ganz so gefährlich, wie hier Miss Marple zu spielen! Außerdem wolltest du dich sowieso nach einem … Rückflug erkundigen.« Josi räusperte sich.

»Du machst dir ja richtig Sorgen, Schätzchen«, wunderte sich Christa, die jetzt mit Tassen und Tellern rumklirrte. »Ach, das mit dem Rückflug, das war gar nicht so gemeint. Ich … Ich habe es mir anders überlegt. Außerdem braucht Hilde mich. Wer soll sich denn hier sonst um alles kümmern?«, fragte Christa.

Josi sagte nichts – was gar nicht ihre Art war. Dafür aber die Leute, die in diesem Moment anfingen, Irmas Garten in Beschlag zu nehmen. Ich lief schnell zur Hecke und kroch, so weit es ging, drunter durch. Ha! Richtig getippt. Die Kollegen von der Spusi. Perfekt. *Es geht los!*, freute ich mich und beobachtete, wie sich einer nach dem anderen – es waren insgesamt drei gekommen – einen weißen Anzug überzog und vermutlich gleich in Irmas Hütte verschwinden würde. In die ich leider von hier aus nicht sehen konnte, was mich maßlos ärgerte. Aber immerhin hatte ich ein super Versteck, und so beschäftigt, wie die waren, würden sie mich hier nie entdecken. Außerdem funktionierten meine Ohren einwandfrei. Ich musste also einfach nur abwarten und zuhören. Ich rutschte noch ein klitzekleines Stück vor. Ein winziger Zweig aus der Hecke brach beinahe geräuschlos ab, und siehe da: Ich konnte, den Kopf auf den Boden gepresst, jetzt sogar mehr sehen als zuvor. Auf alle Fälle mehr als nur geputzte Schuhe.

»Wann kommt denn das Obduktionsergebnis? Hat der Dicke schon was gesagt?«, fragte ein Kollege, der mit dem Zuziehen des Reißverschlusses seines Ganzkörperanzuges gerade fertig war.

»Kennst ihn doch. Hat der sich schon jemals festgelegt?«, fragte eine Frau. Sie hatte bereits die Kapuze auf.

Vor mir sahen fast alle gleich aus. Dreimal weißer Ganzkörperanzug. Geruchstechnisch konnte ich die jetzt auch nicht mehr auseinanderhalten, seit sie aussahen wie Weißwurst. Diese Anzüge verströmten einen Eigengeruch, der einem keine Chance ließ.

»Na, dann wollen wir mal«, erklärte die Dünnste aller

Weißwürste und verschwand samt silbernem Koffer in Irmas Hütte. Nummer zwei und drei folgten ihr.

»Was macht denn eigentlich Florian?«, hörte ich Christa hinter mir fragen. Offensichtlich waren die beiden aus der Laube gekommen. Ich robbte mich dezent zurück in den Garten zu den anderen.

»Ach, der muss noch etwas für die Arbeit morgen erledigen, deshalb sind wir auch früher zurückgekommen. Durch die Fahrt zu seinen Eltern hat er bisher nichts geschafft, und morgen früh muss er es abgeben«, erklärte Josi, während sie einen Gartenstuhl in die Sonne zog.

»Wie war es denn.« Christa klang, als würde es sie eigentlich gar nicht wirklich interessieren. Sie blickte immer wieder zu Irmas Garten und versuchte, einen Blick auf das zu erhaschen, was dort passierte – was Josi natürlich nicht entging. »Hattet ihr eine schöne Zeit?«

»Mama?«

Christa drehte sich wieder zu Josi um. »Ja?«

»Was ist hier los?«, wollte Josi leise, aber mit bestimmtem Tonfall wissen.

»Wieso? Wie meinst du das?« Christa rückte auf ihrem Stuhl hin und her und griff schließlich nach ihrer Teetasse, um darin auffällig lange mit dem Löffel rumzurühren.

»Ich habe schon die ganze Zeit das Gefühl, dass hier etwas …«, fing Josi gerade an.

Doch da kam plötzlich eine Dame mit viel zu großem Strohhut, die ich nicht kannte, an der Gartenpforte vorbei, riss die Arme in die Luft und rief zu uns rüber: »*Don't call my name!* Alejandro, Alejandro … Ale … Alejandro!«

Christa lachte und winkte der Dame mit dem Riesenhut zu. »Guten Morgen!«

»Na, die hat wohl mehr als einen Keks genascht!«, überlegte ich laut.

»Mindestens drei«, schätzte Viktor.

Wilma sagte nichts. Kein Wunder.

»Schade, dass du schon so früh gegangen bist, Christa. Du glaubst ja nicht, was noch los war. Wir haben Salsa getanzt! Selbst Walther hat sich plötzlich bewegt wie …« Sie stockte und sah zu Irmas Garten. »Ist irgendetwas mit Irma los?«

»Falsche Frage«, mischte ich mich ein. »Mit der ist nichts mehr los.«

Christa drehte sich kurz zu Josi. »Bin gleich wieder da«, sagte sie entschuldigend, stand auf und ging zur Pforte. In dem Augenblick fiel mir auf, dass Josi in ihrer weißen, ärmellosen Bluse und ihrer beigen kurzen Hose hier richtig farblos aussah.

»Hast du es noch gar nicht gehört?«, fragte Christa den Strohhut vorsichtig.

»Nein. Was denn, um Gottes willen?«

»Irma … Sie ist wohl tot.«

»Was heißt denn hier *wohl*?«, protestierte ich. »Sie ist so was von mausetot.«

»Bitte?!« Der Riesenhut wurde samt Kopf ungläubig hin und her geschüttelt.

»Ja, leider. Ich habe es vorhin durch Zufall in der Zeitung – entdeckt. Beziehungsweise auf meinem Handy. Sie hatten ein Foto von ihr abgedruckt, weil sie keine Papiere bei sich trug, als sie gefunden wurde«, verdrehte Christa die Tatsachen.

»So ein Schwachsinn«, protestierte ich. »Und ob sie Papiere dabeihatte! Einen ganzen Sack voll! Sie schwamm doch in den Papieren!« Wurde sie jetzt langsam tüdelig oder was?

»Henri, komm mal her!«, rief mich Josi und gab mir ein Zeichen. Na gut. So wie ich die Situation hier einschätzte, kam eh nichts Relevantes dabei für mich raus. Da wusste die eine ja nicht mehr als die andere. Ich lief zurück zu Josi, die mich freudestrahlend auf ihren Schoß hob. »Na, mein Großer. Geht's dir gut?«

»Und wie!«, bestätigte ich. »Wenn du wüsstest, was hier alles los ist! Dann wären wir aber schon lange wieder in unserem Hundebett in der HafenCity. Verdammte Katzenkacke! Das glaubst du mir nicht, was hier abgeht …«

Christa kam zurück. Der Hut war weitergegangen. Zumindest ein paar Schritte. Jetzt stand er bei Irma vor der Pforte. »Die Arme. Sie wusste es noch gar nicht. Sie und Irma, die beiden kannten sich schon sehr lange, hat sie gerade erzählt.« Christa drehte ihren Kopf wieder zu Irmas Hecke. Dabei konnte sie im Sitzen eh nichts erkennen. Dafür war die Hecke viel zu hoch. »Ich kann mir einfach nicht vorstellen, dass irgendjemand Irma etwas antun würde. Sie ist doch so eine … Sie war«, korrigierte sich Christa mit traurigem Blick zu mir, »so eine liebenswürdige Person. Vielleicht etwas sehr mitteilungsbedürftig und etwas neugierig, aber eine Nette, so wie ich sie die paar Male erlebt habe.«

»Was passiert jetzt eigentlich mit ihren ganzen Sachen?«, wollte Wilma wissen, die es sich eine Etage unter mir, an Josis Füßen, gemütlich gemacht hatte.

»Was genau meinst du?«, fragte ich, während Josi mir den Nacken kraulte. Ach, irgendwie hatte ich sie doch vermisst.

»Na ja, die ganzen Sachen halt …«

»Sie meint Irmas Eingemachtes«, erläuterte Viktor und bekam dafür sofort einen beleidigten Blick von Wilma. Da brauchte ich mir gar nicht meinen kurzen Hals zu verdrehen, das wusste ich auch so.

»Na und? Selbst wenn. Wer soll das denn jetzt alles essen? Das ganze schöne … Gulasch und so.«

»Du jedenfalls nicht«, meinte Viktor und legte sich unter den Sonnenschirm in den Schatten.

»Sie hatte Marmeladen und Suppen oder so was. Doch kein Gulasch«, war ich der Meinung.

»Woher willst du das wissen?«

Ja. Woher wollte ich das wissen? Wusste ich überhaupt irgendetwas über diese kleine Frau in ihrem Kittel, die von ihren ganzen selbst gemachten Sachen in den Gläsern nichts mehr hatte?

Josi beugte sich zu Christa rüber. »Sag mal, hast du denn irgendetwas gehört?«, fragte sie. »Ich meine, in Bezug auf den Mord. Den ersten?« Josi lehnte sich wieder zurück, was ich nutzte, um mich auch gerade hinzusetzen. Das war mir doch deutlich zu eng. Außerdem hieß es jetzt: Ohren spitzen!

»Na ja – außer dass er, also Franz, ein ziemliches Ekel war und es hier niemandem leidtut, dass er nicht mehr da ist, eigentlich nicht«, sagte Christa und schenkte noch einmal nach. Die Tablette schien zu wirken. »Irgendjemand hat wohl jemanden gesehen, der Franz nachts gefolgt ist, als er aus seiner Hütte kam, aber das muss ja nichts heißen.«

»Das muss ja nichts heißen?«, empörte ich mich. »Das kann ALLES heißen. Und wir werden es beweisen! Es ist nur eine Frage der Zeit, dann heißt es: Pfoten … ähm, ich meine, Hände hoch, Sie sind verhaftet!«

Josi sah mich kurz an, sagte aber nichts, während sie mich weiterstreichelte. Sie formte ihre Lippen zu einer Spitze und bewegte sie anschließend langsam von rechts nach links, hin und her. Ein klares Zeichen für geistige Anstrengung. In der Kanzlei machte sie das auch immer so, wenn es knifflig wurde.

»Ich glaube auch nicht, dass irgendwer hier der Polizei einen Tipp geben wird. Die halten zusammen. Selbst wenn sie es wüssten«, sagte Christa und sah zum Sandweg runter, wo sich langsam immer mehr Menschen versammelten. Irmas Badegang schien sich langsam rumgesprochen zu haben.

»Ist es eigentlich eine Straftat, also, ich meine, wenn man …« Christa rückte mit dem Stuhl ein Stück vor und sprach plötzlich sehr leise. Im Grunde genommen viel zu leise. »Wenn man weiß, wer der Mörder ist?«

»Warst du etwa dabei?!«, platzte es viel zu laut aus Josi heraus.

»Pssst!«, zischte Christa und legte dabei ihren Finger vor den Mund. »Nein. Natürlich nicht! Aber angenommen, jemand hätte den Mord beobachtet, wäre er dann verpflichtet, es zu melden? Also wen oder was er gesehen hat? Ich meine: Müsste er den Mörder ans Messer liefern?«

»Der hat doch sicher selbst ein Messer, der Mörder«, sagte Wilma. Ich ließ das unkommentiert. Schließlich war die Mordwaffe eine Forke, kein Messer.

»Davon abgesehen, dass ich es als deine Pflicht ansehen würde, dass du …«

»Rein rechtlich«, unterbrach jetzt Christa ihre Tochter.

»Paragraf 138 Strafgesetzbuch. Du bist verpflichtet, eine bevorstehende Straftat zu melden, wenn du davon weißt …«

»Er ist schon tot!«, bellte ich. Herr im Hundehimmel. Musste man denn hier alles selbst in die Pfoten nehmen?

Josi sah mich fragend an.

»Ist so«, erklärte ich.

Sie sah wieder hoch zu Christa. »Das ist nicht so einfach zu beantworten«, holte sie jetzt aus. »Wenn …«

»Bitte. Du weißt doch, diese ganzen Paragrafen immer … Das ist mir zu kompliziert. Kannst du es nicht ganz einfach machen«, bat Christa mit flehendem Blick.

»Also. Wenn du als Privatperson einen Mord beobachten solltest und nicht von der Polizei dazu befragt wirst oder in einem Zeugenstand aussagen musst, dann ist es auch keine Straftat, wenn du nichts sagst. Das ändert sich allerdings in dem Moment, in dem du befragt wirst. Dann musst du natürlich die Wahrheit sagen und …«

»Ja, das ist mir auch klar, dass man nicht lügen sollte, aber solange mich keiner darauf anspricht oder mich befragt, muss ich nicht aus eigenen Stücken zur Polizei gehen und melden, was ich weiß, richtig?«

Josi holte tief Luft. Sehr tief. Dann sagte sie knapp: »Ja.« Pause. »Hast du denn etwas gesehen?«, wollte sie einen Moment später in einem Ton wissen, der keinen Zweifel daran ließ, dass sie die Wahrheit wissen wollte und nichts als die Wahrheit.

»Nein. Ich war hier«, Christa zeigte mit dem Kinn Richtung Laube, »und habe geschlafen.«

»Aha«, meinte Josi und klang dabei nicht überzeugt.

In dem Moment hörten wir jemanden »Hallo, Christa!« rufen. Josi, Christa und ich – meine Kollegen schliefen unfassbarerweise schon wieder – drehten unsere Köpfe zum Gartentor. Ein älterer Herr, ähnlich gut gebräunt wie alle hier, hielt an der Pforte und grüßte. Christa hob den Arm und winkte lächelnd zurück.

»Na, du scheinst dich ja hier schon richtig gut eingelebt zu haben«, sagte Josi und beugte sich über mich, um an ihre Tasse zu kommen. Definitiv kein Kaffee, stellte ich fest. Das hätte ich sofort gerochen.

»Ja, ein bisschen vielleicht. Auf alle Fälle ist es ein sehr schönes Fleckchen Erde, das muss ich zugeben. Und die Leute, die mag ich auch«, sagte Christa und nahm ebenfalls einen weiteren Schluck.

»Die, die noch leben«, ergänzte Viktor, von dem ich angenommen hatte, er würde schon wieder schlafen.

»Na ja, Abwechslung ist das schon, wenn ich so an euer Haus in der Toskana denke. Mehr Kontrast geht ja im Grunde gar nicht«, stellte Josi fest und sah sich dabei um. »Aber wie lange möchtest du denn noch bleiben?«

»Bis der Fall geklärt ist natürlich! Beziehungsweise die Fälle!«, knurrte ich. Was für eine Frage! Ich sprang von Josis Schoß. »Leute! Aufwachen. Wir müssen etwas tun!«

Wilma und Viktor hoben ihre Köpfe minimal und öffneten ein unwesentliches Stück ihre Augen.

»Was?«, wollte Viktor kaum hörbar wissen.

»Das wollte ich gerade mit euch besprechen.«

19

»Es ist ja nicht bewiesen, dass es so war. Moses hat gesehen, wie Franz verfolgt wurde. Mehr nicht«, sagte Viktor, nachdem er sich immerhin hingesetzt hatte.

»Ja, stimmt. Wir müssen der Spur aber trotzdem nachgehen«, betonte ich. »Verstehst du jetzt, warum Moses sich so geziert hat, es mir zu sagen?«

»Allerdings!« Viktor nickte. Man sah ihm an, wie irritiert er war.

Ich war es allerdings auch, denn ich hatte mit großem Protest und handfesten Gegenargumenten gerechnet. Mit einem Sturm der Entrüstung. Mit Schnappatmung und Hitzewallungen, denn dieser Verdacht war – auch, wenn ich es ungern zugab, denn es war die einzige Spur, die wir hatten – völlig absurd.

»Aber, was machen wir denn jetzt? Wie wollen wir das denn nachweisen? Das … Das geht doch gar nicht.« Wilma sah mit ihrem typischen leicht debilen Gesichtsausdruck rüber zu Irmas Garten. Nicht, dass sie dort irgendetwas hätte sehen können von hier unten. Aber hören: Die Weißwürste waren aus Irmas Laube gekommen und unterhielten sich.

»Geht nicht gibt's nicht! Kommt!«, forderte ich meine

Mitermittler auf und lief zur Hecke. Tipptopp-Tarnung, so eine grüne Wand.

»Ja, Moin, hier ist Thomas«, hörte ich jemanden auf der anderen Seite sagen. Nach einem kurzen Augenblick fuhr er fort: »Ich weiß nicht, was Heinz sich davon versprochen hat, aber da drin ist es genauso sauber wie beim Dicken in der Pathologie. Und von Kampfspuren kann auch nicht die Rede sein, nur weil da ein paar Ordner rumliegen. Vielleicht hat es jemand eilig gehabt. Vielleicht die Dame selbst. Keine Ahnung. Das einzig Interessante, was wir gefunden haben, ist eine Dose mit Keksen«, sagte er und machte eine kurze Pause. »Nicht irgendwelche Kekse, sonst würde ich es dir wohl kaum erzählen.« Pause. »Genau. Und nicht zu wenig!«

Pause. »Na ja, ich würde mal tippen, dass sie die regelmäßig konsumiert hat.« Pause.

»Warum antwortet ihm denn keiner«, fragte Wilma links neben mir.

»Ihm antwortet jemand«, erklärte Viktor von der rechten Seite.

»Nein«, protestierte Wilma.

»Doch«, entgegnete Viktor.

»Ruhe!«, schimpfte ich. »Er telefoniert. Jetzt seid doch mal still!«

»Sag ich ja«, maulte Viktor.

»Einbruchsspuren gibt es jedenfalls nicht«, sagte der Typ jetzt. Pause. »Ja, machen wir. Alles klar. Bis gleich.« Dann verkündete er: »Wir sollen einpacken.«

»Kein Einbruch. Kein Verdacht auf Fremdeinwirkung«, wiederholte ich.

»Nicht an der Hütte. Aber vielleicht ja an Irma«, verbesserte mich Viktor.

»Wie wir *das* rauskriegen, bleibt allerdings noch ein Rätsel«, sagte ich und verspürte eine steigende Unruhe in mir.

»Ich glaube, ich möchte noch etwas bleiben. Jetzt, wo ich gerade alle ein bisschen kennengelernt habe.« Christa sah runter zum Sandweg, wo alle möglichen Köpfe an der Hecke vorbeigingen. Die meisten liefen von links nach rechts. Zu Irma. Ich stand auf und ging über den Rasen zur Pforte. Leider konnte man von hier aus auch nichts erkennen. Schade, schade. Und jetzt unter der Hecke durchkriechen, wo unsere Rudelführerin anwesend war, würde definitiv schlagartig für Ärger sorgen.

»Ich glaube, Henri möchte spazieren gehen«, hörte ich sie hinter mir sagen. Hallo? Wie lange kannten wir uns jetzt? Langsam musste sie meine ungebrochene Neugierde doch von dem Drang, markieren zu müssen, unterscheiden können.

»Nein. Falsch. Henri möchte gerne raus und ermitteln. Wie soll ich einen Mörder überführen, wenn ich hier eingesperrt bin? Kein Kommissar der Welt löst einen Fall vom Schreibtisch aus! Man muss vor Ort sein, um …«

»Warst du schon mit den Hunden unterwegs?«, wollte Josi jetzt leider wissen. Ich drehte mich um. Josi sah mit in Falten gelegter Stirn zu mir.

»Nein. Ich habe es noch nicht geschafft. Aber sie waren hier auf der Ziegenwiese ein bisschen unterwegs«, entschuldigte sich Christa.

»Na, komm. Dann machen wir zusammen eine Runde!«

Als wir zwei Stunden später endlich wieder zurückkamen, hingen Viktor und Wilma die Zungen beinahe bis zum Boden raus. Erstens war es zu warm, zweitens zu weit, zumindest für sie. Mich hatte die Länge der Strecke gar nicht so gestört, vielmehr die Zeit, die sie in Anspruch genommen hatte.

Und Tatsache! Meine Befürchtungen bestätigten sich: Bei Irma im Garten war nichts mehr los. Keine Polizei. Keine Spurensicherung. Keine Schaulustigen, die nicht lustig waren. Nix. Ich hätte fünf Katzen auf einmal fressen können, so sauer war ich. Wäre mir Günther über den Weg gelaufen – es hätte die dritte Leiche gegeben. Ich schwöre.

Josi half Christa, die Sachen, die sie mitgebracht hatte, in den Schränken über der Spüle und der kleinen Kommode daneben zu verstauen, sah sich noch einmal den Garten mit all seinen, wie sie sagte, umwerfend schönen und faszinierend duftenden Rosen an, dann verabschiedete sie sich. Allerdings nicht von uns. Dafür gab es aus ihrer Sicht keinen Grund.

»Mama, ich würde die Hunde gerne wieder mitnehmen. Zum einen vermisse ich sie schon total, und zum anderen denke ich, du könntest dich sicher auch ganz gut mal ein paar Tage so erholen …«

Schockstarre! Ich vergaß sogar zu atmen. Zumindest für ein paar Sekunden. Hilfe! Das träumte ich doch wohl. Was war denn jetzt los? Ich hörte gar nicht mehr zu, was Josi noch sagte. Stattdessen bellte ich Viktor an. »Mach was!«

»Was denn?«, fragte Superhirn, als hätte er nicht gehört, was Josi gerade gesagt hatte.

»Keine Ahnung! Irgendetwas halt!«

»Ab durch die Mitte!«, meinte Wilma und sprang aus dem Liegen hoch – etwas, das ich, seit ich sie kannte, noch nie bei ihr gesehen hatte. Ich hatte gar nicht gewusst, dass sie zu so einem Stunt rein anatomisch in der Lage war. Dann rannte sie los: den Rasen runter, flach auf den Boden und, zack, unter der Hecke durch. So schnell, dass ich den nächsten Schock bekam.

»War das Wilma?«, fragte ich Viktor, während wir beide dort hinsahen, wo man eben noch Wilma von hinten hatte sehen können. Kriechend.

»Ja«, erklärte er ohne jede Regung.

Ob das Nachwirkungen des Kekskomas waren? Mein Eindruck, dass sie seit dieser Party eine andere war, wurde gerade extrem bestärkt. Sie war so aktiv. Man konnte fast sagen: überaktiv.

»Dann …«

»… sollten wir ihr folgen«, beendete Viktor meinen Satz und verschwand fast genauso schnell wie unsere Mitermittlerin.

»Was ist denn jetzt los?«, hörte ich über mir Josi fragen.

»Sorry, Ladies! Nicht persönlich nehmen, aber wir haben noch etwas zu erledigen. Vorher können wir hier unmöglich weg«, erklärte ich und lief, so schnell ich konnte, den anderen beiden hinterher.

»Stopp! Henri. Bleib hier!«, hörte ich hinter mir Josi schimpfen. »Komm sofort zurück!«

»Henriii!«, versuchte auch Christa es, doch da waren wir schon mehr als drei Gärten entfernt.

Ich entdeckte Wilma und Viktor gerade an einer der

vielen Heckenecken, als ich noch einmal Josi »Heinrich!« rufen hörte. Das deutete auf eine absolut ernste Lage hin.

»Puh! Das war knapp!«, prustete ich etwas außer Atem. »Und jetzt?«

Während die anderen beiden sich unsicher umsahen, wunderte ich mich kurzfristig über mich selbst. Diese Frage passte überhaupt nicht zu mir. Das musste der Schock durch Wilmas olympiareife Einlage gewesen sein.

»Lasst uns mal bei Lilly vorbeischauen«, schlug ich vor und erntete dafür sofort blöde Blicke. »Um zu sehen, ob Bärbel schon zurück ist. Vielleicht erfahren wir etwas Wichtiges. Wer weiß?«

»Na denn. Auf zum Fräulein«, sagte Wilma und wackelte los.

Viktor und ich sahen uns kurz an, dann folgten wir ihr. So viel Engagement in so kurzer Zeit machte einfach sprachlos.

Lilly stand schon an der Pforte, als wir ankamen, und unterhielt sich mit Wilma. Ihre rosa Herzchennase ragte durch die Holzstäbe.

»Ja, genau. Und dann sind die beiden zum Vereinshaus gegangen. Trude wollte da irgendetwas aus dem Büro haben. Ich glaube, den Ersatzschlüssel für Irmas Hütte, wenn ich es richtig verstanden habe. Sie ist völlig fertig. Ich habe den Eindruck, sie … sie …«, hörte ich sie sagen.

»Ja?«, hakte ich nach.

»Sie … Wie sagen die Menschen immer so schön: Steht völlig neben sich.«

»Was ihr schwerfallen dürfte, aber egal. Darf sie denn da

einfach so rein, ich meine, in die Laube? Die Polizei war doch eben da und …«, warf Wilma ein.

»Die haben nichts gefunden. Keine Einbruchsspuren, kein gar nichts. Also wird die Laube vermutlich auch nicht versiegelt sein«, fiel ich ihr ins Wort und begrüßte kurz Lilly. Rein sachlich, versteht sich, und nicht so, wie ich es sonst gemacht hätte, ohne Wilma und Viktor.

»Selbst wenn. Das scheint hier ja eh niemanden sonderlich zu beeindrucken«, erinnerte Viktor.

»Wie meinst du das?«, wollte Lilly wissen, die schon wieder so gut roch, dass ich mich verdammt noch mal zusammenreißen musste.

»Moses hat uns erzählt, dass Irma nachts bei Franz in der Laube war.« Viktor drehte sich kurz um und sah zu Harrys Gartentor rüber, wo aber niemand war. »Und Harry hat auch kein Problem damit gehabt, trotz des Polizeisiegels Franz' Hütte zu … sagen wir mal … besuchen.«

»Warum interessiert es euch eigentlich so, wo …«

»Wir hatten die Hoffnung, dass wir vielleicht etwas erfahren, das uns weiterhilft. Wir müssen unsere Recherche einfach etwas ausweiten und …«, unterbrach ich Lilly, kam damit aber auch nicht weit.

»Und vertiefen. Daher die Frage. Hat nichts zu sagen. Mach dir keine Gedanken«, fiel mir Wilma ins Wort. »So, Jungs. Dann lasst uns mal!« Sie sah uns auffordernd an, machte eine Bewegung mit ihrem dicken, runden Kinn in Richtung Vereinshaus und lief los.

»Ich komme aus dem Staunen nicht mehr heraus«, murmelte Viktor.

»Ich auch nicht!«, stimmte ich ihm zu. Dann sah ich Lilly

noch einmal in ihre süßen Knopfaugen. »Ich schaue später noch mal vorbei«, flüsterte ich und lief schweren Herzens los.

Viktor folgte mir.

Zu meinem Erstaunen war auf der Terrasse des Vereinshauses allerhand los. Überall standen Leute rum und unterhielten sich. Es sah fast aus wie am Abend zuvor, nur heller und ohne Musik. Und ohne Kekse. Ich fragte mich, ob die Menschen hier immer noch standen oder schon wieder. Rein geruchstechnisch war ich mir da nicht sicher. Mit der Nase in der Luft schnupperte ich mich einmal quer durch die Menge. Bärbel stand im Türrahmen und unterhielt sich mit Horst, weiter rechts an der Hausecke erkannte ich Jonna und Anton inklusive Hanswurstkind, das mit der Gesamtsituation, von Papa festgehalten zu werden, hörbar unzufrieden war. Von Christa und Josi – ich hoffe, sie verzeihen mir das – Gott sei Dank keine Spur.

Die bunte Lichterkette hing noch an der gleichen Stelle wie am Abend, die Stühle und Bänke standen allerdings zusammengeschoben an einer Seite, so, als hätte man hier gerade aufräumen wollen. Nur die länglichen Tische, auf denen die Frikadellen und das ganze gute Zeug gestanden hatten, waren noch nicht weggetragen worden. Es gab Wichtigeres zu tun.

Egal wo man hinhörte, es ging um Irma. Und um Trude. Die war nämlich auch hier, genau wie Lilly gesagt hatte. Ich erkannte sie von hinten. Sie saß in ihrem Rollstuhl und sah offenbar gedankenverloren die Wiese zum Teich hinunter. Zumindest regte sie sich nicht. Ich lief ein paar Schritte auf sie zu und schlängelte mich an allen möglichen Beinen vorbei, bis ich sie von vorn sah. Viktor folgte mir.

»Bingo!«, bellte ich vor Begeisterung, als ich sah, was sie anhatte.

Einen großen schwarzen Hut, eine schwarze Bluse und darüber eine dünne, schwarze Strickjacke mit – na? – genau: mit goldenen Knöpfen.

»Ich glaube es nicht!«, hörte ich Viktor neben mir sagen.

»Tja, so falsch kann man liegen.«

»Oder sitzen«, merkte Wilma an, die in dem Moment zu uns kam.

Wir sahen alle drei zu Trude hoch, die zwar rot verweinte Augen hatte, sich aber über unseren Anblick offensichtlich freute. Noch!

»Ach ihr Süßen! Ihr seid ja entzückend! Was für reizende kleine Hundchen! Wir haben uns doch schon einmal getroffen, richtig? Na, soll ich mal schauen, ob ich etwas Leckeres in meiner Tasche finde?«

Auf das Angebot ging ich nicht weiter ein. Wir durften schließlich keine Zeit verlieren. »Viktor, lauf zurück zu Hildes Hütte, und hol den Knopf. Schnell! Wir müssen einen Abgleich machen«, bat ich, ohne meinen Blick von Trude zu nehmen. Nicht, dass sie uns noch entwischte! Jetzt, wo endlich mal alles glatt lief.

»Glaubst du wirklich …«, fing Wilma schon wieder an zu zweifeln, während sie Trude anstarrte.

»Ja. Ich glaube es nicht nur. Ich weiß es! Wir haben erdrückendes Beweismaterial. Und den Knopf! Los, Viktor. Beeil dich!«

»Und was ist, wenn Josi oder Christa mich sehen und …«

»Henri! Viktor, Wilmaaa!«, hörten wir in dem Moment Josi rufen.

So eine verdammte Katzenkacke! »Los, komm, Wilma, wir verdrücken uns, und du, Viktor, lauf. Jetzt!«

Ich gab Wilma ein Zeichen, mir zu folgen, und so rannten wir, so schnell es ging, hinter die Ecke des Vereinshauses. Dort, wo sich die Stühle und Tische stapelten und die Tür zu den Duschen war. Aus der angelehnten Tür roch es feucht und muffig. Wilma setzte sich hinter mich, während ich mich zwischen Hauswand und gestapelte Stühle drückte und versuchte, etwas zu erkennen. Von Christa und Josi war noch nichts zu sehen – zumindest nicht von hier aus. Aber zu hören.

»Bitte, bitte, bitte! Herr im Hundehimmel«, flehte ich leise vor mich hin. »Mach, dass Viktor es schafft, unerkannt an ihnen vorbei zu Hildes Hütte zu laufen. Das ist *die* Chance! Wenn wir sie jetzt nicht überführen, dann … dann weiß ich es auch nicht.«

»Ich kann es immer noch nicht fassen, dass sie es gewesen sein soll. Warum denn überhaupt? Franz hat sich doch um sie gekümmert. Er war derjenige, der sie besucht hat, sie mit auf die Alte Ziegenwiese gebracht hat. Was hat sie denn davon, wenn er nicht mehr da ist? Das ist doch gequirlter Blödsinn. Abgesehen davon, dass sie im Rollstuhl sitzt!«

Ich drehte mich zu Wilma und sah sie erstaunt an. *Wenn das nicht der Beweis für Spätfolgen des Kekskomas ist, dann weiß ich es auch nicht mehr*, überlegte ich. Sie dachte, sie kombinierte, sie … Sie sah mich fragend an.

»Ja?«, fragte sie mit schrägem Kopf.

»Abwarten«, raunte ich ihr leise zu, während ich mich wieder umdrehte und weiter die Leute durch den Spalt vor mir beobachtete.

»Schrecklich!«

»Unfassbar!«

»Warum hat sie nur …«

»Was wollte sie denn da?«

»Ich verstehe das nicht …«

»Die arme Trude! Jetzt hat sie ja wirklich niemanden mehr!«, hörte ich wen auch immer sagen, während wir gespannt warteten. Etwas anderes blieb uns auch nicht übrig. Beten und warten. Mehr ging nicht.

Und dann kam Viktor – von hinten! Mir blieb fast mein Mopsherz stehen. »Himmel, habe ich mich erschrocken!« beschwerte ich mich, während Viktor ihn ausspuckte. Den goldenen Knopf. Unser Beweismittel Nummer 1.

»Soll ich vielleicht da vorn durchgehen, direkt vorbei an Christa und Josi und all den Leuten, oder wie stellst du dir das vor?«

»Ist ja schon gut«, beschwichtigte ich ihn. Nicht, dass uns hier noch jemand entdeckte. Denn jetzt hieß es: Genau zu überlegen, einen smarten Plan auszuarbeiten und sofort umzusetzen, bevor …

Wilma schnappte sich, schneller als ich gucken konnte, den Knopf und rannte an den Stühlen vorbei mitten in die Menge. Viktor und ich sahen uns fragend an.

»Was hat sie denn jetzt vor?!«, platzte es laut aus mir raus. Ich muss ja gestehen, dass mein erster Gedanke war, sie würde den Knopf auffressen. Aber so verfressen konnte eigentlich nicht einmal Wilma Hartmann sein. Eigentlich.

»Keine Ahnung«, meinte Viktor und sah ihr nach.

»Mist!!«, bellte ich. »Sie hat das einzige Beweismaterial, das wir besitzen!«

»Hinterher!«, hörte ich Viktor noch sagen, dann flitzte auch er los.

Ich habe das Team nicht im Griff! Ich habe es einfach nicht im Griff!, ärgerte ich mich, während ich versuchte, Viktors Fährte aufzunehmen. Denn zu sehen war er plötzlich nicht mehr zwischen all den Beinen.

»Hilfe!«, hörte ich jetzt jemanden laut aufschreien. Die Unterhaltungen erstarben, und alle drehten ihre Köpfe in die gleiche Richtung: zu Trude.

»Los. Gib es zu! Es ist dein Knopf! Du hast keine Chance, also nutze sie nicht. Äh – oder doch. Egal! Du bist ausgeliefert!«, hörte ich Wilma, bevor ich sie überhaupt sehen konnte.

Ich düste zwischen all den Zweibeinern durch, bis ich vor Trudes Rollstuhl zum Stehen kam. Vollbremsung sozusagen.

Wilma saß auf Trudes Schoß – wie sie da hochgekommen war, bleibt ihr Geheimnis – und bellte sie an. Den Knopf hatte sie nicht mehr im Maul, sonst hätte sie unmöglich so einen Lärm veranstalten können. So viel zum Thema verdeckte Ermittlung. Was hatte sie mit dem Knopf gemacht?!

»Was willst du denn nur von mir?«, wiederholte Trude immer wieder, während sie mit ihren kleinen, faltigen Händen vor ihrem Gesicht hin und her wedelte, um Wilmas Angriff abzuwehren.

»Übergib dich! Äh … Ich meine: Ergib dich!«, kläffte Wilma, als wollte man ihr das letzte Stück Geflügelpastete dieser Welt entreißen. Ich erkannte sie nicht wieder. Man konnte fast meinen, sie hätte die Tollwut.

Und da sah ich ihn: den goldenen Knopf, unser Beweismittel. Trude hielt ihn zwischen zwei Fingern und betrachtete ihn interessiert, nachdem Wilma aufgehört hatte, sie anzubellen. Sie musste ihn der alten Frau auf den Schoß gelegt haben. »Wo hast du den denn her?« Trude sah an sich runter und betrachtete ihre schwarze Strickjacke. *Die* Strickjacke, die sie in der Tatnacht getragen hatte.

»Tja, dreimal darfst du raten«, mischte ich mich jetzt ein. »Den Knopf hast du verloren, als du Franz gefolgt bist. Kurz bevor du ihn heimtückisch von hinten …«

»Wilma! Runter da! Was machst du denn nur?«, schrie Josi jetzt, irgendwo von rechts. Es klang, als wäre sie nur noch ein paar Meter entfernt. Ich hatte keine Zeit, mich nach ihr umzudrehen. Jetzt kam es wirklich auf jede Sekunde an.

Als hätte Trude mich verstanden, umklammerte sie plötzlich den Knopf mit ihrer rechten Hand. Ihr Gesichtsausdruck veränderte sich schlagartig. An Leckerlis dachte sie jetzt definitiv nicht mehr.

»Ja, jetzt erinnerst du dich wieder, richtig?«, bellte Wilma.

Ein paar Leute näherten sich, die auf Wilma einredeten, sofort runterzukommen, was aber nichts brachte. Zupacken traute sich irgendwie auch niemand. Bis auf Josi. Die wollte gerade nach Wilma greifen, als sich der Rollstuhl plötzlich in Bewegung setzte. Nicht irgendwie, sondern rasend schnell. Mit einem solchen Ruck, dass Trudes Kopf nach hinten schoss, Josi ins Wanken kam und mit ihrem Po auf dem Rasen neben uns landete. Sozusagen auf Augenhöhe. Ein Mann in kurzer weißer Hose und blauem T-Shirt, der direkt neben uns stand, half ihr wieder hoch, während wir dem rasenden Rollstuhl mit der kreischenden Trude hinterhersahen. Die Hand, mit der sie immer noch den Knopf umklammerte, hatte sie panisch in die Luft gerissen. Wilma war – mit einem Sprung, an den ich noch denken werde, wenn ich alt und gebrechlich bin – von Trudes Schoß gehechtet und filmreif zur Seite weggekullert. Sie musste irgendwie gegen die Steuerung an der Armlehne gekommen sein, anders konnte ich es mir nicht erklären. Mit Vollgas fuhr Trude die Wiese runter, gefolgt von einem kreischenden Menschenauflauf.

Hossa!, dachte ich und rannte zusammen mit Viktor hinterher.

Der rasende Rollstuhl war nachweislich schneller als der Menschenauflauf. Der kam am Teich an, als Trude schon schwamm. Im Gegensatz zu den Enten. Die flogen jetzt unter lautem Gemotze und Gemeckere weg. Doch das interessierte hier niemanden. Denn es kam die nächste Überraschung: Trude stand! Der Teich war, wie man jetzt sah, alles andere als tief. Das Wasser ging ihr gerade mal bis zum Po. Trude, klitschnass und triefend, watete mit ausgestrecktem Arm und einer Hand, die immer noch zur Faust geballt war, durch das trübe, braune Wasser zurück ans Ufer, während sich dort ein paar Leute hektisch die Sandalen von den nackten Füßen rissen, um ihr entgegenzugehen. Horst und ein Mann, den ich nicht kannte, waren die Ersten, die Trude erreichten, und fassten ihr rechts und links unter die nassen Arme, was ihr allerdings gar nicht so richtig gut gefiel. Sie fuchtelte mit den Armen in der Luft herum. Dann nahm sie mit der freien Hand den nassen Hut vom Kopf und kämpfte sich die letzten Meter bis zum Ufer durch die braune Brühe, während Horst und der andere Typ ihr irritiert hinterhersahen. Von ihrem Rollstuhl war nichts mehr zu sehen bis auf die grauen Plastikgriffe, die aus dem Wasser ragten.

»Puh, das war knapp!«, hörte ich Viktor neben mir sagen.

»Allerdings!«, bestätigte ich, ohne den Blick von der Szenerie abzuwenden. Das hier war definitiv spannender als sämtliche Tatorte der letzten Jahre zusammen. Das erinnerte ja schon eher an James Bond! Obwohl ich sagen muss, dass da die Frauen, die aus dem Wasser kommen, ein bisschen besser aussehen. Trotz allem.

»Ich meinte, Wilmas Sprung«, erklärte Viktor.

»Ach so. Ja. Der auch!«

Bärbel stürzte auf Trude zu, reichte ihr die Hand und versuchte, ihr das letzte Stück aus dem Wasser zu helfen, was diese tatsächlich über sich ergehen ließ. Sie ging ein paar Meter, dann stand sie da. Vor uns allen. Und tropfte.

»Du kannst ja …«, fing Bärbel mehr als verwundert an.

»Gehen«, ergänzte Horst, nicht weniger irritiert, der jetzt auch wieder festen Boden unter den Füßen hatte.

»Natürlich kann ich gehen. Was glaubt ihr denn? Dieses blöde Ding!« Sie drehte sich wütend zum Teich um, wo man jetzt nichts mehr sah außer einer glatten Wasserfläche, auf die sich wieder ein paar Enten gewagt hatten. »Den hat Franz mir besorgt. Ihm ging es gar nicht schnell genug mit der nächsten Pflegestufe. Am liebsten hätte er mich entmündigen lassen.« Sie wischte sich Wasser aus den Augen, und ich war mir nicht sicher, ob es wirklich Teichwasser war. »Oder gleich umgebracht.« Sie machte eine Pause und zog die Nase hoch.

»Trude … komm. Beruhige dich erst mal, das ist sicher

der Schreck«, meinte Bärbel und drehte sich zu Horst um. »Hol ihr doch bitte mal einen Stuhl.«

»Versucht hat er es. Das habe ich ihm nicht verziehen. Mein lieber, lieber Onkel, der niemandem etwas getan hat.« Sie zog noch einmal die Nase hoch. »Tot ist er! Und das ist seine Schuld!«

»Trude«, versuchte Bärbel es noch einmal, während jemand mit einem Handtuch angelaufen kam und es der triefenden Trude um die Schultern legte. »Er war sicher alles andere als ein Heiliger, aber warum sollte er so etwas tun?«

Trude schnaubte verächtlich und machte eine abwehrende Handbewegung. »Lass man, Kindchen. Schon gut«, sagte sie und holte tief Luft. »Kekse hat er mir gebacken, dieser Teufel! Vergiftete Kekse! Das muss man sich mal vorstellen!«

»Harrys Beste?«, hörte ich Wilma neben mir fragen.

»Die waren doch nicht vergiftet«, sagte ich.

»Na ja …«, murmelte Wilma.

»Wieso bist du denn da so sicher?«, fragte jetzt Horst und wischte sich den Schweiß von der Stirn, obwohl er doch gerade eine prima Abkühlung im Teich gehabt hatte. Zumindest untenrum.

»Warum?!« Trude schnaubte verächtlich. »Weil mein kleiner, süßer Onkel einen Keks gegessen hat und jetzt auf meinem Kaminsims steht. Darum!«

»Ihr Onkel?«, fragte Wilma.

»Ihr Kater«, murrte Viktor leicht genervt.

»Und warum regt sie sich da so auf?«

»Er ist tot«, erklärte ich.

»Aber er steht doch auf ihrem Kamindingsbumms. Hat

sie selber eben gesagt. Vielleicht … ausgestopft?«, überlegte Wilma laut, und ich stellte mir Günther vor, wie er starr und ausgestopft auf einem Kaminsims stand und zu uns runterblickte. Aber leider lebte der ja noch. Im Gegensatz zu Trudes Onkel. Andersrum wäre es mir lieber gewesen. Und der traurigen Trude wohl auch.

»Kann das nicht einen anderen Grund haben? Ich meine, er war doch auch nicht mehr der Jüngste, oder?« Bärbel sah Trude fragend an, die sich inzwischen auf den weißen Plastikklappstuhl gesetzt hatte, den man ihr von der Terrasse runtergeholt hatte.

Alle sahen sie an.

»Er hat es nicht nur einmal versucht. Dieser Mistkerl. Er wollte an meinen Hof. An mein Konto. An alles. Und er wollte vor allem eins: dass Irma«, sie wischte sich mit der Hand wieder über die Augen, »nichts bekommt. Das war sein Plan. Aber wie sollte ich ihm das nachweisen? Einer alten Frau glaubt doch keiner. Da heißt es höchstens: Die redet wirres Zeug!«

»Aber, Trude, du hättest doch …«, versuchte es Jonna, die jetzt neben dem Plastikstuhl kniete und Trudes Hand hielt.

»Nichts hätte ich. Dieser Teufel musste einfach weg!«

Jonna ließ ihre Hand los und stand langsam auf. »Wie meinst du das?«, hakte sie nach.

Einen Augenblick sagte keiner etwas. Alle starrten Trude an, die gedankenverloren auf den Rasen vor sich sah.

»Ich war es.«

Ein Raunen war über uns zu hören, das langsam in ein Getuschel überging. »Was?« »Das kann doch nicht sein!«, hörte man, bis Trude weitersprach. Sofort waren alle still. Mucksmäuschenstill.

»Er wollte dafür sorgen, dass ich entmündigt werde. Seine ganze Fürsorge, seine falsche Zuneigung, seinen fiesen Plan … Ich hatte es längst durchschaut, aber ich … Ich wollte es nicht wahrhaben. Bis Onkel starb.« Sie schüttelte den Kopf. »Ich habe ihm eine SMS geschickt und mich als Werner Wollbert ausgegeben. Mit Prepaid-Karte von einem anderen Handy – so machen die Gauner das im Krimi.« Sie lächelte. »Er sollte nachts zum Ausgang am Komposthaufen kommen, habe ich ihm geschrieben. Dort würde ich ihm das Gift übergeben, das er brauche, um seine Exschwiegermutter loszuwerden. Er hat nicht einmal Verdacht geschöpft. So dumm war er. So dumm und so böse.« Sie holte noch einmal tief Luft. »Und er kam. Er kam tatsächlich.« Trude war leichenblass. Jonna tätschelte ihr den Arm. »Ich war wie vom Blitz getroffen. Ich konnte es einfach nicht fassen. Aber dann …« Sie riss die Hand hoch, als hielte sie etwas, erstarrte einen Augenblick, dann ließ sie die Hand wieder auf ihren Schoß fallen. »Auf einmal packte mich eine solche Wut, dass ich mir die Forke nahm, die neben dem Komposthaufen stand und … Ich war so wütend. So verdammt wütend!«

Ein paar Leute hielten sich die Hände vor den Mund. Andere hatten ihre Augen weit aufgerissen. Und wieder andere schüttelten den Kopf. Aber niemand sagte ein Wort.

»Dann bin ich zu Irma und habe ihr alles erzählt. Das hätte ich schon viel früher tun sollen. Viel früher.«

»Ist das nicht jetzt der Moment, wo man die Polizei rufen muss?« Ich spürte Wilmas Blick von der Seite.

»Nein. Das ist der Moment, wo man zuhören muss«, antwortete ich ihr.

»Ach so.«

»Irma wollte dem ganzen Terror hier auch ein Ende setzen. Symbolisch. Auf ihre Art und Weise«, sagte Trude jetzt wesentlich leiser und sah auf ihre Hände, die in ihrem Schoß lagen. »Sie hatte vor, seine ganzen Sachen, alles, was er in seiner Laube gesammelt hatte, diesen ganzen Quatsch, zu vernichten. Am liebsten hätte sie die ganze Hütte abgefackelt, nachdem er tot war! Aber das ging ja nicht. Deshalb hat sie alles in Säcke gepackt und wollte es wegbringen.« Trude weinte. Ihr liefen die Tränen über die Wangen, aber sie wischte sie nicht weg. Sie machte gar nichts mehr. Starrte nur auf ihre Hände. »Ich verstehe einfach nicht, was sie auf dieser Brücke gemacht hat. Sie hätte es doch einfach – keine Ahnung – in die nächste Altpapiertonne schmeißen können!«

Jonna legte ihren Arm um Trudes schmale Schultern. Doch Trude wollte kein Mitleid. »Meinetwegen könnt ihr die Polizei rufen. Ich wäre dann so weit«, erklärte sie, stützte sich rechts und links auf den Armlehnen ab und stand wieder auf.

Keiner regte sich. Ich sah nach links zu Viktor, dann hoch zu den Zweibeinern, zu Christa, die Josi anblickte, zu Horst, der Trude nachdenklich betrachtete.

Niemand griff nach seinem Handy oder ging los, um die Polizei zu rufen.

Wirklich niemand.

Epilog

Die Flughafenhalle war voller Menschen, die viel zu große Koffer hinter sich herzogen, vor sich herschoben oder auf einen Kofferberg aufpassten. Menschen, die sich suchend umsahen, auf Zettel in ihren Händen blickten, auf Handys, Armbanduhren und auf den Rest ihres Rudels. Wenn sie denn eins hatten. So wie ich.

Wilma, Viktor und ich saßen nebeneinander und sahen zu Christa, Josi und Florian hoch, die sich schon wieder in den Arm nahmen, um sich zu verabschieden. Dabei hatten sie das mindestens schon drei Mal gemacht.

»Es war schön mit dir, Mama! Wirklich. Vor allem die letzten Tage, als du bei uns warst! Komm bald wieder, okay?«, sagte Josi und lächelte Christa an, die nach Trudes Überführung tatsächlich noch eine Woche bei uns im Loft gewohnt hatte.

»Das mache ich. Ich muss nur noch deinen Vater davon überzeugen, dass wir Irmas Laube übernehmen. Obwohl …« Sie sah zu uns dreien runter. »Eigentlich brauche ich seine Zustimmung gar nicht. Allein wäre ich ja auf keinen Fall.«

Christa bückte sich, um uns noch einmal zu streicheln, dann richtete sie sich wieder auf.

»Und langweilen würdest du dich auch nicht, das wissen wir ja jetzt«, sagte Florian, und alle drei lachten.

Viktor fing ebenfalls an zu lachen, was sich in letzter Zeit immer anhörte, als hätte er sich verschluckt.

Deshalb bückte Josi sich schnell und klopfte ihm auf den Rücken. »Mensch, Viktor. Alles gut?«, fragte sie besorgt.

»Jo. Alles bestens!«, beruhigte er sie. »Wenn man sich um jemanden Sorgen machen muss, dann wohl eher um …«

»Trude!« Wilma blickte traurig auf den kalten Fliesenboden.

»Ja, allerdings«, bestätigte ich. »Christa hat vorhin mit Bärbel telefoniert, und die hat von ihrem Besuch im Gefängniskrankenhaus erzählt. Josi meinte, dass eine Lungenentzündung in dem Alter lebensbedrohlich sein kann.«

»Meinst du, sie überlebt das?« Wilma sah mich an.

»Keine Ahnung …«

Josi nahm Christa zum vierten Mal in den Arm. »Melde dich bitte, wenn du zu Hause angekommen bist. Und grüß Papa von mir!«

»Vielleicht will sie ja gar nicht mehr«, überlegte Wilma und sah immer noch die Fliesen an. Als würde dort etwas liegen. Etwas Essbares.

»Was?«, wollte Viktor wissen.

»Na ja«, fing Wilma an, hob ihren Kopf wieder und blickte ihn an. »Leben. Ihre Tochter ist immerhin tot.«

»Was kein Mord war«, ergänzte ich.

»Tot ist tot«, warf Viktor ein.

»Wenn ich nur daran denke …« Wilma machte eine ernste Miene.

»Woran?«, wollte ich wissen.

»Na an Irmas … Über… Über…«

»Überdosis Haschkekse«, half ich ihr.

»Ja. Stell dir doch mal vor, mir wäre das passiert!«

»Was ja völlig abwegig ist, dass du zu viele Kekse isst!«, meinte Viktor lachend.

»Hahaha! Aber überleg mal: Ich hätte auch, so wie Irma, das Gleichgewicht verloren und wäre im – keine Ahnung – im Teich ertrunken!«

Christa bückte sich erneut zu uns runter und streichelte uns noch ein letztes Mal hinter den Ohren, dann winkte sie und verschwand zwischen all den anderen Zweibeinern in einem langen Gang.

»Das war's«, sagte Viktor rechts neben mir, während über uns immer noch gewinkt wurde.

»Was?«, wollte Wilma von links wissen.

»Ich mache jetzt Feierabend.«

Wir drehten unsere Köpfe zu ihm und sahen ihn fragend an.

»Aus. Schluss. Vorbei. Keine Leichen mehr!«

»Och«, machte Wilma enttäuscht. »Vielleicht nur noch ein ganz kleines bisschen …«

»O Gott! Hilfeee!«, schrie in der Sekunde eine Frau hysterisch. Vor ihren Füßen lag ein Mann und regte sich nicht.

Josi und Flo rannten los, um zu helfen. Wobei auch immer.

»Vielleicht hat er keine Lust auf den Urlaub und hat sich aus Trotz …«, fing Wilma an.

»Menschen machen so etwas nicht. Nur Möpse«, erklärte ich, während wir beobachteten, wie immer mehr Menschen angelaufen kamen.

Viktor drehte seinen Kopf zu mir, sah mich an und holte tief Luft. Sehr tief. »Ich habe Feierabend«, sagte er noch einmal. Dann legte er sich hin.

Diese Geschichte ist frei erfunden. Parallelen oder Ähnlichkeiten mit lebenden Möpsen sind rein zufällig.

– Henri –

DANKEN …
möchte ich Anke Göbel und ihrem tollen Team vom Heyne Verlag für das Vertrauen und die entspannte Zusammenarbeit.

Eine richtige Freude war es wieder, mit Steffi Korda zusammenarbeiten zu dürfen! Wobei ich es gar nicht als »Arbeit« empfunden habe. Ich freue mich schon auf das nächste Buch mit dir als Lektorin, Steffi.

Wie jedes meiner Bücher, hat Jutta, die beste Schwiegermutter der Welt, auch dieses begleitet, Ideen eingebracht, mich bestärkt und unermüdlich lektoriert.

Holger, der Kriminaloberkommissar meines Vertrauens, hat mir wieder all meine Fragen beantwortet, für mich nachgeforscht und mein Manuskript gelesen.

Jenny hat mich eingewiesen in die wundervolle Welt der Kleingärtner – die natürlich alle herzensgute Menschen sind! Das wollte ich an dieser Stelle noch einmal gesagt haben. Und dass Wilma, Viktor und Henri sich auf der »Alten Ziegenwiese« sehr wohlgefühlt haben!

VIELEN DANK, IHR LIEBEN!